"苏羡音，如果爱要用时间来衡量，

那我的分量似乎确实抵不上你的，

但你不能忘记，我也很爱你。

或许并不比你的

程度轻。"

半夏

讨期暗恋

过期暗恋

GUO QI AN LIAN

半江夏 · 著

北京燕山出版社

图书在版编目(CIP)数据

过期暗恋 / 半江夏著. -- 北京 ： 北京燕山出版社,
2025. 8. -- ISBN 978-7-5402-7635-5

Ⅰ. I247.5

中国国家版本馆CIP数据核字第2025H6Y423号

过期暗恋

作　　者：半江夏
责任编辑：王月佳
出版发行：北京燕山出版社有限公司
社　　址：北京市西城区椿树街道琉璃厂西街20号
邮　　编：100052
电　　话：010-65240430（总编室）
印　　刷：北京兰星球彩色印刷有限公司
开　　本：787mm×1092mm　1/32
字　　数：345千字
印　　张：10.25
版　　次：2025年8月第1版
印　　次：2025年8月第1次印刷
定　　价：45.00元

爱让人失控，

也让人失常，

她却还是很渴望。

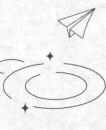

目
录
Contents

Guo Qi An Lian
banjiangxia

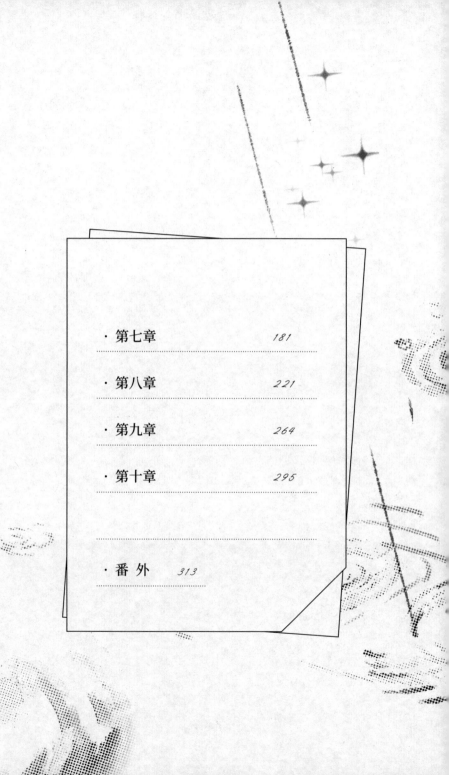

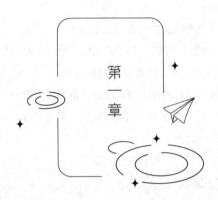

第一章

2015 年。

八月底，川北的暮夏来势汹汹，苏羡音站在树荫下，发丝耷拉在脖颈处，发痒，整个后背已经汗湿了。

她皮肤白皙细腻，经太阳晒后，脸颊上浮起一层红晕。喉咙发干，手头又没有任何片状物品，她只能用手掌扇了扇风，可热浪还是从脚底一层一层地涌上来。

她快不行了。

她看了眼脚边的银色 32 寸硬拉杆箱，已经能感觉到这箱子化作一座大山压在自己脊背上的沉重感。

搬不动了，还是等救兵吧。她叹了口气。

若是平常，这箱子对她来说倒也没那么难搬。她出门不喜欢带太多东西，往返学校与家之间时，这箱子她顶多装半边行李。但如今，箱子里满满当当，除了自己的东西，还有一小半室友蓝沁的东西，甚至在最后合箱子的时候两人要合力坐在箱子上才勉强能拉上拉链。其重量可想而知。

大一升大二，苏羡音所在的那栋宿舍楼翻新装修，这一整栋楼的女生都要在新学期搬入川北新校区新建成的宿舍楼。

旧校区离新校区不算远，也就三条街的距离，苏羡音搭了辆出租车不过几分钟就到了。关键是新校区安保措施很严格，不允许外来车辆进入。

从校门口走到要搬入的宿舍楼，她拖着拉杆箱足足走了二十分钟。

她在太阳底下暴晒。

而更坏的消息，则明明白白写在蓝沁的脸上。

蓝沁的高丸子头已经不似出门时的形状，几缕发丝散落下来，显得她整个人十分狼狈。她看见苏羡音了，拆着腰小跑着过来，一边喘气一边说："苏苏，我去前面看了看，宿舍楼只有两部电梯，一部出故障了在维修，另外一部……"

蓝沁回头看了一眼蜿蜒似山脉的排队队伍，努了努嘴，说："喏，如你所见，已经山路十八弯了，怎么办？"

苏羡音吸了口气，说："我们住在六楼。"

蓝沁一边点头一边皱眉："所以……？"

"咱们走上去？"

"别别别，"头摇得像拨浪鼓，蓝沁捏了捏苏羡音触感软绵的胳膊，"就你这细胳膊细腿的，拿这箱子上六楼，明天体育课可请不了假。"

"我休息一会儿应该……"

苏羡音的话被打断。蓝沁道："不行不行！我找个人，这种苦力活就该找个男生来干，我叫姚达来帮我们。"说完，蓝沁拿起手机，往外走了两步。

不过几分钟，蓝沁折回来，比出一个"OK"的手势，笑眯了眼，揽住苏羡音的肩膀，说："搞定。"

等了几分钟，蓝沁脸色有点不太好，于是把手机塞到苏羡音手里，急匆匆地说："早上吃的那蒸玉米好像有点坏了，闹肚子，我去一下厕所。"

蓝沁手机上坠着的Hello Kitty(凯蒂猫)挂坠在苏羡音手上晃啊晃，沉甸甸的，苏羡音问："手机都不带了？"

蓝沁一边小跑，一边回头喊："裙子没有口袋，我马上回来！"

苏羡音只好把手机揣回兜里。她在树荫下等了一会儿，自己手机被她玩得发烫，电量红色预警，她只好又揣回背带裤口袋里。

手头没事可做了，蓝沁还没回来，她正踮着脚看宿舍楼前的队伍排到哪儿了，蓝沁的手机就在手中振动。她低头看一眼，是一个陌生且没有备注的号码。

她正在犹豫要不要替蓝沁接听，身后落下一个声音："就是你吧？"

苏羡音心脏骤然停跳，随后，手掌心里振动的手机与踮起的脚尖成了两道阀口，电流就这样走遍她全身，她瞬间全身发麻。

蝉鸣声很喧嚣，她脑袋也嗡嗡作响，两者谁也不肯示弱。

这个声音唤起了她身体的某种机能——像是在高三那年二模英语收卷铃响起时发现自己填错了答题卡，慌乱无措之后呆坐在座位上，满脑子里飘着"我完蛋了"四个大字。

那个声音的主人迈开一步，走到她面前。

"Hello Kitty 手机挂坠。"陈浔随意地指了指苏羡音手上还在振动的手机，礼貌性地笑了笑，"你好，我是姚达的室友。他有点事，让我来帮你搬箱子。"

真的是他。干眼症毫无预兆地来临，苏羡音一遍一遍轻扇眼睫，盯着自己的脚尖，如游魂一般回应："哦，好。"

她该说她叫苏羡音，该问他为什么出现在这儿。可她再也讲不出来一个字，喉咙发苦发涩。这比从天而降的大雨还令她惊喜，眼前少年的轮廓与她记忆中的分毫不差，她用眼睛一寸寸打量，眼角酸涩。

"这两个是吧？"陈浔狐疑地看去一眼，女孩个头小小，薄薄一片肩，棕色的长发梳起一个马尾辫，脑后溜下一绺儿，软塌塌地贴合着后颈。

她很白，浑身上下白得近乎发亮，面色却潮红，让人疑心是中了暑气。

他没太在意女孩的古怪反应，拎起小箱子之后，作势又要拎起大箱子。

掉线的理智终于上线，苏羡音一时着急，声音高了一个小八度："你拿这个就行！"她试图从陈浔手里拿走那个小箱子，却猝不及防碰到他的手，他手背的温度明明与她的不相上下，她却像是被沸水烫到，肌肤相触的那一块似开始起泡，她脑子里有个声音仿佛在说：苏羡音，你冷静一点。

"这箱子还挺沉。"陈浔略带调侃意味地笑了声，也没多想，就放下了小箱子，苏羡音一把将其捞起。

"嗯，东西塞得比较多。"

苏羡音跟着陈浔进了宿舍楼，在阿姨那儿登记的时候，她低头掩住情绪，看着他一笔一画在纸上落下"陈浔"两个字。

那是她曾经描摹过千百遍的名字，落笔、每一处勾画，都足够清晰到与她记忆中的画面重叠起来。

陈浔签好字，回过头时，肩头堪堪擦过苏羡音的鼻尖，女孩才像是刚回过神来，乖巧地垂下眼睫。

"走吧。"他看了一眼，语气淡淡。

"你也住六楼？"

搬箱子是件费力的事，陈浔拎着大箱子，手上的青筋暴起，可他似乎嫌这样的劳动太过乏味，很容易就找到聊天的突破口。

"也？"

"姚达没跟你提起过吗？我们宿舍也在六楼，我们在D4栋。

"上次姚达说要带他同学来唱歌，然后你社团有事，没去，是吧？"

"不是……"苏羡音忽地直直看着他的眼睛。

"那……"

"到了。"苏羡音不知为何下意识地打断他，拿钥匙打开房门，从他手里接过箱子滑着走了两步。

宿舍一楼的公共厕所里没有空调，蓝沁走出来的时候，感觉自己像从水里捞起来的一样，低下头闻了闻自己的衣服，又嫌恶地皱了皱眉。

她走到之前的地方，却没看见苏羡音，连带着那一大一小两个行李箱也不见踪影。她正纳闷，摸摸裙子的边缘却又想起来自己把手机交给了苏羡音。

"七楼是吧？那你自己肯定不行啊，这么热的天，别中暑了，我帮你吧，学妹。"

蓝沁正抃着腰，忽地听见一个再熟悉不过的声音。再一转头，她果然看见姚达觍着一张脸，正准备帮一个女生拎行李箱，笑得那叫一个没皮没脸。

蓝沁火气噌的一下就冒上来了，她几步走过去，一把揪住姚达的耳朵："我说你怎么回事啊？喊你干活半天不来，什么情况啊？"

姚达张开嘴，正准备破口大骂，在看清手的主人是蓝沁之时，立刻按下火气："我说祖宗，你先松手行不行？"

蓝沁撒手道："你看见我室友没有啊？帮没帮她搬行李啊？"

姚达有些摸不着头脑，没答上话。

蓝沁看着他，觉得哪哪都不顺心，直接从他裤兜里拿出他的手机就要给苏羡音打电话。

之前的学妹看到这阵势，赶紧拖着行李箱走人了。

姚达叹口气，凑近去看，只见蓝沁轻车熟路地解锁他的手机，却在拨号页面停顿了很久很久。

姚达哈哈大笑："傻子，记不得人家号码了吧？"

蓝沁气得踩了他一脚。

他龇牙咧嘴："还得是靠我。"

陈浔接起姚达电话的这一秒，苏羡音宿舍的房门忽地被敲响。

她打开一条门缝，是隔壁寝室的王雁。

"羡音，我们寝室洗衣机好像坏了，你能帮我看看吗？"

"好。"

陈浔用骨节分明的手捏着手机，一边垂眸听着，一边走动。

他的身影刚好出现在王雁的视线范围内。

王雁的"八卦雷达"立刻响起警报，她眨眨眼睛问："羡音，男……朋友吗？"

最后三个字被苏羡音硬生生推出了门外，她耳朵烫得发红。

"不是。"

陈浔挂断电话，略微疑惑地皱了皱眉，看见苏羡音没有回来，门却敞开一个口。

他走出去，正好看到苏羡音走出隔壁寝室。

王雁送苏羡音到门口："那也没办法了，下午我去阿姨那里登记一下约师傅维修吧。"

"嗯。"

两人看到陈浔，王雁在看清他的一瞬间眼睛亮了，兴奋到不由自主地捏了捏苏羡音的手臂。

陈浔走过来："那我先走了。"

"好。"

陈浔走出去两步，想到什么，又侧身，随口问："你们是……需要帮忙吗？"

苏羡音站在阳台上，人有些木木的，灵魂有些像被热气蒸出了躯体，飘浮在空中。

陈浔弯着腰，在检查洗衣机的排水管。他后背渗出汗了，眼神却始终专注于手下。不过片刻，他就站起身来，一边走到洗手台前洗手，一边说："我洗个脸。"

"嗯，好！"王雁答应得比苏羡音快了不止一秒。

他胡乱地用水抹了一把脸。他眼睛像是水洗的一样，漆黑又明澈，有水珠从他发丝间坠下，王雁像变戏法一样拿出一包湿纸巾。

"没有干净的毛巾了，你用这个擦擦吧。"

"好，谢谢。"

陈浔一边随意地擦脸，一边交代："没什么大问题，就是软管位置不太对，我给你调整了一下，你等下试试好了没，没好就再找维修师傅吧，我也不是专业的。"

陈浔说完往外走，王雁紧跟着，感谢的话说了一路，最后又带点试探和期待地说："真的太感谢你了，要不我中午请你吃饭吧？"

苏羡音忽地抿了下唇。

看吧，他永远有这种魅力，能让人很快喜欢上他的魔力。

她正腹诽着，一抬头却撞进陈浔的眼睛里。

空调的风正对着苏羡音的手臂，她起了一层鸡皮疙瘩。

他不过是随意一瞥，她却立刻竖起汗毛紧张了起来。

"不了，我还有点事，顺手帮个忙，不用放在心上。"

苏羡音跟着陈浔出了门，陈浔却呼出一口气，像是卸下重担。

他很自然地对苏羡音调侃道："也太客气了。"

提出帮人的是他，嫌人家太热情招架不住的也是他，可他为什么要对她说呢？那语气自然得像两人本就是好友，熟稔到令她微怔。

苏羡音没能说出这些话，只是淡淡回了一句："那也确实是你帮忙解决了燃眉之急。"

她往自己寝室走，发现陈浔没有转身走掉，反而是跟在自己身后。

她转过头，略带疑问地看了他一眼。

"手机扔在你寝室里了。"他低眸，抬起左手戳了戳眉心，又抬起眼皮看向她。

苏羡音被这一眼看得心突突跳，慌忙打开了房门。

拿到手机了，陈浔划开手机，看见姚达的消息。

宇宙达：中午在二食堂集合，我带上我那个冤家同学没问题吧？

宇宙达：她非说我今天不够仗义，要我请她吃饭。

宇宙达：哦，还有她那个室友，应该就是你今天见过的那个。

宇宙达：OK？回个话。

陈：好。

他回复完消息，将手机撤灭，通过看苏羡音的表情得知她并不知道他们要一起吃中饭这件事。他牵动嘴角轻笑了声。踱步到门口，把手插到口袋里，定定地看向她，他忽地开口说："你其实不是姚达的那个朋友蓝沁？"

她忘了解释！她大脑忽地一片空白，窗外空调外机运作，轰鸣声很长一串，却掩盖不住她慌乱的心跳。

"我也没说我是——"她强装淡定地看了他一眼，又补一句，"你也没问我。"

嗯，不心虚。

陈浔似乎觉得有意思，轻弯嘴角，没什么情绪地说："成，但是箱子也没搬错，今天谢谢你了。"

苏羡音觉得自己像个小丑，有迟来的羞耻感与不可言明的紧张感，她被涌动的情绪推动着，脑袋即刻"短路"，做了她开学以来最后悔的一件事。

她轻推着陈浔出了门，说："再见。"

"砰"的一声门关上，她背靠在门板上，手紧紧捂住胸口，按住那份不安。

而门的另一边，陈浔无辜地摸了摸鼻子。

他长到十九岁的年纪，第一次被人赶出门，门还就甩在脸上。

他看着门，有些无奈地耸肩，忽地笑了声。

把陈浔推走的第十分钟，苏羡音还站在原地，大脑依旧"罢工"，呼吸却终于自如了。

苏羡音走了两步，竟发觉腿都是麻的。

拿到手机的第一刻，她打开微信，在搜索框里搜"陈浔"，将筛选条件改为"由已关注的公众号发布"，很快就出现了将近十条推文。

她一一浏览，越看心越沉，越看越感觉像在梦里。

她跟陈浔在一个学校，他没有去南城大。

而她，刚换了校区的她，幸运地、阴错阳差地，在开学第一天就遇见了他，甚至和他有了将近一个小时的相处时间。

而她，却因为一时无法解释自己的怪异行为，无法回答他的疑问，以为以后再也没有机会再见到，而把他赶出了门。

她痛苦地双手掩面。

钥匙转动的声音响起后，蓝沁走进来，径直走到衣柜前，一边翻箱倒柜一边嘀嘀咕咕："死姚达，还好意思说我身上臭？他自己还不是因为拉屎差点耽误我的正事，我没掐死他算不错了。"

苏羡音还没完全回神，只是下意识地"嗯"了声，然后说："你要洗个澡吗？"

"嗯，很快。"

"对了，苏苏，你也收拾一下准备出门。我让姚达给我俩赔罪，请我们吃饭。"

"哦，好，其实他……室友来帮过忙了。"

"嗯，我知道，但是谁让他推卸责任呢！就让他请，你千万别心疼他的钱，我们今天就点好吃的！贵的！"

苏羡音笑笑没接话。她退出"陈浔"的搜索页面，满脑子都是几篇推文里对他的褒赞之词，她几乎都可以闭眼复述了。

八月的天，燥热得令人汗流浃背，苏羡音却因为自己的愚蠢行径而指尖发凉。

苏羡音跟着蓝沁走在二食堂的路上，又听她吐槽了十遍姚达。苏羡音一般话不多，只是随口附和。

两人走到门口，苏羡音收起伞，蓝沁接到一个电话，说了两句挂了，这才一拍脑袋，说："苏苏，我忘了跟你说了，这顿饭不只有姚达，还有他两个室友，人都挺好的。"

姚达的室友。这几个字像石子一样，一颗又一颗地砸在苏羡音的脑袋上。

"我能不去吗？"她望向蓝沁的眼神里瞬间带了点乞怜的意味。

蓝沁摸不着头脑："怎么啦？真没事！才几个人啊？他们人都挺好的，我之前见过，不怕啊，不怕。"

苏羡音已经放弃解释了，直接拔腿就走，偏偏姚达在身后跟她们打招呼。

"这儿呢！"

苏羡音痛苦地闭上了双眼。总是要面对的，重新见到自以为再也不会碰面的陈浔以后，她总是要面对的。面对这一切，面对他。

苏羡音僵硬地转过头，果然看见笑得一脸灿烂的姚达的身边，陈浔正定睛看着她。她弱弱地抬起右手，象征性地招了招。

三个男生朝她俩走来。

上楼梯的时候，苏羡音不知不觉间跟落单的陈浔并肩而行。苏羡音闻到一点薄荷沐浴露的香气，盯着他白色的球鞋发呆，在犹豫应该怎么开口。

陈浔打趣的声音很清晰："你请人离开的方式还挺特别。"

她咬了咬下唇，辩解道："就是有点热昏头了想早点休息，确实很不礼貌，对不起。"

陈浔只是笑了声，不予评价，倒像是没有把这件事放在心上的样子。

一顿饭吃得苏羡音心神不宁的，尽管她正在和陈浔一起吃饭，尽管他就坐在她对面，她却连看都不敢看他。

有一种说法是，不可能实现的美梦成真的那天，因为太害怕这一切不过是上帝一时恶作剧，有一种人会下意识逃避。

苏羡音永远是胆小鬼。

好在有蓝沁和姚达在，饭桌上永不冷场。他俩算是青梅竹马，一起读初高中直到大学，情谊深厚。

后来也许是苏羡音实在太过安静，姚达对着蓝沁说："你有这么个水灵灵的美女室友怎么不早带出来让大家伙认识认识啊？"

蓝沁给了姚达一拳："你配吗？"

姚达乐了："嘿！就算我不行吧，我们 617 可还有三个黄金单身汉呢。"

苏羡音夹鸡翅的手一顿，鸡翅从筷子间滑了下去，又落回盘子里。

陈浔不动声色地拿起筷子篓里的一双新筷子，夹起苏羡音刚刚滑下的那块鸡翅放到她碗里，还不忘调侃："筷子功还得练练。"

她要练的何止筷子功？还有面对陈浔怎么能不心慌功、到底怎样才能让这顿饭迅速结束功。

话没续上，气氛忽然冷了下来，姚达夹起一块排骨放在蓝沁碗里。

"吃你的排骨吧，等会儿冷了又叫我重点，我可懒得理你。"

蓝沁回过神来，揽着苏羡音的肩，干脆走个过场大方地介绍了起来。

"我室友苏羡音，新传院 1 班'班花'，绩点大佬，才貌双全。"

苏羡音被花菜呛了一口，对面的人递过来一瓶拧开瓶盖的水。

她感激地望了陈浔一眼，把水接了过来。

姚达："牛啊。"

苏羡音喝下一口水后，慢吞吞地说："'班花'是蓝沁友情特封版，绩点大佬谈不上，也就只是为了拿校奖混口饭吃而已。"她的谦虚刻入骨髓。

陈浔听了这话，忽地笑了："你们女孩子还真是谦虚。换作姚达，早就把'才貌双全'几个字印在衣服上了。"

无辜"中枪"的姚达扔了筷子:"嘿! 我是这种人吗?"

他一脸正气,又顷刻间笑得贼兮兮:"我直接刻脑门上。"

几人都笑了,苏羡音这时候应该就这样跟着大家一起笑过去。

但她没有,她的心比手里这瓶冰水还要冰。

她不是个挑剔的人,却习惯对他的话逐字拆解,像做解谜游戏,乐此不疲。

他说,"你们女孩子"。她知道陈浔在说谁,又想起了谁。

毕竟宋媛是一个就算只是被人夸奖头绳好看,也只会甜甜地说"我自己也不会挑,都是我妈瞎买的"的谦虚小公主。

苏羡音看向陈浔:"我高中也是南城附高的。"

他微讶扬眉的动作,让苏羡音心中的酸胀感继续加深,它释放出危险的信号。

"我是实验 1 班的,跟卓越班同一层楼——高二化学竞赛的时候,我们做过一个月的同班同学。"她有种说不清道不明的痛快之感,"但是你显然并不记得我是你的同学,对吧?"

陈浔好像猜到她要说什么了,神色轻松,没有一丝被戗的紧张感,只是静静看着她。

苏羡音似乎听见气球炸开的"嘭"的一声,理智彻底消失。

"可见我不能让人记忆深刻。我不谦虚又该谁谦虚呢?"

她笑得眯眯眼。

"那这么说,你俩是高中同学,只是不同班。你俩交集多吗?"蓝沁问。

苏羡音重重地靠在座椅上,懒懒地道:"你看这样子我俩熟吗?"

"还行?"

苏羡音不想再去回忆那一顿糟糕的饭了,她三两步爬上床,火速把自己裹成一条毛毛虫,立刻失去了生机:"我好困,我睡会儿,下午要去注册了再叫我。"

"没问题。"

她入睡很快,但是她午睡一向都睡不踏实,迷迷糊糊中,她好像做了好几个梦。

她梦见第一次见到陈浔的那个夏天,梦见她跟陈浔一起站在演讲台上,梦见陈浔对着宋媛笑。那个笑是她从未见过的,带着点无奈的笑,是妥协。

她今天一系列的反常举动,无法解释的频频出错,不可挽救的社交危局,都只有一个原因：她喜欢陈浔。

在他不知道的时间与地点，她一直喜欢他。这是独属于她的秘密。

她以为自己是被梦里最后陈浔那个刺眼的笑给惊醒的，醒来却发现是蓝沁在喊她。

"睡得可真沉，昨天晚上没休息好吧？"

"有点。"声音里带着浓浓的倦意，苏羡音挣扎着半坐起来，"要去注册了吗？"

"是呀。"

"好，我去洗个脸。"

梦也好，现实也罢，反正一切都被她搞砸了。

她今天不该失控，不该失态，不该莫名对他心生怨怼。他什么错也没有，只是不记得她，不喜欢她。可他又为什么要为此负责呢？

她明明都知道，却还是没控制住酸涩又愤愤的情绪，不知是发泄，还是为自己的懦弱断绝后路，一刀斩断与他构建起联系的一切可能。

就算知道陈浔跟她在一个学校又怎么样？经过今天，他只会觉得她是个咄咄逼人的奇怪女生，像高中三年记不住隔壁班的普通女同学一样，她照样入不了他的眼。

还好，她从来就没有过任何期待。

苏羡音跟蓝沁去院系楼的时候，正是注册高峰期，一个暑假没见过的同学们，或热情或敷衍地聊着天，一条队伍歪歪扭扭，从教务老师办公室歪出了院系楼门口。

陈浔从西门拿到快递往宿舍楼走的时候，见这阵仗，瞥了一眼，一眼就看见缀在队伍最后面的苏羡音。

她看起来没精打采的，但白皙的一张脸因为热气浮起自然的红晕，天然的好气色。

手就插在背带短裤口袋里，一副拒人于千里之外的神态，她就差把"我很困，不要跟我讲话，谢谢"写在脸上了。

他掏出手机的时候，看见自己脸上似有似无的笑意，眉心微顿。

想到什么，他在微信联系人里翻着，找到附高实验1班的邹启然，点开对话框。

陈：你们班有一个叫苏羡音的女孩吗？

7然：有啊，怎么了？

陈浔抬起眼皮看了眼队伍最后的苏羡音，看见一个男生拿着手机朝她走去，她却忽地从口袋里拿出手机，低下头来换了个方向站着。

陈浔笑了声，回想起中午被苏羡音问得哑口无言的自己。

——"我不谦虚又该谁谦虚呢？"

之后她还说了句："是我说话没过脑子，冒犯了。"

手机又振动了下。

7然：怎么了啊，浔哥？

陈浔迈开步子走开了，一边走一边打字：没什么。她口才还挺好，参加过辩论队吧？挺有意思的。

苏羡音和蓝沁报到注册完，迎面撞上隔壁寝室的王雁。

"哎，羡音，我正好想找你呢。"

"什么事？"

"就是……"王雁笑了声，"中午那个男生啊，你有联系方式吗？"

其实苏羡音完全能猜到她要说什么，淡淡地说："我没有联系方式。"

"怎么可能，你们不是认识吗？"

"不认识。"苏羡音面不改色心不跳。

"可是……"

苏羡音忽然感觉太阳穴痛，言简意赅地道："我真的没有他的联系方式，他是蓝沁的朋友的朋友，也是来帮忙的。"

王雁立刻将视线转移到蓝沁身上。蓝沁高举双手："我也没有啊，我发誓。不过姐妹我劝告一句，人机院'院草'，搏一搏甚至是川北校草，等着加微信号的姑娘都从南门排到北门了，咱还是别给自己添堵了，是不是？"

苏羡音正感叹着自己果然善于不给自己添堵，手机振动了下。

微信通讯录"新的朋友"一栏出现一个小红点，好友申请备注为"我是陈浔"。

王雁挪动步伐的那一秒，苏羡音迅速将手机扣在前胸。

苏羡音："……"

苏羡音通过了好友验证，看着那一句"你已添加了陈，现在可以开始聊天了"足足发呆了一分钟，最后还是陈浔先来消息。

陈：中午是我话说得太刻板，你别介意。

yin：没关系，你不必特意又说一次。

陈：好。我认识你们班的邹启然，我记得你们班当时有好几个人进了竞赛班，应该是有三四个女生，你就是其中之一，对吧？

苏羡音叹口气，不想回答。她知道他是出于礼貌或者愧疚在找补，知道他很善于与人交际，这不过是他的程序性反应而已，但她不想配合了。

她向后靠，整个人躺在床上，又看了几眼，彻底死心，回复：嗯。

接着她退出微信，锁上屏幕。

她躺着也不安稳，扭动着下半身，贴近墙面了，便将双腿向上伸直靠在墙边，腿和上半身呈90°角。她一边丢掉手机，一边摸索着床头的《传播学理论》，摸到了，就拿在手上，举过头顶，翻看起来。

蓝沁回来的时候，看到的就是这一幕。苏羡音的白色睡衣是短款的，因为她这动作凭空生出很多褶皱，腹部的衣服下摆微卷，露出她一截纤细白嫩的腰肢。

蓝沁踩上台阶，一边流里流气地掐了一把苏羡音的腰，一边说："别练杂技了，下来吃红薯饼。"

苏羡音本来就怕痒，被蓝沁一掐，整个人歪向一边，功力全无，只好爬下来。

蓝沁说："我总感觉，你跟陈浔之间的氛围有点不对劲啊。"

苏羡音的睫毛浓而密，在眼睑下方投下一片阴影。

在蓝沁回来之前，她向高中的好友打听了陈浔的消息。

她记得自己在收拾行李来川北的前一天晚上，一向对她的决定不予置评的爸爸苏成桥踱步走到她房间，看她往行李箱里放着一件又一件衣服。

过了很久，他才缓缓开口："川北有什么好的？跑那么远？"

苏羡音那个时候只是摇摇头，随口说："川北的新闻传播专业是国内数一数二的。"

但只有她知道原因，她逃来川北的原因——是陈浔。

跟陈浔因为竞赛而同班的那一个月里，苏羡音担任了临时语文课代表。

竞赛班是为了化学竞赛组建的，重心自然不会在语言类科目上，但偏偏年级组长是语文老师，也是竞赛班的班主任。

语文课要照上，老师美名其曰语文要靠积累，不能搁置在一旁不管。

这也就罢了，当时最让人无法理解的事，是老师还会让他们每天交一面田字格字帖，这完全是初中老师的行径。

每天第一节晚自习下课前五分钟，苏羡音就会拿起语文课本，像煞有介事地走遍整个教室，敲敲小组长的桌面，讨巧地小声说："该收字帖了。"

每次收字帖的时候其实也都还算顺利，只有一次例外。

陈浔晚自习被班主任叫了出去，直到上课铃响才踢着步子回到教室。刚坐稳，小组长就提醒他交字帖，他啧了一声，吹了口气，额前的碎发浮动，倒也没耍竞赛新星脾气，老老实实从桌洞里拿出田字格本。

陈浔的字其实写得很好看，他根本不属于班主任说的"就你们那鸡爪子写出来字，还不好好练练，到时候作文交上来就丢 5 分"的那类人，但时间紧急，他字写得潦草了几分，飘逸中的敷衍盖不住。

陈浔写字帖的时候，前桌的男生手一直撑着陈浔的桌沿，看得饶有兴味的，嘴角抑制不住上扬，就是不吭声。

直到陈浔一面字写完了，前桌男生这才像变戏法般"唰"地亮出一面写好的田字格纸，笑得猖狂："哎，浔哥，你是不是忘了我还欠你张字帖呢？"

这说的是两人为一道物理题打赌的事，陈浔理所当然是赢家，输家答应要帮他写今天的练字。

陈浔气笑了，薅了一把男生的头，倒也没真的多生气，懒懒地说："活腻歪了？"

而站在一旁等着交作业的苏羡音，手里拿着两张练字帖纸，有些为难："那你写的这张怎么办？"

那男生抢答："课代表，你就跟老高说，浔哥最近发奋努力，写了两张，让老高记得上课前给浔哥发个奖状。"

"去你的。"陈浔好脾性地在桌底轻踹了一脚前桌的椅子。

听见响动问清楚前因后果的人自觉围了一圈，跟着起哄玩闹。

陈浔无暇抬眸，只微微侧脸，朝着苏羡音站着的方向，礼貌地笑笑："帮我扔了吧，反正也是乱写的。"

上课铃急促响起，震得苏羡音浑身一惊，她拔腿就往办公室的方向跑。跑到一半，她却又后知后觉地捏着陈浔自己写的那张字帖顿住了脚步。

他们练字一般都是写一些要背的古诗课文，也有投机取巧者故意誊写现代短诗，标点符号就占据半页纸。

陈浔知道时间紧急，提笔就写，写的是今天上午刚学的《卫风·氓》。

苏羡音的目光刚好停顿在"女之耽兮，不可说也"上。

她心下一惊，反倒被这句话给激起了反骨，小心思越发膨胀了。于是她拿着他墨迹已干的字帖，小心翼翼地折成四方块，放进校服口袋里。

高老师问："收齐了吗？"

"收齐了。"

不可脱就不可脱吧，她不需要解脱。

后来，每一回老师问她字帖收齐了吗，她都说收齐了，偶尔会报上一两个确实没交的人的名字，但不会有陈浔。

高老师却不知道，那收上来的他看都没看过，每次都被立刻扔进垃圾桶里的练字纸里，总有几摞里没有写着陈浔名字的练字纸。

苏羡音知道高老师从来不看练字纸，也知道每次她离开办公室没多久练字纸就会被扔进办公室的垃圾桶里。

那不翼而飞的陈浔的练字纸，是苏羡音壮着胆子在第二节晚自习时趁着老师不在偷偷从垃圾桶里抽走的，跟她后来拿到的化学竞赛二等奖奖状一起，被她放在房间书架的最高一层。

化学竞赛二等奖和他的字帖，是她高中生涯里对她最好的嘉奖。

但有时候她不够幸运，并不是每次都能在老师和同学发现之前顺利找到陈浔的字帖。

一个月过去，苏羡音留下了陈浔的九张练字纸。

她像个虔诚的信徒，固执地守着这九张字帖，仿佛如此神明就能听见她的祷告，让她和陈浔有上一点联系。可他不记得她。

他不记得她跟他做过一个月的同学，不记得那年在小巷子里他好心地宽慰一个失落而愚蠢的女孩，从高中到现在，她从来不是他的记忆目标人群。

她在填志愿的时候，还是压不住心里那一点吵闹的执念，几次要输入南城大学的代码。

可最后，她还是输给了自尊。

她听说陈浔和宋媛约好一起去南城大。

她去学校看成绩榜，拿报考志愿指南的时候，路过卓越班，听见全班同学起哄他和宋媛，他却只是无奈地笑。她才知道，星座、玄学救不了她，神也不会因为那九张字帖就赐给她接近他的机会，他们根本没有缘分可言，月老也不会为她强行结缘。

她第一次愿赌服输，连夜把志愿改成离南城一千公里的川北，避免离家近回南城的时候还能再遇见他。

可新学期伊始，她却在川北的新校区里，听见他板正地介绍自己："我是姚达的室友陈浔……我们宿舍也在六楼，我们在D4栋。"

"陈浔啊？他最后是去了川北啊，你不知道吗？据说啊，据说……"电话那边的同学特意压低了声音，像是为了使这小道消息听起来更可信，"据说他暑假和宋媛闹了点别扭，两人闹分手呢，后来陈浔一气之下就改了志愿，去了川北，透出了消息，看宋媛表现，结果宋媛更倔，还是留在了南城大，估计两人是掰了……"

后来朋友又讲了点什么趣闻，她全然无兴趣，左耳朵进右耳朵出。

她只是在想，难怪饭桌上姚达说他们宿舍里全是黄金单身汉。

"苏苏，想什么呢？"蓝沁用手在苏羡音跟前晃。

"没什么。"

"我刚问你陈浔呢。"

"没什么，就是普通校友。我也说了，他甚至不知道我。"

"但是他高中应该跟大学一样，很出名吧？"

"是，所以只是我，单方面认识他。"所以只是她，单方面喜欢他。

苏羡音望向蓝沁，语调平平。

当初那个见到他就会满脸涨红紧张到语无伦次的女孩也有长大的一天，会在朋友提起心仪的男生名字时，面无表情地掩饰内心波澜；会揣着满怀的喜欢，却因为他在饭桌上触到她的禁区，就撕破静谧的表面，戗到他正经地致歉。

她变了很多，却也有一成不变的准则，这其中或许就有一条。

名为暗恋的夏日苦风吹了很多年，可夏日总会终结，她的独角戏也有落幕的那天。而男主角，从未登场。

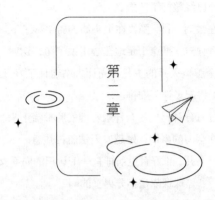

第二章

开学第一天，上午有两节广告学概论课，教这门课的教授音调平缓，讲起课来听得全班同学昏昏欲睡。

苏羡音也不例外，她昨晚很不意外地失眠了。

如果说遇见陈浔并且得知陈浔居然跟她在一个学校甚至因为蓝沁这一层关系离她这么近，她还能安枕入眠的话，那真的太对不起高中时期默默藏了三年心事的少女苏羡音了。

下课铃一响，教授宣布下课，教室里稀稀拉拉响起凳子往上弹的声音。苏羡音抓起书和水杯就往宿舍方向走，被蓝沁一把拎住后领。

"西操场在这边。"

苏羡音递给她一个迷茫且真诚的眼神："西操场？"

蓝沁："真困糊涂了？三四节是体育课，忘啦？"

也不怪苏羡音记不住，上学期选课那几天她正忙着期末冲刺复习，教传播学理论的教授还让她出一篇综述，她整天泡在图书馆里，看到蓝沁的微信消息才想起来选课已经过去了一整天。

再轮到她进系统选体育课的时候，室内的、轻松的项目早就满人了，只剩下几门学生注定要在太阳底下暴晒的球类运动课还有空位。

她心如死灰，随便选了门篮球。

只是她没想到这篮球居然还是男女混篮。她慢吞吞地挪向西操场避无可避的毒辣阳光下时，老师已经整好了队形。

她只好默默站在最后一排，隐没在个头高的男生影子下。好歹也有一点凉意，她盯着前面男生的后脑勺，诚意十足地在心里说了句：谢谢，好人一生平安。

这老师果然是个脾气火暴的主儿，先让人站着训了好几分钟话，一再强调上课纪律，最后才慢慢讲起了课程安排。

苏羡音感觉不过五分钟，已经有汗顺着她的脸颊流下来，怪痒的。

没有可以分散注意力的事情，她越发无法忽视热意。

她四处张望了一会儿，正好看见前排有一个认识的同系女生，于是前倾身子，小声喊人名字，问：“篮球课都是不分男女的吗？”

女生看样子对这位声色俱厉的男老师有几分惧怕，指着自己的手机示意苏羡音看消息。

因为这次体院开的体育课有问题，到最后还是有十几个男生没有项目可选，重新开一门课也没有老师教，所以这个班就成了男女混篮班，里面基本上都是选不到其他体育课的学生。

选不到其他课。苏羡音很难不赞同地点了点头。

陈浔拎着球框，看到的就是这一幕。

苏羡音躲在人后，低头拿着手机，不知道看了什么，一边看一边还点头。随着她的动作，她头发间那个笔帽上的金属笔夹就反射出耀眼的光，晃得人眼疼。

他这才看清，她及肩的长发被她用一支笔轻松盘了起来，却有一缕发丝缀在后颈，衬得她一段后颈似脂玉。

他笑一声，姚达问他看什么，他只说等会儿。

他掏出手机，给苏羡音发消息：上体育课也玩手机？头那么低脖子不酸？

他看着都酸。

苏羡音没有他想象中那样做惊弓之鸟状，甚至垂着脑袋的弧度没有一丝改变，她处变不惊地敲字。

yin：让我猜猜，你是在我左边的排球场，还是在我右边的羽毛球场？

陈浔脸上的笑意一点点晕开：都不是，你回头。

苏羡音真的回了头。在看清陈浔的一瞬间，她好像又回到四年前的夏天，他轮廓更清晰了，整个人挺拔得过分。

更符合意境的是，现在光软软地铺在他身上，每一根发丝都缀满了金光，他就像光源本身。

苏羡音不自觉地眯了眯眼，可还没来得及多看一眼，去判断她从陈浔脸上看到的究竟是不是笑意时，耳朵先捕捉到一声惊呼。

"同学！小心球！"

球是直直朝着她飞过来的，惊慌之下，她的余光还看清陈浔扔了球框，有一个向前冲的姿势。

但球的速度比他们任何人的速度都快。苏羡音躲过了用整张脸接球的可怕后果，却不得不承受脸颊撞击球而产生的刺痛感。

排球还撞到了她前排的那个高个子男生，男生吃痛地喊了一声，转过头来时，整齐的队伍开始挪动。

排球的主人翻过球场找过来，看见苏羡音脸颊红肿，隐约还蹭破了一层皮，他整个人都有些不知所措的窘迫。

但他并没想到有人会跟他一起道歉。他望了陈浔一眼。

苏羡音有些哭笑不得："没事。"

手心浮起一层汗，她也不敢用手碰伤口，除了火辣辣的痛感，其他的她什么也感受不到。

陈浔皱着眉，又问了一句："痛吗？"

"痛还是痛的，脸皮又不是铁皮。"

"始作俑者"看他俩这一来一回倒有点摸不着头脑了，都怀疑自己不是这场事故的肇事者了。

"同学，我还是带你去校医务室看一下吧，消消毒包扎一下什么的。"

篮球课老师准许了，挥手放行的姿势倒像是大赦苏羡音。

走了没两步，苏羡音又清楚地听见陈浔说："老师，我也跟着去吧，这事我也有责任。"

老师不乐意了，认定了陈浔是想偷懒："人家投的球，你能有什么责任？"

姚达抢答："老师，他真有责任，真的，他这人道德感特强，强于一般人，您不让他去，他一晚上都睡不好觉。"

陈浔伸出食指来挠了挠眉心，一时不知该感谢还是该骂人。

操场上闹哄哄笑声一片，最后老师还是放行了。

扔球的男生叫柏谷，经济学院的，在陈浔走过来之前，小声问苏羡音："你男朋友啊？"

"不是。"

"哦。"

他好像松了口气。

直到陈浔跟上两人步伐了，苏羡音叹口气道："其实你是拿我当幌子，真的是想逃课的吧？"

陈浔挑眉："怎么会？"

"我一个人去就行了，我是被球撞了脸，不知道的还以为我是摔断了跟腱，还要左右护法一路护送。"

这下连柏谷都笑了。

陈浔漆黑的眸子里带着点愉悦之意，他却一本正经地说："那不行，该负的责任就得负。"

这责任也负得够快。

不知道是不是流汗的缘故，等他们走到校医务室的时候，苏羡音的左脸颧骨处肿起了一个小包块。她本来就皮肤白皙，这个包块又红又肿，让她看起来很是滑稽。

柏谷好几次憋住笑都被她轻易捕捉，她也跟着眯眼笑："你要实在想笑呢，就笑吧，我不会怪你的。"

柏谷真的没跟她客气，顷刻间爆发出一阵大笑。

"你现在真的很像被蜜蜂蜇过。"

校医这时候接话了，起身去药柜里拿药，轻飘飘地说："她这还好不是被蜂蜇了呢，被蜂蜇了得多麻烦？"

他又对苏羡音道："喏，这个药，外涂的，用这个棉签涂，一天两次，消肿以后创口愈合就没什么大事了，天气热小心发炎。"

苏羡音点点头，柏谷在她之前接过装药的小袋子，说："谢谢医生。"

苏羡音脚落地的一瞬间，柏谷立刻伸出手来想要搀扶她，却被她剜了一眼："我真的不是腿瘸了。"

柏谷又没心没肺地笑了，露出一口白牙。

两人走出校医务室，看到另一位说好要"负责任"的人背对着他们站在窗户前皱着眉接电话。

校医务室的门是敞开的，也没有多大的空间，所以这通电话，苏羡音看得很清楚，陈浔一直在听，只是时不时"嗯"一声表示自己在听，就没有更多的回应了。

这会儿看到两人出来了，陈浔对着电话那头的人说："我这边还有事，晚点再说吧。"

接着陈浔问苏羡音："怎么样？"

他松了口气，从上一场周旋中又轻松转换到下一场应付。

苏羡音幽幽地说："我就说我一个人可以的吧，请了两个护法，一个只知道嘲笑我，一个……"

她轻飘飘地将意有所指的眼神递给陈浔。

一个心不在焉。

陈浔用挠眉心的动作掩饰心虚，显然是接收到了她的谴责信号。

"下次请……再好好向你赔罪吧。"陈浔说。

请什么？请吃饭？又不请了是什么意思？怕我赖上你？

苏羡音也只是笑："那别忘了负上荆条。"

正当气氛逐渐朝着不可控的方向发展的时候，一直甘于做背景板的柏谷清了清嗓子，有些做作地看了眼手表，说："今天不管怎么说也是我不对，害这么漂亮的女孩擦破了脸，中午赏脸一起吃个饭？千万别客气，吃什么都行。"

其实平心而论，苏羡音很喜欢柏谷的坦诚。他身材高大，外形和他的谈吐都无不显示出，他是个真诚、阳光、不设防的热爱运动的男孩。

和这样的人在一起不容易有压力。

两人正说着，姚达不知道从哪里蹿出来，从后圈住陈浔的脖子，却看着苏羡音问："怎么样了，苏妹妹？"

"就是皮外伤，处理过了，没大碍了。"

"那成啊，一起吃中饭吧，让浔哥好好道个歉。"

陈浔道："别闹了，人家已经有约了。"

话音落下的一瞬间，苏羡音的害怕和失望之意从眼里溢出。

"是的。"于是她笑得极为灿烂，"有约了。"

陈浔看着两人慢吞吞离开的背影，有些愣怔。

姚达看戏一般扭过头仔细欣赏陈浔脸上的表情，戏谑地啧啧道："人都走了，刚刚怎么不知道争取呢？"

陈浔回神，抬手拧正姚达的头，语调平平："争取什么？"

"啧，真傻还是装傻？"

"争取跟苏妹妹吃饭啊，不然你跟来干什么？"

陈浔下意识地辩驳："我只是因为害她分心过意不……"

话却硬生生顿住，他像是不想继续这个话题，摆摆手："走吧。"

整顿饭苏羡音吃得有点走神。

柏谷带她来了食堂的西餐厅。

说是西餐，其实也只有速冻牛排和意面，走的是亲民路线，翻译一下就是这家店不贵但也不太好吃，况且苏羡音胃口实在一般。

她反思自己，可能是因为她最近遇到陈浔的次数实在是多了些，再加上蓝沁和姚达的这层关系，让她产生了两人距离很近的错觉。

她根本没有立场闹情绪，尽管陈浔说要对她负责却把她晾在校医务室，最后还说出那句令她透心凉的"人家有约了"。

说到底，陈浔不过是她朋友的朋友的朋友罢了，他们之间的距离是六度分离理论的一半。

"这么说，我想起来了，刚刚那个男生是陈浔吧？机院的陈浔。"

上天果然不太公平，优秀的人在哪个人堆都出名。

"嗯。"

"我说怎么有点眼熟呢，之前社团搞活动的时候见过。"

苏羡音用叉子卷着盘子里的意面，没有兴致接话了。

柏谷看起来有点紧张，黝黑的一张脸上还有一点红晕。他像是鼓起勇气一般，开口声音大，却越说越小，故作轻松，但一点也不自然。

"我们加个微信吧？万一你之后还有什么别的事，也方便找到我嘛，我肯定要看着你好起来的。"

苏羡音放弃跟那团意面做抗争，抬眼静静地看着柏谷。对方眼睛很亮，期待的同时又有点紧张。

苏羡音不是没被追求过，更不会看不懂这样的神情。

但这一次，她却总感觉她要是说"加微信就算了吧"，柏谷能当场给她表演一个猛男心碎。

真诚总是令人难以拒绝。她掏出手机，亮出二维码，说："加微信可以，但是你放心，我不会讹你钱的，恢复好了再跟你汇报。"

嘀——

嘀——

两声扫码成功的声音响起，苏羡音抬头，见姚达正嬉皮笑脸地输入验证消息，说："你说巧不巧，我就说应该一起吃的嘛。"

"好了，验证消息发过去了，也加一下我呗，苏妹妹？下次喊蓝沁的时候，你也一起出来啊。"

"好。"

姚达拿着手机在陈浔眼前晃了晃，说："要不要推给你？推一次两只鸡腿，不过分吧？"

陈浔低笑一声："不过分倒是不过分——"

他忽地把视线投向苏羡音，笑得轻巧："但是苏羡音的微信，我已经有了。"

"你小子，什么时候偷加人家微信的？！"

晚上苏羡音在看论文的时候，收到了陈浔的消息。

陈：脸还疼吗？我上午真的不该给你发消息的。

这个人真的很奇怪，上午陪她去校医务室心不在焉，过了大半天了，她都快忘记脸上的痛了，他又来唤醒她的记忆。

yin：我小脑发育不足，就算没回消息也不一定能躲开。

对方迟迟没有再回，苏羡音把手机丢回桌上。

蓝沁下午有点事请了半天假，晚上又去了街舞社的晚训，回来的时候，直接一个"熊抱"抱住苏羡音。

"让我看看，是谁让我的宝贝苏苏破相了。"

之前苏羡音因为伤口还没愈合，又担心出汗感染，便一直用创口贴贴着。

晚上在空调房里坐着，她就把创口贴撕了下来，将伤口裸露在外面。

蓝沁道："啧，看着就疼，陈浔那小子也有这么不靠谱的时候啊。"

苏羡音低声纠正道："确实是意外。"

"我都听姚达说了，意外又怎么了，还不是因为他给你发了消息？

"不过说起来，刚姚达跟我讲了个好笑的事。

"他说陈浔选这门篮球课完全是个意外。"

"怎么了？"苏羡音不自觉被勾起了一点点好奇心。

"外院有个妹子一直在追陈浔，追得那叫一个尽人皆知。后来她不知道从哪儿搞来了陈浔的课表，把所有她能选上的通识选修课全部选成了跟陈浔一样的。

"最有意思的是，陈浔是怎么知道这件事的呢？是外院另一个女生发短信告诉他的。那女生说看不惯这种做法，而且觉得这样 copy（复制）陈浔的课表，是陈浔不乐意的事，就告诉他了。

"嘿！可真逗，要说这告密的妹子没有一点喜欢陈浔，我可不信。"

多熟悉的剧情，陈浔像是橱窗里最闪亮的那条钻石项链，值得真假公主都为此大打一架，管她是谦卑的丑小鸭还是孤傲的白天鹅。

苏羡音低低"哦"了一声，走过场一般地说："那他可真受欢迎。"

"笑死，经过这次以后，陈浔的课表就成了他们 617 宿舍需要加密的机密文件了。"

说到这儿，苏羡音拍了拍蓝沁，示意坐在她腿上的蓝沁挪个位置。

她伸长了手臂，登录了选课系统。

蓝沁看见她退掉了篮球课，惊呼："你退课干吗啊？体育学分要修的啊，现在哪儿还有别的体育课可以选啊？"

"上课第一天就负伤，我看我跟这门课是八字不合，还是退了好。"

"我问过教务老师了，我大三再修体育课也行，反正只要毕业的时候体育学分修够了就成。"

"那你换什么啊？现在哪儿还有课没选满啊？"

目光在屏幕上逡巡着，苏羡音很快锁定一个目标，抬抬下巴，说："开学一般不都会再开一些选修课吗？你看这不就有一个——艺术与创意。"

"艺术与创意？"姚达一边啃桃子，一边大声喊。

"你没事换课干吗？体育课也不修？不想毕业了？"

陈浔挑眉笑道："是啊，不想毕业了，直接肆业去你家打工不好吗？"

姚达被陈浔激得起了一身鸡皮疙瘩："别别别，我家那小庙可请不起你这尊大佛。"

陈浔再看了一遍自己的课表，确定没有什么还要调整的了。

姚达吃完了一个桃子，就把桃核丢进了陈浔的垃圾桶里。

"得，我也去改一个吧，正好我也不想晒太阳打篮球了，到时候大三帮我抢一门室内体育课啊，浔哥。不过……"打开电脑的手一顿，姚达忽然笑得贱兮兮，"你这就换了篮球课啊，不跟苏妹妹一起上体育课了？"

陈浔皱了皱眉："你说得好像我是为了跟她上同一门课故意选的篮球。"

"碰上了就是缘分啊。你看看，苏妹妹人长得水灵，聪明，性格也有趣，开学这三番五次遇见，你俩还是高中同学……"

元庚忽然插话："得了吧，你又不是不知道陈浔这人，你把人介绍到他脸上来了，他只会躲得更远。我算是看明白了，陈浔根本没有正常的男女之情。"

陈浔用手打出一个"对钩"，冲元庚点点头："懂我。"

姚达冷哼一声，翻了一个大白眼。

陈浔扭过头，视线回到选课界面的时候顿了顿。

他一直很迟钝，在感情方面。

高中的时候，虽然大家总说他左右逢源人缘很好，但他几乎不跟女生交朋友，保持友好但是也保持距离。

一开始他对于女生表露出的善意与关注没有什么特别的反应，久而久之也渐渐明白有些接近背后埋藏着刻意与期待，他是无法回应她们的情感的。

他甚至不理解这种情感。

他见过宋媛像是失去理智一样地将目光长久单一地停留在某一个人身上，也见过班上有男女生悄悄在老师眼皮子底下不说透却又明了彼此心意的互相关照。

是的，他们这个年纪，还是有人敢勇敢地做出承诺，坦荡又热烈。

他只是无法理解。

他无法理解将自己的情绪完全放在另一个人身上的感觉，也不明白为什么有时间绕路送女生回家却不多做几道竞赛题。

他是无趣的。

但他无比相信，在那个年纪将注意力集中在学习上是最正确的选择。

到了大学呢？

很多像他一样在高中"清心寡欲"的男生女生步入大学校园没多久就火速地坠入一段亲密关系中，在迎新会、社团活动中找到与自己体验恋爱关系的对象。

对他示好的女生并不在少数，他也不至于迟钝到察觉不到别人的心意。

他也不是对恋爱持有抗拒态度，却始终没有那种感觉，迫切想要与一个人建立联系的感觉。

从某种程度上而言，可能他真的是浪漫绝缘体，如元庚所说，"注孤生"吧。

他轻笑了声，关掉教务系统。

晚上苏羡音躺在床上，刚涂过药的脸颊有些异常的刺痛感，又有点痒，她没在意，以为是创口还没结痂产生的正常反应。

十点刚过，手机振动，来电显示是"苏成桥"。苏羡音皱了皱眉，最后还是任由手机振完一遍，再掐着时间，十分钟过后打开手机发微信消息。

yin：看到未接来电了，刚洗澡去了，准备睡了，有事吗？

对面的人是秒回的：没事，就想问问你开学怎么样了。

yin：一切都好，新校区的宿舍环境也不错。

苏成桥：那就好。

苏羡音盯着对话框，确认没有出现"对方正在输入中"的字样，暗自松了口气。

"我的天，苏苏，你这是半夜又被虫咬了吗？"

早上，苏羡音看着镜子里的自己，见左边脸颊足足肿起半个小馒头大小的包，不禁失笑，还有闲情掏出手机对着镜子拍了一张照。

"我好像寿桃，但是只有半个。"

蓝沁："……"

"别'寿桃'了，快，我带你去校医务室看看。怎么睡一觉起来还更严重了？"

校医最后说是昨天给的那盒涂抹药的问题，苏羡音有些过敏了。她们早上出门太匆忙，没注意，不只是脸颊，苏羡音的后颈、背部、手臂上都浮现了一些红色荨麻疹。

"先吃点抗过敏药，那个涂抹药不要再用了，你这伤口我也看了，没有发炎就问题不大，等它自愈吧，要是还有什么问题就再来找我。"

苏羡音点点头。

得知她还要去上课，蓝沁嘴巴张成了一个小 O 形："还去上什么课啊，我给你请假就好了嘛。"

"但是，我第一二节课是昨天选的那门通识课，第一次上课还是要去，更何况是通识课，请假不好操作。"

"好吧，那你要是有什么不舒服就跟我讲哟。"

苏羡音到教室的时候，教室里已经坐了不少人。她上选修课不喜欢坐前面，不方便她开小差，因此她径直走向阶梯教室最后一排，挑了个靠走廊的位子坐下了。

陈浔一贯是 617 寝室最早起床的人，但今天是个例外。

他昨天晚上跑程序的时候又有点忘记时间，将近三点才躺下。这会儿 617 宿舍其他人进进出出的，乒乒乓乓响个没完没了，他硬是连眼皮都不动一下。

元庚漱口漱得动静不小，含混不清地问姚达："他不上课啊？"

"谁知道呢？"

"你俩不是一起选了那个通识课吗？什么艺术什么创意的。"

"你瞧他这样，是能起来的样子吗？"

"也是。"

寝室四个人，姚达和元庚的性格都偏外向，只有莫之平性格内敛一些，人也本分。

他第一个出门，路过陈浔的床榻时，还是拍了拍陈浔。

"不去上课吗？第一次课，老师应该会点名的吧？"

陈浔应了声，声音里带着浓浓的倦意。他紧皱着眉，试图睁开眼睛。

元庚也来凑热闹："是啊，万一是个'灭绝师太'，你可不就完了？"

陈浔像是在点头，又往被窝里缩了缩，伸出手来比了个"五"，还在讨价还价："再睡五分钟。"

元庚乐了，又开始没正形了："嘿，这年头帅哥都流行迟到，打算跟美女来个转角遇到爱吗？"

姚达点点头："你说得很有道理，本帅哥觉得我可以等等浔哥，跟他一起迟个到了。"

陈浔："……"

陈浔的五分钟计划被打断，他踩着铃声进了教室。

他跟姚达从后门溜进去的时候，老师正在点名，靠近后门的最后一排坐着四五个男生，一排乌溜溜的后脑勺。

姚达吐槽："元庚死骗子，迟到也不会转角遇到爱。"

"你快走吧。"陈浔推了他一把。

两人绕过教室后排，看到一个穿着浅粉色T恤衫的女生一个人坐在教室中间那列最后一排靠过道的位置，坐得端正。

姚达："同学，借过……"

老师将点名册翻过一页，吐字清晰："苏羡音。"

"到。"女生清越的声音就落在姚达耳边。

陈浔挑了挑眉。

姚达嬉皮笑脸，回头冲陈浔挤眉弄眼："嘿！元庚说得对啊。"

他一字一顿地道："转角遇到爱。"

苏羡音略皱了皱眉："什么？"

姚达再看她一眼，立刻爆发出一阵狂笑。

"我的天，哈哈哈哈哈哈哈哈哈，苏妹妹，你这是变异了吗？"

苏羡音微蹙眉听着姚达足足笑了半分钟。她为了给他们让座位，撇开的双腿都有点酸了。

嗯，他们。

陈浔望向她的时候，明显也想笑，却只是紧紧抿着唇，眼角眉梢都还舒展着。

"有的同学迟到就算了，还要站在过道里聊天，怎么，还要老师请你们坐下吗？"

姚达和陈浔这才猫着腰坐到了苏羡音身侧。

姚达走在后面，却在落座的时候，被陈浔像拎小鸡一样拎走，而陈浔自然而然地挨着苏羡音坐下。

苏羡音的一个"论"字，竖弯钩高高提起，笔触像是硬生生被人推上去。

她有些不自然。

曾经她在竞赛班妄想了很多次能和陈浔坐同桌，今天却是他们真正意义上坐在同一张桌子后上课。

苏羡音有种微妙的美梦成真感。

陈浔将书包塞进桌洞里，身上又有那股清新的薄荷香味，看来他习惯早上冲凉。

"去校医务室看过了吗？怎么肿成这样？"

"过敏。"苏羡音指了指自己颈侧的一处红疹，压低声音道。

陈浔看向她，从书包里拿出一个笔记本："对昨天那个药过敏了？"

"不然我还能是对创口贴过敏吗？"苏羡音淡淡地道。

陈浔似乎习惯了她这样字字藏锋，只挑挑眉，话锋一转，说："对什么药过敏，自己也不清楚？"

他好像非要挑出她一点错处来。

苏羡音真的有些无语："我家又不是开药店的。"

她怎么可能对每种药有什么成分都一清二楚啊？

她说起这话来，像是有点委屈，嘴微微噘着，搭配上她红肿的侧脸，陈浔忍不住笑出了声。

他把头埋在自己的右手臂弯里，笑得整个人发颤，头又忽地朝苏羡音凑近了一些，柔软的头发直接刺到苏羡音的手臂上，连带着她的心脏都麻了。

她微微低头就能嗅到他头上洗发水的香味。

"最后一排的两位同学。"两人正在幼稚地逞口舌之快，老师的声音打断了这场博弈，"尊重一下老师很难吗？"

陈浔和苏羡音被老师罚下周交一篇三千字的论文。

陈浔倒还算正人君子，举手示意老师："老师，是我打扰到她认真上课了。"

老师点点头，略一思忖："是，她能受你打扰，也属于意志不坚定，写论文对你俩都有好处。"

底下哄笑成一团。

最后他俩还是得写。

下了课，苏羡音收拾着书包，姚达将脑袋凑过来，拍着陈浔的肩膀，挤眉弄眼道："我说浔哥，你怎么回事啊？怎么天天连累人家？"

"大概是八字不合吧。"苏羡音淡淡地说。

她看出陈浔的口型，感觉他又要说"对不起"，凭空生出了一点勇气。

"'对不起'都听得耳朵生茧了，能不能有点实际行动？"

"能。"陈浔轻笑一声，回答得倒是很肯定。

但是她没想到，陈浔的实际行动，是约她晚上在图书馆三楼见。

苏羡音还有点紧张。

她退了体育课，不想晒太阳是一个原因。再者，陈浔对她的态度让她下意识想躲远他。她不想再回到那个失意又心痛的夏天了，也许还是离他远远的，就远远望着他，比较适合她的定位。

但老天不会三番五次跟她开玩笑，她又和陈浔选中了同一门课。

侥幸心理是恶魔，能凭空生出希望之花，勾起人心底里的跃跃欲试。

她不是一个会冷眼看着机会在自己面前一而再再而三溜走的人，总要试试吧，反正她早就为陈浔训练出了一副完备的自我保护机制。

试着能不能再接近他一点，再试一次吧。

这一次，她一定会在感受到痛之前就撤退。

所以她开始纠结该穿什么衣服。

蓝沁看着她蹲在衣柜前，几乎要撑着隔板睡着了，走过来问："怎么了啊？晚上院会有事？"

"院会倒是没事，我有事。"

"怎么了啊？"

苏羡音动了动嘴，意识到要讲明白自己此刻为什么纠结，就一定要讲出那个大前提：她喜欢陈浔很多年。

而这个大前提又是那么迂回与蜿蜒，她九曲十八弯的心肠，每一个弯道都是因陈浔而起的酸涩与苦楚。

这要讲起来，太累赘了。她还没做好把自己剖白给蓝沁看的准备。

她说不出来，蓝沁却像是看明白了。

"有约啊？说说吧，对方什么类型的啊？"

苏羡音也不否认了，沉思了一会儿说："我也形容不出来……"

蓝沁说："行，那我问你，你回答。"

"成绩好吗？"

"很好。"

"戴眼镜？"

"不近视。"

"喜欢打游戏？"

"喜欢，但是应该没有网瘾。"

蓝沁没有预兆地笑了，说："最后一个问题，他是不是很帅且家境还不错？"

苏羡音怔了怔，没想到这么几个抽象的问题能让她此刻像是个被剥了壳的鸡蛋。她还是诚实地点了点头。

蓝沁落在苏羡音身上的目光有点意味深长，苏羡音不自然地舔了舔下唇。

"成，包在我身上，保准让他眼前一亮。"

苏羡音比跟陈浔约好的时间早到十分钟，她不停地拨动拢在她腿侧的裙摆，浑身不舒服。她很少穿短裙。

她有些坐立不安。

不想让自己看起来太不自然，苏羡音强迫自己将注意力移回传播学导论上，但哗哗作响的书页还是暴露了她的心境。

陈浔甚至还迟到了几分钟。

苏羡音看书的时候习惯垂颈，不介意给脊椎增加负担。

她第一眼看见一只戴着黑色运动手表的修长的手，那只手上还拿着一个黑色的乐扣水杯，她下意识说："不好意思，这里有人了。"

陈浔朝她笑了笑："是我。"

她微怔神的瞬间，陈浔注意到她今天的不同，拉开椅子的手顿了顿。他单手拎着书包在她身侧坐下，等长腿伸直了，才慢悠悠地从书包里拎出电脑。

他也不着急，反而慢悠悠地喝了一口水，眼神还挂在苏羡音身上。

苏羡音紧张地小口咽口水。因不想输气势，她看回去，问："我是把铅字印在脸上了吗？"

"没有，裙子挺衬你。"

他说得很轻松，像是在说图书馆里冷气很足，却成功让苏羡音成了一个从开水里捞起来的番茄。她烫到都快脱落一层名为冷静的皮了。

她想不出来该再说句什么，再抬眼，陈浔已经打开了 IDE（用于提供程序开发环境的应用程序）界面。

她怀着一颗惴惴不安的心，在接下来漫长的十分钟里，一个字也没有看进去。

直到陈浔屈起两指，在她一页都未翻动的书页上敲了敲。

苏羡音有种上课睡着被老师抓包的羞耻感，微红了脸，小声应了声："嗯？"

"再给我半个小时，"陈浔凑近了些，压低声线，"然后我就来写我们俩那篇'检讨'论文。"

"嗯，好。"

"我们俩"，就三个字，也值得她陶醉。

苏羡音趁着陈浔去洗手间的空隙，给蓝沁发去了感谢致辞。

yin：晚上给你带奥利奥双皮奶。

blue 的沁：哟，才一个晚上就拿下了？我们苏苏可以呀，弹无虚发啊。

苏羡音后知后觉感到脸颊有些烫。"八"字都还没开始写，她却好像已经醉了。

苏羡音收起手机，看到一个人站定在桌前，便小声说："我找了几个题目，你看……"

来人却不是陈浔。

柏谷看向她的眼睛亮了亮。他穿一件黑 T 恤衫，抬起手来冲她灿烂地笑。

苏羡音缓慢地往回收敛笑意。

"好巧。"

是不是天生耿直的人就是容易边界感弱，明明只是第二次见面，柏谷却像是她的好友一般，打完招呼忽地拉近椅子，脸也凑过来差点擦到她的手臂。他径直翻她的书，一边翻一边说："密密麻麻全是字，看起来眼睛会疼吧？"

"怎么，《微观经济学》里一页纸就十个字吗？"

苏羡音看见他凑过来的毛茸茸的脑袋，两人近到她能看见他的睫毛，她僵直了身子，一动也不敢动。

柏谷缩了回去，挠挠头，很轻易被她绕进去："也是，我也算是半个文科生。"

柏谷坐下似乎就不打算走了，非常自然地准备从书包里拿出教材。

"这里有人。"苏羡音顿了顿，还是小声提醒道。

"哦。"在乐天派柏谷眼里这都不是问题，"那我坐你对面。"

苏羡音："……"

她还是没拦着。

陈浔离开了很久，但因为柏谷的出现，她随着陈浔而去的注意力终于能收回来一点。

她定好题目的时间里，对面的柏谷却有些坐不住了。

他把长手臂伸过来的时候，苏羡音险些吓一跳。

他趴在桌上，眼神无辜纯净得像一只金毛犬。他伸长手臂，屈起手指在苏羡音桌上敲了敲，无意义的排列组合，不是摩斯密码。

但她还是看懂了，被他逗笑，抿抿唇，想开口又怕打扰到人，于是匆匆在纸上写下一行字递过去：你要是无聊的话可以先回去。

柏谷似乎在思考，不过几秒又眨眨眼，挪到苏羡音身边坐下。

"我带你去玩吧。"

苏羡音："……"

离图书馆闭馆还有十分钟。

苏羡音看了眼手机，没有陈浔发来的消息，而他的东西还静静地躺在桌子上。

她没有跟柏谷走，最后以跟同学约好了为由委婉拒绝了他。

他陪着她坐到十点，接了个电话之后离开了。

但陈浔始终没有回来，不知道是被什么事情绊住了还是已然忘记了自己还有东西在图书馆。

显然，第二个理由说服不了任何人。

她还是决定问他一声，将文字打打删删之后，她干脆拨通了他的电话。

"你好？"陈浔那边听起来背景有些嘈杂，他似乎还在外面。

"我是苏羡音。"她尽量让自己的语气听起来轻松明快，"你的电脑、书包，还有水杯，要帮你带回去吗？看样子你好像不会再回来了。"

她一个不留神，真心话顺着裂开的豁口溜了出来。

"哦，没事，今天图书馆值班的是我朋友，他会帮我收起来的，我到时候自己去拿，就不麻烦你了。"

滴水不漏的回答，他将亲疏分得明明白白。

"好。"

空调冷风终于停下，周遭一刹那安静下来，静到苏羡音能听见自己心里的叹息声。

"不过，"陈浔在那头笑起来，"你还没走吗？"

是的，她还没走。

一些隐秘的自嘲声渐渐拢过来，苏羡音听他的口气都觉得是某种挖苦。

她皱着眉："什么？"

"我本来回去了，但看到柏谷了，所以就没过去打扰你们。"

陈浔的笑意里有了清晰的暗示。他以为她会跟柏谷去"约会"是吗？

苏羡音现在不只是觉得寒意凉凉了，还有股燥热之意从脚底升起。

"我是该夸你想得周到吗？"

"嗯？"

"没什么，我要走了，拜拜。"

苏羡音挂断电话，黑掉的手机屏幕上显现出她的脸庞。

白皙小巧的一张脸上化了淡妆，衬得她五官明净，眉眼含情。

前几个小时还在为此沾沾自喜的她，此刻像是个回到化妆间筋疲力尽的脱妆小丑。

她以为会有不同，她以为鼓起勇气以后就能一步步靠近他。

可她与他之间，还是有一条清晰的界线。

回宿舍的路上，苏羡音接到孟凡璇的电话。她迟疑了片刻，等着铃声唱了一半才慢腾腾按下接听键。

声音依旧轻柔，孟凡璇照例先问了她几句近况，她强打精神一一答了，不算敷衍。对比她对苏成桥的态度，这已经算得上是她打起十二分精神交出的答卷了。

沉默来得悄无声息，让苏羡音好不容易搭建起的友好氛围逐渐消散。

她轻声道："有什么事要跟我说吗，阿姨？"

孟凡璇像是有些不好意思一般笑了一声，说："过阵子我正好要去川北出个差，大概三到五天，想着你到时候课业不忙的话，阿姨带你出去改改善善伙食？"

其实不是什么了不起的事，苏羡音也没有理由拒绝。

但谨小慎微是孟凡璇对待她的时候的基础色，尽管为此她已经做出很多尝试，无数次释放出友好信号。

可孟凡璇依旧如履薄冰，当她是个瓷娃娃。

"好呀。"她不自觉带上了语气词。

身边传来了一声轻笑，苏羡音起初并未在意，听见孟凡璇在电话那头说："好、好，到时候阿姨联系你啊。你爸这阵子实在是忙不开，本来他也想要跟我一起来看看你，到现在还羡慕我呢。"

"你跟她说这些干什么……"

苏成桥的声音听起来有些距离，不知道他是不是又坐在沙发上看新闻。

路灯下苏羡音的影子被拖得很长，她注意到自己还有个同伴。

身侧那道影子更长，此刻甚至因为她的注视以及停下的脚步而张开了右手的五指，晃了晃。

——圆润而可爱的一个招呼。

苏羡音转过头，陈浔单手插兜，路灯将他的轮廓勾勒得温柔。他个头太高，被树叶擦到头顶，微低着头躲着，朝她笑了笑。

他夏季好像总有一百八十件不重样的T恤衫或者衬衫，件件穿得出彩。

她望着他，对着手机说："阿姨，我晚点再跟你说。"

挂断电话，她问他："你怎么会在这儿？"

他却像个顽劣的学生，不答反问："你每天回宿舍都走这么慢吗？从图书馆到裕华楼，你足足花了十分钟。"

苏羡音没回答，眼睛却在笑。

一前一后两个影子，成了并排。

陈浔从苏羡音手里接过电脑包，问她："所以论文你开始写了吗？"

这条路旁边有一片茂密的植被林，虫鸣声不断，九月到底不比盛夏，微风凉凉，苏羡音手心却冒了汗。

"没有，我定了题目，然后做别的作业去了。"

陈浔深信不疑。

"你选了什么题目？你那篇我帮你写，怎么说也是我连累了你。"

苏羡音看向他点头，在捕捉到他的小表情后很快又说："你该不会在等我说'没有，这怎么能怪你呢，我自己写就好了'吧？"

陈浔挠眉心的动作出卖了他，苏羡音捂嘴轻笑。

"看来你也没有传闻中那么磊落。"

"说起来，这次不仅是你连累我，连带上次我脸颊受伤，都有你的参与，我为什么要跟你客气？"她说得理直气壮，心鼓却已经擂了起来。

她与他谈判时没有筹码，心秤却早已偏向他。

穿过C1栋女生宿舍，底下闹哄哄一团，看架势像是有人当众告白，苏羡音踮起脚望了一眼。

微凉的触感在这时从她右脸颊的伤口处传来，她错愕地回头。陈浔屈起的食指只是蜻蜓点水般地触到她，痛感和火烧火燎的热意却一瞬间将她点燃。

陈浔也像刚回过神，自然地收回手，眨眨眼后，喉结轻滚："过敏症状应该是好了，但伤口看起来像是还没好全。"

这俨然又是那个风度翩翩、友爱同学的五好青年陈浔。

"要是能好得这么快，叫你写论文确实是亏了。"

他怔了怔，无奈耸肩："我并没有要赖账的意思。"

不远处起哄声愈演愈烈，像是表白成功，欢呼声像海浪，一层又一层。

不知道是谁的手机手电筒也跟着主人的情绪一起失控，在空中晃了几遭，下一个被晃的就要是苏羡音的双眼。

她下意识地闭上双眼，把眼睛再睁开一条缝时，光没有直直落入她眼里。

她听见陈浔的声音在她头顶后侧响起。

"这些人可真有精力。"

他拿开虚挡在她眼前的手，她复见光明的一瞬间，心口有些泛酸——好没出息。

"走吧，我带你走条小路。"陈浔拍了拍她的肩。

小路指的是横穿植被林的一条路，苏羡音犹豫地踩在松软的泥土上，陈浔回头望了她一眼："放心吧，这条路上连杂草都没有，这一块学校打算改种樱花，十月份就开工。"

"哦，学校负责园林建设的也有你的人脉？"

陈浔被她逗笑，挑挑眉说："你猜。"

"我都答对了还猜什么？"

"我只是路过的时候，跟负责工程的园艺师聊了几句而已。"

陈浔跟谁都聊得来，她不是这一刻才知道，却是这一刻才有深刻体会。

"我要是被虫子咬了，下周的创业作业是不是也可以交给你了？"

"好说。"

他今晚好像温柔得不像话。

月也清明，温度也刚刚好。

她步伐越来越慢，希望这条路越走越长。

陈浔一路将她送回宿舍楼下，他们话题没有断过，苏羡音的心跳没有慢过。

到了宿舍楼下，明晃晃的灯却照得苏羡音有些不适应了，那些随着晚风飘浮而影影绰绰的心事好像也要原形毕露，兜不住了。

陈浔道："那我就先走了，你早点休息。"

"好。"苏羡音木木地说。

他却笑了，带点调皮意味，弯弯嘴角："你怎么不说'好呀'？"

原来当时那声笑是他的。

苏羡音没恼："你这是在笑话我吗？"

"算也不算，"陈浔不卖关子了，"总感觉那不像你说的话。"

"哦，因为我爱戗人爱冷脸还爱不给人台阶下是吧？"

陈浔本该说"对不起"，却只是定定望着她的眼，说："我可没说。对了，晚上确实是出了点意外，当时准备拿了东西跟你说一声再走，因为看到柏谷在跟你说话，我事情又有点急就先走了。"

不仅仅是说话，男孩趴在桌上，以敲桌子的形式试图博得女孩的注意。而女孩温柔地用笔敲了敲他的手掌，弯起眉眼笑的样子也被他看得清清楚楚。

他倒不像姚达乐于做月老，但也知风趣，知道自己在那种情况下不便打扰。

"确实该跟你打声招呼的。"

"没事。"

苏羡音望着陈浔离开的背影，不知为何，忽然觉得晚上笑话她说"好呀"、替她挡住刺眼的光、轻触她伤口的陈浔，又退回了那个安全社交距离。

他明明只是周到又礼貌，最后几句却又像是将她推远了一步。

这夜晚美好得像一场梦。

陈浔人缘好是公认的事实，当时在南城附高，整个年级只要有人提到陈浔，就一定会收获好几声类似"哦——他啊！"的话。

男生跟他混成一片，女生也暗暗沉迷于他的光芒。

有的人的存在，就是这个学校里最大的"传说"。

苏羡音早在高一之前就见过他。

那是中考完的暑假，苏羡音抱着青花瓷盒，经过长途跋涉，当时她睡蒙了，苏成桥扶着她的肩，轻声告诉她这里是新家。

苏成桥早就托人打理过，房子很大，也很新，但苏羡音高兴不起来。

她沉默寡言地随着苏成桥把行李一件件搬进去，等父女俩忙完已经是傍晚，满身大汗。

苏成桥说带她出去下馆子。

陌生的城市，陌生的环境，提不起兴致的人。

苏羡音手扶车窗沿，看着窗外蔚蓝的天空，巷子里有挂着木牌的小卖部，门口有吃瓜纳凉的老人，街角还有错身而过的把自行车骑得飞快的学生。

平心而论，南城的夏天很美，像动画片里的场景。

但苏成桥带着她来南城，并不是因为这个。

饭桌上，苏羡音见到了一个陌生的阿姨，孟凡璇。

她不是小孩子，基本在见到人，被苏成桥要求打招呼时就已经明白了那顿饭的主题。

那顿饭吃得并不算愉快，她没有表现出抵抗，但也不顺从，只是用沉默一次次加深苏成桥讪笑时脸上的沟壑。

结账的时候，苏羡音借口要出去买支笔，跑了出去。

苏成桥先走出来找到她，低声问："羡音，你不喜欢这个阿姨吗？"

苏羡音当时的眼神很冷，疲惫的身体、糟糕的心情使她口无遮拦："我喜不喜欢不是不重要吗？爸爸喜欢她才是重点吧。"

"你什么意思？"

苏羡音叹口气："我不是反对你，你有追求幸福的权利。"

"但是你是不是太心急了点？妈妈才走不到一年。"

她眼眶红了，音调也不由自主地提高，这几乎是在质问了。

"我不是第一次见这个阿姨了。那天在医院，我都看见了。

"你抱着阿姨的时候，怎么没有想过我会不会不喜欢她不接受她？你为她掉眼泪心疼的时候怎么没有想过妈妈在病床上痛得睁不开眼？你还是人吗？"

"决堤"的不只有她的眼泪，还有苏成桥的怒火。

那是她长到十五岁以来，苏成桥第一次打她。一巴掌落下，她白皙的脸上立刻起了清晰的红印。

"你太不懂事了，羡音。"

苏成桥那时候的眼神她未能读懂，此后的三年，她也没有给过自己去理解他的机会。有些隔阂就像一匹裂帛，手艺再精妙，缝补过后都不会是原来的样貌了。

苏羡音跑掉的时候，听见孟凡璇着急的声音在身后响起："成桥！你打孩子干什么？"

那声音被她甩在身后，眼泪就挂在她两颊，那是她心里的秘密，说出来也不过是两败俱伤，她也是惨败的输家。

跑累了，她也不认识路，便跑进一条幽静的小巷子，就站在墙角，垂着脑袋，平复着呼吸。

不远处有人走动的声音，听起来是几个男孩，说说笑笑的。

学生时代是她自尊心最强的时候，也是她和异性相处最拘谨的时候。

于是她的脸不由自主地热了起来，羞耻感包裹着她，她木着脑袋转了个面，呈一个面壁思过的姿势。

她听见人越走越近，正在纠结要不要硬着头皮往前走一点，还是就站在原地时，一只好看的手递过来一包纸。

苏羡音不好意思接，更不好意思去看来人，只摇摇头，期盼来人赶紧离开。

"我真服了。"有男生在喊，"陈浔，你就别老献爱心散发魅力了行不行啊？要迟到了啊。"

就是这一声，苏羡音像一只受了惊的小兔子，仓皇间抬头，陈浔把纸巾塞到她手里，没有多说话，浅笑了声小跑着走了。

他的书包斜挎着背在身后，身上穿着一件白色的普通 T 恤，背后的印花图案是一只米奇。

他手臂揽住身侧的男生，一行人在巷口转弯。路灯照亮陈浔侧脸的那一刻，苏羡音紧紧地攥住纸巾的塑料外包装。

干净俊朗的少年掠过路灯，拖着长长的浮影，脸上却是意气却又疲惫的笑意。

苏羡音疑心自己听错了，待一行人的声音远到听不见了，才捏着纸巾按在自己胸口，确定震天响的怦怦声来自她的胸腔。

她这才后知后觉，刚刚他将纸巾塞到她手上时，温热的指尖掠过她食指的第二关节，此刻那里正发烫发热，比暑气更甚。

她的泪，却已经干了。

后来苏羡音是慢腾腾走回饭店的，回来后被孟凡璇一把抱进怀里。孟凡璇胸口剧烈起伏，她不像是做戏，身上好闻的柑橘香舒缓了苏羡音的焦虑。

但苏羡音还是轻轻推开了她。

苏成桥接到孟凡璇的电话赶来后，比苏羡音还要沉默。

父女俩似乎达成了某种一致，对这天晚上的争执与撕破脸面的事齐齐失忆，靠粉饰太平来继续生活。

后来这一整个暑假，苏羡音都在南城的各路小巷里晃悠，美名其曰散步熟悉环境。可直到她对南城八巷熟悉到能在纸上画出地图概览了，她也再没能遇见他。

她没想过会和他读同一所高中，更没想过能在开学第一天就遇见他。

开学那天下了小雨，她举着小花伞，费力地在红榜面前找自己的名字对应哪个班级。

"浔哥！这儿、这儿！"

苏羡音抬头看了一眼，只这一眼，惊喜就像要从她眼里蹦出来。她看着他单肩背着一个空空的黑色书包，举着一把黑伞，一步步朝她走来，眉目清晰而舒展。

"嘿……"

"咯，又见面了"她还没来得及说出口，他从她身边擦身而过，伞面相撞发出一声响，他的声音也像这雨声一样清晰："同学借过。"

苏羡音默默垂下刚有举起趋势的右手，垂着头看见地面红色瓷砖漾开一圈圈水纹。

原来他不记得她。

她期待已久的重逢，连个序幕都无法拉开。其实她跟他的缘分本来就很浅吧。

苏羡音躺在床上，盯着自己十分钟前发去的"那论文就拜托你了，我有验工的权利吧？"的消息。

十分钟了她都等不到他的回复。

他可能在洗澡，可能已经开始了"塞尔达之旅"，也可能……只是不想回复她。

她以为自己已经足够成熟足够稳重，院会里大一的干事还会开玩笑说苏部长开会的时候不苟言笑的样子让他们恍惚到是在公司开例会。

可只要事情与陈浔沾边，她就退化为十五岁敏感而又患得患失的苏羡音。

她永远不是他的对手。

蓝沁回来后，两步爬上她的床楼梯，坐在她的床沿。

"怎么样、怎么样？有何突破？讲给我听听。"

"其实没什么，可能是我会错意了。"苏羡音淡淡地笑道。

"美女，能不能对自己有点认知？我不允许你这么没有底气！"

苏羡音不是那种初看令人惊艳的长相，却又不寡淡，小巧的一张脸上最漂亮的是她那双灵动的眼睛。她是细看一定会让人忍不住再多看几眼的漂亮女孩。

她被蓝沁捏住脸颊，此刻不得不嘟着嘴，说出来的话都含混不清。

蓝沁终于松开"魔爪"，却又不继续问了，只是说："没劲，那是他眼瞎，建议'亲亲'这边换个攻略对象。"

她倒是想换。正想着，手机振动，她还是很快拿起手机。

陈：哈哈哈，陈工头会随时汇报工程进度的。

"发什么了，笑得这么开心？"蓝沁扑过去要拿她的手机。

发什么不重要，是他发来的，她就很开心。

周五的时候，孟凡璇到了南城。她要办公差的地方离川北大学有一定的距离，因此下榻的宾馆离苏羡音也不近。

她来的当天，两人没有见面。

周六孟凡璇订了座，要带苏羡音尝尝川北一家有名的日料。

苏羡音来迟了，干燥的秋季终于下了第一场雨，她进门的时候带进来一股潮气，眼睫上也挂着雨雾。服务员将她的小花伞收起来，她落座，解释道："上午有个家教试教，讲题没注意时间，饭点又堵车。"

孟凡璇笑了笑："不打紧。"

苏羡音起了个好头，让孟凡璇有了话题切入点。

孟凡璇一边给苏羡音倒茶，一边淡淡地问："羡音找了家教兼职？"

一口暖茶入胃，周身湿气就散了些，苏羡音"嗯"了声，双手捧着茶杯解释道："大二空闲时间稍微多一点，也想锻炼锻炼自己。"

她眨了眨眼，倒是很坦诚："顺便赚点私房钱。"

孟凡璇笑得开怀，不自觉地摸了摸苏羡音的手："你爸爸没有苛待你吧？生活费要是不够了尽管跟阿姨提，阿姨给你的——"

她凑近些，很配合地故作神秘地小声说："也能进你自己的小金库。"

其实她们现在已经可以这样自如相处了，偶尔也能像此刻一样，开着同频的玩笑。孟凡璇温婉大方不古板，在很多方面比苏成桥要更懂苏羡音。

但苏羡音从未改过口，孟凡璇也没有提起。两人有时候很近，有时候又明显感觉到中间隔着一层透明玻璃，不走近不知道有多厚。

苏羡音轻扇眼睫，语调轻快："那还是自己存钱更有成就感。"

吃饭的时候，孟凡璇还是关切地问了她做家教的具体情况，她只身一人在川北读大学，无依无靠，孟凡璇说还是有些不放心。

"其实各方面都挺合适的，那女孩也乖，只不过她家离学校有一段距离，坐地铁倒也还好。"

孟凡璇多问了几句。

坐地铁确实方便，只是下了地铁还有一段两公里的路要走，下雨下雪的时候难免有些不便。

其间孟凡璇接了个电话，听起来，对方是她很要好的朋友。

"羡音，你下午没有别的事吧？"挂断电话后，孟凡璇问她。

"嗯，今天没什么要紧事，不着急回去。"

"那你等下跟阿姨去见一个朋友吧？

"放心，就是一个阿姨，跟我是很多年的朋友了。我跟她打了招呼，以后有什么事你都可以联系她，她人很好的，应该不会令你感到拘谨。"

苏羡音没有拒绝。

这位阿姨比苏羡音想象中要更年轻。

孟凡璇在机关单位工作，保养得当，看上去不过是三十出头的成熟女性。

而这位谢阿姨，不论是穿着打扮还是言语习惯都很年轻态，整个人散发出的那种气质跟孟凡璇完全不同，苏羡音甚至一度以为谢阿姨未婚未育。

当谢颖然听到她在川北大读书时，激动地握住了她的手："我儿子也在川北大呢，真是有缘分，改天介绍你们认识认识？"

孟凡璇也许是担心苏羡音会不自在，立刻抢白道："孩子们的事我们就不要插手了。"

谢颖然始终笑盈盈的，她点点头说："也好，正好我也懒得管他的事。"

陪着两人逛了一会儿街，苏羡音手上就多出了一套衣服以及一条手链。

手链是谢颖然挑的，是最近很流行的一个首饰品牌旗下的，款式是热门款，戴在苏羡音细细的一截手腕上很好看。

跟两位阿姨道别已经是晚上八点过后，苏羡音走出商场。她在地图上对比距离，最终急切想要休息的心战胜了想要开源节流的念头，她在手机上叫了车。

商场处在川北中心商圈，繁华地段，高峰时，手机页面上显示她在排队队列第二十位，预计还需等待三十分钟。

　　陈浔走出商场的时候，接到谢颖然的电话。他电话簿里备注的都是人名，姚达揽着他的肩看了一眼，怪笑道："这又是哪个院的哪个妹妹啊？"

　　陈浔懒得理他，甩开他的手，接通电话。

　　谢颖然劈头盖脸就是一顿数落："这周还不回家？又要忙什么？让我猜猜，是老师叫你做项目还是同学叫你帮忙写策划案啊？"

　　陈浔失笑："我可没说我这周不回家。"

　　"很好，现在是9月5日星期六晚上八点四十七分，距离你说的可以回家的'这周'还有多久呢？"

　　"预计还有十二个小时，你就可以见到我了。"

　　姚达带头"啧啧啧"起来，给旁人解说："看来这个有戏，第一次见我们浔哥跟别人这么亲热。"

　　谢颖然也注意到电话那头乱哄哄闹成一团，问："又跟同学在外面鬼混啊？"

　　"我在您心里就是这种形象吗？"

　　"你是什么形象，还不是取决于你明天怎么表现？"

　　"成。"陈浔拖长了尾音，匆匆掠过一眼，捕捉到一个瘦削的熟悉的身影，不自觉顿住脚步，不着调地对电话那头的人说："明天带你去吃你最爱的那家西餐厅给你赔罪，好吧？"

　　"别别别，我今晚刚吃过，你可别折磨我了。"

　　陈浔讶然地挑眉，不由自主地朝那薄薄一片身影走去。

　　电话没挂断。

　　"你今天也在万佳城？哟，这么有默契呢？"

　　陈浔没接话，等回过神来的时候，已经伸出手拍了拍苏羡音的肩。

　　她今天头发没扎起来，右侧碎发全部挽至耳后，露出小巧白皙的耳骨，薄薄一件T恤衫领口连接着成片的细腻肌肤，肩颈线优越。

　　她正无聊到在手机上看推文，吓得一激灵。

　　陈浔致歉："吓到你了。"

　　"没事。"

谢颖然捕捉到这边的声音，立刻警觉起来，声音中不自觉带了点期待："你跟女孩子出去了呀？"

陈浔朝苏羡音指着手机示意，侧过身去，扶了扶额："没，就是遇到一个同学。"

他又说："行，我猜你已经从万佳城离开了，回家早点休息，有什么批评的话留着明天当面说，可以？"

"臭小子。"谢颖然笑骂了句，直接挂断电话。

苏羡音静静站着，只是觉得那听筒里传来的零星声音有些耳熟。

姚达早注意到这边的动静，眼瞧着陈浔挂断电话，带着人走过来，浮夸又真诚地道："这不是苏妹妹吗？"

他又对陈浔使眼色："跟小情人聊完了？"

陈浔冷笑一声："跟谁？"

姚达看了苏羡音一眼，又想象了一出戏，自认为颇为上道地点点头，对苏羡音说："开个玩笑、开个玩笑，苏妹妹就当耳旁风。"

也不怪姚达整日嬉皮笑脸没个正形，他跟陈浔做室友一年，早见证过陈浔的人气。久而久之，姚达但凡见到有女孩联系陈浔，都要下意识地调侃几句。

仿佛陈浔的通讯录里就不可能有不喜欢他的女孩。

苏羡音愣着没回答。

商场里忽地拥出了一批人，说说笑笑。

陈浔看着姚达幽幽地道："希望下次见到我妈的时候，你也能在她面前复述这个笑话。"他一边说，一边不动声色地扶着苏羡音的肩轻轻一拨后松手，让她向自己迈了一步，一行人堪堪擦过她身侧，没有撞到她。

陈浔还是盯着"石化"的姚达，嘴边的笑有些玩味："她可不一定能当耳旁风。"

苏羡音最后坐陈浔的车回了学校。

应了陈浔的邀请的时候她没犹豫，可上车的时候，她却迟疑了。

姚达朝她比了个"请"的姿势，要她坐副驾驶座，还言辞恳切地道："你别看陈浔平时一副八好学生的样子，他就缺人治他。我见过这么多妹妹，也就苏妹妹你的口才可以让他吃瘪，你不坐副驾驶座谁坐副驾驶座？"

于是苏羡音没推拒，系上了安全带，淡淡地说："知道的明白你在夸我，不知道的还以为你在批评我刻薄。"

姚达头摇得像拨浪鼓："哪能啊？就这么说，苏妹妹，我看好你。"

看好她什么？

其实也不必说，车后座几个男生不约而同露出的坏笑已经将这句话的含义公之于众。

几人七嘴八舌地说起来，苏羡音手抠着安全带边缘，不知道是该开口为自己辩解，还是干脆当这些话是玩笑一笑而过。

在陈浔未开口前，她都还不算心慌。

陈浔清了清嗓子，抬头看了眼车内后视镜，说："都有点正形行吗？"

他又瞥了眼苏羡音，语气轻松："他们这么造谣你，你也不反击？戗我的时候倒没见你这么宽容。"

"谁说我不反击？"苏羡音松了口气。手机一方屏幕照亮她笑盈盈的眸子，她不动声色地道："我已经在找法学系同学帮我草拟律师函了。"

姚达笑骂了声，接着道："我没说错啊，你俩不配吗？你俩'天仙配'。"

车开到苏羡音宿舍楼下，她礼貌道谢下车。

车门"哐"一声关上，她走出去不过两步，陈浔摇下车窗，倾身探出半个脑袋喊她。

苏羡音疑惑地回头。

陈浔举起她的U盘，嘴边笑意渐深："这里面该不会有你周一要交的作业吧？"

晚上九点，女生宿舍楼前最不缺风月温柔，更不缺"八卦之魂"。

苏羡音清晰地感觉到周遭有路过的女生频频投来的探究眼神以及仿若就在耳边的低声细语。

她侧头，好像很困惑的样子："你该不会要讹我吧？"

陈浔像是听到了什么笑话，却乐意接哏："我是那样的人吗？"

他的手再往前递一寸，苏羡音见好就收，快步走过去将U盘接下。

他抬抬下巴，做出思考的样子，说："收好啊，回去就把银行卡号发给你。"

苏羡音笑弯了眼。

最后，她目送他摇上车窗离开，也听见他轻声对她说："走了，冒失鬼，周二见。"

再听他说一句她就能原地表演一个嘴角与月亮肩并肩。

"那是机院的陈浔吗？"

"是的，好帅。"

今晚苏羡音摄取的糖分以及得到的满足感已经严重超标。

就让她做个幸福的冒失鬼吧。

晚风拂过她耳际，明明是自己的头发，却令她颈间发痒。她侧侧脑袋，看见稀疏的树叶间盛着一弯月。

她一直认为自己是个懂得知足的孩子。

高中跟陈浔不是同班，但是他们俩的教室在同一层的最两侧。

她每次绕路从卓越班旁边的楼梯上楼，再穿越一整个平层，回到实验1班，只为了路过的时候能装作漫不经心地扫过，瞥见天光。

走路不能停顿，目光要自然扫过，不能停留，不能有所寻找，她几乎把这套公式运用得融会贯通，一用就是三年。

那是她和陈浔获得全市中学生演讲大赛一等奖的消息传开的一天，她照例"路过"卓越班时，听见有嗓门大的男同学，像发现新大陆一样，激动地发言。

"哎，你们看这张领奖照片，像不像结婚照啊？"

苏羡音的心跳漏掉很多拍，"黄金路过法则"也全都被抛在脑后，她屏住呼吸，不由自主地放慢脚步。

有人笑："放屁，哪里像了？"

"你看啊，这大红背景，这讲台，这白衬衫，怎么不像？我看过我爸妈的结婚照，就跟这张差不多。"

"浔哥，你看嘛，真的像。"

苏羡音捏紧了书包肩带，这一眼比她往常投去的很多眼要艰难。她望过去，陈浔坐得笔直，手下笔没停，甚至没抬眼，只用气声笑了声，淡淡地说："别闹，诽谤违法。"

他没有看到的这张刊物上两人高中时期唯一的一张合影，被苏羡音规规整整地裁下来，框进了相框里，永永远远反扣在书柜第三层的隔板上。

那是她心里最温柔的秘密。

陈浔没有给眼神，但不妨碍青春期对两性关系有着迫切探知欲的男生瞎起哄，刊物在卓越班传了半圈，终于获得少许认可。

带头的男生起劲地鼓掌："浔哥新婚快乐啊！"

看热闹的、起哄的笑声层层叠叠，苏羡音迈开了步伐，心里又酸又胀，为这一时的起哄高兴得满脸通红。

即便不是真的又怎么样？即便起哄的男孩甚至没提照片里的"新娘"是谁又怎么样？能被起哄成一对新婚夫妇，她的脚步已经虚浮起来，心口坠着一块名叫"开心"的大石头。

她确实是个知足的好孩子。

周二上课，苏羡音早早去了，坐在倒数第三排，还默默用水杯占了身旁的座位。

但陈浔缺席了。

姚达解释道："老师叫浔哥去实验室帮忙去了，但是论文他写了的，让我给你带来。"

苏羡音把两份论文交上去，下课后老师叩了叩她的桌面，问她有没有兴趣参加他的课题组。苏羡音哭笑不得。

陈浔写的"检讨"论文都能被老师欣赏，这人真是优秀到了令人着魔的程度。

苏羡音以专业课程太繁重婉拒了，顺便把这件事跟陈浔说了声。

yin：你的"检讨书"写得太好了，老师问我们愿不愿意加入他的课题组，我婉拒了，估计下周还得问你。

陈：你这么聪明，怎么不知道也顺便帮我婉拒一下呢？

帮你婉拒？以什么身份？苏羡音走在路上，笑得坦荡，心事不用遮掩，在明晃晃的日光下与她轻快的步伐共舞。

yin：我是不是该把这聊天记录打印出来贴在床头？

yin：我居然被川北名人陈浔夸聪明了。

陈浔站在一食堂一楼大厅向下的台阶上，夹着一本课本，单手看着消息记录，无声地笑了。对话框里迟迟没有文字输入，他略一思忖，似乎听见有人喊他，微抬头看过去，发现是自己产生幻听了。

他左腿站得笔直，右腿却微微屈着，轻踮脚在石阶上来回摩擦，整个人透着股优哉游哉的味道。

收回视线，他很快重新抬起头，眯着眼看了眼几十米开外，一边啃着甜筒，一边看着手机龟速前进的一个小小身影。

他最近遇到她的次数好像有点过于频繁了。

陈：荣幸吗？荣幸就对了。这么荣幸不请我吃甜筒吗？

他看着消息气泡嗖地发过去，才慢悠悠地盯着不远处的苏羡音，看着她顿住脚步，脸上笑意未褪，向四处打量的样子。

他把手机收回口袋里，信步走下台阶。

"这呢。"快走近了，他才出声给她提示。

她转头的时候神情有些仓皇，像只竖直了耳朵的受惊小兔。

他垂眼看着她手里外圈已经快要融化滴落在她手上的奶油，抬抬下巴提醒她："要化了。"

苏羡音有些窘迫，好像在他面前吃甜筒是一件令她很为难的事，但她又不得不微垂着头，小咬一口。

但因为她动作的幅度，另一侧的甜筒外圈融化下的奶油滴下两滴在她的手背上。她更窘迫了。

陈浔将她的无措看在眼里，单手从口袋里拿出一包纸巾，提醒她："换只手吃吧。"

"嗯？"苏羡音蒙了，却下意识地照做。趁着他垂下眼睫的时刻，她像个贪心的小贼，咬下一大口冰激凌，顺便含了一口外圈快融化的奶油。

她抬头时，他捏着纸巾盖住她的手背，利落地替她抹掉奶油。

她与他的纸巾这绝妙的缘分。想到这儿，她没忍住，肆意地弯起了嘴角。

陈浔打趣她："不过让你请我吃个甜筒就慌了？看来得到我的夸奖，也不是那么荣幸。"

"谁说的？"苏羡音两口解决掉甜筒的上半部分，"不是你跟我说话打断我吃东西，我才不会滴到手上。不就是请吃甜筒吗？"她故意做出夸张的口气，"请十个都行。"

"苏老板真大方。"陈浔噙着笑。

"走吧，请你吃。"

苏羡音将剩下的甜筒壳咬得咔嚓响，小脸红扑扑的，却还要佯装镇定。

她迈开了步子，陈浔却不走了，定定地看着她，看得她心慌。

有风拂过他额前的碎发，他噙着笑，气定神闲地调侃她："还说没慌——"

他微弯下腰，凑近她一步，她慌得眼睫轻扇，他却忽地抖着肩膀笑了，笑得肆意又张扬。

"嘴上都糊了半圈奶油。"他伸出手又递给她一张纸巾，"你是小孩子吗？"

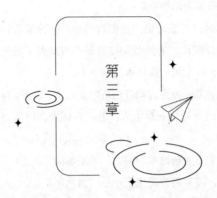

第三章

自己从来就不是陈浔的对手。

苏羡音走在回宿舍的路上，双手握住冒着冰雾的水瓶，贴上自己绯红的脸颊。

他的一个笑、一句话，几乎不需要任何功力，就能撩拨她的心弦，奏出一首名为偷偷喜欢的乐曲。

她轻叹口气，慢腾腾地走上楼梯。

刚才她花费了很大的定力才让自己看上去符合她的"人设"。她请陈浔吃了甜筒，两人在M记里坐了不到五分钟，陈浔便被一个电话叫走。她看着一杯融化得有些不堪入目的奥利奥圣代，面无表情地冷却自己的心。

回到宿舍，蓝沁不在，苏羡音看见两个从未见过面的女生，一个在收拾床铺，一个站在衣柜前挂衣服。

苏羡音手握着门把，眨眨眼："我走错了吗？"她显得有些无辜和可爱。

冲水声远远响了一声，蓝沁从洗手间里走出来，看见傻站在门口的苏羡音，冲她招招手："进来呀，苏苏。"

寝室里来了两个新室友。

大一的时候，寝室是按照班级以及学号分配的，苏羡音和蓝沁是她们班学号最靠后的两个女生，因此两人幸运地住进了四人间。

苏羡音慢热，蓝沁开朗大方，两人住着宽敞又自在的四人间，很适合培养感情，不过一年已经成为很亲密的朋友。

这次搬宿舍的时候，蓝沁也问过宿管阿姨。阿姨说新宿舍楼床位很宽裕，暂时还是按照之前的分配住，为此蓝沁拉着苏羡音高兴了很久，第一天来东西都懒得收拾，直接把箱子放在另一张空置的桌子上。

"这两位是这学期转专业过来我们班的新同学，段芙、林苇茹。"蓝沁介绍道。

四人又重新介绍一轮，面对生人，苏羡音话少，但第一天还是想尽量在新室友面前表现友好。

"你们是同一个专业转过来的吗？"于是她问。

林苇茹摇摇头，段芙回答得也很快："当然不是。"

苏羡音微不可察地皱皱眉，没有继续问了，只点点头又转回桌子前，翻过一页书。

段芙露出吃瘪的表情，似乎对苏羡音不继续问下去的行为有些不满，自顾自地说起来："我是从机院转过来的，她好像是生科的。"

林苇茹从衣柜后探出一个脑袋，听见段芙提起她，扶了扶镜框，点点头。

又是机院。苏羡音一顿。

她一直觉得自己不是个聪明的孩子，高中的时候为了保持优异的成绩，她的社交关系简单到有些过分。不主动交朋友，是她的原则。

但她自诩是个优秀的观察者，也自认为很能听懂一些弦外之音。

比如此刻，段芙的语气里分明有不屑与林苇茹为伍的倨傲之意。

也许是因为计算机科学专业作为川北大的王牌专业，录取分数远远要比名不见经传的生物科学专业的要高。

但也许是她多想了。

蓝沁："不会吧，机院转来读新传，你有什么想不开的，姐妹？"

段芙先是充满敌意地看了一眼蓝沁，随后或许意识到这句话语气太像是调侃，神色才慢慢转好，她不咸不淡地说："想读就来了呗。"

"你是哪个班的，认识姚达吗？"

"认识啊。"也许是听对方提到同学，段芙充满警戒的心情才慢慢放松下来，"同班的。"

蓝沁："哦。"

她没有像往常一样妙语连珠地抛出话题，反而是毫不见外地从林苇茹手上夺下衣架，说："挂 T 恤衫的时候衣架得从衣服里面穿过去，不然一个月后你的衣服就撑大到不能穿出去见人了。"

林苇茹像是有些不好意思，扶了扶眼镜，却温顺地点点头："好。"

段芙默默朝空中翻了个白眼，苏羡音看在眼里，没有拆穿。

下午的课上完，苏羡音扫了一辆共享单车，出了校门。

上次逛街的时候，孟凡璇除了让她跟谢阿姨见面之外，还有一个目的。

孟凡璇还是担心她去做家教的地方太远，提议让她去谢颖然的花店兼职。

花店就在川北大北门右拐一条街的位置，苏羡音骑着车，不过十几分钟就到了。

初看一眼，谢颖然不在店里，苏羡音对着柜台后的女生礼貌地笑笑："你好，请问老板在吗？"

女生没来得及张口，谢颖然就拿着一枝向日葵，从后屋冒出头来："在在在。"

谢颖然看上去真的很年轻，穿着一件法式宫廷风的方领黄裙，长鬈发从耳侧束起一半，用一个缎面大蝴蝶结抓夹夹住，淡雅的妆容得体，成熟女人的风韵与少女的活泼俏丽，在她身上好像都能捕捉到一二。

苏羡音感觉自己都被迷得七荤八素了。

她平时还算坦诚，此刻对上谢颖然漂亮的眸子，一本正经地道："阿姨，你真的有个读大学的亲儿子吗？"

谢颖然眨眨眼，像是对苏羡音夸奖自己的方式很受用："不确定……可能是我领养的？"

苏羡音扑哧一声笑了出来。

败给她的可爱了。苏羡音想。

这家花店规模不小，两个店面打通，收银台的帘子后还有一间屋子做储物间，后面甚至有一个小小的后院。

苏羡音之前就注意过这家花店，感叹过花店老板的审美很好。她把这话说给谢颖然听的时候，谢颖然也不谦虚："那当然，也不看是谁开的店。"

苏羡音更喜欢她了。

她两一拍即合，苏羡音心里最后一点顾虑都消散了，两人敲定好苏羡音来兼职的时间之后，谢颖然带着苏羡音在花店里转了一圈，向她介绍花店里的主要工作。

事情其实也不多，两三句交代完，谢颖然招呼苏羡音进里间喝茶，闲聊了不到两句，就留她吃饭。

苏羡音婉拒得有理有据。

兼职的时间定在周三以及周日，但周四苏羡音的课排得满满当当，晚上还要负责院学生会招新会的面试。

九月底，各院学生会还要和团委联合组织活动，从这周开始她的课余时间就会少得可怜。

谢颖然没多留她，只是在她离开花店的时候，忽地问她："对了，羡音。你高中是在南城读的？"

"嗯。"

"南城大附高？"

"对。"

眼睛亮了亮，谢颖然又问："卓越班吗？"

苏羡音顿了顿，脑海里不可抑制地浮现那抹意气风发的身影，笑容略显苦涩："没有，我在实验班。"

"哦，这样。"谢颖然像是也有些失望，扶着苏羡音的肩膀看着她离开。

之后，她叹口气，喃喃地道："看来不认识啊。"

人一旦忙碌起来，日子就过得飞快。

大一的时候，蓝沁迷恋着暑假答疑群里帮自己解答了半个暑假疑问的贴心学长，硬是要拉着苏羡音去院会的招新会。

最后两人双双入选，但偏偏是苏羡音进了学长沈子逸所在的宣传部，蓝沁进了外联部。

一年过去，苏羡音成了宣传部部长，沈子逸通过换届选举以大比分差距稳稳拿下院会主席的位置。

蓝沁不爱揽差事，象征性地领了个院会外联部副部长的职位，照旧做着小干事该做的事，只是使唤起小学弟来她无师自通。

上周招新会圆满结束，这周就要组织各部门新人的破冰活动，苏羡音不是个能抖包袱的开心果，只负责到场表达友好。还好她的搭档是个会来事的主儿，新进小干事们个个都玩得很开心。

破冰会开完，照例是找个地方聚餐。

大学生的聚餐总免不了火锅、烧烤和烤肉，苏羡音最近火气重，听到"烧烤"两个字就有点喉咙痛，摆摆手说要先回去。

偏偏沈子逸不知道从哪里蹿出来，露出一副体恤"部下"的模样，说："从招新到现在，苏部长也是够用心了，聚餐我请客。"

新进的小干事们欢呼雀跃："主席万岁！"

但这对苏羡音一点吸引力也没有，奈何小干事们兴致很高，一致起哄推着她走，她想逃也逃不掉了。

苏羡音走出去不过几步，蓝沁小跑着过来要加入。

副部长赖文星赶人："去去去，外联部没人了吗？"

蓝沁瞪他一眼，笑嘻嘻的，却看着沈子逸说："外联部的小家伙们晚上都有事，我们得改天再聚，让我蹭顿饭不过分吧？"

沈子逸推推眼镜，笑意很浅："合情合理。"

走着走着，苏羡音跟蓝沁缀在最后。

苏羡音好奇心还算浅薄，但对亲近的人例外。她向着人群最前面那个高瘦的背影抬抬下巴，意有所指地问蓝沁："继续攻略？"

"狗屁。"蓝沁矢口否认，表情看不出破绽，"我就纯蹭饭。"

苏羡音笑着摇头不语，蓝沁看着心烦，跑过去捏她的脸，两人的行进路线因此成了"S"形。

忽然，两人迎面碰见段芙和林苇茹。

她们两个入住寝室一个星期，开头两天表面和谐，但不过三天寝室里的气氛就有些诡异。

段芙与林苇茹一开始并不相识，但像是看到蓝沁和苏羡音形影不离之后，她就和林苇茹同进同出，像是划出了阵营。

一开始苏羡音早上起床上专业课的时候，还会邀请两人一起去食堂，段芙拒绝过两次，再后来干脆比苏羡音和蓝沁起得要早许多，一大早就带着林苇茹出了门。关门声并不轻，像是某种宣告。苏羡音看在眼里，但没放在心上。

偶尔她回到宿舍比较早，开门的一瞬间，段芙对着林苇茹说话的声音戛然而止，她还会放下书包后淡淡提醒："没事，你们继续。"

她扬了扬手里的头戴式耳麦，说："我戴耳机。"

段芙的脸会拉得很难看。

蓝沁跟苏羡音不同，不喜欢忍耐更不喜欢憋屈，一来二去跟段芙之间总有些明面上的摩擦。她直来直去，不留颜面地跟段芙对峙，段芙总是咬咬牙算了，面上却阴云密布，像是被气得不轻。

寝室里有些摩擦很正常，苏羡音不强求相亲相爱一家人的氛围，蓝沁也不喜欢强行和好，便任由室友关系这样下去。

这会儿苏羡音淡淡地跟两人打招呼，段芙却打量她们一眼，又看着前面浩浩荡荡、热热闹闹的一行人，轻轻一哂："有些人的大学生活过得真有意思，夜夜赶门禁。"

蓝沁刚要发脾气，被苏羡音拉住手腕。

段芙又问："晚上回来动作能不能轻一点？我们睡觉睡得早，早上也起得早，你们自己不休息能不能别打扰别人？"

早上蓝沁刚因为这件事跟段芙小吵过一场，很明显段芙是特意抓住这次机会数落蓝沁的。

蓝沁火冒三丈，按下苏羡音的手："我们还不轻？我每次回去开门都开三分钟，恨不得 0.1 倍速开门，高跟鞋都被我拎手上，昨天晚上被你掉在地上的笔刺得龇牙咧嘴都不敢出声，你还要我怎么轻？"

蓝沁音量一提高，大部队行进的脚步就顿住了。有人频频往回望，段芙的脸色不是很好。

她咬咬牙，脸憋得通红，问："那你今晚几点回来，带钥匙了没？"

"我当然……"蓝沁的气势在她手摸到空瘪的裤子口袋以后弱了下来。段芙终于抓住机会，像幼儿园打架打赢了的小孩，腔调变得阴阳怪气起来："怎么，你打算让我们等你到几点？我跟苇茹明天都有早课，谁守到半夜给你开门啊？"

大部队彻底不走了，齐刷刷地扭头望去。

蓝沁脸上挂不住，怒火呈直线飙升。苏羡音在她行动之前看到她握紧的拳，用温凉的手心覆上去，以柔软的力道拆解她的愤怒。

苏羡音走上前一步，目光一凛，她看向段芙时，林苇茹小退了半步。

"我带了钥匙，不需要麻烦你开门。

"你也不必一次次找碴，如果实在不喜欢我们，可以趁早向辅导员申请换宿舍。

"逞口舌之快就能证明你高人一等了吗？你获取自尊的方式还真是独特。"

她字字像刀，专往人心口剜。

宣传部新进的小干事倒吸一口凉气："苏部长忒帅了，好酷我好爱。"

沈子逸抱着手臂隔岸观火，听到这个评价，推着眼镜轻笑了声。

苏羡音说这一段话的时候底气很足，眼神里冷意也很足，不卑不亢，架势摆得很到位。

所以一侧目看见陈浔微皱着眉用略带困惑的眼神看着她的时候，她像是一个泄了气的气球，满天乱飞。虚张声势以后是奄奄一息。

苏羡音只有在没人的时候才最自如，她小时候就喜欢披着床单演贵妃，说着自己还不懂的台词，潸然泪下的时候还挺像那么回事。

苏羡音第一次听到"表演型人格"这个词的时候，从字面意思理解，怔怔地说："我？"

蓝沁给她一个白眼："拉倒吧，这词跟你沾边吗？"

其实也是沾边的。

在陈浔面前努力表现得字字珠玑不愠不乐的她，在陈浔不回复消息时强装冷静和心如止水的她，每一刻，都在积极"表现"着。

她会通过他细微的反应及时调整自己的"表现"，像一台精于机械学习的繁复机器，深度学习后获取能获得陈浔喜爱的精确算法，程序性地按照她的计划，一步步走近。但她不是机器，体内没有 Run 程序（一种功能运行指定的应用程序），总会有差池。比如此刻。

陈浔向来不是个喜形于色的人，他体贴周密，善于为人解困，善于化解难堪。

在苏羡音与他对视的那一刻，他立刻收起了困惑的神情，朝着她笑了笑——很友好，和之前没什么不同。但他这一秒自如的转变，却让苏羡音更心慌。

她心虚地摸了摸鼻子，在思考自己刚刚看起来像个恶毒室友的可能性有多大。

段芙早气得灰溜溜地走了，倔强地丢下一句"回来动作轻点"。

苏羡音没有再看陈浔一眼，却意外地发现沈子逸一把揽住他，两人看起来相谈甚欢。

毫无预料地，两人齐齐将头转过来，看向了苏羡音。

苏羡音："……"

沈子逸走过来，神色轻松，保持着揽着陈浔的姿势指着苏羡音说："我们院会的得力干将，宣传部部长苏羡音。"

也不知道是哪句话戳到了陈浔的笑点，他笑出声来，低声说："认识。"

苏羡音瞥他一眼，他抿着唇收敛笑意。

沈子逸挑挑眉："你俩认识？"

蓝沁："何止认识，熟着呢。"

"差点忘了，苏羡音也是南城大附高的。

"也好，那看来之后的合作会很顺利了。"沈子逸落下结论。

原来苏羡音不是跟陈浔碰巧遇上的，陈浔是被沈子逸喊来的。月底团委联合各院院会组织活动，陈浔是这次活动的主要负责人。

苏羡音低着头的时候，在无人注意的时刻，轻轻弯了弯嘴角。

沈子逸和陈浔站在一起，像是自带一道结界一般。结界外的都是凡夫俗子，结界里的则是衣袂飘飘正气凛然的天神。

苏羡音也不能免俗。

有道行浅的学弟学妹已经开始窃窃私语。

"本来以为我们主席已经够帅了，旁边这位更'绝'啊！"

"哪有？我还是喜欢我们主席。"

"哼，没眼光。"

学妹们因为这两位到底哪位更帅而争论不休，苏羡音却有点心不在焉。

她刚刚看起来是不是真的很像恶人？

她出神的时候视线总是习惯向下，在看见黑色裤腿的时候再反应已经来不及了。她被坚硬的骨骼撞得一趔趄，陈浔侧着身手疾眼快地隔着她单薄的衣袖抓住她的手腕。

他手掌的温度似乎总是很高。

苏羡音心虚地将了将额前凌乱的刘海，手腕还在他的掌心里，他像是无知觉。

陈浔扬扬眉，打趣道："你是要碰瓷吗？说吧，多少钱？"

苏羡音不敢挣脱他的手，任由他轻松握着。他的体温隔着薄薄一层布料，将她的腕骨烫得发痒，她的心也不安分。

她弯弯眼睛，笑得讨巧："一般情况下一千块我就知足了，不过你嘛……"

她用着轻快的语气，快速地上下打量陈浔，摸摸下巴，说得很中肯："一看就是个有钱人。我是不是该多讹一点？"她看起来像是真的很困惑的样子。

陈浔终于松开了她的手腕，改用那滚烫的手轻弹了一下她脑袋，笑着说："想得美。"

苏羡音捂住额头瞪他一眼，一来一回，亲昵而熟稔的动作自带暧昧属性。

苏羡音用余光看见学弟学妹的目光落在他们两人身上时，觉得自己仿佛已经置身于绯闻旋涡。这种想法足够让她沉醉，她又在心里轻哂自己没出息。

后脑勺又受一记，这次苏羡音是实打实地恼了，生气的神情都比刚刚要自然生动几分。

"走路也一直走神，撞到电线杆都不知道。"

陈浔照旧懒懒的，仿佛天理都在他那边，他站在她身侧，与她并肩，说话间，呼吸有时拂过她的耳际，叫她忘了反驳。

她下意识地接话："那我还得谢谢你啊，电线杆。"

陈·电线杆·浔："……"

他失笑，动动嘴唇像是要与她辩论个一百来回，最后却又只是用望向她时展露的无奈笑容让她失语。

他胜之不武。

也许是一路上陈浔除了和沈子逸交谈就是在跟苏羡音说话，到了烧烤店，小干事们非常上道地将最后两个挨着的位子留给了因为点单和拿饮料而姗姗来迟的苏羡音和陈浔。

一张圆桌旁，挤挤攘攘地围坐了十几个人。

坐下的时候，苏羡音的T恤袖子甚至可以轻而易举地摩擦到他的，隔着两层衣料，她能感受到他的体温。

苏羡音在饭桌上话就不多了，吃得更少，几乎就是个看客。

只有在听人提到部门里的工作部署的时候，她才会偶尔插几句话补充一下。

她不是个不苟言笑的人，初高中的时候也一直担任班干部。

只是她无论是在闹哄哄的教室布置作业，还是在塑胶跑道上调整队形，不借助一点外力就无法让自己的声音穿透至每一个角落。

有时候她是用直尺狠狠地敲击桌面，有时候她甚至要借用英语老师的扩音器。

久而久之，她就养成了一个坏习惯，工作的时候总要微皱着眉，好像讲话是一件费力的事，管理也是。

她后来无意跟着蓝沁蹭了一节声乐课才知道，是因为她从来没有学会过用腹部力量发声，所以才会每次即使声嘶力竭也依旧被不认真听的同学气到吐血。

"这周最好就把海报样式定下来，要印发传单，要做立牌，海报肯定也要改几个版本，这都需要时间……"

她在认真地说，身旁的人拨了拨碗里的毛豆，夹起来又放下去，用气音发出一声笑。苏羡音淡淡地瞥了他一眼。

他微垂着头，后颈的棘突明显，弧度像他喉结的弧度。

他侧过脸看着她，笑意还未散，带点打趣的意味说："你还有挺多面。"

他优哉游哉，她也随口忽悠："是啊，我们正方体都有六个面，电线杆，你羡慕了吗？"

陈浔忽地怔了怔，居然问她："为什么是正方体？"

"什么为什么？我胡诌的。"

苏羡音咬了一口肉串，说得理所当然。

陈浔又笑起来，给她一种她总是能轻易逗他开心的错觉。

"有时候饿得人找不着门，有时候冷冰冰的像雪山，有时候又皱着眉认真严肃到小干事们都不敢吭声。你们女生可真难懂。"

苏羡音因为他的话被挑起的一点点自得与骄傲，在"你们"两个字落入她耳中时，消散得一干二净。

她望向他的眼睛的时候，有一瞬间想冲动地问："你无法懂得的'你们'中，是不是有宋嫒？"

但有些障碍，她就是没办法轻易越过。

她被刚出炉的韭菜烫到缩了一下舌尖，低声说："难懂就对了。"

她也不知道在跟谁较真。

陈浔忽地凑近她，固执地问："什么？"

"没什么，韭菜好烫。"她朝他勉力弯弯唇，轻松地将贪婪的私心一笔带过。

沈子逸拍拍陈浔的肩，拿啤酒要敬他，陈浔只用悬空的手挡在纸杯上空，噙着笑说："别来这套。"

有七窍玲珑心的沈子逸也拿陈浔一点办法都没有。

沈子逸推推眼镜，放下酒杯，点着头说："可以，改天我问问宋嫒，她向你敬酒，你是不是也这副德行。"

苏羡音的心脏猛地瑟缩了一下，她控制不住地抓紧 T 恤衫的下摆。

"我去趟卫生间。"

在被看出异样之前，她逃也似的逃离了餐桌。

站在便利店门口，苏羡音含着一支雪糕，神游万里。

她曾经一直以为自己是个懂得知足，能把暗恋诠释得比字典里的解释更生动的人。她从来没想过要靠近他，也没想过，原来靠近他真的会一步步变得更贪心。

她踢着台阶上细碎的石子，口袋里手机振动不停。

电话居然是段芙打来的。

"喂。"

"你们什么时候回来？"

苏羡音皱皱眉："我说过我带了钥匙。"

段芙："带了钥匙又怎么样，回来开门还不是要把我吵醒？我睡眠浅。"

苏羡音此刻没心情再跟段芙周旋，只是重复道："我带了钥匙，而且我们不会弄出大声响来把你吵醒。"说完这句话，她解气地立刻挂断了电话。

也不知道到底是谁成了谁的撒气包，谁又为谁背锅。

她一支雪糕咬到一半，因为这一通莫名其妙的电话，奶油融化滴下一滴在她的左手手背上，她皱紧了眉，心情更不舒畅了。

手机又在振动，她忍无可忍，将半支雪糕一口含在嘴里，一边按下接听键把手机递到耳边，用薄薄的肩抵住，一边拿出纸巾来细细擦拭手背上的奶油痕迹。

奶油可以擦除，黏腻的感觉她一时却摆脱不掉。

苏羡音含糊不清地对着电话那头的人道："你还要跟我说你睡眠浅吗？"

对面的人无声。

她拿出嘴里的雪糕，又接上电话，语气算不上好。

"上周末你六点五十的闹钟，响了三次，一直到七点四十你才起床，你真的要跟我说你睡眠浅会轻易被我们吵醒吗？"

对面的人还是无声，之后是熟悉的一声轻笑："苏羡音，你可不是什么正方体。你对待我的时候，就是一平面正方形，除了凶，还是凶。"

苏羡音反驳不出来了，干脆又含了一口雪糕，冷静冷静。

陈浔却不肯放过她："不对，你也不是只有一面。你还是个小撒谎精。"

苏羡音："我哪里撒谎了？"她尾音很虚，因为她目光掠过三三两两的路人，很快捕捉到一个穿着灰绿色衬衫和工装裤的高挑身影。

他明明也看见她了，却还是举着手机，手臂弯出一个好看的角度，语气懒散："自己一个人跑出来加餐还说是去卫生间。"

苏羡音没回答，甚至以慢动作，当着他的面挂断了他的电话，嚣张气焰旺盛。

陈浔没跟她计较，走上台阶的时候，长腿轻轻一跃，几步就走到她身侧站定，俯视着她。已经数落过她一遍了，他却还要说："就这么喜欢吃雪糕？"

"一般吧。"她两口将雪糕消灭，谨防危机重现。

她要往回走，他却拦住她，语气平常："等我一下。"

苏羡音却轻易品尝到了甘甜的味道。

她看着他掀开透明门帘，轻叹口气。要"原谅"他，总是太过容易。

她每次都在因为他而跟自己较劲，他永远无辜。

陈浔也拿了一支雪糕出来，甚至就是苏羡音刚刚吃的那款，走出来的时候当着她的面咬下一大口。

苏羡音无语："高考考 679 分的人也爱学人吗？"

他挑挑眉："不学习前人的智慧还怎么考 679 分？"

苏羡音噎住，然后很快在他的背后拍了一掌："我还没咽气呢。"

陈浔抖着肩膀放肆地笑。

她现在也能这样轻松地跟他笑闹了。

陈浔从各种意义上都很讨人喜欢，他不冷傲，开朗大方，这一点在学霸群体中难能可贵。

越是这样的人物，其实越容易有女生试图接近。不只是宋媛。

苏羡音曾经见过的，卓越班的几个女生，成绩永远在红榜前列，性格外向爽朗。

她们会嗔怒着用练习册拍陈浔的肩，或者趁他不注意用手肘顶向他的背。

那些明明写满了亲昵与暧昧信号的动作，被她们做得自然又妥帖。

她们也是喜欢陈浔的。

即便不能成为他心中的独一无二，能那样接近他，开着无伤大雅的玩笑，笑闹几场，也比她这样永远做个幕后的旁观者来得勇敢、来得幸运。

曾经她羡慕过她们可以将羞涩的心事掩藏在大大咧咧的行事作风下，不被人轻易拆穿。

现在的她似乎也可以做到。

陈浔忽地叹了口气："你这样真的让我很怀疑自己。"

"嗯？"

"跟我走在一起频频走神，我是什么无聊的天书吗？"

你不是。她心道。

苏羡音咬咬唇，难得没有反戗回去，而是认真解释："我真的很喜欢走神，希望你能习惯。"

"我为什么要习惯？"他往前迈一大步，踩着步子转个圈，面对着苏羡音，大口咬着雪糕，一边倒退一边欣赏她的表情。

她早知道他运动细胞好，也听说过不论多成熟的男生都会有幼稚大男孩的一面的这种论调，却还是被可爱到。

心柔成一片，她的语气不自觉地放轻："不习惯也行，但是不准弹我脑袋。"

陈浔只是笑。雪糕被他三下五除二吃完，他往前跨跃一步，跳起，做出投篮的动作，将雪糕棍稳稳投入路边的绿色垃圾桶里。

苏羡音面无表情地在身后鼓掌，看见陈浔兴奋的眼神，偏要泼他冷水："哇，好——厉——害——啊。"

陈浔扯了扯嘴角，没忍住又走过来把她的头发揉乱，面上浮起一点可疑的红晕。

"闭嘴。"他语气也变得气急败坏。

两人再回到餐桌，话题早就换了一茬儿又一茬儿。

苏羡音开始后悔自己刚刚没沉住气，没有看提起宋媛的时候，陈浔究竟是什么样的反应。

她总是这样自作聪明，以为滴水不漏，在他面前却永远漏洞百出，纠结、善妒又没有分寸。他本来就不需要为她俯首的那几年承担责任，她却在甜心蜜意里丧失理智，在他递出友好信号的时候，却又骄傲地拍掉茫然又真诚的人的那只手。

她是个彻头彻尾的矛盾体。

她不是一个完全合格的暗恋者，她有着不可丢弃的不知好坏的骄傲原则。

吃着玩着就到了十一点，苏羡音其间抬起手臂看了几次手表，身侧的人都看在眼里，问她的时候却满是打趣："你也会急着回去？"

她不搭理，用外力向他做出一个堪称勉强的微笑，满脸写着"你有事吗？"。

陈浔："刚刚看你说话底气挺足。"

他终于说到了苏羡音最关心的话题。

一张圆桌子旁稀稀拉拉站起来一半的人，人声嘈杂，苏羡音好像听见有学弟嚷嚷着要续另一摊。

她紧张地清了清嗓子，故作自然地解释："刚刚电话里不是凶你。"

陈浔笑得眉眼弯弯："我知道。"

苏羡音咬了咬下唇，还是问出了声："真的很凶吗？"

她看见陈浔在笑，却没听到他的回答。

"你们两个，路上也可以聊啊，还走不走了？"

一桌子的人早走了个干净，只有苏羡音和陈浔还坐得板板正正。

苏羡音一时脸热，走到蓝沁身边时，才听到他们一致通过了续下一摊去唱歌的方案。

苏羡音连连摆手："放过老年人吧，我十二点不睡觉明天就能肿成包子。"

不论众人怎么劝说，苏羡音都只是摇头。

她带点歉意地笑道："好了，别拉我了，扫了你们的兴，这次是我的错，下次再请你们吃饭。"

她没跟着去是大家一致同意了的，可陈浔想走的时候，就没那么容易了。

沈子逸一把拽住他的衣服，说："哎，往哪儿走？这边。"

陈浔摸摸后颈，认真地说："我年龄也大……"

"去你的。"沈子逸笑骂了句。他不放行，其他小干事自然乐得起哄，学妹们望向两人的眼神中带着怎么也驱不散的期待之意。

沈子逸指着陈浔安排起来："你，跟着我走。"

"至于你——"沈子逸转过头斜觑着试图躲在赖文星身后的蓝沁，说，"羡音都走了，你不回宿舍？"

蓝沁道："我想去唱歌。"

"你去唱歌我没意见。"沈子逸下意识推了推眼镜，手放下来时目光变得更凛冽，"回去都大半夜了，你住在C3栋，没人跟你顺路，女孩子一个人回去不安全。"

有学妹小声附和："是呀。"

蓝沁却还是坚持："你别叽叽歪歪了，我就要去，大不了我在KTV（唱歌房）附近开个房睡一晚不就行了？又不是非要回去。"

沈子逸："……"

苏羡音笑着摇头。这丫头执着起来真是不讲道理。

沈子逸仗着个子高，提溜着蓝沁的后衣领，像拎着一只小鸡崽一样把她从赖文星身后提溜出来，嘴边挂着一抹淡淡的笑。

"没让你想出个更不安全的方案。回去，下次带你唱。"

蓝沁居然放弃了挣扎，沈子逸确实蛮有主席风范。

.

最后陈浔也没同沈子逸他们一起去唱歌，一行人在水桥挥手道别。

声音还没散干净，蓝沁就一溜烟跑到桥下扫了一辆共享单车，笑得人畜无害："我肚子有点不舒服，急着回去，我先走了啊，你们慢慢走啊，不着急，正好散散步。"

如果不是她说完这话朝苏羡音使眼色的小动作太过拙劣，也许苏羡音真的会相信她的鬼话。

"走吧。"陈浔轻声说。

从水桥走到C3栋有一定的距离，但沿途风景确实很美，会穿过一片植被林，穿过一个小花园，走过两座桥。因此这条路线也是校园情侣最爱走的路线。

已经将近十一点三十了，他们一路上还是会看到成双成对的人影贴在一起，不舍得分离。

苏羡音问："你急着回去是有事吗？"

"算吧。"不知道是不是听从了蓝沁的建议，陈浔的步调真的放慢下来，他转动着手腕，看向苏羡音的时候，补充道，"回去还得赶夜工。"

苏羡音听得漫不经心，最后还是问出口："我刚刚问你的问题你还没回答呢。"

"什么问题——"陈浔微顿，很快反应过来，点点头，"是挺凶的啊，至少能唬住对方不是吗？"

这不是她想要的答案。其实她迂回地问这么多，只是想知道他到底怎么看她。

"有点复杂。"

苏羡音不擅长把身上琐碎的小事讲给别人听，女生宿舍里的小摩擦翻来覆去都是那样，讲给谁听好像都显得她小肚鸡肠，嘴碎且无趣。

但其实她听别人顺畅地讲出过这种事。

那是高二期中考试后的事。当时她考砸了，直接掉出了年级前 100 名，便走上天台吹风散心。

她无意间捕捉到墙角的一个画面。

陈浔跟宋媛坐在那里，已经是秋季，陈浔还穿着一件白色短袖，再仔细看才发现校服外套被宋媛折起来垫在地上坐着。

苏羡音握着铁门扶手的手顿了顿，不知道该离开还是该听下去。

宋媛在跟陈浔声情并茂地讲述自己的烦人同桌——

垃圾不喜欢放进垃圾袋就喜欢丢在地上，又爱吃零食，走过道的时候不小心踩到她扔的香蕉皮差点摔倒；每次考试总要先看一眼宋媛的分数，再轻轻笑一声，意味不明；观点不一致的时候非要说服宋媛，即使自己的是错的也要讲半天才慢吞吞地说一句"我看错了，至于那么生气吗？多大点事"，轻易把宋媛当成一个不知好歹、斤斤计较的疯婆子。

宋媛事无巨细地讲着，陈浔翻着一本书，写写算算，时不时"嗯"一声示意她继续讲。

宋媛终于讲完了。

陈浔慢慢从书间抬起头来，问："讲完了？"

"嗯，气死我了！"

"这有什么可苦恼的？"陈浔轻笑一声，"直说不就好了？她做得不对你就跟她对着骂，反正你又不理亏。"

他处理女生之间的小矛盾时就是这样手起刀落，可从宋媛僵住的表情来看，他给的建议一点用处都没有。

苏羡音捂着嘴偷笑，忽然觉得自己此刻偷看的样子很变态。

她往后退一步，两个人并肩而坐的画面从她眼底退去。

她却还是听到宋媛带着点娇嗔意味说："哎呀，你不懂这些，跟你说也是白说。"

她那时羡慕宋媛在陈浔面前的坦荡与毫无隔阂，可她说起这些来还是磕磕绊绊，像是拿错了演讲稿被赶鸭子上架，一点也不从容。

"反正就是这样……"她讲完长出一口气，小心翼翼地抬头看他的表情。

陈浔面上看不出任何异常，他只是点点头："那你没做错啊，能理解。"

苏羡音怔住，有些不安地舔舔下唇，小声问："没了？"

陈浔像是以为她嫌弃自己敷衍，摸了摸后脑勺，难得有点窘迫："你们女孩子的事我也不太清楚，但我相信你有分寸。"

苏羡音后知后觉地弯了弯嘴角，获得肯定后的满足感比她想象中更甚。

"那你刚刚不是说我很凶吗？"

"是啊。"陈浔笑意里有一点无奈，"你可不就是挺凶的？既然你凶有你的道理，我又不是圣母，难道还要替那个素未谋面的女生来谴责你态度恶劣吗？"

苏羡音点点头，脑海里重放他的声音，脚步忽地顿住："素未谋面？"

陈浔有些茫然："你的室友我只见过蓝沁。"

苏羡音："……"

她纠结了一晚上，到头来，这小子根本不记得段芙是他大一的同班同学。

苏羡音确实不该高估陈浔在这方面的记忆力。

她跟他高中同校三年同班一个月，曾经一起参加过演讲比赛共同获得了一等奖，她说起她高中也是在附高读的的时候他却惊讶地挑眉。

原来就是有这种人，把自己的生活活得像传奇，却对身旁偶尔路过的甲乙丙丁漠不关心。

苏羡音笑得弯下了腰，留陈浔一个人在风中茫然。

"你笑什么？"

浑身紧绷着的状态一旦放松，苏羡音就像弹簧一样失控。

她双眸亮亮的，里头倒映着一轮弯月。

"你知道我那个室友段芙是你的同学吗？她是从你们班转专业到我们班的。"

陈浔揉了揉眉心，像是有点懊恼："我说看起来好像有点眼熟……"

"看来你也不像传闻里那样过目不忘，记忆力超群。"

她学着他倒退着走路，仿佛这样取笑他才能将快乐最大化。但她功力不足，往后退的时候差点撞到路边矮矮的石柱子，被陈浔轻轻一拉，又差点扑进他怀里。

这动作太危险，她一时窘迫，吐吐舌头在想，自己果然是东施效颦。

陈浔却笑得很愉悦："传闻？你从哪里听到我的传闻？"

苏羡音一步踏到宿舍楼前的灯光下，侧身向他无奈地道："我今天说了太多话了，以后有机会再告诉你。"

她说完这句话就转身走进了宿舍楼，背对着陈浔挥了挥手，步伐轻快。

看吧，其实她还是能做到见好就收的。

苏羡音的机会来得很快，毕竟周二艺术与创意课上，陈浔来上了课。

他像是晚上没睡好，拿着一杯冰美式，边走边打呵欠。

浓浓的倦意扑面而来，头发都有些乱糟糟的，他伸手胡乱抓了一把，更乱了。

苏羡音在他踏入教室的第一秒开始就注意到他，这会儿他走近了，她却僵直了身子，不知道该向他招手邀请他坐下还是低头看书，等待他跟自己打招呼时再做出微讶的表情和他说早安。

陈浔却没给她纠结的机会。

带着一股清新的沐浴露香气，他大大咧咧地在她身侧坐下，水杯放在桌面上发出"嘭"的一声响，苏羡音心里像是同步炸开了一朵烟花。

陈浔皱着眉揉揉眼，坐了半晌才想起来要给姚达留位子，一开口嗓音低沉得不像话："往里挪一个，让姚达坐外面。"

苏羡音起身的时候，又被饱含他身上香味的空气扑了个满面。她没忍住说："你刚洗了澡？"

陈浔眼睛依旧睁不开："嗯，昨天晚上熬太晚了，洗个澡精神一下。"

苏羡音看着他眼下的青黑，点点头："看得出来。"

"这堂课老师好像不点名，你要是实在困可以不来的。"

苏羡音自认为说得很诚恳。

陈浔却笑了，往她头顶上扣帽子："你这是在教我旷课吗？"

"我什么都没说。"苏羡音急忙撇清关系。

陈浔用食指戳了戳眉心，话锋一转："主要是想着万一老师心血来潮，抽点名扣分就不好了。"

"嘿，bro（兄弟）！"

姚达大大咧咧地坐下，用蛮力推了陈浔一掌，险些将陈浔推进苏羡音怀里。

陈浔坐稳后转过头看了苏羡音一眼，确认没有什么事后，才朝着姚达的后脑勺拍了一掌。

"还有女生呢，你别这么浮夸行吗？"

"这不是苏妹妹吗？"姚达挤眉弄眼的，"老熟人啊，怕啥？"

苏羡音听到这句话，才慢悠悠地把桌上的水杯不动声色地往里移了移，对着姚达灿烂一笑："老熟人？你有没有听过一个词，叫'杀熟'？你刚刚要是把我的水弄洒了，我搞不好真的会‘杀’了你。”

姚达：“……”

他差点忘了这位也不是什么单纯小白兔。

陈浔笑得扑在桌上，睡意驱散了一半。

但上到第二节课的时候，陈浔还是睡着了。

在沉入睡眠的前一秒，他还记得用倦音嘱咐苏羡音：“帮我看着点老师。”

“好。”

苏羡音难得没有跟他反戗。

他半张脸埋在臂弯下，面朝着苏羡音，刘海因为重力向内侧垂着，露出他光洁的额头，长长的睫毛安静地铺在眼睑下方。

苏羡音撑着脑袋看他，有些贪恋地收不回目光。

他睡着的时候也像常人一样自带一点酣态，这是她第一次见到他的睡姿。

正当她犹豫要不要趁着他睡着恶作剧般地拽拽他的头发时，老师却注意到了这排睡着的男孩：“倒数第二排那个男生，如果真的很困，我建议你回宿舍睡。”

糟糕，她失职了。

“对不起，老师。”

陈浔被她拍醒，坐直后先道了歉，老师没有再说什么。

等到完全清醒了，他才凑过身子来看向奋笔疾书的苏羡音，声音依旧低低的。

“姚达不靠谱就算了，我不是让你帮我看着点老师？故意的？报复我？”

苏羡音停下欲盖弥彰的书写，小声向他致歉：“不是故意的也不是存心的，刚刚走神了。”

也不知道是不是昨晚铺垫得太好，陈浔像是一下子就接受了这个解释，点点头说：“梦游大师。”

于是苏羡音以赔罪为理由邀请他们中午二食堂见。

姚达答应得比陈浔更快，朝着苏羡音比大拇指，却在临走的时候，有些不自然地挠挠眉心，问苏羡音：“要不把蓝沁也一起叫出来吧？”

“好说。”苏羡音本来的计划就是如此。

可分别的时候，姚达还是嘀咕了一句：“她这段时间没怎么正经八百地吃中饭吧？她就这样，一到天气热就不想吃饭，我真是服了她。”

苏羡音朝他露出了神秘的笑容。

苏羡音和蓝沁上到第四节课的时候，老师布置好作业后提前五分钟让他们下了课。

蓝沁拉着苏羡音往二食堂狂奔，终于赶在下课高峰前抢占先机，点了几道菜。

饭吃到一半，苏羡音被一道辣子鸡辣得一直吐舌，走到自动贩卖机前买饮料，再回到座位的时候，陈浔把她的手机递给她。

"刚刚手机响了。"

"哦，好。"

她解锁手机，发现是柏谷打的电话。她又抬头看一眼陈浔，他淡定地夹了一筷子鲈鱼，注意到她的目光时回看她，说："柏谷打来的，不拨回去吗？"

他眼底分明有促狭意味，像极了姚达看向她跟陈浔时的那种眼神。

苏羡音垂下眼睫，一咬牙按下了拨通键。

柏谷："你明天下午是不是没有课？要不要跟我一起去打羽毛球？"

"我要兼职。"

她婉拒柏谷之后，柏谷又拉着她说了些有的没的，挂断电话的时候，陈浔的声音适时地传到耳边。

"你要兼职？"

"嗯。"

"什么时间？"

"周三下午和周日整天。"

"整天？"陈浔有些疑惑地皱皱眉，"不是家教？"

"不是，是我阿姨介绍的……"苏羡音讲到一半觉得很复杂，心口也莫名浮起些许浮躁，干脆不讲了，"反正不是。"

陈浔也没有再追问。他吃饭吃得很快，在姚达还在跟蓝沁拌嘴的时候，一把抓起书包，说："还有点事，先走了。"

苏羡音望着他的背影，久久地出神。

她好像太心急了点。

周三。

苏羡音下午在花店跟着谢颖然包装花束的时候，时不时神游一下，神情被谢颖然看在眼里。

谢颖然："有心事啊？"

苏羡音回过神来，摇摇头，又点点头。

"让我猜猜，有喜欢的男孩子了？"谢颖然俏皮地眨了眨眼。

苏羡音却失笑道："是不是所有的少女心事都可以概括为这句话？"

谢颖然耸耸肩："Nearly（差不多）。"

她看出来苏羡音并没有倾诉的愿望，也没有强求，只是起身的时候扶了扶苏羡音的肩，给她倒了一杯柠檬红茶。

好巧不巧，苏羡音在花店遇到了柏谷。

他是跟着朋友一起来的，看向苏羡音的时候眼底的惊喜之意藏都藏不住。

"你说的兼职，就是这个吗？"

"嗯。"

他挠挠后脑勺，揽住自己的朋友，笑得真诚而灿烂："陪我朋友来的，他要买花送给女朋友。"

朋友讥笑他一声："叫你来还不肯，这会儿高兴……"

他被柏谷一把捂住嘴往花架旁推。

谢颖然撩起帘子走出来，笑着问苏羡音："朋友？"

"同学。"

谢颖然点点头。

柏谷揽着朋友的肩，在朋友问他香槟玫瑰好不好看的时候，扭过头来看苏羡音。

他偷看的技法拙劣，被谢颖然捉个正着。

谢颖然朝柏谷了然地笑笑，柏谷红着耳根将头又扭回去，敷衍地点头："好看、好看。"

谢颖然看两个后脑勺凑在一起实在滑稽可爱，靠近苏羡音，用口型问她："是他吗？"

苏羡音自然明白她的意思，抿着唇摇头："不是。"她喜欢的人，不是他。

谢颖然看上去居然有些惋惜："可惜了，多纯情哪。"

苏羡音："……"

两人挑好了花束，苏羡音包装完毕，站在收银台前将花束递过去。

柏谷却还不想走，踌躇地问："你……有喜欢的花吗？"

这犹豫的模样，看样子他像是要当场送她花。

苏羡音摇摇头："我不喜欢花。"

柏谷眼里暗了一瞬，被朋友不耐烦地喊了一声后，才依依不舍地离开了店面，却还是说："下次等你有空一起打羽毛球可以吗？"

"有机会的话。"苏羡音答。

其实她也没有撒谎，她不是很喜欢花，在来谢颖然的店之前甚至对花束一无所知。

她对柏谷明示暗示过很多回，婉拒的话也说累了，却还是要承受他小心翼翼试探过后的失望目光。是不是温柔刀太钝反而让人痛苦？

她觉得自己下次应该拒绝得再绝情一点。

谢颖然悠悠然靠在门框边，啧啧道："虽然不知道苏苏喜欢的男孩子是什么样的，但是我觉得吧，真的可以考虑换一个。"

苏羡音只笑不答。

她走的时候，带走了一箱孟凡璇寄来的石榴，留下一箱给谢颖然。

谢颖然看小小的她拎着装满了石榴的布袋，说："要不你再坐会儿吧？等下我儿子过来，让他送送你。"

苏羡音以要回去赶作业为由婉拒了，谢颖然没坚持。

但是苏羡音不过走了不到五分钟，陈浔就到了。

谢颖然惊讶地道："这次来这么快？"

陈浔挑挑眉。

"喏，你孟阿姨寄来的石榴，你带一点回去，分给你室友。

"早知道你来得这么快，我就让孟阿姨的女儿再留一会儿了，你也送送人家，人家跟你一个学校的……"

陈浔拿了个石榴握在手里往上丢玩抛接，吊儿郎当的，听谢颖然这个话题俨然有朝着不好的方向发展下去的趋势，及时踩住了刹车。

"妈，你能不能不要总想着把什么孟阿姨李阿姨的女儿介绍给我？你儿子我一心向学，可以吗？"

"臭小子。"谢颖然薅了一把陈浔的头发，咬牙道，"谁想介绍给你？人家还指不定看不上你呢。"

"那挺好。"陈浔无所谓地耸耸肩。

谢颖然气得都没让他多留，赶他回了学校。

第二天晚上院会开会的时候，他去晃了一圈，看见桌子上几乎人手一个石榴，便拿起一个。

小干事解释道："苏部长拿来的，可甜了。"

于是陈浔绕到苏羡音背后，淡淡地出声："看来南城的石榴还真是都熟了，你这也是家里寄来的吗？"

苏羡音被他吓一跳，还魂后拍着胸脯："嗯。"

陈浔在她身旁的座位自然地坐下，凑过来看她的电脑，发现海报已经有了雏形："你做的？"

"嗯。"

陈浔摸了摸下巴。

这个角度，苏羡音能很清晰地看见，他颈侧喉结左侧的位置，有一颗痣。

她很早就注意过这颗痣。

他高出她一个头，她听他讲话的时候，觉得目光落在喉结上太直白，就经常落在这颗痣上。

看得久了，她越发觉得这颗痣的位置长得极妙，有些冷淡的性感味道。

陈浔用手在她眼前晃："回魂了。你在看什么？"

他循着她的目光垂下眼睫，又很快笑起来，笑里带点不常见的痞气："怎么，觉得我的喉结很好看？"

苏羡音直接朝他翻了个白眼，却食指一戳，轻轻戳着那颗痣，给予肯定："这颗痣好看。"

等意识到这行为有些逾分的时候，苏羡音被陈浔滚动喉结的动作给惊到轻扇眼睫，两人都将脸别开。

陈浔微哑着嗓子说："你倒是品味独特。"

将海报修改定了几个方案，把任务派发下去，小干事提议去吃甜品。

苏羡音记着上次没去唱歌的事，点头说她请客，欢呼声一片。

一行人又挪步至唐记糖水铺。

走在路上的时候，吹起了一阵秋风，川北的夏季好像终于结束了。苏羡音穿着一件灰色长袖卫衣，依旧被这风吹得哆嗦。

她下半身穿着一条牛仔裙，随着步伐，裙摆小幅度地摇曳。

陈浔低下头的时候，依稀看见她脚踝处有一块紫色。看不真切，于是他拉住她，阻止她前进的步伐。

她停下了，他才慢悠悠地弯下腰定睛去看，在看清是什么后，抖着肩膀笑了。

"驱蚊贴？"

苏羡音这才意识到他到底在看什么，微红了脸，却依旧倔强地道："是啊。"

"在我印象里，这玩意儿只有小孩子才用。"

他眼底零星的笑意退不去，苏羡音忍住要捶他的冲动："蓝沁买给我的。"

苏羡音实在是太招蚊子了，可她又经常忘记随身携带驱蚊水。

蓝沁看在眼里，今天临出门的时候，亲自在她脚踝处贴上两个紫色背景画着可爱卡通小猫图案的驱蚊贴，向她打包票："我在网上做过功课的，这个驱蚊贴有效果的，你试试看。"

苏羡音为此还感动得一把抱住她。

想到这里，苏羡音惦记着蓝沁嚷嚷着要吃炸牛奶很久了，到了店里就立刻给她拨去一个电话。

"要要要，谢谢我们善良可爱的苏苏！"

苏羡音笑笑，一手拿着手机，一手将装在塑料袋里的一次性筷子抵在桌面上，用力往上一抡。

"段芙和林苇茹在宿舍吗？问问她们有没有什么要带的东西吧。"

说完她就皱起眉，食指尖传来尖锐痛意。

蓝沁在电话那头嘀咕："你还想着她们啊……唉，好吧，我问问吧。"

食指尖被划破了一个小口子，有血珠往外冒，苏羡音看了看手里的筷子，确定筷子上的不规则倒刺是"罪魁祸首"。

"又把手划破了？"陈浔的声音落在她耳畔，也不知道他明明刚刚还站在柜台前点单，又是什么时候注意到她手受伤的。

苏羡音挑眉："什么叫'又'？我之前又没划过手。"

蓝沁这时也从电话里传回话："问过啦，段芙不要，林苇茹也想要一份炸牛奶。"

"好。"苏羡音挂断电话，抽了一张纸按在指尖。

陈浔像是很无奈，叹口气，说："等着。"

苏羡音一开始是安分地等着，可是陈浔去的时间稍微有点久，她便丢下一句话跑出去看，正好看见陈浔小跑着回来。

他顺手把袋子往她手里塞："喏。"

其实苏羡音能猜到那是创口贴，但她还是开心地偷偷抿了抿唇。

只是这开心并没持续多久——在她拆开包装取出一片创口贴时消失殆尽。

她拿起印着哆啦A梦图案的小巧创口贴，平静地问他："我看起来像八岁吗？"

陈浔笑了，从她手里接过创口贴，撕开包装塑料膜，将创口贴对准她的伤口贴下去，又用温热的指腹按了按。

他抬抬下巴，看向她纤细的脚踝处的紫色驱蚊贴，一本正经地说："小孩子用的创口贴，可不就得要有图案吗？"

苏羡音道："你别告诉我你去那么久就是特意去找有图案的创口贴的。"

毕竟糖水铺出门左拐第二家就是药店。

"对啊。"陈浔还挺理直气壮，"不喜欢吗？"

"喜欢啊。"苏羡音也笑了笑，"我有个好习惯，喜欢的好东西要跟大家一起分享。"

她说完，笑眯了眼，双手绕到背后。一阵窸窸窣窣的动静过后，她踮起脚，想将充满童真稚气的哆啦A梦创口贴贴在陈浔的脸上。

他反应快，伸手就要拦，握住她的手腕将她往回推。

苏羡音却一时起了兴致，非要完成这项艰难的工作。

两人一时僵持不下，却凑得很近很近。

陈浔看向她洋溢着兴奋的一张小脸，目光落在她淡粉的唇上，一失神，手松了力，苏羡音得逞，还用小巧的手掌在陈浔脸上贴创口贴的位置拍了拍。

少女的掌心是凉的。

陈浔挑眉，垂着眼睫看她，看她笑得欢，又担心她踩到身后的石子，手悬浮虚虚放在她腰后，却不敢贴上去。

他懒懒地笑着，不觉得自己是输了，只是说："贴就贴，你怎么还打人啊？"

"小孩子恩将仇报，没见过？"她也坐实他给她立的"人设"。

可惜人不能太得意，糖水铺前一团落叶被秋风吹得打着旋儿，苏羡音则被吹着打了个响亮的喷嚏。

她揉揉鼻子，头上忽地一沉。陈浔穿着一件单薄的短袖，却将身上的PUMA（彪马）运动外套随手挂在苏羡音头上。

"小孩子还容易感冒，要多穿点，不知道？"

他还真是没完没了了。

苏羡音却笑得很灿烂，揪着他外套的拉链，感受着从他身上剥落的一点包裹着自己的余温，觉得像是钻进了他怀里。

她怎么能不高兴？

"我去拿瓶水，你也快进去吧。"陈浔说完，迈步又走进了糖水铺。

苏羡音转身看见有女生被朋友簇拥着跟陈浔说话，陈浔脸上是为难的神色，摆摆手。

总之是拒绝的场面。

陈浔再次走出来，瞥她一眼："我也没办法。"

"嗯。"她轻轻应一声，心情却称不上轻松。

"有的时候我都怀疑自己……"陈浔像是真的有些困惑，神情中又带一点懊恼，有些可爱。

"是不是我做错了什么？"

苏羡音没有立刻接话。

她在为自己的命运感到惶然，他却把她当知心电台倾吐身为万人迷的烦恼。

她侧着脑袋看他，忽地轻声说："陈浔，我问你一个问题。"

"你说。"

云层移动后，弯月冒出一个尖角，月光温柔地倾泻下来。

她定定地看向他："你为什么会跟我说这些？"第一次见面就跟她吐槽刚见面就要请吃饭的隔壁寝室女生太热情，此刻还向她倾诉被热烈追求的困扰。

陈浔愣住。

苏羡音尝试着向他抛出一个答案："因为感觉我对你没有企图？"

"嗯……"他回过神来，有些理所当然地点点头，"我们不是朋友吗？"

"是吗？"她喃喃地道。

她低头看了一眼地面，老旧的地砖有一块被磕破碎裂，露出破败的一角。

她重新看向他："那如果我有呢？"

对他的企图。那如果，她有呢？

她遮遮掩掩这么多年，初遇时尝试躲避，后来鼓起勇气接近他，一直走到今天这步，听见他亲口承认自己是他的朋友。假如她再坦诚一点，承认对他的野心呢？

苏羡音望着陈浔，慢慢地牵动嘴角笑了笑。

苏羡音一颗心在胸腔里擂鼓，她清晰地看见陈浔怔住后眼底一闪而过的慌乱之色，却屏住呼吸等待他的回复。

不过瞬息，他又恢复成了那个坦然自若的陈浔。

他推了一把苏羡音的后脑勺，表情看不出破绽："我看起来很好忽悠吗？"

苏羡音垂下眼睫敛住情绪，轻声说："也是，骗不过你。再说了，我暂时也还没有一颗强大到能扛住当全民情敌的压力的心脏。"

她还是会失望，却还要用笑来掩饰。

主动试探的结果是体面地圆场，但她也知道，他还是只把她当朋友。

陈浔摸摸鼻子，危机已经化解，气氛却陡然冷下来，尴尬的气息弥漫。

苏羡音轻轻将他的外套拽下来，丢回他手上，淡淡地说："进去了。"

其实高中三年，苏羡音并不是安分地偷偷喜欢了陈浔三年。

也有过那样的瞬间，有一股冲动催动着她，想要跑到他面前，气喘吁吁、话说不完整、发丝凌乱、脸色苍白都没关系，她只是想告诉他——

"我喜欢你，不计回报、不需要你回应地喜欢你。"

可一旦真的跑起来，越接近他的教室，捕捉到一两声与他相似的声音，甚至听见老师同学呼喊他的名字，她的一颗心就像要跳出胸膛。她六神无主，加速前进，穿过他教室前门，看见他转着笔懒懒地坐着听同学说话，右耳挂着的白色耳机的线落在桌面上。她再快速穿过教室后门，勇气彻底一泄而尽。

她站在西楼梯口扶着膝盖大喘气，一两个认识她的同学路过，对她投来异样的眼光，她心口发酸发胀，脸上热意涌现。

她说不出口。

心事无处诉说，她只能一遍遍做题麻痹自己，很多个晚自习被物理电磁场的题烦到薅刘海，小声问自己如果能跟他考上同一所大学是不是就有勇气说出口了？

于是她开始幻想在大学校园里第一次和他遇见，用着浮夸的表情跟他打招呼——"陈浔，是你啊，你真的好出名，学校里没有人不认识你"，然后收到他礼貌的回应再厚着脸皮加上他的微信。

想到这儿，她就又有了动力，能支撑着她做一晚上电磁感应大题。

她最后却做了个逃兵，逃离他的季节，告诉自己暗恋也有保质期。

阴错阳差跟他在川北重逢，她也不知道是上天的恩赐还是戏弄。

其实她也是有那样的机会的，能说出口的机会。

一个月的化学竞赛班解散后，由于竞赛成绩不错，班主任为他们争取到了外出野炊的秋游项目，全班沸腾，当作班级解散前最后的狂欢。

苏羡音却为这次出游愁了很久。她打开木质衣柜，看着以白黑灰为主色调、卫衣为主的衣服，忽地后悔当时孟阿姨说要买几件衣服给她当作竞赛礼物时她拒绝的决定了。

但是拒绝了就没有后路，孟阿姨只是阿姨，苏羡音无法做到摇着她的手臂带点撒娇意味地要赖："我又想要衣服了，我们去买衣服嘛。"

她揣着兜里的零花钱，一个人去了商场。

她的零用钱说多不多，说少也不少，平时开支很小，这会儿走进敞亮的商场她都还穿着蓝白校服。

导购员带着她试了一套又一套秋装裙款，她怎么看怎么别扭。

她灰头土脸的，脸蛋虽然白皙干净却因为长期睡眠不足眼下泛着青黑，嘴唇毫无血气，整个人看上去恹恹的，没有生机。

她不好意思说全都不要，正踌躇着要勉强买下哪一件衣服还有可能偶尔穿一穿的时候，导购员又拎出一套——

白衬衫打底，灰蓝色菱格针织马甲，配上一条同色系格纹百褶短裙，像电视里贵族学校的校服，但还是好看的。

苏羡音咬着唇犹豫着，导购员姐姐轻推着她的肩说："试试吧，这款式不显成熟的，你皮肤白个子小，穿这套肯定好看。"

衣服穿上身效果确实好，导购员姐姐甚至给她配上了黑色过膝袜和锃亮的黑色圆头小皮鞋，甚至还用黑色皮筋将她的头发束成一个高马尾辫。

"那就这套吧。"苏羡音看着镜子里露出青涩笑容的自己，倒是很当机立断。走的时候她还带走了一件藏蓝色针织外套，因为导购员姐姐说过两天会降温。

苏羡音拎着沉甸甸的纸袋，摸着空瘪的钱包，一种泛着苦涩的期待感包裹了她。

在她推开店门之前，导购员姐姐又叫住她。

她皱着眉一本正经地道："钱包真的空了，姐姐。"

导购员姐姐被她逗笑，往她手里递过去一只格纹蝴蝶结发卡，小声说："送你了，记得夹在马尾辫上，夹高一点，很好看的。"

苏羡音点头道谢。

那只蝴蝶结发卡很大，对于那个时候的苏羡音来说，把这样的蝴蝶结发饰夹在头顶并不是一件容易的事，太招摇。可它真的很好看，勾起她的一点小雀跃，让想要把心事宣之于口的种子破土而出，生根发芽。

她做了很久的仰望者，不知道以这样的装扮站在他面前，他到底会不会看过来。

学校却临时通知当天要穿校服。

QQ群里哀号一片，有女生大胆地问："是不是只要穿校服外套就可以了？里面可以穿自己的衣服吗？"

老师没有回答。

同学们跟着起哄："老周都不说话，肯定是默许了，姑娘们，裙子穿起来啊。"

有女生发出一长串"鄙视"的表情包。

从来不敢违纪，把老师的话奉为圭臬的乖乖女苏羡音，却在秋游的那一天固执地换上新买的格子百褶裙，将宽松的蓝白校服外套松松套着，遮住了一半裙沿。

她往高马尾辫上别蝴蝶结发卡的时候，像是执行某种盛典的仪式，小心翼翼地将她的底气与骄傲都封在头顶。

苏羡音很少觉得自己与众不同，但是女生喜欢一个人时希望自己能被关注到的那种小心思她也有。

她盛装出席是为了给自己的告白加油鼓气，却又何尝不是希望他能先注意到她？或许他能眼前一亮，多看几眼。

或许，他也会在她不知道的地方，小声问同学："那个扎高马尾辫戴蝴蝶结发夹的女生叫什么，怎么之前都没注意到过？"

苏羡音想到这儿，双手摊开捂住了红通通的一张脸——好像在做梦。

她上小巴车的时候用了点心机，故意紧跟着陈浔上了车，看着他挑了一个位子坐下，就坐在他之前。透过窗户上的倒影，目光向后移，她就能看见他戴着白色耳麦闭目养神的样子。她攥紧了自己的裙子下摆。

也是有人能发现她的不同的。

坐在陈浔旁边的男生跟陈浔滔滔不绝说着昨天晚上打了一晚上的游戏，充了两回电，终于通了关，忽地话音一顿，压低了声音。

苏羡音在这时候感谢自己听力不错。

她依稀能听见男生说："哎，浔哥，你今天看没看见语文课代表穿的那条小裙子？够靓啊，那蝴蝶结也好看，就头上那个，以前没见过她穿裙子呢。你看，你看啊。"

苏羡音做作地调整了一下坐姿，甚至屏着呼吸收腹。

陈浔的声音很轻，却清晰地飘进苏羡音耳朵里："嗯，挺好看的。"

苏羡音轻弯了下嘴角。

那男生不依不饶："就这？什么叫挺好看的？这打扮不常见啊。"

苏羡音到现在都能完整回忆起陈浔说这句话时的语气。

他轻笑了声，声音淡淡的："也不算稀奇，今天宋媛不也穿了裙子吗，高琳琳也穿了。至于蝴蝶结，她们女孩子不都挺喜欢这种配饰吗？"

"得，我跟你说就是白说。"

苏羡音眼角发涩，很想在那一刻就把蝴蝶结从头上拽下来。

拽得头皮发痛，叫她记忆深刻最好。

她到底在期待什么呢？

她趁着中途去洗手间的空隙，将高马尾辫松了，及肩的头发垂下来，皮筋将发丝勒出弧度。

她把蝴蝶结发卡捏在手心里，狠下心来丢在洗手池边上，走之前瞥一眼却又舍不得地拿回来。

蝴蝶结上沾了水，变得灰溜溜的，她的心也变得灰溜溜的。她却不舍得放弃，就像她也没完全放弃她的告白计划。

她写了一封在现在看来酸到掉牙的老派情书，就放在书包最外层的格子里。

她趁着陈浔远离人群走进树林里的时候，悄悄跟了上去。

信封被她揉得皱巴巴的，她却像是喝下药水的海的女儿，喉咙里一阵干涩，一句话也说不出来。

她无声练习着怎样念陈浔的名字开头更自然。

到最后，她却发现自己已经没有开口的必要了。

她看见陈浔走到树林里，在宋媛身侧坐下，抢宋媛的书看，嘲笑她躲在这里偷偷看什么言情小说。

两人那样亲密，那样自然，苏羡音鼻尖一酸，迈着步子小跑开了。

她再也没有动过要表白的念头，那套只被她穿过一次的学院风套装被她永远地封锁在了柜子里，蝴蝶结发卡终于被她狠心丢了，连同那封开头用隽秀的字迹写上的"陈浔你好"的被撕碎了的告白信，静静躺在返程路边的垃圾箱里，永远被她留在了十七岁的秋天。

她听说过很多传言，宋媛和陈浔是青梅竹马，从幼儿园开始就同班，关系很好，周末还会去对方家里蹭饭，毕业后大概率会在一起……

她不是没有听说过，只是固执地不信。

好像掩耳盗铃是暗恋者的常态，她只想维护自己小世界的安宁。

她悲壮地一遍遍写下喜欢陈浔的字样，再告诉自己这本来就是一首"我喜欢他但与他无关"的风月情诗。

但她真的能甘心吗？

在这天后，化学竞赛班解散了，她再没有为了能和陈浔进同一个班而费力地参加她不擅长的数学、物理竞赛，她看着他拿下一项项奖还会在心里为他称赞"真不错，不愧是我喜欢的男孩"。

她说不清是与自己和解了，还是"病情"加深了。

她终于不再祈求有回音，数着日子等着高考一天天到来，看着教室里红色的倒计时牌发呆的时候，在心里计算自己到底是在惆怅即将离开高中校园，还是在悲哀自己一百零八天之后就再也见不到他了。

十八岁的苏羡音没有想明白的事，二十岁的苏羡音依旧不明白。

到底以什么样的姿态、沿着什么样的轨迹接近他，才能换得他的喜欢？

十七岁没有送出去的告白信，二十岁依旧收不到回信。

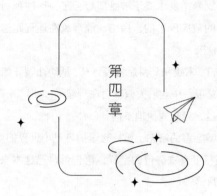

第四章

苏羡音受到的打击来得莫名其妙。

其实陈浔的回答并不能说明什么，退一万步来说，就算陈浔只把她当朋友又怎么样呢？难道朋友就不能成为恋人吗？

这些道理苏羡音都懂，小情绪却没有放过她。

她变得尤为脆弱，不能接受这称不上否定的否定。但也有可能是换季以来的高气压令她喘不过气。

她蔫头耷脑地过了几天，周二艺术与创意课，上课之前，她早早就来到了教室，趴在桌子上闭着眼睛胡思乱想。

身边传来熟悉的沐浴露的清香，有人拔走了她一边的耳机。

她转过头，只见陈浔将白色耳机戴上，露出一种堪称便秘的表情。

"一大早上听英语新闻，你真是有够变态的，苏羡音。"

他很少这样完完整整地叫她的名字，但她喜欢听。

只是此刻的她却提不起兴致，她虚虚地瞪他一眼，然后把耳机抢回来戴上。

她说话的声音没有被耳机里的声音影响到，依旧是弱弱一声。

"你就这么对待朋友的吗，一上来就抢她的耳机？"

陈浔喝了一口水，转过头来含糊不清地问："什么？"

苏羡音摇摇头，直接拿后脑勺对着他，趴在桌上又闭上了眼睛。她要沉住气。

陈浔又在她身后说了几句什么，统统被盖在耳机里强力输出的英语声音下，直到陈浔拍了拍她的后脑勺，她才扭过头，摘下半边耳机问他："怎么了？"

陈浔的笑容依旧很动人，随时能蛊惑人心。

"我说你怎么了，不舒服？"

"嗯。"苏羡音回答得很敷衍，"我一到换季就浑身不舒服。"

陈浔："你是雪兔吗？还一到换季就不舒服。"

苏羡音没搭理他，又朝着他，缓缓地闭上了眼睛。

趴了一会儿，总觉得这姿势还不够舒服，苏羡音后知后觉把卫衣兜帽往上一掀，盖住了小半张脸，左脸颊侧的发丝糊了她半张脸。

陈浔鬼使神差地伸出了手。

他刚从外面进来，指尖带着一点点凉意。他戳到苏羡音的脸颊，然后慢条斯理地将她糊到眼睛上的刘海细致地绾至她耳后。

苏羡音惺忪的睡眼猛地睁开。

这又是干什么？

陈浔道："你睡会儿吧，但是上课得把帽子摘下来，我帮你望风。"

也不知道是不是趴久了，苏羡音还真是困了，她点点头："不准报复我。"

陈浔说到做到，苏羡音也真的睡了两节课，其间一旦老师的目光落在他们这边，陈浔就会拍拍她，她则慢吞吞地调整姿势，把头埋进书里面，老师居然真的没有刁难她。

下课铃一响，苏羡音抓起书包就走了。

姚达看着她走路带风的身影，又望望陈浔，问："苏妹妹这是咋了？"

"不知道。"

姚达："不是处得挺好的吗？你又让人家伤心了？"

陈浔皱了皱眉："什么叫我让她伤心？她又不是……"

姚达连连摆手，说："你可真行，你就自欺欺人吧。"

陈浔被噎得说不出话，潜意识却觉得姚达的话不能往深处想。

沉默片刻，他忽然鬼使神差地开口："你真觉得她对我……"

姚达耸耸肩："我不知道，你自己没感觉吗？"

陈浔摇头，莫名想起今天早上在食堂见到过苏羡音的事。当时他预备去打招呼，却看见柏谷在她身侧坐下。她慢条斯理地继续吃面，柏谷递给她一瓶水，她把面全部咽下去了才低声说谢谢，而后不知道柏谷说了句什么，她捏着饮料瓶慢慢笑起来。

也许是错觉，陈浔总觉得，苏羡音在柏谷面前会更自然。

而面对他时，不论是刚开学时略有敌意的戒备状态，还是最近越来越熟稔的朋友模式，她好像总有些不自在。

像是不想再想，陈浔摆摆手加快了步伐。

川北一夜入秋，秋风扫过，一地落叶。

黄绿色的夏天一键切换为棕橘调的秋天，苏羡音的衣柜里也添上了新衣。

她有气无力了好几天，最终还是战胜了自己矫情的小情绪。

周四的院会例会上，她又满血复活了。

这次团委联合各院院学生会，要在西操场举办文化节，这次活动规模很大，花费的精力也多，算得上是川北大校园里数一数二的大活动。

例会开完了，小干事们开始展示上周采购的"战果"。

赖文星抓起一把宣纸，嚷嚷道："这纸怎么有点臭啊？"

"正常的啊，副部长。"小干事解释道。

两人就这个宣纸到底是不是买得太便宜太劣质而争执起来，办公室的门忽然被敲响。

苏羡音握着笔朝门口喊："请进。"

陈浔走了进来，身后跟着优哉游哉的沈子逸。

他还没来得及跟苏羡音打招呼，就被赖文星揽住。

"浔哥，你说，这纸是不是看着挺廉价？这写着写着估计墨全洇开了。"

陈浔："试试不就知道了？"

沈子逸适时插入话题，拍拍陈浔的肩，说："这小子写得一手好毛笔字，正好让你们见识见识。"

陈浔无奈地笑："你别拉高他们的期待值行吗？"

也就是这说话间，苏羡音不动声色地放下笔，走至一行人身后。

陈浔注意到她，朝她弯弯嘴角，然后用砚台摊开了一张宣纸，身旁立刻有学弟学妹研墨拿笔。

陈浔拿到毛笔的一瞬间，没有下笔，而是握着笔杆看了看，忽地笑了声。

他手指修长，指节分明，握笔的姿势显得他风度翩翩，像半个文人。

赖文星纳闷："你笑什么？这笔有问题？"

苏羡音也不知道自己怎么就接话接得那么自然。

"陈宝玉在想他的翡翠笔了。"

话音一落，陈浔惊喜地看向她，身侧则投来七八道疑惑的眼神。

陈浔也挺上道，还知道配合她："不枉我素日里总把苏妹妹当知己。"

众人："……"

两人酸不溜丢文绉绉地一来一回，大家都像从厕所里走过一趟，表情复杂。

"什么啊？"

陈浔这才慢悠悠地解释起来。他是向他们解释，却看着苏羡音。

苏羡音被他这样直勾勾地看着，不自在地移开目光。

苏羡音也是听说的。

陈浔的爷爷是位老兵，写得一手好毛笔字，在南城是出了名的。

有一天陈浔带着那支翡翠毛笔到了班上，本来放在书包里，刚打完篮球回到教室，数学课代表催着交作业，他嫌自己一身汗，便让同桌在书包里找。

同桌找出了作业本，同时摸出一个稀奇玩意儿，于是嚷嚷道："浔哥，你不会要告诉我这支毛笔的笔身是翡翠吧？"

陈浔点点头，男生怪叫一声，引来周围人侧目。

大家像传阅宝典一样将陈浔的那支笔递来递去，他却也不急不恼，抱着球站在门口擦汗。直到看他们越传越离谱，他才幽幽喊一声："差不多得了啊。"

他同桌是个闹腾的主儿，嘻嘻哈哈地说："人家贾宝玉衔玉而生，我们浔哥是陈宝玉衔笔而生。"

同学们笑开了花，陈浔却一哂，也不计较，只摆头："别胡闹，笔是我刚得到的。"

那支笔是陈浔爷爷的战友送给他的，翡翠和狼毫都是精心挑选的，匠工出品，确实稀有。

然而不论陈浔怎么解释，"陈宝玉"这个称号还是小范围地传开了。

故事讲完了，陈浔也落笔了。

这笔自然比不上他那支翡翠笔好用，可他依旧写出了一副好字。

他写了半句古诗"昨夜星辰昨夜风"，是李商隐的《无题》。

他却怎么也不肯继续写下半句，只笑着说："试过了，这纸可以用。"

沈子逸笑骂他一句扫兴，小干事们又兴冲冲地捣饬起下一个东西，包围着陈浔的人肉圈破开一个口子。

苏羡音站在他身侧，问他："怎么不写下去？"

"太久没写毛笔字了，手生，太难看了，爷爷要看到肯定会训我的。"

苏羡音撇撇嘴："老天给你聪明才智不是让你全部用来谦虚的。怎么不好看了？"

陈浔笑了声，还真的提起笔，落笔之前却又看向苏羡音，一副欲言又止的样子。

"怎么了？"

"写完了送给你？"

"谁说我要了？"

陈浔又笑了声，提起笔的手又缓缓放下，嘀咕着："那我还写什么……"

苏羡音按住他，认栽道："写吧，我勉强收着。"

陈浔："……"

他哑然失笑，左手下意识地抬起来像是想要揉苏羡音的脑袋，却停顿在空中。

"你们女生还真是口是……"

他的话跟他的手一样顿住，抿直的唇线说明他不会再说下去。

苏羡音却笑了："你怎么不讲完？"

陈浔写下了"画楼西畔桂堂东"，才看向她，眼神里居然带点怯意。他用食指戳了戳眉心。

"你好像不喜欢我说'你们女生'怎么怎么样。"

他也有今天。

苏羡音乐了："我是该夸你观察细致吗？"

"你认识很多女生，还是谈过几个女朋友？对女生很了解？"

她也放肆，明知故问，难得抓住他一点窘态。

陈浔摇摇头，将宣纸拿起来晾干，说："都没有，只是我有一个和我关系很好的女……"

"后面一句你怎么不写？"

苏羡音眼神暗了又亮，她自己也说不清为什么要下意识岔开话题，真要解释的话可能是她体内的自我保护机制因为关键词而自动触发了。

陈浔手掌撑在桌面上，露出一副拿她没办法的样子，弯弯嘴角说："要求还挺多。"

可最后苏羡音得到的是诗句完整的一幅字。

他写字的时候还有闲情逸致问她："你为什么会知道陈宝……嗯……翡翠笔的事？这也属于传闻之一？"

苏羡音点头，陈浔本想继续追问她到底还听过些什么关于他的事，苏羡音的手机屏幕却亮了起来。

她不喜欢打开声音，手机静音，电话打进来只有振动，振得陈浔撑在桌面上的手发麻。

他不过一瞥，就注意到来电显示是"柏谷"。没由来地，他将视线移开，手拢成拳放在嘴边清咳了声。

苏羡音没注意到他的古怪之处。接起柏谷电话之前，她还给自己做足了心理建设。

柏谷像有读心术一般，说："放心，不是喊你打羽毛球，也不是问你要不要一起去看新上映的电影。"

苏羡音难得在接到他电话时还能笑一声："那是什么？"

苏羡音秀丽的五官初看不惊艳，可她一旦笑起来，眼睛弯弯似月牙，黑夜似一下就被点亮。

陈浔多看了一眼，握着笔不知在想什么。

"我跟我们院的人在外面聚餐，买奶茶买重了，你们在开会吗，我送一点给你们分着喝吧？

"我真不是找借口，不信你可以问我们主席，真是多出了近十杯。"

"再加上，我想来看看你们的进展。我们摊位设计到了瓶颈，我们主席总嫌我们做出的东西太俗。"

理由说得太满，就越发不可信，苏羡音却更不好拒绝，于是便答应下来。

等挂断电话的时候她发现站在身侧的陈浔早已不见踪影，只有写满了一首《无题》的宣纸被夜风吹得频频翻角。

她的视线落在那句"身无彩凤双飞翼，心有灵犀一点通"上，心尖忽地一颤。

她将晾干的宣纸折起来，再一抬头，发现陈浔不知道怎么又被团团围住了。

有些人，生来就是焦点，被注视被仰望不会怯场，毫无准备被丢在舞台正中心照样游刃有余。

苏羡音已经很久没有以这样的距离看过他了。

远远的，是从卓越班路过时惊慌一瞥的距离，是从操场上仰望主席台的距离，是从大会堂红色的绸缎座椅处望向舞台中心的距离。

大多数时候，她都是以这样的距离看他，试图了解他，试图解读他脸上的小表情。

就像此刻，他穿着一件黑色夹克，左手闲闲地撑着桌面，右手却捏了捏自己的耳朵。

他表情依旧从容，小干事问他不相干的问题他也能对答如流，可就这一点小动作就暴露出他此刻其实更想离开，只是修养让他做不出这样的举动。

苏羡音像以前那样遥遥望着他，过去的时光好像接着轨道与此刻相连，她如果照照镜子会发现此刻自己的眼神实在算不上清白。

陈浔就这样毫无预兆地抬起眼皮看向她，像是穿过了她堪称孤独的那几年的岁月，一眼就抵达她的心底。

她对他是不设防的。

她被这莫名其妙的一阵热意给熏到眼睛，眨眨眼之后不自然地移开了视线，将手里折好的宣纸放进包里。

她差点忘了，她已经不是从前的苏羡音，可以与他比肩，他也不像过往的每幅画面里那样总把目光落在别处，会像此刻一样，穿过人群锁定她，将她的心撩拨得七上八下。

她是应该知足的。

她心理建设刚做好，这人又神出鬼没，忽地站在她身后，说话时一口气拂过她耳畔。

"你刚刚在看什么？"

"看你啊，还不明显吗？"

陈浔像是没料到她这么坦诚，怔了一下，又很快笑一声，说："现在才发现我很帅？晚了点吧？"

"你在朋友面前就是这样吗？"苏羡音终于停下手上的动作，无惧地对上他的目光。

"大言不惭？"

"那我们还是当作不认识吧，同学你好，请问你的名字是……"

陈浔笑得弯起了腰。他靠在桌上，以手为支撑，骨节分明的五指伸长了，又因为用力而青筋尽显，怎么看都是对"手控"的诱惑。

"每次跟你说两句，我就会忘了我本来的目的。"

苏羡音朝他做出一个"请"的动作。

"你刚刚看着我的时候——"陈浔停顿了一下，苏羡音的心跳也跟着停了。

是她的目光太过放肆，还是她的眼睛会说话，会明明白白地告诉他她喜欢他？

"让我感觉，你好像有很多话要对我说。"

是有很多。被成斤试卷压着依旧能抬起头来望着你的那些沉甸甸的岁月，我都想说给你听，但不是现在。

苏羡音张了张口，锦囊佳句想不出来，最后还是推开的门救了她。

柏谷探进来一个头，苏羡音怔了怔，好半晌才接受此刻这个剃了寸头的男孩是柏谷的事实。

而整个会议室里的人也因为他的到来，安静了一瞬，然后会议室里变得更嘈杂。

苏羡音走向他，他把十几杯奶茶放在桌上，仿佛自己不是第一次来这个地方。

"大家自己来挑挑吧，口味还挺多的，不够的话还能再点。"

没有人敢动。

苏羡音扶了扶额，有些无奈："这是经院院会组织部的副部长，柏谷。"

"啊。"

预料之中的反应，人群蜂拥至桌前，起哄的声音离苏羡音的耳膜越来越近，也越来越刺耳。她突然后悔答应柏谷过来。

在这里他只认识她、要由她来介绍他这件事，足够让两人的关系看上去扑朔迷离。她早该想到在这种场合，不论柏谷说什么或者做什么，都能满足所有人的"八卦欲"。

更何况还有柏谷为这则"八卦"造势。

"这杯不行！"

柏谷习惯性地挠了挠后脑勺，发现只能挠到刺手的发楂儿后收回了手，又精准地从学妹手里拿走一杯葡萄奶冻。

他有些不好意思地笑了笑，动作却很坚决："这杯是给苏羡音的。"

"啧啧啧。"

"哟——"

苏羡音肠子都悔青了。

柏谷穿过人群走向她的时候，甚至有小干事做出夸张的让路动作。

苏羡音并不想让他在众人面前难堪，于是伸手接走了那杯专属于她的葡萄奶冻，但还是凑近柏谷压低声音问："你不是说是点多了吗？"为什么还会有她爱喝的口味？

而且，更重要的是，他到底是从哪里知道她喜欢喝葡萄味的饮料的？

柏谷永远坦荡："这杯是我后来点的。专门为你点的。"

苏羡音道："我觉得我们有必要聊……"

苏羡音一句话没说完，手上一空。

陈浔拿着她的葡萄奶冻和吸管，看着被她戳出好几个印却死活没戳破的奶茶塑封盖，懒懒地笑了声。他拿起吸管轻轻一捅，吸管到了底。

他没说话，但苏羡音仿佛已经看到他的眼神在嘲笑她，于是一把将葡萄奶冻夺回来。

柏谷看着两人，目光沉了几分，却还是扬起笑脸对苏羡音说："想看看到时候你们的摊位是怎么布局的。"

"哦，好，我把平面图调出来给你看。"

陈浔看着两人走开，想起刚刚两人的对话，目光忽地沉了沉。

他完全不知道苏羡音平时的饮食喜好，但是柏谷似乎很了解她的样子。

苏羡音做起正事来，那些繁杂的情绪少了很多，整个人就相对变得迟钝，当她终于解答完柏谷的疑惑后正因喉咙发干而找水喝时，才发现陈浔坐在会议室长桌的另一侧，正对着电脑。更神奇的是，他居然戴着黑边细框眼镜。

干事们已经散去了一半，沈子逸这个八面玲珑的社交达人又开始跟柏谷攀谈起来。

她走向陈浔，问他："你近视了？"

陈浔没回答，敲完好几行代码后，才将脸转向她，目光直直的。

"你怎么知道我以前不近视？"

苏羡音噎住了。她最近会不会太破绽百出了一点？

但他的本意好像也只是想逗逗她，看她不接话，他又老到地点点头，捏着嗓子说："你不知道你高中多有名。"说完他又恢复正常音调，"你是打算这么说吗？"

苏羡音给他一个白眼："我没这么做作。"

他笑得开心，露出一口白牙："不近视，防蓝光的，谢女士非说我天天对着屏幕不OK，说得我耳朵都起茧了，非要我养成戴眼镜的习惯。"

"谢女士？"

"嗯，我妈。"

苏羡音点点头，浅笑了一下，却在心里想着谢谢谢女士。

多亏谢女士，她才能知道原来有的人眼睛生得再好看，用镜框挡起来，照样帅得令人臣服，而且这不同于陈浔本身俊朗的气质，此刻的他被这眼镜硬生生衬托出一点冷峻与青涩感，是她从未见过的不一样的他。

"你怎么没回去？在这里不吵吗？"

"还好。"

陈浔像是坐久了，活动着肩膀和手腕，又起了一点坏心思。

他忽地站起身来，居高临下地看着她，轻声说："你不是听过我很多传闻吗，没听说过我一旦开始学习，十个闹钟放在我耳边也吵不到我？"

她怎么会没听过？

甚至还有一个传闻。

陈浔考奥数的时候，教室广播放错了频道，播了足足二十分钟英语听力，全考场的人都焦躁不安地等人关广播，只有陈浔笔下不停。

最后因为这场意外，考试延长了二十分钟，陈浔却交了卷，走得比谁都潇洒。

"浔哥当时就是这么走的。"

她"路过"卓越班时，还见过他们班的活宝表演陈浔走出考场，单肩背着书包，头颅高高昂起的样子，走的是"六亲不认"的步伐。

她被逗笑了，也被窗边手撑着头懒懒笑着的陈浔给弄乱了呼吸。

苏羡音这次没被回忆绊住太久，也在陈浔把手在她跟前晃之前及时回了魂。

"学霸通用的传统技能。"

有什么可稀奇的？

陈浔却朝她皱了皱鼻子，像是不满意她的回答。

视线往下移，他看见苏羡音握在手里的奶茶杯，外层冒了一圈水珠，她的手也湿漉漉的。他挑挑眉："喝冰的？"

"怎么了？"

"都秋天了。"

苏羡音觉得这话不像他的基调，倒像是妈妈会说的话，笑了声："奶冻不是冰的怎么好喝啊？"

陈浔喃喃地道："是吗？"

突然停顿了一下，陈浔再抬头时，已经是另一副表情，依旧是散漫的，却有一丝认真："说起来，我总感觉已经和你挺熟了，可居然也不过半个月，而我连你喜欢喝什么都不知道。"

他居然会有这样的感叹。

苏羡音比被他的体温烫到还要开心，自己也不明白这轻飘飘几句话又能意味着什么，值得她现在笑眯了眼，像只摇着尾巴等待抚摸的小猫。

"成，不是什么难事，下回写张清单给你。"

陈浔笑了，抬起手来像是要摸她的头。

柏谷的声音打断了陈浔的动作："时间也不早了，我差不多该回去了，你要走吗？"

苏羡音回头，眨眨眼之后点点头："嗯，我也差不多该撤了。"

"我送你吧。"异口同声的话，分别在苏羡音身前和身后响起。

而分明已经听清了这两句话分别出自柏谷和陈浔的沈子逸，从成堆的文件中抬起头，推了推眼镜。灯光使他的镜片反光，令他的笑容看起来格外意味深长。

而苏羡音摸着奶茶杯上的长方形圆角标签，咬紧了下唇。

其实答案是显而易见的，她只需要看向那个人，看向那个永远站在高处的少年。

但显然她的喜悦来得有些太早。

陈浔愣住后，又习惯性地挠了挠眉心，吹乱了额前的碎发，根本没给苏羡音选择的机会。

"算了。"他笑一声，"想起来我还要去一趟院系楼，我先走了。"

苏羡音被他离开时从门口吹进来的一阵风给呛到咳嗽了几声。

她的心比这阵风还凉。

这又算什么？已经将近十点，院系楼还能有什么事，等着他救火吗？

柏谷拍拍她的肩："走吗？"

"嗯。"

苏羡音背起背包，在路过沈子逸身边时，很清晰地听见他叹了口气。

她没有回头，却感觉这声叹息与自己有关。

陈浔在回宿舍的路上碰到了姚达。

姚达一脸汗却故意往他身上凑，一把揽住他："今天开会开这么久？"

"早开完了。"陈浔也不跟他客气，拧着他的手直到他龇牙咧嘴求饶才放开。

"那你怎么这会儿才回去呢？"

陈浔微顿，十分惜字如金："有点事。"

"哼。"

陈浔见他像是热得不行，问："打球去了？"

"可不？今天那几个哥们真给力，打得那叫一个痛快，就是那柏谷太不讲义气，打到中场撂挑子走人了。"

陈浔皱起眉："柏谷？"

"是啊，哦，你见过。就是那天把苏妹妹脸砸了的那哥们啊，他跟我们班齐磊是高中同学，这段时间跟他打了几场球，不是我说，那哥们扣球也是妙……"

"他刚刚在跟你打球？"陈浔打断他的话。

姚达愣了愣，摸摸脑袋说："是啊，说起来他不知道怎么想不开，去剃了个寸头，来的时候没少挨摸脑袋，真逗……"

"几点？"

"啥？"姚达看向陈浔，纳了闷了，"你怎么神神道道的啊？"

陈浔被他这句话给点醒，意识到自己好像有些不可控的失态，忽地笑了声，摇摇头："没事。"

他不问了，姚达反倒笑嘻嘻地答了，一边说一边使劲看陈浔的脸色，摆明了嗅到了"八卦"气味。

"就七点多开始的啊，然后我想想，打了一个多小时吧，他说有急事就走了。"

八点多的时候，正是柏谷送"点多了"的奶茶给苏羡音的时候。那他又是什么时间跟他们院会的人聚的餐，又是什么时候跟别人撞了，"多点"了十几杯奶茶的？答案已经很明显了。

陈浔不问了。

姚达又把手攀至他的肩膀处，嬉皮笑脸地追问："有情况啊？说说呗？"

陈浔笑骂了一句，又抬起腿来作势要踹姚达，姚达远远躲开。

外套口袋里的手机振动起来，苏羡音给他发了一条微信。

黑夜里，一方屏幕照亮陈浔的脸，白蓝光里盛着他的一点笑意。

见苏羡音给自己发了一份名为"苏羡音喜好清单"的文件，陈浔更乐了，点开文件——

喜欢的奶茶：天气不冷喜欢葡萄奶冻，天气冷喜欢阿华田可可咖啡。

喜欢的颜色：浅蓝色。

喜欢的动物：企鹅、熊猫。

…………

更多内容，待付费解锁。

陈浔边看边笑着摇头，步伐都不自觉慢下来，更没注意到姚达早伸长脖子看了半路。

姚达："哟，跟苏妹妹聊着呢？"

陈浔没给他眼神，给苏羡音回复。

陈：怎么喜好清单还要付费解锁的？也没个价目表，你是奸商吧？

yin：小本生意罢了。

姚达还要凑过来看，被陈浔一手推开，接着陈浔将手机摁灭塞回口袋里。

姚达啧一声，说："德行，我还不稀罕看呢。不过可别怪我没提醒你啊，我看那柏谷好像对苏妹妹有意思，你再优哉游哉，保不准夜长梦多。"

陈浔又怎么会看不出来柏谷喜欢苏羡音？

可他还是对着姚达笑得很"和善"："管好你自己。"

姚达在他身后小跑着追着骂。

两人旁若无人地打闹，过了半晌，陈浔又幽幽开口："你觉不觉得，苏羡音对柏谷也……"挺有好感。

他又只问到一半，因为话出口的同时就怀疑自己开口的动机，有些说不清道不明的情绪，他又不想深究了。

姚达看着他欲言又止，薅了一把他的头发，恨铁不成钢一般地说："你啊，就继续这么糊涂下去好了。"

第二天。

苏羡音一上午没课，正好躲在寝室补觉。

中午被一回来就发出咣当声响的段芙吵醒，苏羡音迷迷糊糊地睁开眼，从床铺上下来。

段芙明明看见她也不惊讶，却还要说："你在寝室啊，我不知道，不好意思。"

苏羡音冲她摆手，反正这宿舍迟早要换。

苏羡音穿着睡衣站在桌前，苏成桥给她打来了电话。

"喂，爸。"

她声音里有睡意，所以苏成桥问她："刚起来？"

"嗯，昨晚没睡好。"

"怎么了吗？"

苏羡音懒得复述前因后果，甚至干脆开始瞎编："没什么，就是做梦，经常醒，睡得不踏实。"

那边的人忽地沉默了半晌，再开口时居然有些不自然，带点试探意味。

"想……妈妈了吗？"

"没有。"苏羡音勉力笑了笑，像是宽慰爸爸，又像是宽慰自己。

又是一段沉默。

苏羡音道："爸有什么事吗？"

"没什么，就是问问你国庆假期的安排。国庆放假吧？什么时候回来？"

"我……我看情况吧，我学校事情也有点多，要是确定回去了再跟你说。"

"好，没什么特别紧急的事就回来吧。"

"嗯。"

但她大概率不会回去了，大一国庆假期她就以刚开学事情太多了为由没有回家。这次她大概也会找别的理由合理地"拒绝"。

来回路程太折腾，她离家不过一个月，暂时还没酝酿出想家的感情。

最重要的是，她知道回家以后苏成桥又会怎么样"竭力"关心她或者带着她和孟阿姨出游享受一下"岁月静好"的满足感。

苏羡音不想配合。她好像还在固执地，不肯"背叛"妈妈。

文化节就在这周六下午，苏羡音不负责摊位的具体工作，但还是跟着蓝沁一起去玩了。

她们径直走向新传院会负责的苗族摊位，正好看见小干事急得团团转，一副愁云满面的样子。

苏羡音问："怎么了？"

"妮妮家里有急事，回老家去了，我们差个模特怎么办？"

院会里正好有一个大一的小干事是苗族姑娘，她提出由两个工作人员身穿苗族传统服饰在摊位前吸引同学们的点子，院会一致通过。

女孩也拜托家里人寄了一男一女两套衣服过来，之前这个环节一直都是她负责，突然少了个模特，确实怪可惜的。

苏羡音摸着台面上繁复美丽的苗族服饰，叹口气说："那还真是有点可惜，妮妮说了要怎么办吗？"

"她说让我们找个人替一下。"小干事脸都憋红了，自己说出来先笑了，"倒也不是我不愿意，我太胖了……这尺码我完全穿不了。"

苏羡音浅笑着摸了摸女孩的马尾辫。

蓝沁忽地说："这好说啊，你求个情，让苏部长给你们当模特不就成了？你们苏部长瘦得很，妮妮能穿她也能穿。"

小干事们立刻眼睛放光地看向苏羡音。

苏羡音无奈地笑了下，没答应也没立刻拒绝。

她自己也是从小干事走过来的，很理解刚进入院会时那种想要把事情做到极致做到完美的打了鸡血似的的状态，更何况他们一进院会就参与这么盛大的校园活动的策划与布置，这会是以后毕业了都能想得起来的数一数二的珍贵记忆。

苏羡音的同理心一向很强。

小干事见她没立刻拒绝，在蓝沁的眼神暗示下，嘬着嘴摇她的手臂："羡音姐，你就帮帮我们吧。"

苏羡音失笑，最后还是应下了这桩差事。

她拿起衣服，正在听小干事讲穿戴顺序，忽地想起来，问："不是还有个男模特吗？"

"妮妮说了，男模特必须找个帅的。"

小干事笑得神秘，抬眼一瞥，努努嘴说："喏，男模特来了。"

其实苗族服饰穿在沈子逸身上还是好看的，但是苏羡音还是第一眼就注意到他身侧的陈浔。

陈浔回望着她，懒懒地弯着嘴角，抬起手来朝她打了个招呼。

苏羡音拿着衣服去了最近的教学楼卫生间换衣服，蓝沁给她帮忙。

等她再回到摊位时，沈子逸穿着一件白色外套坐在摊位前翻看小干事们准备的资料卡片。

苏羡音感到困惑："你怎么把衣服脱了？"

沈子逸闻声抬头，看一眼苏羡音，边点头边对小干事说："你找你羡音姐帮忙还真没错，这不挺好看？"

小干事们看过来，表情比沈子逸的要夸张得多，嘴都合不拢了。

"啊啊啊啊，羡音姐你好美啊！好适合！"

苏羡音微红了脸，稍微一动浑身就发出脆生生的响声，她拿扇子戳了戳沈子逸："问你话呢，我一个人穿啊？"

"急什么？"沈子逸推了推眼镜，视线忽地向苏羡音身后延伸，紧接着他笑一声，"喏，你的搭档来了。"

苏羡音转身，和陈浔双双顿住。

苏羡音皮肤白皙，银饰戴在她身上很衬她的肤色，精致的银冠将她的头发完全遮住，露出小片光洁的额头，额前坠着银流苏串，风一吹就泠泠作响。她脸也微红，眼睛清澈如小溪，依稀还能瞥见光亮。

她穿苗族服饰真的很好看。

"都说这衣服要找帅的穿，我档次还不够，给你找了个新模特，可还满意？"

沈子逸尾音上扬，有掩饰不住的打趣味道。

苏羡音也是第一次见到陈浔把额前碎发全部撩起来藏进头帕里的样子。

平心而论，妮妮带来的这套衣服，男士款式远不及女士款式华丽，也没有精美的银饰，甚至因为民族特色太强，一时让人没看习惯。

但陈浔的五官实在是太出色了，如老天精雕的艺术品，叫人挑不出错来。

陈浔居然也有不好意思的时候，此刻摸着后脑勺一步步走近。

小干事们已经集体失语，"啊啊啊"地足足喊了半分钟。

小学妹都快把苏羡音的手腕掐出印子来。

"我服了，啊啊啊啊啊！太配了太配了，我就不信我们的摊位不火爆！啊！"

陈浔走近了，对上苏羡音的视线，两人都有点不自在和局促。

但还是陈浔先开了口。他目光沉沉，一本正经地说："你穿这个，很好看。"

你也是。苏羡音只敢在心里附和。

沈子逸不知道什么时候绕到两人身后了，张开双臂，拍着两人的肩，一副老大爷的模样。

"这次活动我们院能不能评优就看你们了。"

陈浔这个时候才反应过来，反驳道："我又不是你们院的……"

沈子逸笑眯了眼，像只狡诈的狐狸："答应的事不能反悔哟，好好工作。"

陈浔直接踹他了一脚。

一开始苏羡音只是跟陈浔站在一起，老老实实做个静态模特，偶尔会问路过投来视线的同学们要不要来玩小游戏。

后来被吸引的同学越来越多，摊位前也围了一群人。

有同学捂住嘴欣赏两人的装扮，其中不知道谁嘀咕了句："这是苗族婚服吗？"

苏羡音喝下的一口水差点哽在喉咙口。

小干事飞速地瞥了两人一眼，笑得挺欢："是啊是啊，好看吧？"

"你们玩的这个插伞的小游戏就是婚俗里演变而来的哟，就是当地婚俗中插伞定亲的环节。我这里有小卡片，你们可以了解一下哟……"

苏羡音："……"

为什么没人告诉她这是婚服？难怪连陈浔的衣服不是藏青色而是大红色的。

等这批同学离开了，小干事才解释道："妮妮说这是她姐姐跟姐夫的婚服，都是家里人自己做和自己绣的呢，他们家里人是特意寄这套过来的，因为盛装更好看，刺绣更繁复精致。"

苏羡音用手背摸了摸脸，沈子逸看热闹不嫌事大，喝了一口水，幽幽地道："陈浔，你新娘子脸红了。"

"哦——"

起哄声一片。苏羡音像个气球，大脑都开始缺氧了。

陈浔笑着骂了句："你少逗她，做你的事。"

可在苏羡音的视线投过来的时候，他也可疑地移开了目光，耳郭微红。

苏羡音笑了。

他们的摊位毫无疑问成了热门的摊位之一，隔壁维吾尔族摊位的负责人之一是苏羡音之前在英语课上认识的小组同学。见这边好不热闹，趁着一批人离开下一批人还没到来之前，他笑嘻嘻地跑过来借人。

"就借一会儿，真的，马上就把人给你们送回来。"

沈子逸倒是准了，苏羡音被喊走，一头雾水地跟着那个同学学习击铃鼓的手法。

陈浔远远看着，她像是还没搞清楚状况，那个男生说得又快又急，又因为他们身上都穿着民族服饰，很快就有一小波观众将他们围住。

苏羡音笨拙地试着敲击，手势却被男生纠正了几次。她渐渐苦了一张脸，又像有些不好意思，小声说："算了吧，我好像太笨了，学不会……"

男生却很坚持，一点也没看出她的窘迫。

"没事的！再来几遍就会了，很简单的。"

他又对围观的同学说："同学要试试吗？很简单的哟，很有意思的。"

苏羡音被短暂地晾在一旁，拿着铃鼓，右手僵硬地调整姿势，正一筹莫展着。

陈浔将她的窘迫与不自然看在眼里，忽地开口："我说同学——"

他抱着手臂，看着那个男生，嘴边笑意很浅，微昂的头颅却带点倨傲的意味。

"什么时候能把我的新娘还给我啊？"他拖长了尾音，"我们摊位还在等人讲解呢。"

苏羡音却被那几个字烫到狂扇眼睫。

我的新娘。

也不知道该归功于陈浔实在算得上门面担当，还是该归功于院会各部门的任务都完成得很出色，新传院会的苗族摊位成功当选当天参展的同学们投票选出的极受欢迎的摊位之一。

院会上上下下都别提有多高兴了。

庆功宴上，沈子逸自然喊了陈浔，可他没来，让沈子逸带话给他们。

"那小子非说什么被他们机院的人一顿臭骂，说他胳膊肘往外拐，他要避避嫌躲躲风头。"

大家笑成一团，苏羡音小口喝着果汁，拿着手机在桌子底下给陈浔发消息。

yin: 怎么样，被唾沫星子淹死没？

对面的人瞬间就回了。

陈: 还有一口气，别提了。玩得开心点。

苏羡音抿着唇，做足了思想工作，一鼓作气噼里啪啦地打字。

yin: 但还是要谢谢你的。我一个学姐买了两张话剧票准备跟男朋友去看，结果临时有事下周末没时间，就把票给我了。我还挺感兴趣的，是《茶馆》，应该会好看吧，你有兴趣吗？请你看话剧道谢吧。

她发誓她从没有在微信上一口气说过这么多话，等待回复的过程是煎熬的。

偏偏她的注意力全在手机上，听到桌上有人失声尖叫的时候也没想着躲，一杯可乐悉数泼在了她的白裙子上。

"没事没事，晚上回去及时洗的话，洗得掉的。"

她接过小干事递过来的纸巾，将自己面前的一片狼藉简单收拾了一下，再滑开手机，果然有回复，省去了她焦灼的等待时间。

陈: 所以你就准备跟我去看？

苏羡音一头雾水，刚准备问他什么意思，往上一瞥，就瞥到自己发过去的消息: 我一个学姐买了两张话剧票准备跟男朋友去看……

——所以你就准备跟我去看？

苏羡音一颗心又开始狂跳了，她待在原地无法接招，陈浔像是久久没等到她的回复，又发过来一条信息。

陈: 好，下周六吗？几点？

苏羡音在饭桌上笑弯了眼，即便自己最喜欢的白裙上沾了可乐污渍，她的好心情也丝毫没被影响到。

苏羡音照旧很早就来到教室，坐在座位上用电脑看文献，努力让自己平静下来。

她早上啃了个馒头就匆匆赶来教室，这会儿喉咙发干，于是摸着里面水已经凉了的水杯，站起身来绕到教学楼另一侧去接开水。

苏羡音离开不过一分钟，陈浔和姚达就前后脚进了教室。

陈浔下意识在教室里扫视一圈，没找到目标，脚步微顿后又径直走向一个座位坐下。

姚达道: "给苏妹妹占个座不？"

陈浔用修长的手穿过发间，将黑发拨乱，语调慵懒地说："这就是她的座位。"

姚达道："啧啧啧，桌上啥都没有你也能认出来？"

"这不是有电脑，还有钥匙？"

两人正说着闲话，突然有人敲了敲坐在最外侧的姚达的桌面。

姚达扭头一看，乐了："我说哥们，你咋来了，今天是约的五点打球吧？"

柏谷笑着点点头，无情地说："嗯，不过我不是来找你的。"

姚达："……"

他嘀咕："一个两个的，什么德行？"

柏谷问："苏羡音来了吗？"

"来了，这会儿估计出去了吧，一会儿就来。"

"好。"

说完柏谷终于看向陈浔，两人点头示意，却一句多的话也没有，气氛忽然有些凝滞。姚达的手机铃声适时地响了起来，他几乎是跳起来，指着手机说："我接电话去了啊。"

陈浔没想到柏谷会坐在姚达的位子上，两人其实只见过几面，不过是点头之交。

柏谷坐下后，拿起姚达的笔转着玩，陈浔则左手托着脸，优哉游哉地看书。

陈浔本以为他们会这样一直沉默下去，柏谷忽地开口。

"我周末想约苏羡音去看画展。"

陈浔抬起头来，淡淡扫一眼过去，看进柏谷眼里。柏谷话里有话，眼里有沸腾的胜负欲。

姚达回来的时候，柏谷立刻起身给他让位子，接着瞥了陈浔一眼。

只见陈浔手托着脸，修长的食指轻触着嘴唇，神色看着有些怪异。

姚达拿手在他眼前晃悠："你怎么了？怎么有点失魂落魄的？"

"没事。"陈浔闭上眼，敛住情绪，再睁眼时神色已经恢复如初，仿佛刚刚一切不过是姚达的错觉。

苏羡音回来的时候见到柏谷也很惊讶，柏谷没让她回座位，而是直接将她带出了教室。

姚达望着两人离开的背影，摇摇头："这哥们可真执着，我都服。"

陈浔没有应话，瞥到苏羡音对着柏谷侧头一笑，翻书页的手却微顿。

周五，苏羡音做了很久的心理斗争，最终还是冒着被蓝沁取笑的风险，邀请她陪自己去逛街买衣服。

街逛到一半，苏羡音暂时还没挑到特别喜欢的衣服款式，坏消息却先到来。

陈：抱歉，我周六可能去不了了，周末老师让我跟他去青大交流学习。

苏羡音轻抿着唇叹口气。意外总是会打乱计划。

期待这么久的"第一次约会"就要落空，她说不失望是假的。

她直接回了一个"那我也没办法咯"的表情包。

陈：抱歉，下次有机会补偿你。

又是有机会，苏羡音不喜欢这三个字，看似有机会，实际上就是说"我溜了"。

她皱着眉。

蓝沁挽住她："怎么了，事情有变？"

"嗯。"

"那街还逛吗？"

苏羡音用手推着自己的脸颊，堆出一个笑来，眉眼弯弯："逛啊。"

干吗不逛？

苏羡音跟蓝沁回到宿舍的时候已经将近十一点，寝室门没有反锁，也不会反锁。这都归功于蓝沁这将近一周以来的不懈努力。

一开始蓝沁找辅导员调解矛盾的目的是让辅导员同意她跟苏羡音搬离这间寝室，可后来她越想越觉得不对劲，为什么是段芙待人刻薄，她们却要搬走？

"拜托，六楼这个楼层多好啊，不高不低的。我问过了，要是我们搬走的话，就只能去十楼了，十楼夏天多热啊，不行，我们不搬！"

苏羡音也不知道她哪来的神通，得知段芙之前的寝室还一直缺一个人，于是天天在各种场所堵辅导员，硬要辅导员同意段芙搬回原寝室。

辅导员耳朵都被磨出茧了，最后不得不点头。

不料段芙这次却意外地好说话，兴许是因为这段时间并不愉快的住宿体验，让她发觉之前的寝室更令她怀念吧。

听到辅导员的提议，她二话不说就答应了："也行，反正是一栋楼，也没什么不方便的。"

辅导员后来还在蓝沁面前夸段芙懂事，蓝沁出了办公室就做出了一个干呕的表情。

两人回到寝室，寝室里还有个不认识的短发女孩正站在段芙面前，帮段芙收拾东西。女孩看着挺和善，还跟两人打招呼："我是段芙之前的室友，机院的。"

"你好。"

苏羡音瘫坐回自己的座位，拿出手机，斟酌了一会儿，还是给陈浔发了条消息。

yin：那你是今晚就要去青城吗？

陈：嗯，跟教授一起坐红眼航班。

yin：好的，注意安全。

她撇撇嘴把手机放下，头往后仰靠在椅背上，神游万里。

可段芙和短发女孩的对话却一字不落地落进她耳朵里。

段芙："说起来青城那个交流活动是去几天啊？"

苏羡音不自觉地抬起头来。

短发女生："就两三天吧，教授说主要是有个项目研讨会，跟他要做的课题有些关联，我们不是在他的课题组吗？他就说带我们去学习学习。"

段芙："出息了啊，还能跟陈浔陈大神一起出去交流呢。"

"我也算运气好吧，果然当时头破血流挤进这个课题组真没错。不过说来也愁，其实交流那几天我本来要去医院复查的，这会儿只能推迟了，重新约时间真的好麻烦的。"

段芙："对啊。10 月 15 号不就是你要复查的时间吗？但是你总不能不去吧，这么好的机会。"

"是啊。"

…………

剩下的话苏羡音一概听不清了，她几乎是出于本能反应，像个游魂似的，忽然轻声问："我想问一下，这个交流活动是江教授受邀去青城大学的那个活动吗？"

短发女生愣了愣，道："嗯，是的。"

"这个活动是临时延期了吗，还是一直都是 10 月 15 号？"

"是延期了，本来是这周末的。"

短发女生一脸纳闷，但还是一一答了，只是段芙看向苏羡音的眼神就很古怪了。

苏羡音登时松了口气，也无暇顾及段芙脸上的古怪神情，只是道谢。

她又重新打开和陈浔的聊天界面，颤抖着手打字。

yin：你在去机场的路上了吗？

陈：对，快到了。

苏羡音愣住了，心又悬起来，但又总觉得还有别的隐情。兴许他真是记错了时间忘记了延期这件事呢？

她站在蓝沁面前，很小声地请求："沁沁，可以帮我问姚达一件事吗？"

"可以啊，这有啥不行的？"

不到三分钟，蓝沁就把手机丢到一边，拉着她的手："姚达说陈浔洗澡去了，应该等会儿就回你消息了吧？"

苏羡音的眼眶一下就红了，她怕情绪暴露得太明显，用尽力气朝蓝沁笑了声："好的，那我也先去洗澡。"

热水从她头顶细密地淋下来，她的眼泪也混在里面，怎么都流不完。

原来不管她如何沉浸在她跟陈浔之间虚幻的亲密中，只要他收回手，情况就能立刻急转直下。决定权从来就不在她这里。

她一开始只是眼泪控制不住地顺着脸颊滚下来，再后来干脆呜咽起来，一时之间不知道是水声更大还是她的哭声更大。

她洗了一个长时间的澡，久到蓝沁在门口叫她，确认她是不是在里面晕倒了。

她捂住嘴应了一声，然后关上水穿好衣服。因为眼睛已经肿得不像话了，她一边用包头发的毛巾作势擦着眼睛，一边急匆匆往外走。

苏羡音很快爬上了床，说自己很困马上就要睡了，泪水却沿着她的脸颊落在枕头上。

她不该抱有期待的，也不该自作多情。

可他又为什么爽快地答应邀约，却骗她他有事要忙不能赴约呢？

她下意识地打开手机，看到两人的上一条消息，还是陈浔发给她的。

陈：早点睡，晚安。

她小声地吸了吸鼻子，努力稳定情绪，想要恢复理智，复盘自己到底是哪一步做得不对。可将两人的微信记录翻了个遍，也将从第一次在宿舍楼下遇见直到前两天艺术与创意课上两人的对话完完整整地在脑海中重复播放了一遍，她还是找不出原因。

她也不想问。

太难堪了，她觉得自己就像个小丑，在他面前一次次积极表现着，反常地时刻保持着状态，一次次摸索着跃跃欲试，和他在亲密线附近有来有回地过招。

会不会在他眼里，她看起来可笑又可悲？

她不敢细想。

他不过是向她散发出那可有可无的一点信号，她就咬着钩子心甘情愿地朝他摇尾巴。

苏羡音用双手捂住脸，泪珠又从她指缝间一颗颗往下掉。

她头发没干却也不吹，趴在床上，昏昏沉沉间好像睡着了，手机振动起来。

她居然还期待是陈浔，是来向她道歉向她认错再告诉她他明天会准时出现的陈浔。

blue 的沁：宝，早点睡。男人都是大猪蹄子！让他们滚！

苏羡音看着蓝沁的消息，哭着哭着笑出一个鼻涕泡来。

她也不记得自己是怎么睡着的，梦里梦到了高中的一件事。

其实这样的难堪她不是没有体验过。

像苏羡音这样的乖孩子，其实高中也有被同学议论的时候。就那一次。

她认识的巷子里的一个男孩，住她对门，父母常年不在家无人管教，高中读了附高隔壁的职高，是那一片出了名的小混混。

也不知道他是哪根筋抽了，从哪里弄来附高的校服，直接混进学校来班上找苏羡音，理由居然是借钱。

苏羡还是借了，只是回到教室的时候，就听见成片的起哄声。

"可以啊。"苏羡音的女生同桌力气不小，一拳差点没把她打倒，"学霸乖乖女和痞帅'校霸'？"

苏羡音翻了个白眼。其实按照她的性格，她是不会辩解的，反正大家总归是无聊，随便看到一对男女站在走廊上说话都会起哄，并不是针对她。

久而久之，谣言总会不攻自破。

可偏偏她看到了那一角衣摆，还清楚地听见他笑了一声。

苏羡音忽地浑身来劲了。余光捕捉到陈浔正从她们教室旁走过，听见同桌还在那里絮絮叨叨，她忽地提高了音量。

她也过不了忍不住想要吸引喜欢的男孩子的注意力这一关。

"发挥你的想象力。见到男女生有瓜葛就得是关系不纯，你怎么不说我是他姑姑呢？"

她涨得满脸通红，也不知道是不是兴奋，说完全班笑成一团，只有她同桌的脸色很难看。

她抿着唇朝窗外轻轻一瞥，失望立刻写在她脸上。

原来刚刚她余光瞥到的那个顿住脚步的男生并不是陈浔。

陈浔只是路过她窗前，没有停顿，苏羡音像泄了气的皮球，又不管不顾地跑出门去，只远远看见陈浔一个背影。

他左手右手边各有一个男生揽住他的肩，他正侧着脸，对左边那个男生笑了声，不知道说了句什么，对方朝他竖起一个大拇指来。

原来，那声笑都不是为她。

自作多情是击垮暗恋者最后一道防线的有力武器。

苏羡音苦着一张脸小跑进了女厕，脸颊一直到脖子，烧得通红。

她难过地哭了。

她的同班同学不会明白为什么平时平易近人的她会像打了鸡血一样龇得人讲不出话来，她的同桌自然也不明白苏羡音为何会因为一个玩笑而闹得同桌关系不愉快。

而她也因此和同桌生了嫌隙，直到在高考结束的饭局上大家抱着一起哇哇大哭的时候，那个女孩都没有向她展现出任何亲近的神态。

上天好像在惩罚丑态百出的她。如今也一样，她又成了一个笑话。

她的骄傲不允许她接受这样的难堪。

她醒来的时候甚至还在想，其实是她轻易将他赋予了神格。从前在高中的时候未曾靠近过他，现在凭借着一点缘分得以时而窥见他的近容，她才发觉，他是平易近人的，可跟姚达不同，甚至跟柏谷都不相似。他对所有人的好，都不能使得他们跟他的距离近一分，他的温柔、善解人意中带着一点漠然。

体贴是他的本能，却也因为这一点普适性而不带任何温度。他是公正的，而她可能不过是他平等施恩的对象中的一个罢了，她一点也不特殊。

即便因为她的努力"营造"，他偶尔会将目光落在她身上，可只要她膨胀了心思伺机而动，他就会明白，就能及时抽身全身而退。

嗯，她一点都不特殊。

那些她以为甜蜜的瞬间，也许不过是他心情好时的一点配合，他根本没入戏。

苏羡音早晨起床的时候脸色很差，头也很痛，但她这会儿也不想就这样闲着，还是随便吃了点早饭便赶往花店。

谢颖然看到她的时候惊到都失去了表情管理，但因为早晨花店会有一阵子比较忙碌，谢颖然也没有时间去问详情。

直到将近十点，店里终于只有谢颖然和苏羡音两个人了。

苏羡音在后间拿着单子对花的数量，清理因运输而散落的枝叶。

谢颖然将帘子掀开一个角，向苏羡音招招手："那些不忙着收拾，来，坐会儿，陪我喝口茶。"

苏羡音没拒绝。

今天温度又降了，苏羡音捧着茶杯，小口小口地啜吸着茶，吸了吸鼻子，没忍住打了个喷嚏。

谢颖然的手贴上她的额头："该不会是感冒了吧？"

苏羡音摇摇头："应该不会吧？"

谢颖然："昨晚没睡好？"

苏羡音苦笑了声："嗯。"

谢颖然伸出手来摸了摸苏羡音的脑袋，半晌才说："虽然不知道是什么事，但反正这会儿闲着也是闲着，你要是想说就说，阿姨毕竟年龄大点，也许你觉得困惑的事情到我这里一下子就能迎刃而解也说不定。但反正还是看你，我是觉得说出来会好很多。"

苏羡音忽地叹口气，可是真让她讲，她却不知该怎么开口。

她也曾被夸赞过"口齿伶俐"，此刻却是："嗯……就是，怎么说呢，就是……"

苏羡音咬着下唇，终于下定决心讲出了最重要的一句："我有一个喜欢的男生，喜欢了很久。"

这一句话出来，她的一颗心也跟着落了地。这是她青春的主旋律，也是所有故事的中心思想。

但她还是讲得不顺畅，她一笔带过偷偷喜欢陈浔的那几年，只讲在大学重逢的部分，跳跃着讲，甚至发觉自己还会不经意地"美化"他，像是不想让他听起来太过出尔反尔阴晴不定。

"然后……反正最后我发现他并没有出川北甚至没有出学校，他只是不想赴约了。"

苏羡音讲完最后一句，心口还是一阵绞痛。她猛灌了一口热茶，笑容还是很苦涩。

谢颖然忽地捶了一下桌面，吓得苏羡音差点把手里的杯子甩出去。

"岂有此理！这是什么人啊？我要是知道是谁我肯定抽他，我们音音这么好，懂不懂珍惜啊？"

苏羡音被她逗笑，虽然知道这话里多半是安慰的成分，但这种同仇敌忾、就是站在她这一边的行为还是让她很满足。

"谢谢阿姨。"

"谢什么啊？我是说认真的。阿姨跟你说啊，音音，这种男生不行的，别管他是什么惊天大帅哥还是什么超级大学霸，都不行，那都是光环。从你的讲述来看，我只觉得这个男生很没有担当。

"说句不好听的，就是优柔寡断，犹犹豫豫，并且他的犹豫或进或退，都对你造成了极大的伤害。他本人不可能不知道这是一种伤害，那他为什么还是照做？"

苏羡音没有接话，眨眨眼望着谢颖然。

"就说明他缺乏一点担当呗，男孩子这样子不行的。说起这个我就来气，我那儿子也是随了他那个老爸，有的时候也是这样，游移踟蹰的，我就是看不惯……"

苏羡音："可是……"

"别'可是'了，阿姨问你，你还有他的联系方式吗？"

"有微信号。"

"删了。"

苏羡音："啊？"

"听阿姨的，删了。"

苏羡音摸着手机，却迟迟进行不了下一步。

谢颖然叹口气，又摸摸她的脑袋，轻声说："他都退成这样了，你得让他付出点代价啊。这年头删了微信又不是找不到你了，他真的想明白了自然会来找你。你不能总站在原地等着，你也有自己的决定权啊，他做得这么过分，删了他一点都不过分。合情合理！"谢颖然说得斩钉截铁。

苏羡音鬼使神差地点开陈浔的头像，点击右上角的三个点，再点"删除"。

手机弹出提醒：将联系人"陈"删除，同时删除与该联系人的聊天记录。

谢颖然捋了捋自己的头发。她坐在苏羡音对面，看不清苏羡音手机上的画面，但能看出苏羡音在这个界面停留了很久很久。

似乎删掉对方是一件需要苏羡音付出很大努力的事。

谢颖然看在眼里，心疼在心里。她叹口气，伸长了手，抓着苏羡音的手戳了一下屏幕。

界面忽地就变了——

已删除联系人。

苏羡音真的删了陈浔，做决定的时候有些犹豫，此刻看着清空了的列表，她居然有一丝畅快。

谢颖然笑眯了眼："怎么样，是不是挺舒服的？"

"是的。"

苏羡音抿着唇，却小声笑了。

谢颖然道："这种男孩对感情不坦诚，非得要他自己醒悟了才行。"

苏羡音的心情短暂地平复了下来，好像又回到了最初。

其实她明明不走近他也能过得很好，就当是一场梦好了。

苏羡音也没想到会听到谢颖然的"故事"。

其实苏羡音从谢颖然日常的打扮谈吐就能看出来，花店似乎不是她的营生，更像是一种爱好。

说起来这是一个经典的富家女和穷小子的故事，但不得不承认，谢颖然的故事不是一般的坎坷。

"他总觉得我爸看不上他，但其实我们家条件也就那样，并不是什么豪门世家，只是因为父母职业在当地有一些声望。还没努力尝试就想放弃，我是真的搞不懂男人是怎么想的。"

"我问他对自己的事业有没有信心，他比谁都踌躇满志，可一到感情上就畏畏缩缩的。"

苏羡音浅笑着，问："那阿姨就不担心……"

"担心他说'不想娶我'？"

"嗯……"

"担心啊，怎么不担心？可我更担心因为我也不勇敢我们就这样错过了。也许我会嫁给一个好对象，也许我在这个年龄也有一个可爱的女儿，但是总之跟现在完全不一样了。"

谢颖然眼底有些散不开的情绪，却容光焕发，平和安详。

"我很喜欢我现在的生活。

"我先生也做到了，他说过的话、他的抱负，都实现了。"

这是个让人欣慰的结局，苏羡音若有所思地点点头。

谢颖然见她听进去了，忽地拍着她的手，说："不过阿姨跟你讲，这可不是让你跟我学。我那时候是有点莽的，再说了，"谢颖然微噘起嘴，露出一副很不满意的样子，"我觉得你心仪的男孩，未必配得上你。"

她继续道："不就是博弈吗？切记，他怎么对你，你就怎么对他。"

苏羡音原本周六要兼职一整天，跟谢颖然聊天的时候还好，一到下午忽然整个人浑身无力。

谢颖然一摸她的额头，吓得脸色都变了。

"这样不行，得去医院看看，你发烧了，音音。"

谢颖然坚持要陪苏羡音去医院，被她拒绝了。

花店里另一个员工请了假，她不愿意因为这点小事让谢颖然关店半天。

"真的没关系，我只是有点发烧，意识还很清醒，看，我的行动也没有障碍的。医院就在附近，我先去挂个号看一看，有事再打电话给你，行吗？"

谢颖然点着头扶着她的肩出门："好，你快去，电话联系。"

医院周末人满为患，苏羡音挂了急诊，等了将近一个小时才轮到她。她已经有点迷糊了，体温 38.6℃，高烧。

医生让她输液并开了药，又嘱咐她多喝水注意保暖，苏羡音疲惫地点点头。

她拿了药，输液的过程中先是给谢颖然打了电话，告诉她医生看了化验单说问题不大，多休息就好，让谢颖然安心看店，她这边有同学陪着。

但其实下个月有表演，蓝沁今天一整天都在街舞社里练习，苏羡音就没叫人来——她没有叫任何人来陪的打算。

她看着滴管里一滴一滴落下来的药水，心情反而很平静。

苏羡音醒来的时候，迷迷糊糊看见身前一个俯下的白影。

护士姐姐对她笑笑，把已经空了的吊水瓶拿在手上。

"还可以再睡会儿，还有一瓶，有我看着呢，别怕。"

苏羡音一时间感动得要落泪。她体温依旧很高，脑子嗡嗡的，泪腺好像也变发达了。

她"嗯"了一声，竟然有哭腔，护士姐姐一愣，她更窘迫了，疯狂往回憋眼泪。

护士姐姐还给她拿了一条毛毯，像是也有些不好意思："你是川北大的学生吧？学习成绩肯定很好，我从小就很羡慕你们这种会读书的孩子，我太笨了……哎呀，我跟你说这个干什么？这是我平时休息用的毛毯，昨天刚洗过的！打点滴就这么睡着会冷的，何况你还发着烧，先盖着吧。"

苏羡音连连道谢，眼泪终于没忍住，跟她的体温一样，滚烫的。

从医院出来将近七点，天已经黑了，苏羡音走出来时裹紧了身上的外套，闻到衣服上似乎沾染了些消毒水的味道，这味道却没来由地令她安心。

她脚步依旧有些虚浮，烧还没完全退，但她还是到附近的粥铺买了两份套餐，送了一份给护士姐姐。

"山药粥是养胃的，知道你们工作忙，作息应该不规律，也不知道你有没有时间吃……"

"谢谢你，真的。"护士姐姐直接笑进了她心里。

她再离开医院时，心情很轻松。不知道是生病的缘故，还是被陌生人的善意治愈了，她在回学校的路上，已经全然忘了自己昨天晚上是因为什么情绪失控，又是因为什么湿着头发睡着了。

有的人跟她做了一个月朋友却撒谎爽约，陌生人却还会关心她打点滴睡着了会冷。她又何必自找烦恼呢？

苏羡音病了三天，请了一天假，国庆假期就正式开始了。

中间孟凡璇又给苏羡音打过好几个电话——从谢颖然那里得知苏羡音生病，她关切自责到不行。苏羡音则正好以养身体为由拒绝了回家的提议。

到了第三天，苏羡音烧早已退了，就是鼻子还堵着，说话还有重重的鼻音，但已经不影响日常生活了。她坐在桌子前看着《老友记》，本该去车站赶车的蓝沁突然回来了。

"疯了疯了，我真是疯了。

"苏苏我身份证没带，你见到我的身份证没有？"

苏羡音茫然地摇摇头，拔下耳机跟蓝沁一起找，十分钟后终于在衣柜底下找到了。

蓝沁看了一眼手机，苦着脸说："完蛋了，我赶不上车了。"

苏羡音："不是十点的车吗，来得及吧？"

蓝沁苦着一张脸："你不知道，去高铁站的路现在堵得要命，我回来是直接在秦安路下的，扫了辆单车骑回来。"

"那现在骑车过去还来得及吗？"

"来不及，自行车太慢了。"

"那电动车呢？电动车可以吗？"林苇茹从床帘里探出一个头来，小声地问。

蓝沁狂点头："好人一生平安！"

段芙已经搬离了寝室，一个人离开的，因为当她问林苇茹有什么打算的时候，林苇茹表示要留下来，段芙当时的表情别提有多难看了。

苏羡音按照林苇茹的指示，在宿舍楼下充电桩前找到了林苇茹的电动车，两人却顿住了。

蓝沁道："苏苏，你会骑电动车吗？"

苏羡音诚实地摇头。

"怎么办？我也不会。"

"我们先赶着试试，你在手机上看看能不能改签，不行就改签？"

"行。"

"那走吧。"苏羡音戴上粉色头盔，利落地坐上了小电动，握紧了把手。

其实骑电动车跟骑自行车差不多，一开始有些摇摇晃晃，但苏羡音很快就适应了，穿梭在车流之间，眼看着就很有希望能准时抵达。

大概绕过了一千米的拥堵路段，前方路况终于畅通了起来，苏羡音拧动车把加速，身后却一直有小车在鸣笛。蓝沁往后看了一眼，骂道："有病啊，这么宽的车道过不去吗？新手上路还这么嚣张吗？"

苏羡音毕竟是第一次骑电动车，不敢回头望，只能尽量往路边靠，于是不得不降低速度。

鸣笛声是有规律的，间或响两声。终于在某段车流量不大的道路上，身后的那辆车越过了她们骑的小电动，却打开了双闪灯停在了路边。

原定的路线被挡住，苏羡音捏紧了刹车。她双脚踩地，在抬起眼皮看车辆的时候就有种不好的预感。

这车牌号好像有些眼熟。

车窗缓缓降下，驾驶座上的姚达和副驾驶座上的陈浔都探出头来，分别看向两人。

蓝沁气得吹刘海："姚达你是不是想死？按那么多次喇叭是想吵死我吗？你不会打电话啊！我真是见了鬼了。"

姚达耸耸肩："我在开车啊，怎么打电话？"

"我打了。"

陈浔接过话，漆黑的一双桃花眼眼里有情绪翻涌。他直勾勾地看向苏羡音，扬起手里的手机晃了晃，笑容有些牵强苦涩。

他低声说："但是你好像把我拉黑了。"

解气。

苏羡音终于能理解谢颖然说的以牙还牙的痛快是什么滋味了。

这是苏羡音删了陈浔的微信以后两人的第一次见面，她没回答他，甚至当他不存在，只是跟姚达说她急着送蓝沁去车站，赶时间。

姚达道："好说啊，上车吧。"

蓝沁说："上个屁，前面路口就到了。你们爱上哪去上哪去，别挡着姐的路就行了。"

苏羡音没有哪一刻像此刻这样，这么感谢蓝沁和她心有灵犀。

两人赶在检票结束之前赶到了高铁站，蓝沁顺利上车。

上车后，蓝沁给苏羡音发消息。

blue 的沁：其实我跟姚达也闹了点别扭……

yin：怎么了？

blue 的沁：放完假回来再跟你说吧，反正男人没一个好东西。

最后蓝沁还加了个"鄙视"的表情包。

苏羡音笑了声，回了个"好"字。

她站在人来人往的候车厅，短暂地发了一会儿呆。

有人给她打电话。

号码没见过，但归属地是南城。苏羡音皱着眉，心里抗拒着，手指却渐渐移动到接通键上方。

她一咬牙，往反方向滑动，还是把电话挂了。

没隔半分钟，电话又打进来，还是那个号码。

苏羡音叹口气，心软了半分，还是接了。

"我是陈浔。"

"你有事吗？"

也许是苏羡音的错觉，陈浔的声音听起来没有他平时的从容，反而有一丝小心翼翼。

"我在高铁站西出口，我带你回去吧？"

苏羡音笑了："你难道忘了我是骑车过来的？"

"就你车那个小体型，放后备箱不就行了？看样子快下雨了，坐我的车吧，我在西出口等你。"

不知为何，苏羡音此刻脑子里浮现起谢颖然的谆谆教诲。

这个人即便到了此刻，依旧没有歉意，也不打算解释，像逗小狗一样，向她招招手就算示好。那她就该摇着尾巴跑过去？想得美。

苏羡音看着候车室大屏幕上滚动的列车信息，这辈子没做过这么离谱的决定。

"我改主意了，我家里人很想我，我决定回家。"

明知道电话那端的他看不见，苏羡音还是笑眯了眼。

陈浔："……"

苏羡音没给他反应的机会，直接挂断电话，甚至一气呵成将他的号码拖进了黑名单里。

苏羡音真的买了最近的一班高铁回家，坐在座位上的时候都有一种不真实感。她给苏成桥拨去一个电话，说清自己的到达时间，苏成桥在那边高兴得直说"好"，以为苏羡音是想给他们一个惊喜。

苏羡音干笑着，不忍打断老爹的兴奋，挂断电话，摸着自己只剩 35% 电量的手机，祈祷不会在出站前就失联。

倒是有一件事让她有些不好意思。

她本来想麻烦一个同班的朋友帮忙来高铁站把林苇茹的车给骑回去，打电话向林苇茹汇报的时候，林苇茹满不在乎地说："这有什么？叫我男朋友去骑就好了，不用整这么麻烦。"

苏羡音一张嘴张成了"0"形："男朋友？"

林苇茹笑了："是觉得我不像是个有男朋友的人吗？"

"不不不……我不是那个意思……"

"别紧张，我也不是那个意思。

"我跟身边人提起我男朋友的时候大家都是这个反应，我俩认识很久了，就有点'老夫老妻'的意思，藏得比较深，看不出来也正常。"

苏羡音开始喜欢这个坦率的女孩了。

"你真不用不好意思，谁还没点急事？我男朋友很闲的，我让他去骑回来就好了，你安心回家，注意安全。"

苏羡音面对林苇茹的体贴，更加羞愧得无地自容，说出"谢谢苇茹"几个字，舌头都要打结。

她真的总是遇见一些特别可爱的人。

时间回到苏羡音挂断电话以后，陈浔听着听筒里不断传来的忙音，放弃了打电话的方案。他皱着眉，啧了一声。

姚达道："苏妹妹怎么了？电话打不通吗？"

"好像被拉黑了。"陈浔苦笑一声。

"啥？你怎么惹人家生气了？微信拉黑，电话也拉黑，苏妹妹不像这么狠心的人哪。"

陈浔望着西出口走出的一群面容疲惫的旅客，用食指戳了戳眉心，说："回去我来开吧。"

他跟姚达换了位子，车子启动，姚达继续追问："问你话呢，哑巴了？说出来哥们也好帮你想想对策啊。"

车平稳地驶入道路，陈浔手肘搭着车窗手托下巴，忽地蹦出来句："好像被发现了。"

他笑容苦涩。

姚达摸不着头脑："啥啊？"

"我对她撒谎，好像被发现了。"

姚达的表情依旧好不到哪儿去："你要放屁就放全，别跟挤牙膏似的一会儿蹦出来一个字。咋的，以为自己这样很酷啊？"

陈浔没说话，只是在转弯的时候不仅没减速，还悄悄踩重了油门，姚达差点脸贴玻璃。

姚达："……"

"你还记得柏谷那天去我们上艺术与创意课的教室来找苏羡音的事吗？"

"记得啊。"

"他那个时候跟我说他打算周末约苏羡音去看画展。"

"然后呢？"

"……"

陈浔不知道柏谷为什么突然跟他说那些话，只是本能地问："周六还是周日？"

柏谷："周六。"

"那你可能要……"

柏谷打断他："你跟她周六约好了是吗？"

陈浔没有避开他的眼神，坦坦荡荡地道："是。"

柏谷沉默了一会儿，忽然用很轻的声音问："你能不能不赴约？"

姚达听着怒骂了一句，而后道："这小子玩阴的啊。你不要告诉我你答应了然后你爽了苏妹妹的约？"

陈浔眨着眼睛，显得有些无辜："那倒也没有。"

姚达刚松了一口气，陈浔的后半句话差点没让他吐出血来。

"我只是跟苏羡音说我周六要跟江老师去青城大学交流。"

姚达："……你糊涂啊！"

姚达一袖子甩到陈浔头上，露出一副恨铁不成钢的表情。

"这事也能答应吗？你不会还觉得自己很高尚吧？我有时候真搞不懂你到底在想啥。你不喜欢苏妹妹吗？"

陈浔抿着唇，没有立刻回答。

姚达摆摆手："行，算我白问，你肯定又要说什么'喜欢是一件很严谨的事，在没有确定之前不能乱说'，我就问你，你是不是觉得苏妹妹人还挺不错的？"

"是。"陈浔这次没犹豫。

"那不就得了？感情不就是这样吗？看对眼了相处觉得舒服，双方都有这个意思了，就可以处一处试一试。

"好，就算我们用你的说辞，就算你说苏妹妹也不一定就是喜欢你，甚至就算按照你说的，你觉得她好像对柏谷蛮有好感。

"你就觉得自己是做好事在促人姻缘了？你确定吗？你怎么确定苏妹妹对柏谷有好感？毕竟这次至少是她主动约你去看话剧啊。"

陈浔猛地一怔，好像突然被人点醒了。

他被姚达一顿激情输出弄得有点找不着北，车停在宿舍楼下，他熄了火，用手摸着自己的下巴，久久地出神。

陈浔："我总觉得……"

陈浔要讲这一番话很艰难，更何况对方是姚达，他不知道自己得到的会不会又是一顿臭骂。

他确实有一些"奇怪"的顾虑，源于一个心结。

陈浔有一个玩得很好的兄弟叫闻翼然，和他从小在一个巷子里长大，两人初高中都同班。

陈浔在高中的时候其实对于感情的事很迟钝，他那个时候心思完全不在这上面，更不会对空气中的暧昧有所察觉。

事情发生得很突然。

闻翼然在高考后向英语课代表表白，被女生拒绝不说，还被女生告知她喜欢的一直是陈浔。

陈浔真的没有察觉到。

也许是自尊心受挫，又也许是这种关系太敏感，闻翼然第一次在陈浔面前失控，打了陈浔一拳后，吼出了心里话："你明明知道我喜欢她，为什么不能离她远一点？你明明知道你有多受欢迎。"

这件事对陈浔的影响挺大，因为这件事过后，跟他交好多年的朋友便与他渐行渐远了。

从过程到结果，都挺让陈浔记忆深刻的。他真的有在反思自己，甚至有了自己真的对男女关系迟钝到了这种程度的认知。

他无法明确说明自己到底是不是做错了，但确实是后悔了。

姚达果然没被这个故事打动："放什么狗屁？你那兄弟也是，什么德行？自己追不到女孩伤自尊了还赖你？这事跟你有什么关系？"

陈浔道："其实如果我能早点察觉到，我就可以在那个女生跟我说要加入我的小组的时候婉拒她，跟她保持点距离。我真的不知道……"

"你就扯吧。"姚达斜吹着刘海，满不在乎，"人家为什么要加入你的小组？说明那时候就对你有好感了啊，你躲着人有什么用？你那朋友照样追不到。"

"但至少，也许他心里会好过一点。"

"都是自欺欺人，你也别太当回事，他未必是觉得你离那个女生太近了，毕竟你是连人家喜欢你都察觉不出来的一个木头，能有什么逾越行为啊？肯定就正常同学之间的交往呗。你那朋友纯属是自己脸上挂不住，就把'锅'甩给你。你也是好笑，居然还真接住了，一直耿耿于怀到现在。

"我是该说你太善良，还是该说你闲得找屁吃？"

陈浔从车上走下来，像是想透口气。他抱着手臂靠着车，眸中有沉淀的情绪。

姚达也跟着下了车。

"这件事暂且不提，就算这件事是你的心魔吧。你跟柏谷是什么关系？很熟吗？好哥们？你对苏妹妹的感觉，跟你对那个英语课代表的感觉是一样的吗？"

"根本就不是同一性质的事，我真不知道你被下了什么蛊，居然还真的爽约了，还找借口！简直罪加一等……"

陈浔有种辩解无力的感觉："我其实……好吧，没错，我大错特错了。"

也许他确实是一时鬼使神差，因为过去的事情做出了错误的判断，又或许一切只是他的一时软弱。

其实他在撒完谎之后就后悔了，但总想着如果这次苏羡音不赴柏谷的约，他也就能确定了，也不需要再顾及柏谷的感受，或者避开一些什么。

他几次拿出手机想改口对苏羡音说自己可以去，却都下不了决心，干脆眼不见为净在实验室了泡了两三天，尽量不看手机。

陈浔将自己的头发抓乱，表情逐渐有些愁苦与凝重，没想到姚达的"教育"并没有结束。

"最后还有一点，你在这里为柏谷争取机会，我可以理解为你是对自己很有信心，对他有一点对精神病人才有的悲悯之心……"

陈浔："……"

为什么他总感觉自己一直在挨骂呢？他捏了捏耳垂。

"但是你考虑过苏妹妹的想法吗？你真的听见她明确说了她喜欢柏谷吗？万一她对你更有好感呢？你在往后退给柏谷制造机会，有没有想过你这么做跟把柏谷推给她有什么区别？人家乐意吗？人家又会不会因为你的这个举动而伤心，以为你是在传达你对她没感觉的信号呢？

"我是真的服了你啊，知道你在感情方面迟钝，却没想到你蠢成这样，恋爱都不会谈。恋爱不会谈就算了，暧昧了解期该怎么做也不会？这都能搞砸？"

陈浔彻底无语，却又觉得姚达句句说的都是对的，心里生出一股凉意的同时，怎么也想不明白自己到底是怎么会错到这种程度的。

"如果不是你说得有道理，我真的很想揍你。"

陈浔幽幽地道，象征性地往姚达肩上打了一拳，还不忘讽刺："经验这么老到？情感大师？什么时候解决自己的人生大事啊？"

姚达还他一拳："得了吧，你先解决好自己的事吧。难怪苏妹妹这么生气呢，肯接你电话都是菩萨了。你自个儿想法子吧，爸爸只能帮你到这儿了，都怪我平日里教子无方……"

陈浔踹了他一脚，两人瞬间扭打在一起。

没几分钟，姚达就被治得服服帖帖，笑着求饶。

"最后给你一点提醒啊，感情是两个人之间的事，柏谷和苏妹妹之间，和你跟她之间，一点关系都没有，你别天天想着皆大欢喜。"

"你需要思考的只是，你到底是不是对苏妹妹有好感，然后就是……"

姚达露出慈祥的笑容："尽早行动，别犹豫。"

苏羡音晚上八点准时抵达南城站，在出站的途中，却意外地接到了谢颖然的电话。

"音音啊，不好意思，我儿子不知道抽什么风又突然说要回南城，假期你就不用过来帮忙了啊，好好休息一下。"

苏羡音一拍脑袋："啊，对，不好意思阿姨，我居然忘了这件事，我今天也临时决定回南城了，忘记跟你请假了。"

"这有什么？那正好，都好好放个假，有时间到阿姨家里来吃饭呀。"

第五章

陈浔坐的晚班飞机回的南城，不得不承认姚达这小子貌似有一些当"励志讲师"的天赋。陈浔下飞机的时候，有瞬间的恍惚——他怎么一冲动就买了最早的飞机回来了呢？

"咱家有一阵子没打扫了，也没人住，你就暂时住奶奶家，可以吗？"

谢颖然看到儿子走神，用手肘捣了捣他。

陈浔点点头："嗯，好。"反正他回南城的本意也不是想家。

苏羡音的电话依旧打不通，他想起一个人来——

邹启然，苏羡音的高中同班同学。

陈：你知道苏羡音家住哪里吗？

对方回得很快。

7 然：浔哥你干吗？有情况啊，不老实，问这个干吗？

陈：快点，你知不知道？

7 然：我怎么可能知道啊，我又不是什么跟踪女同学的浑蛋。

陈浔抚着额，无语地薅了一把头发。他为什么会妄想邹启然能有靠谱的时候？

可没过多久，"不靠谱"的邹启然又给陈浔发了条消息。

7 然：哥，请我吃顿饭不过分吧？我可是冒着被误会的风险，帮你要来了地址哟。

苏羡音似乎回家回得不是时候，大抵是她之前说不回家说得太斩钉截铁，苏成桥没想过她会临时改变主意。

"你那间屋子，空调没装好，漏水，墙都发霉了，你孟阿姨想着正好趁着这次刷墙的机会把你房间稍微翻修一下，没想到你改主意了。"

苏羡音看了看桌面已经空无一物的桌子，以及混乱的施工现场，点点头："没事。那我的东西……"

孟凡璇带点歉意地笑笑："桌面上的东西我全部装进纸箱子了，就在你房间的书桌桌洞里，虽然贴上了胶布但估计还是有灰，书桌也暂时不能用，可能要等装修完再收拾了。"

苏羡音抿抿唇，轻"嗯"了一声，然后在书桌前蹲下，摸着纸箱，又想起什么，拉开书桌第二排的抽屉检查。

她打开一看，松了一口气——还好，都在。

妈妈的照片、妈妈送给她的礼物、妈妈在生病期间还坚持给她写的信，还好，都在。

这些东西一开始散布在苏羡音房间的各个角落。

但后来，高三那年，孟凡璇和苏成桥正式登记结婚以后，她便默默地把妈妈的照片从桌上撤了下去，放在抽屉里。

苏成桥没有对她说过什么，但她能注意到，苏成桥将所有跟妈妈相关的东西都收拾了起来，只在客厅留了一张苏羡音十四岁时一家三口照的合照。

那张照片里，妈妈笑得很灿烂，还没有被病痛折磨的她，年轻又漂亮，是苏羡音在她临终前一年里从未见过的笑容。

那张照片从搬家前到搬家后一直都放在客厅最显眼的位置。

可在苏成桥通知她，他要和孟阿姨去领证之后的某一天，上完晚自习的苏羡音回家，一眼就注意到那个位置多了一张照片，是孟阿姨和爸爸的合照。她没有开灯，在黑暗的客厅里呆坐了很久很久，然后回到房间，抚摸着妈妈的相片发呆。

这是某种预兆，她从今往后的生活将会变得不一样的预告。

其实苏羡音不是一直都耿耿于怀，只是她选择用自己的方式铭记。

妈妈也曾在给她的信中告诉过她，要往前看，要好好生活，要过好自己的人生。

妈妈生病后变得异常豁达，在信中还提到过：

　　也许一年两年，或者很多年后，你爸爸也开启了他的新人生，有了新的人生伴侣。音音，也不要怪爸爸，人生真的很漫长啊，一个人怎么走得完一生呢？是我失约不能陪你爸爸到垂垂老矣，这都是无可奈何的事，并不是我们俩想看到的结局。

　　但苏羡音不知道，妈妈没能陪爸爸走完人生后半程，到底是不是"他们都"不愿意看到的结局。

　　她依旧记得那天晚上看到那个画面时的冲击感，她紧紧捂住嘴，眼泪无声地向下滚落。伤心、愤怒、失望以及很复杂的以当时的她根本就无法辨别清楚的情绪，瞬间将她淹没。

　　她也试过帮苏成桥开脱，也许真的是因为妈妈的病痛太伤心了又正好被朋友安慰，那个拥抱没有任何意义。可她说服不了自己，她不相信在有些人的解读里，那个拥抱没有一丁点背叛的含义。

　　她不敢告诉妈妈，更不敢对任何人说，只是把那件事永远埋在了心里，成为一颗叫她永远铭记的钉子。

　　苏羡音从房间走出来的时候，苏成桥和孟凡璇就站在门口。

　　很显然，苏成桥看向她的眼神隐隐约约有些躲闪。不是她的错觉。

　　因为苏成桥又变得异常沉默，三人站着谁也不开口，气氛显得有些诡异。

　　孟凡璇打破僵局："那羡音这几天就跟我睡？让你爸爸打地铺好了。"

　　"没事的，我睡沙发就好了，我爸要是打地铺第二天腰就没了。"

　　"谁说的！"苏成桥同志这才回过神来，辩驳得很快，"你就跟你阿姨睡，我睡沙发。"

　　"真不用，爸，沙发那个长度也就只有我能睡得舒坦了，你们老老实实睡你们房间就行了，真的。"

　　苏羡音晚上洗完澡就在沙发上躺好拿着笔记本电脑看剧，却发觉一向早睡早起的苏成桥硬是在客厅晃来又晃去。

　　他明显有话要说，但他不开口，苏羡音也就装作没看见，也不问。

到最后，还是苏成桥走过来。

他拿着自己的茶杯慢悠悠地晃到沙发前坐下，先是不咸不淡地问了几句苏羡音的近况，之后沉默了一阵，一直小口小口啜吸着茶水，人却一直不走。

苏羡音不得不把头从笔记本电脑的屏幕后伸出来，说："爸，你有什么话还是直说吧。"她垂着眼，叫人看不清眼底的情绪。

苏成桥叹口气，又坐近了点，犹豫地开口："最近……还想妈妈吗？"

想啊，每时每刻，总是毫无预兆的，妈妈的笑容就浮现在脑海里。

苏羡音语气很平淡："还好。"

手指甲深陷进掌心的动作却暴露了她的真实情绪。

苏成桥没发现苏羡音的异样，继续说："你要是有什么不满，有不喜欢的地方，就讲出来，爸……爸肯定还是希望你开心，希望一家人和和气气地把日子过下去。我知道这对你来说并不是一件容易接受的事，但……已成事实，爸也只想尽力弥补你，满足你的要求。"

一家人。到底谁跟谁是一家人，谁又是局外人？

苏羡音抿着唇："我并没有什么不满。"

她的不满在十五岁和孟凡璇初次见面时就表达过，只是苏成桥觉得她是胡闹，父女俩也默契地再不提这件事。

他俩既然都默认要掩盖过去的伤疤过日子，他又何必追问她有什么不满？

"羡音……"

苏成桥一时语塞，又叹口气，摇摇头："算了，你早点休息，别熬夜看剧。"

苏成桥走后，苏羡音久久没动，她心里有点烦躁，升腾起一股躁意。

于是她起身去厨房倒水喝。她拿着水杯边喝边往客厅走的时候，路过自己原来的房间，看到一束光打在自己窗户上，还移动着，看形状明显是手电筒照射出的光。她站定了，又看了一会儿，确认这束光不仅没有消失，还继续晃了晃，便缓慢地走过去。

她们家住在二楼，是老城区的房子，窗户装的还是有色玻璃，清晰度也不高，一开始她只能看到楼底下确实站着一个人。

大半夜用手电筒照人房间，怎么想怎么诡异，苏羡音把手放在窗户上，迟迟不敢拉开。

也许是底下的人看见了窗边出现的人影，那人拿着手电筒似乎跳了一下，然后苏羡音就听见了一个熟悉的声音。

"苏羡音，是我，陈浔。"

真是见了鬼了，他以为自己是什么电视剧纯情男主角吗？

苏羡音平复了虚惊一场过后的心情，才慢慢将窗户拉开。

苏羡音的房间窗口下正好是一盏路灯，路灯下，陈浔穿着一件黑色卫衣，背着光，发丝间像藏着萤火虫。他仰着脸看向她，笑意很浅，但笑容和路灯的色调完全一致。苏羡音很难不承认这画面令她心跳加速。

陈浔拎了拎手里的东西，说："我买了学校门口的炒年糕，吃吗？"

其实她是动了恻隐之心的，那轮廓太美好，少年的笑饱含真诚，那是她追寻了很多年的光，此刻却像小太阳一样守在她的楼下。

换作以前，这场景会是她今晚睡前循环播放的画面。

可现在，她居高临下地看着他，说："我减肥，谢谢你。"

世上是没有后悔药的。

陈浔将拎着炒年糕的手放了下来，又牵动了嘴角，说："要……下来走走吗？"

苏羡音没回答。陈浔见她不回答，像有些不好意思似的摸摸自己的后脑勺，说："我有话想对你说，下来吗？"

"等着。"苏羡音说完，咣的一声关上了窗户。

陈浔在她房间楼下踱着步，拿着手电筒在地上画圈圈玩，等的时间有点久了，他又把手电筒对准苏羡音的房间窗户照了照。

"什么人！啊？"

陈浔听到声音，迷惑地转过头，就看见一个戴着居委会红袖章的大叔拿着大型照明灯直往他脸上照，照得他眼睛根本睁不开。

大叔："什么人啊，在那鬼鬼祟祟的，大半夜的在人小姑娘楼下干吗呢？"

陈浔用手挡住眼睛："我……"

"还不走？啊？再不走就跟我上居委会坐坐去。"

陈浔："……"

他做梦也没想到，苏羡音让他等的，是这个。

苏羡音早上起得很早，睡得也很香，似乎并没有被昨夜某个人的奇怪造访以及沙发的柔软质地所影响。从某种层面来说，她还挺能适应环境的。

不过早晨七点，苏羡音就发现冷寂了几年的竞赛班群里有人发消息。

是邹启然。

7 然：听说老周升官了啊，有几个人在家啊，我们去看看老周呗？

时间还早，无人响应，于是苏羡音也没回复。

她没把这事放在心上，暂时将手机放在一旁。

临近中午，她吃饭的时候才想起这茬儿来，才发现不只是竞赛班群，实验1班的群里也热闹了起来。

同学 A：那我们几点去啊？下午？有没有人知道老师的课表啊？

同学 B：下午上三四节课的时候去不就行了？离第一节自习课还有时间，时间比较宽裕。

同学 C：报名啊报名，班长大人定好时间、地点，大家参加的就在下面接龙。积极参与啊，难得这次长假，回来的人比较多。

其实放假回去看老师倒也不是什么稀奇事，只是以往一般都是临近春节的时候，同学们约好上老师家里拜访，国庆节回学校看老师还是头一回。

苏羡音也想看看附高的变化，毕业一年多了，她还没能有机会回学校看一眼，于是她在接龙报名里填上了自己的名字。

许多同学看到苏羡音接龙，才知道她也回了南城。

也不知道是不是这样的活动势必会引起大家的怀旧情怀，苏羡音收到的私聊消息渐渐变多了。

她当初高考也算是超常发挥，拿下了年级第五的好成绩，现在好奇她近况的人不少，还有不少来问她川北到底好不好玩的同学。一时之间，她的手机振动不停。

有一个当初和她一起进了化学竞赛班的同班女生跑过来问她：羡音，你下午回去看汪老师的话，我们要不要顺便去看一下周老师啊？

苏羡音正想着怎么回复，没立刻回答，退出聊天框，发现邹启然也给她发了消息。

7 然：下午我们看完老汪也去看看老周呗？

yin：大组织委员？两场活动都是你组织的？

7 然：不敢不敢，我这也是被赶鸭子上架。

7 然：去吗？怎么说你当时还是老周的课代表呢。

苏羡音还是答应了。

竞赛班和卓越班的同学高度重合，甚至周老师本来就是卓越班的班主任，苏羡音没有在竞赛班接龙名单里看见陈浔的名字，但感觉他应该也会去。

事实证明，她的预感还算不错。

苏羡音先是跟实验1班的同学一起去了汪老师的办公室。

汪老师变化不大，见到他们很是惊喜，拉着大家问近况，又跟他们说现在他带的这个班是真的闹腾，远不如当时的他们让人省心。

气氛和谐，大家正因为老师讲到一个调皮鬼的非常规操作而笑成一团的时候，汪老师突然看向一直默默站在最外圈的苏羡音，问："苏羡音在川北大怎么样？升大二挺忙吧？学习上、生活上还适应吧？"

众人自动给苏羡音让开了一条道，她现在已经能从容面对这样的注视，浅笑着说："还算能应付，已经住了一年多，都适应了。"

汪老师多问了几句，苏羡音一一答了。

汪老师说："这群孩子里，就你最懂事，当时高考我就跟其他老师打赌，说苏羡音这孩子蓄力蓄够了，肯定能一鸣惊人。果不其然哪。"

苏羡音只抿着唇浅笑了下。后来她几乎是走神听完了后半茬儿的聊天。

同学们和汪老师约定好了晚上吃饭的地点，然后便往外走。

邹启然找到她，说："走吧，咱几个也看看老周去。"

苏羡音看到陈浔的时候不算意外，意外的显然是其他同学。

苏羡音今天穿着一件浅黄色钩花针织开衫，里面是一件带刺绣的白色T恤。

而陈浔，里面穿着一件浅黄色卫衣，外面是一件纯白色夹克。

两人下半身都穿着牛仔裤、白球鞋，他们像是商量好的，很像……

邹启然拿腔拿调地说："哟，这是情侣装啊。"

苏羡音悠悠瞥他一眼，他立刻做出一个闭嘴的动作。

卓越班一个女生看过来，问了一句："实验1班的苏羡音？我记得你是不是也去了川北大学？"

"难怪啊。"有男生笑起来，手搭着陈浔的肩，"同是校友，这么快就混熟了？"

"陈浔的社交能力果然不会让大家失望啊。"

苏羡音抢在陈浔之前淡淡地答："认识，但不熟。"

陈浔眯了眯眼，用舌尖轻抵住牙齿，没拆台，只是笑了笑，定定地望向她，像是要把她看穿。

苏羡音很快就移开了视线，跟着大部队慢慢走进周老师的办公室。

这次卓越班也来了十来个同学。

但苏羡音没想到两个班居然就约着一起吃饭了，还是邹启然攒的局。

"毕业了，都是校友啊，不分什么这班那班的了，老周和咱们老汪也是多年的老搭档了，晚上咱们跟两位老师一起吃顿饭，热闹热闹啊。"

居然也没有人有异议，反而个个都很兴奋的样子。

苏羡音起了想溜的心，还没来得及走，就被自己班上的两个女生架住了。

如果不是她们叙旧叙得太过自然，苏羡音都怀疑自己是被盯上了。

一行人优哉游哉地到了校门口，门卫大叔却不肯放行了。

附高是封闭式管理，学生上学以后除了晚上下自习时间，均不得擅自外出。

邹启然走在最前头，笑得无奈："师傅，我们都是毕业了的啊，我们是 11 级的，回来看老师的。"

门卫大叔狐疑地看了众人几眼，仍不放行。

他将信将疑地问："都是 11 级的？没有混进在校生？"

邹启然："我们一个多小时前进来的啊，刚刚你不在，之前那个门卫师傅可以证明。"

一时之间，一行人就堵在了校门口。他们进学校的时候还算顺畅，出学校居然被拦住了，也是有趣。

他们吵吵嚷嚷着，最后门卫大叔要邹启然给老师打电话并且确认人数才肯放行。

"柳师傅，是我，我们真的都是 11 级的。"

陈浔声音算不上大，但他刚开口，所有人就都安静了下来。他从容地从队伍最后面走到最前面。

门卫大叔眯着眼看了陈浔一眼，立刻笑了，拍着他的肩："小陈啊，回来看老师啊？"

"嗯，难得回来一趟。"

于是门卫大叔就这么放行了。

苏羡音扯了扯嘴角。原来陈浔在这所学校不仅仅是个传奇，还是一张到哪都好用的令牌，居然连严格的门卫大叔都认识他，简直不要太离谱。

一个大包间里坐了二十来人，苏羡音坐下后，两个刚刚挽着她的女生立刻一左一右坐在了她两侧，继续问她川北大的图书馆是不是真的二十四小时不闭馆。

她们正说着，一只修长白皙的手搭在了椅背上，轻轻环住。

陈浔的声音依旧干净好听："同学，换个位可以吗？"

女生见到陈浔，肉眼可见地紧张了几分，惊慌地站起来，还伸长了手："你坐你坐。"

陈浔朝她点头："想离校友近一点，不熟就该多培养培养感情。"

女生丝毫不觉得这话有什么不对："是是是。"

苏羡音："……"

独属于他的气息很快就进入她鼻间，她不自在地往另一侧挪了挪，几乎跟左边的女生大腿贴大腿了。

饭桌上，同学们激情高涨，吃饭是其次，谈天说地才是正事。

苏羡音也不知道真的是自己变化太大，还是自己当年高考的超常发挥让大家印象深刻，话题频频落在了她身上。

每次刚咬一口肉，她就被提到，到最后干脆没怎么动筷子了。

人多，一盘菜上上来，有的还没转一圈就空盘了，苏羡音的碗里却很快垒满了一小碗。各种各样的菜，在被夹完之前，都被夹起一筷子放进了她碗里。

邹启然怪笑着："浔哥，别夹了啊，都快装不下了，自个儿多吃点啊。"

"吃你的饭。"陈浔笑道。

众人把视线移过来的时候，陈浔正试图以一个完美的角度将这块扇子骨放入苏羡音已经装满了菜的碗沿缝隙里。

大家笑得很欢。

这二十来个同学，几乎代表了附高 11 级的荣誉，难得聚在一起，都对彼此的近况感兴趣到不行。

但此刻苏羡音领会到，大家果然还是对"八卦"更感兴趣。

有男生挤眉弄眼地接茬儿："我看浔哥是看人家女孩说跟他不熟，自尊心受挫了吧。也不至于这么极力表现啊，浔哥，物极必反懂不懂啊？"

"你懂个屁，浔哥一向贴心。"

…………

　　不同的声音一声盖过一声，甚至还有大胆的男生问苏羡音此刻被年级风云人物如此关照有何感。苏羡音抿着唇不想回答，又不想显得不礼貌，身侧的人却毫不费力且自然地将话题转移开。等苏羡音再回神的时候，周老师和卓越班的班长的赌注已经成了这张饭桌上更吸引人眼球的话题了。

　　陈浔忽然凑近，压低声音道："趁着现在多吃几口吧，一时半会儿应该不会再提你了。"

　　苏羡音感激地看了他一眼，但没有接话，而是夹起了那块扇子骨。

　　服务员端着最后一道菜——菌菇老鸡汤上来的时候，众人正因为那个赌注而怂恿周老师喝酒，气氛一时达到了高潮，甚至有几个学生干脆站起来离开了自己的座位，鼓着掌欢呼着。

　　苏羡音和左手边的女生最后还是隔开了一个空位，方便服务员上菜。

　　苏羡音转动着转桌，将已经空了的一个长方形碟子拿起来，给服务员空出了一个放菜的位置。

　　她还没来得及回头示意服务员，忽然就被一股力道给带离了原位，滚烫的气息就拂在她耳边。

　　她不可能辨别不出这香气属于谁，浑身都僵直了。

　　"啊！"

　　"小心！"

　　几声尖叫过后，吵吵闹闹的包间一瞬间安静下来。

　　汤泼了一地。

　　苏羡音清晰地感觉到脚边一阵热意，有几滴热汤溅到她脚踝上还有隐约的灼热感。

　　她听见身后女生向服务员道歉的声音，忽然意识到了刚刚发生了什么。

　　她挣脱了陈浔的怀抱，紧张兮兮地掰开他的手查看。

　　陈浔轻笑了声："手没事。"

　　苏羡音刚松了口气，视线再往下移。她刚刚几乎是被陈浔一把薅进怀里的，他把身子侧向她，张开双腿，将她松松拥入怀中。而他朝向外侧的左大腿直至膝盖处，牛仔裤一片深色，显然是被泼了一片汤——滚烫的、刚出锅的鸡汤。

　　陈浔注意到她的视线，才慢悠悠地倒吸了口凉气。

他居然有些可怜，像只受伤了等待主人安慰的小狗："可能腿有点事。"

苏羡音不知道该怎么形容自己此刻的心情。

其他看热闹的同学终于醒悟过来后，有人较真地问了句：

"他俩真的不熟吗？"

苏羡音跟陈浔站在饭店门口，南城的秋天昼夜温差大，吹来一阵夜风，苏羡音裹紧了自己的外套。

陈浔试探性地看了她好几眼，见她迟迟没将视线移过来，认栽一般叹口气。

"苏同学，你有点狠心啊，就没有一点点爱心关爱一下同学吗？"

苏羡音看向他，又皱着眉看向他的膝盖。

其实不担心是假的，虽然她因为他先前的行为很生气很伤心，但今天怎么说也是他救了她，还因此被烫伤了。

只是他穿的是长裤，大腿那个位置，她看不到伤情，也不知道他到底伤得有多严重。

苏羡音心都纠结成麻花了，嘴上还是说："最好还是去医院看看。"

这是很客观的表述。陈浔笑得有些无奈。

十分钟前，事故发生后，小部分人忙着处理事故造成的一片狼藉，大部分人在关心陈浔的伤势。

邹启然绕过了大半个圈跑过来就要掀陈浔的裤腿，但陈浔今天穿的裤子并不是工装裤那类的宽松裤子，要将牛仔裤掀到露出大腿，还是有一定难度的。

陈浔制止他的同时朝他翻了个白眼，两个老师都喝了酒开不了车，现场乱糟糟的，周老师最终下了命令让陈浔直接去医院。

邹启然道："距离这儿最近的医院都有十几公里，还不如让浔哥找他的老院长奶奶看看，我记得浔哥奶奶家就在这一块儿吧？"

陈浔的奶奶曾是南城中心医院的院长，现在退了休在家里，距离也合适，更不用说陈浔这一阵本来就住在奶奶家。

一拍即定。

邹启然搀着陈浔往外走的时候，不知道为什么，非要喊上苏羡音，还说怕自己一个人搞不定。

她不知道，陈浔不过是烫伤了腿，又不是双腿不能直立行走，从二楼包间到饭店门口等车，到底会有什么突发事故，邹启然一个人搞不定？

更诡异的是，本来是三个人站在路边等车，邹启然还没一分钟就溜了，说什么楼上还等着他开启第二轮"战斗"。苏羡音无语凝噎。

叫的车终于在两人傻站在门口两分钟后稳稳停在饭店门口。

苏羡音手扶在打开的车门上，对着陈浔淡淡地说："你直接回家？应该搞得定吧？"

陈浔迟疑了一会儿，问得颇具试探性："搞不定的话你要送我吗？"

苏羡音弯腰钻进了车里，将陈浔眼底的震惊与欣喜情绪看清之后，淡淡地对司机师傅说："师傅等下把他送到了，再送我去石华街就行，顺路的。"

石华街是苏羡音家所在的街道。

陈浔："……"

苏羡音将头扭向一边，看着车窗上倒映出陈浔的吃瘪表情，在他看不见的角落里轻轻弯了弯嘴角。

她学以致用的能力好像还挺强。

希望落空的心情，想必他这几天也终于能与那时的她有一些感同身受了。

陈浔的膝盖起了水泡，又因为烫伤处一直被裤子闷着，没有第一时间处理，被奶奶训了一顿。

谢颖然在旁边幽幽地道："妈，您还不了解您孙子吗？陈大少爷怎么可能在他同学面前把裤子剪开啊，那不是要了他的命？"

陈浔："……"

奶奶摘下老花镜，说："就知道胡闹，面子能当饭吃吗？用冰袋敷是有风险的，要用凉水冲啊，本来三天就可以恢复的，这下好了，五天甚至七天……"

陈浔绕到奶奶身后，手捏着她的肩，讨好地笑了笑，说："好了好了，吴院长别生气了，烫伤而已嘛，不用太担心了。"

奶奶的脸色立刻好转了些。

谢颖然看着直摇头，想起什么，说："对了，妈，明早您是不是要去庙里一趟？什么时候回来啊？"

"有点事，中午会留在庙里吃斋饭，估计下午回来吧。怎么了？"

"哦，没事，就是我叫了我朋友的女儿过来吃饭，就是在我花店兼职的那个小姑娘，我算一下有几个人在家，备下菜。"

陈浔挠挠眉心："那我明天中午不在家吃。"

谢颖然："你去哪儿？你小子又跑？人家又不是什么洪水猛兽，真是挺好一小姑娘……"

陈浔打断谢颖然的介绍："我陪奶奶去庙里。"

谢颖然："就你这膝盖，是你陪奶奶还是奶奶陪你啊？别捣乱。"

奶奶却点点头，看起来兴致挺高："也是，让小浔跟我一起去吧，他还从来没去过，去见识见识也是好的。"

谢颖然倒也没坚持，只是说："你能行吗？走得了路吗？"

"行啊，包扎好了我当然能照常走路。"

睡前，谢颖然敲开陈浔的房门，再次向他确认："你明天真的跟奶奶去庙里？不留在家吃饭？你确定？"

陈浔看着手机，微信界面始终没有那条告诉他苏羡音已经通过了他的好友申请的提示，他有些心不在焉，应了声："嗯。"

谢颖然有些狐疑地踱步至他身后，幽幽地道："看什么啊？"

其实没什么可心虚的，但陈浔被吓了一跳，将手机反盖在了桌面上，这就显得形迹过于可疑了。

谢颖然老到地笑了笑，仿佛已经把他这点小心思洞察得一清二楚。

"成，每次一跟你提哪个阿姨的女儿你就直摇头，原来是因为已经有目标了啊？有喜欢的女孩了？进展如何？还是说已经在交往了？"

陈浔有些无奈，笑得很牵强。

"这都什么跟什么？妈，你就别乱猜了，早点睡觉，OK？"

谢颖然被陈浔推出房门的时候，还在锲而不舍地说："妈妈是支持你谈恋爱的，你不用不好意思啊……"

最后半句直接被陈浔的关门声给硬生生截断了。

谢颖然气得吹刘海："臭小子！"

第二天一早，天蒙蒙亮，陈浔就被闹钟闹醒。他下意识打开手机，第一步就是去看微信，发现自己的好友申请依旧没有被通过。

睡意蒙眬中，陈浔还是非常遵循本心地低骂了句，这比他想象中更令他烦躁。

　　她的家他去过了，同学聚会也组了局，可她怎么就连个微信都不肯加回来呢？

　　难道真要他提着水果礼盒上她家去登门道歉才能拥有向她解释、求得她原谅的机会？他还是难以想象那种场景。

　　奶奶是退休以后养成的往寺庙跑的习惯，也算是给自己找点事做。

　　陈浔的膝盖水泡已经被挑破，伤处上了药缠上了纱布，今天他特意穿了一条松松垮垮的工装裤，方便行动。

　　可一眼望向大概数十上百级阶梯的时候，他还是皱起了眉。

　　奶奶这时候居然不心疼他了，还一个劲地鼓励他："心诚则灵，走走楼梯怎么了？就当锻炼了。"

　　陈浔其实很想说一句，他根本就"没所求"，还要求什么心诚则灵呢？

　　等爬了几十级阶梯，陈浔的伤口已经不能用一个"疼"字来概括了。

　　他本来以为自己跟着奶奶主要是当个陪衬，这也确实是他逃避谢颖然组的饭局的借口，但他没想到奶奶真的让他在金像面前拜一拜，顺便祈愿自己平平安安万事顺遂。

　　今天庙里的人非常多，陈浔看着身后排着的长队，也没扭捏，不想耽误后面香客的时间，便照着奶奶的嘱咐做了。

　　只是双手合十祈愿的时候，他的脑海里却不由自主地浮现出一张清秀的脸庞。

　　果然心里有个疙瘩，连祈愿的时候它都会像个泡泡一样第一时间冒出他脑海。

　　中午两人留在寺庙里用斋饭，饭后奶奶去找住持办事，陈浔百无聊赖地在寺庙各角落转悠着。香火味伴随着烟雾缭绕，缠了他一身又一身，于是他随意逛了一圈以后，走出了大殿。

　　大殿门口左手边摆了一张红桌，坐着一个道长模样的人，有人在抽签，他在解签。

　　解完一签，道长注意到陈浔的目光，忽地朝他招招手，说："小伙子，要来一签吗？"

　　陈浔礼貌地摆摆手，道长却像是盯上他了，笑容和煦又有亲和力。

　　"解一签吧，兴许所有困惑就都迎刃而解了。"

陈浔觉得自己最近真是有些魔怔了，当他把签条递给道长的时候，甚至有想要收回来的冲动。

"小伙子，你虽错失一些良机，但显然后面还有转机，你心中所想所念，会出现在你眼前。"

陈浔："……"

听起来很有道理，又像是什么也没说。

他无奈地笑了声，低着头，摸了摸自己后颈处突出的棘突，点头道谢。

他完全没把这事放在心上。

下午回到家，可乐坐在沙发上一边摇尾巴一边眯着眼睛像是在休息。

陈浔一把将它抱起来，撸了几下，低下头去蹭它的脸。

谢颖然正好从厨房走出来："你下午有空最好带可乐去看看。"

"怎么了？"陈浔握着可乐的两只前爪，问道。

可乐是他读高二的时候，爸爸送给他的礼物，是一只可爱的布偶猫。自从他们家因为爸爸工作调动去了川北，可乐就一直养在奶奶家。

谢颖然摆弄着花瓶里的花，说："猫砂味道不对，那味，喷，而且它老没精打采的，像是不舒服，也不知道是不是我多想了。"

陈浔立刻将可乐放回原处，一边问谢颖然详细的症状，一边去房间里拿猫包，接着二话不说就带着可乐出了门。

问题还算发现得及时，医生给开了驱虫药，并且嘱咐了一些注意事项，陈浔边听边点头，时不时挑挑眉逗弄乖坐在一旁的可乐。

陈浔下了公交车，穿过公园就是奶奶家。他信步走着，拿着手机有些心不在焉。

联系不上的人还是联系不上。

陈浔叹口气，一抬头差点踩到人。

刚到他腰部位置的两个小屁孩一把抱住他，眼巴巴地望着他。

陈浔蹲下身来，好脾气地问："怎么了？"

小男孩不知怎么绕到他身后去了，只有小女孩用软软的嗓音说："忘记路了。"

陈浔摸摸她的脑袋，问："大人呢？"

小男孩这才从他身后探出脑袋："我们就是要去找奶奶！奶奶在跳广场舞。"

那他们就是要去公园西侧的空地了，离这儿并不远。

陈浔笑笑："走吧，我带你们去。"

小男孩却问："哥哥，你的猫好可爱啊，可以摸摸吗？"

"可以，但是它今天有点不舒服，要温柔一点。"

小男孩小心翼翼地拉开猫包，探了只手进去。

陈浔很快就带他们找到了他们的奶奶，任务完成，他也松了口气，松开两只肉肉的小手，说："去吧。"

小家伙们朝他响亮地喊："谢——谢——哥——哥！"

"啊！"陈浔刚转身，身后的小女孩就惊呼一声，"哥哥，猫，你的猫跑啦。"

可乐从没被小男孩完全拉上拉链的猫包里一跃而下，嗖的一下钻进了草丛里。

陈浔抚额。他回趟家竟还要经历公园历险。

"可乐？可乐？在哪儿呢？"

他弯着腰，一一查看着树根底下的草堆，没见着猫。

找累了，他直起腰来，松口气往别处瞥，一眼就瞥见苏羡音蹲在鹅卵石小道边，脚边一只纯黑的小猫正蹭着她的胳膊，她正摸着可乐的头，浅浅笑着。

也不知道她今天是不是出门去玩了，长发半披着，戴着贝雷帽和珍珠耳坠，薄荷绿海马毛毛衣背心里是一件荷叶领米色长裙，此刻因为她蹲下的姿势，裙子下摆晃晃悠悠，险些挨地。陈浔笑了声。

云层轻轻浮动着，晚霞将整个天空染成蓝渐变粉色，他忽地想起下午在庙里道长说的话。

"你心中所想所念，会出现在你眼前。"

陈浔嘴角浮起零星笑意。

他看见可乐忽地跳上苏羡音的膝盖，她惊得整个人抖了一下，笑容却柔和，眉眼弯弯。

可不就出现在面前了吗？

心中所念所想。

苏羡音看到陈浔的时候，浑身僵了一下。她刚对着两只猫咪笑得太灿烂，此刻笑容就僵在脸上，她像放慢动作一样收起了笑意。

她抱起牛奶，转过头就走，听见后面响着一串脚步声，但没有回头。

陈浔也不知道在哪里学的腔调，也许真的是跟姚达待久了，偶尔也能展现一下张口就来的技能。

"美女，你养猫啊？我也养猫，加个微信？"

苏羡音理都不理他。

陈浔跟着她走了小半条鹅卵石路，她陡然停住脚步，风扬起她的裙摆，贴上他的裤腿，像是在做贴面礼。

苏羡音说："你老跟着我干吗？"

陈浔笑容里有些无奈。视线朝下，他说得倒是有理有据："不如你问问我们家可乐，它为什么老跟着你？是不是想换个主人了？"

苏羡音顺着他的视线往下看，才发现刚刚她一直逗弄的那只布偶猫此刻正乖巧地伏在她脚边，眼巴巴地望着她。

"你的猫？可乐？"

"是啊。"

苏羡音没忍住，笑了起来，小声道："白色布偶猫叫可乐，你可真行。"

"你怀里的是你的猫吗？它叫什么？"

"牛奶。"

陈浔做了个耸肩的动作回望她，语气打趣："小黑猫你管人家叫牛奶，你也可真行。"

苏羡音忽然觉得烧耳朵。

以前不觉得，原来她说过的话一模一样从他嘴里再说一遍，莫名有种亲昵的感觉，相同的句式表达类似的意思，就是能明晃晃地告诉所有人：他们很熟。

陈浔点头做总结："这么说起来咱俩还挺有默契，真的不加个微信吗？"

苏羡音："……"

她弯下腰，一把薅起可乐，稳稳当当地放回陈浔怀里。

"你的猫还给你，看好了，别跟着我了。"

但好像某人把这话当作耳旁风，苏羡音忍无可忍，咬着牙转身。

她还没开口，陈浔指了指身后已经被他放回猫包里的可乐："是它说要跟着你的，铲屎官不敢不从。"

苏羡音咬牙道："我压根就没听见可乐叫。"

"嗯……"陈浔面不改色心不跳，"我懂猫的心语。"

你就扯吧。苏羡音朝他翻了个白眼，真的要走，这回被陈浔一把拉住了手腕。

"怎么说我腿上也有伤，你好歹走慢点，照顾一下伤员行不行？快跟不上了。"

苏羡音迟疑地转过身，看向他膝盖处，挣扎了很久，还是轻声问了句："恢复得怎么样？"

刚刚领着俩小孩健步如飞的陈浔，此刻做出了膝盖无法弯曲，走路十分费劲吃力的示范，语气还非常真诚："起了好多水泡，现在又痛又火烧火燎的，真的很难受。"

苏羡音果然皱起了眉，陈浔意外于自己看到她一闪而过的担忧神情，居然会松口气。

"那你跟着我干什么？没事就早点回家休息。"

陈浔却忽地叹口气："唉，苦肉计也不管用啊——"

他抬起眼皮，嘴边漾起笑意，眼里的光忽地变暗。他低声问："美男计能管用吗？"

苏羡音："……"

他又开始胡说了，她是不是真的对他的认识不足？

"我跟你浪费时间干什么……"她喃喃地道。

她刚挣脱开，小孩子笑闹的声音传来，陈浔低呼一声："小心。"

她的世界转了个圈。

非常老套地，陈浔为了让她不被突然从路尽头跑着蹿出来的一队小朋友给撞到，扶着她的肩，将她抵在了公园的石柱之上。

他比她高出许多，此刻离得她太近，低头看她都费劲，她却能清晰地看见那颗被她称作好看的痣，以及他滚动的喉结、起伏的胸膛。

力量悬殊真的很大。

被他以这样的姿势困于他臂弯之间，苏羡音居然有种压迫感。

陈浔垂着眼睑看她，平复着呼吸，说话很艰难："苏羡音，对不起。"

苏羡音感觉眼眶立刻有热意涌出，恨自己不争气的同时，匆忙将视线移开。

两人就保持着这令人遐想连篇的姿势，对话却一点也不旖旎。

陈浔不敢看她的眼睛，低声说："我……不想找借口，就是我一时犯浑了，我不该爽约，更不该……骗人。"

"我能知道理由吗？或者说……借口？"苏羡音抬起头来，深呼一口气，"你可以突然不想去。"但是他为什么要骗她？

陈浔本来是不打算把讲给姚达听的那些称不上是理由的别扭原因讲给苏羡音听的，尤其是在姚达将他骂醒以后。

但他稍微低下头就能看见苏羡音湿漉漉的眼睛，就觉得自己心里好像也下起了夏季的第一场雨，潮热的湿气将他的心口模糊一片，边界变得不清晰，人也不想再理智。

陈浔唇线抿得笔直，皱着眉问她："如果你真要听，我想先问你，你对柏谷怎么看？"

苏羡音并没有一点扭捏，甚至坦诚直白到令陈浔都讶异地挑眉。

"按照流程，其实我应该说一句'什么怎么看？他人挺好，但也就是这样了'，但我更想知道你到底想要说什么，所以——"

她叹一口短气，像是在给自己加油："我不喜欢他，也不会喜欢他。"

陈浔像是招架不住这样坦率的她，没忍住笑意，于是用干咳来掩饰自己。

她侧着脑袋仰望着他，也许是被他的笑感染了，居然有心情去探探他的额头，再冷冷地道："没烧坏脑袋啊，我讲了笑话吗？"

"不用管我。总之，对不起。"陈浔收起了笑意，扶住她的肩，终于有了点正形，说，"不管以后是什么关系，此刻，作为你的朋友，没有搞清楚你对别人到底有没有意思，就把你推给别人，甚至为别人制造机会，我觉得我可能是得失心疯了。"

这话听得苏羡音半头雾水，其实她应该听懂了，更应该立刻就谴责陈浔几句，可她的重点居然全在前半句。

不管以后是什么关系？

陈浔低下头，耳根后知后觉红了，好像解释到这里已经尽全力了，可是苏羡音的反应却让他觉得，自己根本没过关，她依旧不想搭理他。

"其实……好吧，我告诉你的话，你不准笑，也别生气，行吗？"

陈浔动了动唇，半天却又讲不出话来，最后只憋出来一句："但是，你们家牛奶好像挺认生的，它的爪子真的抵得我有点疼……"

苏羡音视线向下，发现牛奶果然浑身写着"警戒状态"几个大字，爪子死死抵在陈浔的前胸，甚至他这句话刚说完，牛奶还颇带有警告意味地朝陈浔喵喵叫了几声。

苏羡音没忍住笑了，声音却轻轻的："那你倒是放开我啊。"

"那不行。"陈浔此刻像个幼稚园的小朋友，"我放开了你又跑了怎么办？

我好不容易能有机会说几句话……"

苏羡音极浅地弯着唇笑了，说："我不跑，听你说完，行吧？"

"陈三岁"终于放下心来，他松了口气，也松开苏羡音，断断续续地跟苏羡音讲那荒唐的前因后果。

他讲得挺复杂，前言不搭后语，与苏羡音见过的很多场合的他完全不同，不是那个站在升旗台上轻松自若、站在大礼堂舞台中心照旧不慌不忙的陈浔。

苏羡音听完，茫然了一会儿。看着他甚至紧张到捏着衣角，她用一种"你是不是脑子坏了"的眼神看向他，再平静地说："我都不知道我该怎么评价。"

"反正……就是我犯浑儿，你能原谅我吗？"

"你把我删除的这几天，我好像更清楚地意识到——"

苏羡音的心忽然开始狂跳，她开始期待那后半句砸在她心坎上有怎样的分量。

"我真的，不想失去你这个朋友。"

不轻不重的一下。

苏羡音在心里叹气，却又本能地为此满足，至少他肯定了她在他心中的分量不是吗？

她点点头，陈浔终于露出了今天的第一个轻松的笑："所以我可以加回你的微信了吗？"

苏羡音却摆摆手，一边往前走一边说："算了吧，你其实也不缺朋友不是吗？最近因为院会的活动我们接触确实很多，但也许之后我们交集变少你会渐渐忘了我这个朋友也说不定。朋友不就是这样吗？总会不知不觉渐行渐远。也许这次的事发生了也挺好，省去了朋友会变得生疏而生出的惆怅，加回微信干什么，留着'躺列'吗？

"我不想跟你兜圈子，但你对我确实不算坦诚，相处愉快的时候把我当朋友，不知会一声又远离，我不是很想体验这样的友情。"

姚达早就劝诫过他，不要回避，想清楚他对苏羡音到底是什么感觉。

他不知道自己算不算想明白了，此刻却不得不承认自己体会到了情绪完全牵附于另一人的感受，是他从前从未体验过的，轻微失控的感觉。

"你怎么就确定我不缺朋友？"

陈浔开口居然有颤音，他艰难地继续讲下去："如果我说，你对我的意义不一样呢？能不能……再给我一次机会？"

他还是不愿意下定义，却承认这种被她牵动情绪的感觉，虽然无奈，但好像还不赖。

苏羡音手攥紧成拳。其实够了，讲到这种程度了，苏羡音被一种惶然的欣喜包裹住，她不想再去探求他说的"不一样"又是"哪里不一样了"。

就让她迷迷糊糊地被这种表面的幸福击中，再承认自己果然对他无法免疫吧。

但她还是说："我考虑一下吧。"

不是肯定的回答，但是陈浔听到了希望，他点点头："好，但是你要考虑多久呢？我总要知道判决日期吧？"

"我脑容量有限，算不出来我需要思考多久。"

陈浔也不挣扎了："成，那你思考着。"

他继续道："在我们没恢复朋友关系前，作为一个还算眼熟的'同学'，我能不能请你帮个忙？"

"好说。"

"我手机没电了，但是我得跟家里人说一声晚上不回去吃饭了，能用你的手机打个电话吗？"陈浔扬了扬自己手里已经黑屏的手机。

"行。"

苏羡音把手机解锁，将拨号界面点开，把手机递给陈浔。

他刚刚还向她哭诉自己腿脚不便，此刻一拿到手机就小跑到几米外，将手机高高举起，像是在操作什么界面。

苏羡音立刻就反应过来了，一边追着他拿手机，一边骂他："陈浔！你！小人行径！"

陈浔成功将自己的手机号码从黑名单里放了出来，笑得得意，还仗着身高优势让苏羡音够不到手机，看着她直往他身上蹦。

他笑里带点痞意，居高临下地望着她："小人行径——"

他忽地拖长了尾音，一字一句地说："怎——么——了？"

反正只要他不肯将手机还给她，她就是挂在他身上也没辙。

苏羡音泄了气，赌气似的看着陈浔，他这才慢悠悠将高举的手臂垂下来，将手机塞回她手里。

苏羡音也学坏了，趁他不注意，从他外套口袋里轻松地抽出他的手机，立刻转过身，按下手机开机键。

果然刚刚他举起给她看的时候还是黑屏的手机上立刻出现了开机动画。

陈浔不急，看着身前的她背对着自己，拿着手机等待开机动画结束以后，清楚地看到手机电量显示78%。

苏羡音："……"

他笑了，往前迈一步，轻轻松松从她身后伸出一只手来，要收回自己已经露出破绽的"作案工具"。

苏羡音气得牙痒痒，不肯还给他，他不得不再加上一只手。

一人不给，一人要拿，这样一来，两人纠缠在一起。

苏羡音往后一撞，头一不小心磕到陈浔的下巴，后背感受着他结实的滚烫胸膛的时候，她才意识到自己已经被他圈进了怀里。

她不敢造次了，像只瞬间被束手束脚的扑腾兔子。

于是她用力将手机一拽，手肘用力向后撞。

她本以为他会躲，毕竟他反应一向很快。

可这一肘子却结结实实打在陈浔的肋骨上，苏羡音赢了，弯下腰跳着从他怀里钻出来。

看他痛得捂住左腹，苏羡音再次合理怀疑某人在碰瓷："你别装了。"

陈浔的表情称不上轻松："苏羡音……你力气真的很大。"

在苏羡音犹豫着是不是真的要道歉的时候，弯着腰的陈浔却忽地变了脸色，扬着放肆的笑一把将手机夺了回来。

他一边举着手机侧头挑眉，一脸不可一世的得意模样，一边又在看清苏羡音脸上的恼意时，露出那种欠揍的得逞表情。看着她小跑着跟上来，他一边倒退，一边加快脚上的步伐。

最后，他也不笑话苏羡音了，撒腿就跑。

夕阳的余晖落在两人身上，一前一后、一大一小两个身影，在花丛树林中欢快地穿梭，像是太阳永远不会落山。

陈浔把苏羡音送到了门口。

本是凉爽的秋季，却因为一场堪比"小学生决斗"的意外，两人额间都渗出细密的汗，眼睛却都亮得惊人。

苏羡音视线往下，下意识落在他的膝盖上。她喃喃地道："没有一句实话，不是说自己膝盖痛吗？还跑那么快？"

"痛啊。"陈浔单手拎着猫包，小口地喘气，"要不要给你看看伤口？"

苏羡音想象着烫伤伤口的可怕画面，下意识眯着眼耸了耸肩。

陈浔被她的反应逗笑，撩裤腿的动作一顿，伸开的五指穿插过额前的发丝，笑话她："行了，不吓唬你。不过说真的。"

陈浔看向地面，被陈浔从猫包里放出来的可乐此刻跟牛奶玩得颇为愉快。

"你家牛奶是不是也随主子，体力挺好啊？挺能跑的，可乐就不爱动。"

苏羡音自动忽略陈浔语气里打趣她的成分，说："牛奶是我奶奶家的猫生的崽崽，它妈妈就一直被养在乡里。何止体力好，牛奶还会抓老鼠呢。"

陈浔点点头："那这俩小家伙还能这么相亲相爱也算难得了。"

"我走了。"苏羡音抱起牛奶，刚推开门，陈浔就在她身后说："不准再把我的号码拉黑。至于微信申请嘛，就让你想想，什么时候彻底有答案了再通过也不迟。"

苏羡音居然回头朝他做了个鬼脸："你不会还想让我夸你通情达理吧？"

陈浔无奈的笑意在她眼前一闪而过，苏羡音一溜烟儿钻进了门里，关上门，才靠着门，以 0.5 倍速慢慢绽开了这么多天以来的第一个舒展的笑。

陈浔开始给苏羡音发短信。

有的时候像是没话找话一样，频繁拿可乐、牛奶当叙事主体——

陈浔：可乐这几天好点了，终于不是一整天窝在沙发上了，你说如果让牛奶教它抓老鼠，它能学会吗？

陈浔：你们家牛奶是不是每天都会跑出门溜溜？难怪那天看到你带着它在公园玩。

陈浔：我在想，我要是真的赶可乐出门，它会不会把我奶奶院子里的木门给挠烂，然后傻坐在门口半天。

有的时候是一些让苏羡音根本不知道该怎么回复的无意义的陈述——

陈浔：被高中几个朋友拉出来打球了，他们果然还跟以前一样——菜！

有时候又像是暗暗卖惨，像是希望作为"被救方"的苏羡音能多对他说几句夸赞他的话似的——

陈浔：膝盖还是红的，但是不怎么影响走路了，灼烧感也少一点了，就是有点痒……

苏羡音有时候回，有时候不回。

即便她一回到家就把从未打开过的短信提示音打开，很多时候在听到那"叮咚"一声响的时候，就立刻把手机解锁划开短信界面。

但是，人毕竟是吃一堑长一智的。她会故意拖延自己回复的时间，尽管自己明白这不过是掩耳盗铃，却自欺欺人得很开心。

所以，时间久了，她就收到了一条这样的短信。

陈浔：苏羡音，我让你把我手机号从黑名单里放出来，不是让你又把它放进屏蔽区的，不是让你对我的短信视而不见的，OK？

苏羡音没忍住笑了出来。

苏成桥终于有机会说女儿了："吃饭还玩手机，怎么消化得好？"

他板着一张脸，苏羡音乖乖"哦"了一声，将手机反扣在桌面，埋头吃了一口饭。

孟凡璇见状，缓和着气氛："你自己吃早饭还看报纸呢，羡音也就看了一会儿，是吧？"

苏羡音笑着回应。

孟凡璇："不过羡音，你看什么这么开心啊？"

苏羡音大概绝对想不到，自己脸上还会出现这种神秘的笑。

她眉眼弯弯："没什么。"

七天小长假很快就接近尾声。

苏羡音几乎是空着手回家，却要带一个大箱子回学校，里面有秋冬季的衣服、孟阿姨挑选的特产，甚至还有一张电热毯。

她看着孟阿姨收拾行李的时候哭笑不得："阿姨，电热毯也可以在网上买的。"

孟凡璇一一清点着行李箱里的东西，笑着摇头："怕你不会挑，这个我挑好了的，功率合适，发热效果好，安全系数也高，你带去正合适。"

她转过头，拉着苏羡音的手握在手心，说："你一到秋天就手脚冰凉，我还给你带了泡脚包，记得按时泡脚，对你有好处的。别冻着自己了，注意看天气预报，降温一定要加衣服，知道不？"

苏羡音不是铁石心肠的怪物，眨眨眼垂下眼睫，敛住即将汹涌而出的眼泪。

她闷声说："谢谢阿姨。

想起什么，孟凡璇又道："你抽屉里你妈妈的东西，我从没动过，你爸爸也没有动过，都在原来的位置。"

苏羡音顿了顿，很真诚地说："阿姨，我并不担心这个。"

苏羡音做不到毫无保留地与孟凡璇亲近，她知其缘故，但从未要求过什么，甚至默许其存在，就这样跟其维持着某种微妙的平衡。

这也算是她们之间的默契了。

收假前一晚，苏羡音收到陈浔的短信。

陈浔：陈浔向苏羡音同学发起共同返校邀请 时间：明天下午2:30 地点：南城站 请问苏羡音同学，是否接受邀请？

苏羡音当时正躺在床上举着手机偷着乐。

很快又进来一条短信，甚至是接二连三的叮咚声。

陈浔：我数三个数，你不回答就是接受邀请了。

陈浔：3。

陈浔：2。

陈浔：1。

陈浔：好的，明天见。

苏羡音：建议话费用不完可以捐给有需要的人，有你这么糟蹋短信费的人吗？

陈浔：那你就不用操心了，我办了个巨量短信套餐，嘿嘿。

苏羡音将目光落在最后的"嘿嘿"两个字上，忽地翻了个身，抱着被子咻咻笑起来。

她总是轻而易举地被他可爱到。

第二天下午两点半，陈浔戴着一顶黑色棒球帽，单手推着一个银色行李箱，站在候车大厅。

路过的行人时不时瞥他一眼，他全然不在意，只看着手机和车站入口。

都已经开始检票了，苏羡音依旧不见踪影。

陈浔有些慌了，拨去一个电话，响了很久电话才被接通。

苏羡音软软的嗓音从听筒里传来："喂？"

"你快到了吗？都开始检票了，你不会赶不上吧？"

苏羡音很婉转地"哦"了一声，说："不好意思啊，家里临时有事，我把车票改签了，你先回去吧。"

陈浔挂断电话，呆呆地看着手机界面，用食指指尖轻轻戳了戳眉心。刚从电话里听到的声音没通过听筒再次传到他耳边时，他居然有一丝不真实感。

"你看，你也是会失望的吧？"

陈浔转过头，看见苏羡音背着一个帆布包，推着一个白色的箱子就出现在他眼前时，紧皱在一起的眉毛瞬间舒展开了，惊喜从他眼里溜出，点缀在他弯起的嘴角。

苏羡音心里叹着气。

对他，她果然还是无法不心软。

坐高铁从南城到川北也要将近六个小时，苏羡音一到午饭后就容易犯困，看了一会儿书就双眼迷离，便干脆合上书，将身子往窗户那边侧，抱着手臂睡着了。

陈浔看了她一眼。她蜷缩成小小一团，棕亮的长发随着她的动作全部朝一侧滑落，白皙的耳骨后，脖颈连接肩侧那一块露出白皙细腻的肌肤，一缕发丝顺着这片肌肤藏进她的衣领里，隐没入陈浔看不见的角落。

喉结滚了滚，他迟疑地伸手，像是强迫症一般，小心翼翼地将那缕发丝挑出来。成功了，她却毫无知觉，睡容安详。他轻轻弯了嘴角，终于将视线移回手机上。

苏羡音手压在脑后，压麻了，意识慢慢恢复过来，睡眼惺忪间她好像听见陈浔在打电话。

陈浔道："那你就帮我带着呗。"

谢颖然在电话那头哼了一声，说："丢三落四的，还要你妈我给你善后。"

陈浔吊儿郎当的："那就谢谢我美丽大方温柔又体贴的妈了。"

谢颖然："……"

她抱怨道："也不知道抽什么风，不是说好一起坐晚上的飞机回去，哦，就把你老妈留下给你收拾烂摊子是吧？"

"你不是不着急回去吗？"陈浔懒懒地说，余光瞥到身侧那小小一团正缓慢地舒展着身体，像是要醒了，他轻笑一声，"再说了，我有别的安排。"

他最后道："我不跟你说了，晚上你到机场我去接你。"

"几点了？"

陈浔挂断电话，苏羡音也彻底醒了。她眼睛泛红，声音里带点倦意，迷糊得让人觉得可爱。

陈浔语气不自觉放柔，像在跟小朋友讲话，耐心十足："四点多，快五点了。我打电话把你吵醒了？"

"没有。"苏羡音有点鼻音，下意识吸了吸鼻子，"手被压麻了。"

陈浔笑着摇头，又说："要还是困就再睡会儿。"

"不睡了，"苏羡音说得一本正经，"再睡就睡傻了。"

"不睡也没多聪明。"陈浔下意识接话。

苏羡音瞪他一眼，他手握成拳抵在嘴边，笑得还挺开心。

"不睡的话，听歌吗？"

他递来一只耳机，苏羡音没有立刻接下，只是点点头。

他却直接靠过来，捏着耳机轻轻塞进她耳朵里。

他指尖像是带着电，触碰到苏羡音耳垂的一瞬间，她呼吸都乱了。

她回忆里的很多画面里，陈浔在走廊穿梭，走下楼梯，或者跟着三两人群坐在座位上聊天时，偶尔会戴着耳机。白色的耳机线缠缠绕绕，苏羡音的心事层层**叠叠**。

她青春影集里频繁出现的那白色耳机，终于有一半挂在了她耳上。

而作为主角隆重登场她青春舞台的那个人，也终于坐在了她身边。

她很难不觉得幸运。

想到之前陈浔接的电话，苏羡音问："你晚上要接谁？"

刚刚听了电话内容，她知道他晚上要去接人。

陈浔说："去接我妈妈。"

"你妈妈也要去川北？"

"不是去川北，是回川北。"

"回？"苏羡音侧着头，有些许疑惑。

在附高学子流传甚广的版本里，陈浔的家世是这样的——

妈妈是某中学的美术老师，爸爸是南城有名的企业家，爷爷以前是部队的，奶奶是医生，外公外婆名望甚至远远超出爷爷奶奶，在南城是有头有脸的人物。

附高最西侧刚修建完毕的体育馆，是陈浔的爸爸在他高三毕业时捐赠的。

这个人从出生到长大，每一步都走得轻松而光彩熠熠。

"我爸爸因为工作调动，前两年就来川北了，我妈就辞了南城的工作，跟着我爸一起过来了。这当然也是我来川北大的原因，毕竟如果真的按照学科评估结果，南城大的计算机科学是 A+，川北大是 A。"

苏羡音彻底愣住了。

可传言不是说，他是为了跟宋媛赌气才临时改去川北大的吗？

陈浔见她愣了愣，以为自己没讲清楚，摸摸鼻尖说："其实我一开始是坚决要去南城大的。不过我家里人给我做了很久的思想工作，非说什么要一家人整整齐齐，我被烦得没办法了，就在最后一天改了志愿。"

苏羡音此刻很感激自己多问了一句电话的事，忍不住弯起嘴角。

原来并不是那样，他改志愿和宋媛没有关系。

可见谣言害死人，又可见她真的总是相信所有与他有关的消息。

陈浔又说："不过还好，如果不是来了川北，就认识不了你……和姚达这群好朋友了。"

可疑的停顿，苏羡音不会捕捉不到，于是她的笑意又深一分。

转眼到了 10 月 14 日，陈浔发短信告诉苏羡音他晚上要跟江教授一起出发去青城，他们院一共去了七八人，姚达也在其列。

苏羡音：哟，又去青城大交流啊？上个月不是刚去过吗？

他将她的挖苦悉数收下，回：我真的错了，大小姐，去青城给你带特产当赔礼好吧？

苏羡音笑了笑没回复。

陈浔一行人是晚上抵达青城的，入住酒店以后，姚达嚷嚷着肚子饿，想去附近的夜市逛一逛。陈浔被他磨得没办法，干脆叫上了参加交流的其他同学一起。

一行人慢悠悠往夜市晃，陈浔低着头编辑短信：被姚达拖出来逛夜市，有点困了，突然后悔答应……

姚达神不知鬼不觉地将脑袋凑过来，神秘兮兮地笑："哟，跟谁汇报行踪呢？还用短信呢，陈大少爷有点情调嘛。"

陈浔一掌把姚达的脸推开，懒得给他眼神。

到了地方，在圆桌旁坐下，陈浔才把刚刚没编辑完的消息发出去。想到什么，他又低着头发出去一条短信：明天活动有一整天，后天或者大后天我出去逛逛去，你有没有什么特别想要的礼物？

听桌上的话题已经从炒河粉好吃还是炒面好吃转移到了明天会议的主题上，陈浔这才抬起头来，在他们讨论的间隙偶尔补充两句。

手机一直很安静，他没有收到回复。

但他也习惯了不能收到苏羡音及时的回复，也不着急，就是趁着等上菜的间隙无聊，他又打开微信，继续给苏羡音的微信账号发送了一遍好友申请。

他关上手机，一群人吃吃喝喝，气氛又慢慢热络起来。

将近十一点，陈浔收到室友元庚的消息，对方问了他一道算法题。

他一开始细致地回复，后来嫌打字麻烦干脆连发了几条语音出去。

说得口渴，他单手拎起可乐，喝了一口，用另一只手将微信聊天界面滑出去，忽然看见了一个很久没有出现在他列表里的头像以及昵称。

yin：我通过了你的朋友验证请求，现在我们可以聊天了。

陈浔把可乐瓶重重地往桌上一放，没留神盖子没盖上，气泡咕嘟咕嘟冒出来，液体糊了他半只手，还顺着瓶盖滴在了乳白色透明塑料桌布上。

陈浔没理会，单手按着手机回复。

有人嚷嚷："浔哥，什么事这么开心啊，激动成这样？"

陈浔头也没抬，薄唇弯起一个愉悦的笑："你不懂。"

苏羡音是在睡梦中听见手机振动的，她眯着眼摸到枕头下的手机，费劲地解了锁。

陈：所以你是想好要什么礼物了吗？什么都可以提，保证满足心愿。

消息的发送时间是晚上十一点零二分，而把苏羡音振醒的消息则是——

陈：不过我觉得我要立一个规矩，你不能以后回我微信也像回短信那么随心所欲，抽着回复吧？这个习惯要改掉。

这条消息的发送时间是凌晨一点十四分。

苏羡音手捂着脸用气音笑了声，嘀咕着："疯子。"

她把手机放回原处，继续做自己的美梦。

早上起床的时候，苏羡音惦记着这事，一边刷牙一边给陈浔回复。

yin：你今天到底是不是要参加活动？一点还不睡？

那边的人还是秒回。

陈：要啊，我都准备进入会场了。

陈：知道我这么晚睡还要这么早起，以后回消息就积极点。

苏羡音看不出来这两者有任何联系，优哉游哉地回复。

yin：看我心情吧。

好像经过之前那茬儿，她在面对他时多了几分从容，心境也大有不同。

陈浔进入学习状态的时候依旧很专心，他像是有自动抓取重点的特异功能，在所有不需要他坐直认真思考并且参与的环节，他立刻就松弛下来，转着笔撑着头，做出思考的样子。

他也的确在思考，不过是在思考到底该带什么礼物给苏羡音。

他从大一到如今，连带上附高的三年，算不上什么场面都见过，但跟随老师出席活动的经历并不少，有的时候他也会因为内容无聊、程序烦琐而心不在焉。

但他很少像今天这样。会议结束起立鼓掌的时候，他松了口气。

大概是会议室里空气不流通，他今天居然莫名地有些烦躁。

回酒店的路上，姚达跟同学争论着今天会上青城大学一个教授的观点是否客观。陈浔头微垂，把玩着手机，姚达喊他一声："浔哥，你怎么说？"

陈浔茫然地递了个眼神过去，姚达叹口气，揽住他的肩。

"浔哥，虽然你在我们院的地位不可撼动，但你这一天天神游万里不爱江山爱美人的德行我是真看不下去了，你可是我们全院的希望啊……"

姚达话没说完，肚子挨了陈浔一拳，两个人又扭打在一起。

陈浔还有精力回答最初姚达问他的那个问题。

他其实不是不知道他们在讨论什么，只是因为走神一时没反应过来罢了。

笑闹一场，陈浔最后还是把问题给众人解决了。

已经走进酒店，姚达趁着身后同学都散去，上前一步揽住他的肩，神秘兮兮地说："我说真的啊，你怎么看上去心不在焉的？明天要去实验室你知道吧？"

"知道。"他不仅知道，还知道后天也有了安排，大概率又要忙一整天。

对于以前的他而言，这意味着每一天都过得很充实。

而对于现在的他而言，他也不明白到底是青城的气候和川北的差距太大，还是酒店的床确实睡得不够舒服。

他此刻的心情只能用四个字来形容：归心似箭。

陈浔自诩在很多方面能应对自如，可居然被一个礼物给难住了。

青城的特产是一种当地的特色点心，非常甜，在他的印象里，苏羡音并不喜欢很甜的东西。

他几乎没有多少给女生挑选礼物的经验，甚至读书的时候送给宋媛的生日礼物，大多也是谢颖然挑好了叫他送去的，他用不着费一点心思。

送特产行不通，送普通的礼物又没有纪念意义，陈浔最后把目标瞄准了青城当地最热门的景点。

于是返程那天，他没有跟大部队一起走，姚达知道他的计划，但以为他是想多留一天在青城逛一逛，立刻说自己要留下来跟陈浔做个伴。

陈浔想剜他的眼神藏都藏不住。

周二晚上。

苏羡音和蓝沁来到机场出口。

蓝沁在一旁等得有点不耐烦了，频频踱步，说："这俩人属乌龟的啊？都八点十七分了，还没走出来。"

她话音刚落，苏羡音就看见陈浔穿着一件黑色长风衣，手插兜里，信步往出口走。

姚达脸上扬着夸张的笑："你过来干什么？不会是来接我的吧？"

蓝沁："美不死你。我陪苏苏来的。"

姚达快速地瞥了身侧人模狗样的陈浔一眼，笑着打趣："人苏妹妹需要你陪吗？尽捣乱。走走走，我给你看个好玩的。"

姚达说着，一把揽住蓝沁的肩，拥着她快步往前走。

苏羡音瞥见蓝沁泛红的脸颊，听见遥遥一句："你莫挨老娘，离我远点。"

陈浔唤她回神："走吧。"

机场出口连接着一片商场，苏羡音跟着陈浔往外走，路过一家生活用品店时，忽地瞥见一个很熟悉的玩偶挂件。

阿狸。

苏羡音曾经也有一只，从初中起就一直挂在书包拉链处。

她依稀记得是高二上学期，陈浔有一段时间很迷恋滑板，他家离学校并不远，于是很长一段时间他都是滑着滑板上学，酷到不行。

苏羡音唯一一次亲眼见到他滑滑板是因为她那天迟到了。

晚上做题做到太晚，早起失败，又正好碰到教导主任在门口查迟到，苏羡音一个人低着头，默默听着教导主任滔滔不绝的"教导"，被罚在校门口站半个小时。

陈浔就是这个时候出现的。

他大概也是起床起得太匆忙，头发蓬松，滑着滑板，发丝被吹着跟随他的动作而上下起伏着，一根呆毛固执地立着，直到他在教导主任面前稳稳停住也不肯倒下。

教导主任见到是他，拿着文件夹敲了敲他的肩，却是笑容可掬的。

"怎么回事？年级第一带头迟到？"

陈浔懒懒地扯了个笑，摸摸后脑勺，说："下不为例。"

教导主任点点头，二话不说就让陈浔进去了。

陈浔路过苏羡音身边的时候，她将头一低再低，更不用提抬头看他一眼。

但她清楚地看见他脚步忽地一顿，然后就听见他说："不走吗？"

苏羡音慌乱地眨眨眼，咬着唇慢慢抬起头，用手指了指自己，艰难地看向他。

陈浔笑着点点头："走啊，还愣着干吗？快上课了。"

"对吧，老师？"他这才看向教导主任一眼，后者欲言又止的话就这样被吞进肚子里。

教导主任："行了，进去吧。"

苏羡音捏紧了书包带，跟着陈浔穿过广场，上楼，在楼梯口分别之际，用只有自己能听见的声音说："谢谢。"

后来听说陈浔就再没有滑滑板来学校了，不是因为他不喜欢了，是因为南城出了一起中学生骑自行车上学途中出车祸当场身亡的事故。

苏羡音听说陈浔的家里人因此担心他上学途中不安全，只许他坐家里的车或者乘坐公共汽车上下学。

于是陈浔那一个月都会坐公交车，苏羡音猜测他是以此来反抗家里对他上学方式的干涉。

后来那一个月，苏羡音也会坐公交车，明明从她家步行十分钟就能到学校，坐公交车才一站，而且她与他根本不顺路，也不会坐上同一趟公交车。

她还会沉默地背着书包，在公交车站牌下等车的时候，余光、耳朵都在注意身边的动静。

有一回是周五，下午学校组织大扫除，大扫除完毕就提前放了学。

苏羡音在公交车站牌下拿着单词书背单词，远远就看见陈浔被三五个男生簇拥着走过来。

她一下将单词书举起盖在脸上，又慢慢下移，露出一双水灵灵的眼睛。

不知道男生们在聊什么，也许是周末的安排，也许是新出的游戏，每个人脸上都神采奕奕，还有人推搡着陈浔，害得他白衬衫领口第二颗纽扣都被扯开。他扯回自己衣领，朝那个男生"哎"了一声。

男生嬉皮笑脸的，道歉也没个正形。

苏羡音的笑就藏在单词书后。

公交车站台后有一棵很大的香樟树，男生笑笑闹闹，陈浔的手始终插在兜里，脸上笑意很浅。

也许是聊的话题他不感兴趣，他走了神，心不在焉地望了一眼天，树叶就在这个时候在他眼前掉落，他居然伸出手，接住了那片落叶。

下午五点多，夕阳的余晖在他头上镀上一层金色，陈浔拿着树叶细细摩挲着，不知道在想什么。

苏羡音看得都忘记了呼吸。

听见公交车的声音了，男生拍拍陈浔："走了，浔哥，车来了。"

"嗯。"

陈浔跟着几个男生上了车，他缀在最后，上车前像是才想起来，将手里的树叶顺着光轻轻扬在风里。

公交车门关上，车启动，扬起一阵风，那片树叶被两股风力吹得上上下下，浮浮沉沉。

苏羡音忽地将单词书反扣在椅子上，上前一步，妄图抓住那片被他握过的树叶。

可风太调皮，几次她碰到边角了却抓不住。

其实她完全可以等树叶落了地再捡起来，可是又偏偏不肯，明知树叶上不可能会留有他的体温。

最后，终于抓到树叶的那一秒，苏羡音笑得像个孩子，完全无视站台上两三个还没有上车的学生对她投来的异样目光。

她那天没有搭公交车，而是拿着这片树叶蹦蹦跳跳地回了家。

毕竟，她去公交车站的目的并不是为了搭公交车。

而她今天，也算是圆满了。

也许是她实在是蹦得太欢了，回到家，书包拉链上的阿狸挂件就不见了。

陪伴了她三年的挂件就这么掉了。

她坐在书桌前，自嘲地笑了笑，想起了《奥兰多》里的一句话。

"她竟然更喜欢落日，而不是羊群。"

她一点也不觉得可惜。

"看这么久，喜欢这个？"

苏羡音回过神来，陈浔已经站在那排货架前，拎起阿狸挂件，笑着问她："是这个吗？"

"啊……嗯……"苏羡音一时不知该如何反应。

陈浔将阿狸挂件拢在手心，轻笑了声："现在还喜欢这个啊？不是都不流行了吗？"

他又道："等着。"

苏羡音看着陈浔走到收银台，很快完成了付款。

他走向她的时候，她被回忆折磨得有点想哭。

陈浔牵起她的手，将挂件放在她的手掌心。

像是忽地起了兴致，他拿腔拿调地说："喜欢就说呗，犹豫那么久，爷又不是买不起。"

他挑了挑眉，一脸做作的不可一世模样。

苏羡音终于笑了。

十六岁因他丢失的阿狸挂件，二十岁却也因他回到她手里。

原来因果真的有轮回。

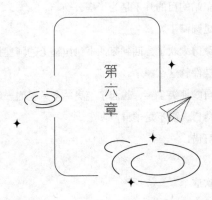

第六章

进校门之前，姚达提议去美食街吃点东西，蓝沁举双手赞同，苏羡音也只能附和。

四个人在北门下了车，姚达像没骨头似的，走路走得有气无力。

蓝沁看他不顺眼，忽地抬起腿来给了他一脚。

"有病啊，蓝沁，是不是找打？"

"看到你我就心烦。"

说不了几句话，两个"幼稚园的小朋友"又打闹了起来。

苏羡音在他们身后看着，想着蓝沁上次跟她说的话，忽地叹了口气。

陈浔低头瞥了她一眼，也不知道看出了点什么，忽地用气音发出一声笑。

苏羡音："你笑什么？"

"我笑你平时爱戗人，但还是很关心朋友。"

苏羡音不信自己的心思这么容易被他看穿，强压住惊讶的神色，努着嘴不说话。

陈浔笑着揉了一把她的脑袋。

"就看他俩谁沉得住气了，但我看让姚达先反应过来，一个字——

"难。"

苏羡音这下不得不服了，加快步伐跟上他，跟他并肩，肩膀还擦到他的黑风衣，发出布料摩擦的声音。

"你的意思是，姚达也……？"

"我觉得是，但可能也只是我觉得吧，总之得他自己想明白。但我觉得，他压根没往那方面想。"

"他们两个初中开始就同班，算起来到现在认识八年了。你也看到了，两个人的相处模式就是那样，要一下子切换过来，看清自己的内心，并不容易。"

两个人像在打哑谜，却偏偏彼此都能立刻听懂对方的话。

陈浔看她好像为此很愁苦的样子，忽地顿住脚步，嘴边漾着一点带有玩味的笑："我怎么没看见你关心关心我这个朋友？"

四个人已经走到美食街了，这个时间点，街道两边的人、电动车、摩托车都很多。

陈浔站在外侧，苏羡音被陈浔挡在里侧。

一辆速度并不慢的摩托车从后驶来，地上有一摊不知道是不是面摊老板刚泼的汤水。

苏羡音用力将陈浔往里一拉，摩托车疾驰而过，飞溅起的污水堪堪擦过两人，没在陈浔的衣服上留下一点痕迹。

陈浔被苏羡音拉得几乎靠在她身上，下巴还磕到她的额头。低头就闻到她头发的香味，陈浔没由来地有些局促，但苏羡音好像比他淡定。

苏羡音松开他，看着他可疑的神色，带着一点笑说："这不是关心了吗？

"我的朋友。"

陈浔看着她潇洒离开的背影，摸了摸莫名发热的耳垂。

不得不承认，他有被她帅到。

照旧是路边的苍蝇馆子，陈浔从包里拿出给苏羡音带的礼物。

是一柄团扇和一个小牛皮纸袋。

陈浔："这柄团扇是当地人手工制作的，刺绣都是手工，是当地很有名的青绣。其实我也看不太懂，但是觉得很好看就买了。"

他挠挠头，捏着那个小牛皮纸袋，说："这个是姚达非要拉我去买的，青城很出名的凌云寺……"

听到这儿，姚达一拍脑袋，也从兜里拿出一个东西来。不过他的符已经没了包装，露出粉红色的本体。

他嘻嘻哈哈地把符递给蓝沁："怎么样？特意给你求的姻缘符。老大不小了，赶紧找个对象吧，那住持可说了，这符特别灵，保准你桃花朵朵……"

"哎哎哎，你别拧我耳朵啊，你这人怎么还不识好歹啊？"

苏羡音立刻看向身侧的陈浔，发现他果然也是一副"姚达没救了"的表情。

她将东西接过来，抿着唇浅笑："你也为我求了姻缘？"

陈浔轻轻一笑，用团扇敲了敲她的头："你别告诉我，你还希望是姻缘符？"

"说不定呢？"苏羡音笑得讨巧。

"那你要失望了，就是最普通但最实用的，平安符。"

苏羡音又被回忆击中了。

她捏着那个小牛皮纸袋，用拇指指腹不断摩挲着，眨眨眼忽地低下了头。

苏羡音家只有奶奶会经常去庙里，她本来对这些毫无概念，算不上不信，也算不上相信，只是不了解。

高二年末的元旦晚会，陈浔本来是公选的主持人，排练得好好的，却在晚会前两天晚上因为打篮球而扭伤了脚。

还挺严重，那几天不能久站，主持人也换人了。

苏羡音几次路过卓越班，总见到有人围在他周围插科打诨，还有男生调侃道："浔哥莫伤心啊，明年主持的机会还是你的。"

陈浔笑骂："滚，我还乐得清闲呢。"

她担心他的伤势，可没有任何途径可以表达关心。

也不知道是出于什么契机，她想到了奶奶。

她一口气跑到奶奶那里，问奶奶山上的庙里是不是有平安符的时候，奶奶看她的眼神像看怪物一样。

她结结巴巴说是为爸爸求的，担心爸爸开车有危险，也不怕奶奶找爸爸对质。

奶奶却一口回绝了她，说："你爸爸的事你不用操心，奶奶能没有准备吗？你爸爸刚买车那年就请了庇护。你好好读书，别整天想些有的没的。"

苏羡音的勇气到这一步也就泄尽了，她拖着步子回了家，叹着长长的气。

可元旦晚会正式举行的那天，年级组居然安排了放孔明灯的活动。

苏羡音拿着自己那盏灯，走到角落里，四处张望着，用记号笔快速而龙飞凤舞地写下几个大字。

"愿陈浔平安顺遂。"

少年平安顺遂地长大了，且一如既往地优秀俊朗。

也不知道到底有没有少女那盏托着虔诚心愿的孔明灯的功劳。

苏羡音把陈浔送给她的平安符放在书包最内侧，每次摸到鼓鼓的一团，心里都格外踏实，好像这不是平安符，而是她的救命符。

蓝沁这周五在学校的西操场表演，苏羡音掐着时间去了，才发现好不热闹。

这是几个跳舞社团以及音乐社团联合举办的表演，此刻草坪上已经围坐了一整圈人，正跟着草坪中央唱歌的同学挥舞着手臂，动作整齐划一。

姚达先注意到她，朝她招招手。她毫不意外地发现陈浔就坐在一旁，但是很意外地发现沈子逸也在其列。

她坐在几个男生挪动着给她空出的地儿上，问："你为什么也在这儿？"

沈子逸挑挑眉："怎么，你什么时候还是草坪音乐会的主办负责人了吗？不准我来？"

苏羡音笑了："我只是感觉你不会来才对。"

毕竟沈子逸步入大三，平时还是很忙的。

一首歌结束了，主持人上前报幕，下一场正好就是蓝沁的街舞表演。

沈子逸直视着前方，淡淡地说："来看看部下表演的时间还是有的。"

这话音一落，其余三个人都多看了沈子逸一眼。

苏羡音摸摸鼻子，忽然有种微妙的感觉。

苏羡音是知道这段时间蓝沁的训练有多刻苦的，于是也毫不意外地看到她的动作干脆利落、充满律动，与音乐契合得实在太完美。

作为领舞，蓝沁毫无意外是这场表演的主宰者。

围坐着的同学欢呼声阵阵，苏羡音也扬着笑将手掌都拍痛了。

谢幕的时候，蓝沁的视线很快锁定他们，她朝他们粲然一笑。

但很快苏羡音就发现了不对劲，蓝沁没有在鞠躬之后下台，反而用带点期待的眼神直勾勾看向姚达。苏羡音顺着她的目光看过去，才注意到姚达手里不知何时有了一束花。

但他很显然没有上台的意思，像是很快领悟过来迟迟不下台的蓝沁误会了什么，做了一个让苏羡音这一晚上都无法跟他和解的动作。

他把花藏在了身后。

苏羡音："……"

蓝沁的眼里顷刻流露出失望与难堪，毕竟她停顿了这么久，周围坐着的同学已经有人反应过来开始窃窃私语了。

苏羡音起身想做点什么，哪怕只是上台去抱一抱蓝沁，却被陈浔拦住。

视线具有安抚意味，他抬抬下巴，示意苏羡音看向沈子逸。

沈子逸站起身之前叹了口气，弯下腰从姚达的花束里抽出了一朵香槟玫瑰，带点歉意地说："借支花。"

他丝毫没有给姚达反应的时间，径直走向舞台中央走也不是留也不是、无措不安的蓝沁。

沈子逸将这朵玫瑰递给蓝沁，礼节性地给了蓝沁一个拥抱。

全场欢呼声一片，苏羡音松开了紧皱的眉头。

陈浔将她的神态都收入眼底，凑近她说："瞧你急得。"

苏羡音居然白了他一眼，气呼呼的，也不知道是不是意有所指，声音洪亮而清晰："我的朋友我能不急吗？别人不在乎我得在乎啊。"

陈浔知道她在指桑骂槐，无奈地耸了耸肩，还懒懒地举起了双手。

"我是无辜的。"

你无辜个屁。她心道。

苏羡音也许是太生气了，居然也有迁怒于陈浔的时候，她直接将身子侧向另一边。

姚达这时候却站起身来，挠挠头带着花走了，一句话没留。

苏羡音瞪着他的背影，愤愤地说道："别告诉我他那束花是打算送给别人的。"

陈浔："好像是的。"

"你知道你还袖手旁观？"苏羡音更气了。

陈浔立刻放低姿态认错："事出突然，我一时也没反应过来，还好有沈子逸在，不是处理得挺好？"

蓝沁跟着沈子逸一起下了台，就坐在他俩身侧。

一开始蓝沁还笑着说在后台准备时发生的趣事，后来像是笑也笑不出来了，耷拉着眼皮，小声问苏羡音："姚达呢？"

"他临时想起来有个作业没做完，回去补去了。"陈浔说了个善意的谎言。

但蓝沁回宿舍的路上还是问了苏羡音："他的花是不是送别人的？"

苏羡音沉默了。

蓝沁晚上在被窝里小声哭泣的时候，苏羡音就在想，也许这次蓝沁是真的想明白了。

可是想明白的后果却是要直面伤害。她于心不忍。

蓝沁就这样沉闷了好几天，苏羡音也问过陈浔姚达那边的情况，陈浔说姚达最近神神秘秘的，他也搞不清楚状况。

正在苏羡音为蓝沁的消沉而一筹莫展之际，十月底，院会迎来了这学期第一次大规模的团建活动——轰趴。

蓝沁一开始说不想去，在苏羡音的再三游说下，终于还是点了头。

苏羡音那天满课，带着蓝沁坐地铁赶往郊区的别墅，算是去得比较晚的。

刚推开门，她就看见沈子逸身边站着一个熟悉的身影。

小干事刚好在调侃："主席，你虽说是主席，也不能太夸张吧？平时也就算了，怎么院里团建你还带家属啊？"

沈子逸和陈浔听到门口的动静双双回头，与苏羡音的视线短暂交汇。

沈子逸笑得轻松，定定地看向苏羡音，却对小干事说："你这话就说不对了。

"陈浔算谁的家属——"他的目光定在苏羡音身上，"还说不准呢。"

苏羡音被沈子逸一句话给搅得不知所措，在大家一声接一声的起哄声中茫然不知所措。

陈浔一巴掌拍到沈子逸背上，语调轻松："我当然是你们主席的家属了，养这么大一儿子翅膀硬了就不认爹了？"

沈子逸："滚。"

大家笑笑闹闹，陈浔刚说完，视线又重新落在苏羡音身上。他就这么看着她，像有千言万语。

蓝沁凑到她耳边小声说："我看陈浔现在好像真有点喜欢你。"

换作以前，苏羡音不会相信，也不敢相信。

可现在，她的信心被他偶尔的纵容娇惯得膨胀起来，这句话听在她耳里居然虚虚实实。

他好像真的，有一点喜欢她。

晚饭是轰趴中最常规款——火锅。

一群人挤在厨房，各说各的，也各做各的。

一时之间，厨房如战场，而苏羡音就是那个因为枪法太差劲胆子又小被轰下战场的小兵，她有些无奈地笑了声。

反观陈浔，到底天底下有没有什么事是他不擅长的？

衣服袖子干净利落地挽在小臂处，黑色围裙松散地挂在脖子上，他被一群小干事围在正中央，正刀法娴熟地剁着肉馅，游刃有余。

他低着头，喉结旁的那颗痣频频跃进苏羡音的视线，吸引她的注意力。

沈子逸就是这个时候幽幽开了口："帅吗？"

苏羡音并没有中圈套，目光舍不得移开，却还抿了一小口杯子里的茶，淡淡地说："还行。"

沈子逸笑出了声，手习惯性地去推金丝边框眼镜。

"你知道这小子为什么会出现在这儿吗？"

苏羡音："不是作为主席的家属，被主席邀请来的吗？"

沈子逸看向苏羡音的眼神中充满打趣："我邀请他干吗，是嫌自己风光够了非要找个人来压我一头吗？也怪我嘴漏，无意提了一句周末院会要团建，轰趴地点还没选好，某些人立刻就上钩了。你猜他问了我什么？"

"我不猜。"苏羡音一颗心已经不安分起来，她不会听不出来沈子逸话里的暗示意味，却倔强地不肯上钩。

沈子逸啧啧两声，幽幽地道："你对我这么防备干吗，真以为我看不出来？

"某人立刻就问我'你们院会所有人都去吗？'。

"我问他，'你到底是想问所有人都去吗，还是想问宣传部部长去不去？'。"

沈子逸忽地停顿了一下，苏羡音抬头，才发现陈浔毫无征兆地忽然回头看向两人。

他眼里有一丝疑惑，看向沈子逸的眼神居然还带点不善，苏羡音疑心自己看错了。沈子逸却看得明白，忽地凑近苏羡音，在她耳边低语："他当时说'对，我就是想问苏羡音去不去'。"

他说完这句话就自顾自地笑了，苏羡音看见陈浔皱起了眉。

不过瞬间的事，苏羡音忽地上前一步，握住陈浔的手腕，叹口气："大哥你拿的是菜刀不是画笔，能不能专心点？"

陈浔挑眉："他跟你说什么了？"

苏羡音："没什么。"

他立刻像是有些不悦，刀再次落下，又快又准："笑得那么开心。"

那他是没有看见，在他说完这句话时，苏羡音才称得上是开心。

陈浔偷懒，穿一件雪白的运动外套，在厨房却妄想不做任何防护，身上这件黑围裙还是学弟看不下去硬给他挂上的，背后系带都没系。

这会儿陈浔稍微弯下腰，围裙就随着重力贴近砧板。他啧了声，停下手中动作，有学妹眼尖发现了，上前一步捏住他围裙背后的系带就想帮他系上。

陈浔礼貌回绝："没事，让你们苏部长来就行了。"

苏羡音："……"

她走到他身后，手下一用力，差点勒得陈浔一口气背过去。

陈浔："咯咯……你谋杀啊？"

苏羡音敷衍地笑道："陈大少爷还挺会使唤人。"

晚饭闹哄哄吃完，饭桌到厨房彻底成了废弃的战场，一片狼藉。

陈浔的饺子馅获得了大家的一致好评，而苏羡音笨手笨脚包的几只"站都站不起来"的异形饺子居然全进了陈浔碗里。

陈浔一边吃一边啧啧道："你这手艺，下次还是别进厨房了，听话。"

苏羡音给他一个白眼："不进厨房我饿死啊？"

陈浔接话接得很自然："我会做饭不就行了？"

说完两人皆是一顿，苏羡音用喝水来掩盖急促的呼吸，而陈浔则用转过头找醋的行为来遮掩自己绯红的耳郭。

真心话往往脱口而出。

苏羡音发现蓝沁没吃几口就丢了碗筷，以为她只是去找东西了，可她再也没有回来。

于是吃完饭，苏羡音一层一层地找蓝沁，最后在二楼阳台的吊床上看到了闭目养神的她。

苏羡音摇了摇她的吊床："吃这么一口就吃饱了？"

"嗯，晚上吃少点有助于消化。"

苏羡音嘴笨，张开口不知道该说什么，只是沉默地摇着蓝沁，像在哄小宝宝睡觉。

"沁沁……"

"我知道你要说什么，但是我没事，真的，我只是在想事情而已。"

苏羡音捏了一把蓝沁的脸，叹口气："你想个事情就瘦好几斤肉，怎么，你要改学哲学了？"

蓝沁不接话。

苏羡音说："别钻牛角尖，沁沁。"

"嗯，我知道。"蓝沁分明有了哭腔。

苏羡音心一抽一抽地疼："要不就勇敢一回，至少从此以后就没有遗憾了。"

蓝沁晶莹的一滴泪从眼角滑落："我也想过的，但是我一想到可能以后就跟他是陌路人了，我心里就空落落的。

"不计后果地往前冲，乐观地认定一定是好结果，我做不到。我太害怕了。"

苏羡音劝不了蓝沁，毕竟她自己就是个胆小鬼。

即便与陈浔重逢，她一开始还是退缩着想要避开他，如果不是他几次三番固执又带点孩子气地在她的防线外深深浅浅地试探，她也不会走到今天这一步。

回过头，她却发现已经没有退路了。

这不会是暗恋者给自己留的路。

但她依旧没有勇气去告白，甚至让他知道她从很早就喜欢他，远不只是书吧两人共度那个夜晚的悸动，也远不仅是文化节上频频升高的体温。

就让她的暗恋不见天光吧，这样她才有安全感，才会有继续往前走的动力。

蓝沁表示自己还想再吹吹夜风，并且再三强调自己很好不需要担心，目送着苏羡音几步一回头地离开。

苏羡音走出阳台时，却被黑暗中的一个人影吓得忘了呼吸。

陈浔"嘿"了一声，从二楼楼梯间的角落里蹿出来，猛地踩了一下步子，发出沉闷的响声。

苏羡音很庆幸自己的习惯就是被吓到的一瞬间什么声音都发不出来。

她强压住乱跳的心，朝陈浔勉强地笑了笑："建议亲亲这边重读川北幼儿园。"

陈浔一时觉得尴尬，放下双手的时候笑容都僵在脸上。

"你早看到了啊。"他有点颓丧，更像是面子上挂不住。

她现在敷衍糊弄他也是得心应手："嗯。"

但他显然很快将这一茬儿抛到脑后了。

"走，三楼有个游戏厅，我占了一台 Switch（掌机和主机一体化的游戏机），带你去玩。"

陈浔作势就要拉苏羡音的手腕，她却疑惑出声："你人在这里，你用什么占的？"

她问出口便开始后悔，因为看到陈浔一脸得意的神情，"用这张帅气无比的脸占的"几个大字呼之欲出。

她黑了脸："闭嘴。"

陈·耍帅失败·浔："……"

三楼游戏厅面积不小，一共三台显示屏，连上 Switch 的那台，面前的两张懒人沙发真的还空着，而隔壁两台显示屏前则围了不止两个人。

苏羡音居然有点心虚："你好歹也让着点学弟学妹。"

"他们尊老，你就安心受着吧。"

苏羡音："……"

其实苏羡音不怎么玩游戏，手机游戏和电脑游戏她都碰得少，更不用说游戏机，一开始都反了手柄，被陈浔捂着肚子哈哈笑了半天。

她肆无忌惮地瞪过去，陈浔用手虚拢在嘴边，眼角笑意未减。

陈浔说一开始要带她玩简单的，两人玩了一会儿各种版本的马里奥游戏，最后一个版本是划船，苏羡音划得手都酸了，说想玩点刺激的。

陈浔挑眉轻笑："刺激的？你想要怎么个刺激法？"

"比如，格斗？"

苏羡音发现自己确实低估了自己的手残程度，也低估了自己的好胜心，连输十盘以后，她觉得浑身的血液都沸腾了。

陈浔懒懒地靠在懒人沙发上，垂着眼睫打量她。只见她坐得笔直，小臂与大臂呈 90°夹角，双手拿着手柄，浑身的弦都绷紧了，透露出四个字：紧张兮兮。

他看不下去了，第十一局的时候，挑了个弱角色故意调低配置，又在打斗的时候单手操作，频频失误。

当屏幕上苏羡音的那半边显示"win（胜利）"字样的时候，他去看苏羡音的神色。

苏羡音的脸色比刚刚连输十局时还难看。

"你哄小孩呢，放水也要让人看不出来吧？"

啧，还挺有难度。

陈浔耸耸肩笑了，企图自圆其说："这个角色我没玩过，手生而已。"

苏羡音问："还有别的游戏吗？"

陈浔强忍住笑意，认真地说："要不玩探险类的吧？"

不计输赢的那种。

苏羡音摇头，在切换游戏界面筛来筛去，最后选了赛车类。

操作照旧是惨不忍睹，一开始苏羡音频频撞车，甚至开着开着就直接开反了方向。陈浔看不下去了，凑过来教她操作。

她还是板着一张小脸，像听老师讲课一样认真，一边实践一边还会举一反三提问，陈浔从来没见过一向云淡风轻的她如此较真。

重开一张地图，苏羡音的表现好多了。

陈浔优哉游哉偷偷放水，油门不踩到底，偶尔过弯道时故意擦栏杆，再往旁边一瞥。

已经将近凌晨两点，游戏厅的人走了不少，除了他们，只剩下两个执着于玩"塞尔达"的男生。

大厅的暖黄色灯不知道被谁关了，只有背向两个角落各立着一盏壁灯，发出暗淡的光。

苏羡音一张小脸被屏幕上的复杂地图照亮，五彩斑斓的，她捏着手柄紧紧抿着唇，眼神专注地看着屏幕，身子更是随着赛车的转弯、加速小幅度地摆动着，倒不像是她在操纵屏幕内的赛车，更像是在玩真人VR（虚拟现实）游戏。

陈浔嘴角轻轻弯起，车开得更漫不经心了，但又不能让得太明显。他成了她的跟车，保持着一段不远不近的距离跟在她身后，偶尔在弯道超过她，余光就能瞥见她立刻坐得更直了，铆足了劲要超车。

于是这一局苏羡音赢了陈浔。

她像是很开心，但是又不想让自己表现得过于兴奋，在往回收情绪。

陈浔将一切看在眼里，试图让这场失败更真实，抱怨道："车没选好，再来一局吧，这不是我的水平。"

于是不知道又玩了几局，陈浔心思不在游戏上，操作也没上心，困意渐渐来袭，眼皮打架，却还强撑着陪着苏羡音跑了将近十个图，放水也放得越来越像那么回事。

她肉眼可见地越来越愉悦，好像已经相信了自己在赛车上扳回一局的事实。

跑完第十个地图，苏羡音又稳稳在陈浔之前越过终点线，屏幕里欢呼声响起的时候，她终于伸了个懒腰，说："我去一下洗手间。"

紧绷的神经一下子就放松下来，她洗手的时候甚至忍不住哼起小曲儿。

再回到游戏厅，那两个玩"塞尔达"的男生也不见了人影，苏羡音一看手表，发现已经将近凌晨三点了。

她吐了吐舌头，准备跟陈浔说去睡觉，走近一看，发现这人已经躺在懒人沙发上睡着了。

他长手长脚，几乎是四仰八叉地陷进去，左手却撑着脸，右手还拿着手柄，呼吸已经绵长而均匀了，眼睫像两柄小扇子轻轻铺在眼睑上。

苏羡音弯起了嘴角，悄悄走到他身侧蹲下，将他手里的手柄拿走放好，又去三楼的房间给他找了条毯子。

毯子轻轻落在陈浔身上的时候，他的眼睫似乎扇了扇。但他既没有任何动作也没说呓语，苏羡音疑心自己看错。

正要离开时，苏羡音又看着他撑着脸的左手，皱着眉，担心他醒来整只手会麻掉，想把他的脸拨开，将他的左手放下来。

也许是自己刚洗过的手有点冰凉，贴上陈浔温热的肌肤的时候，苏羡音紧张地屏住了呼吸。她将他的脸拨向另一侧，他没有动静，动手的时候，他的眼睛却毫无预兆地突然睁开了。

他一脸的睡意，表情茫然，苏羡音张张嘴想要解释，握在手里的他的手腕却忽地往下垂。

宽厚的手掌忽地落在她头顶，他很轻地揉了一把她的脑袋，完全像是无意识的行为。

他声音低沉得不像话，透着浓浓倦意："这会儿高兴了？嗯？"

苏羡音差点咬到自己舌头，却发现陈浔真的像是在说梦话，很快又再度睡了过去。

他在半睡半醒间似乎总会变得格外温柔，也让她格外贪恋这份温暖。

好在整个游戏厅此刻除了他们俩再没有别人，苏羡音放任自己像个傻子一样蹲在他身边，抱着手臂，蜷缩成小小一团，侧着头看向熟睡的他。

她很少有机会像这样将情绪完全外露，肆无忌惮地一寸寸打量他，不用伪装也不用较量，更不用害怕被嘲笑被看穿。

她足足看了将近十分钟，最后眼皮实在是撑不住了，才含着笑轻轻对陈浔说："谢谢你。"

谢谢你让着我，满足我的好胜心。

轰趴玩了两夜，苏羡音感觉浑身像散了架，但回程坐的是陈浔的车，还算轻松。

她一开始打算跟蓝沁坐在后排，但被陈浔强行推到了副驾驶座。

开车的过程中，她频频透过车内后视镜去看坐在后排的蓝沁的神色，却被陈浔误以为她在看沈子逸。

陈浔的车一向开得稳，他开车时候的姿态跟他做所有事情的时候都一样，气定神闲又游刃有余。

就在苏羡音因为这平稳的路况酝酿出一丁点睡意的时候，陈浔幽幽开了口："沈子逸就这么好看？"

苏羡音："造谣违法。"

蓝沁："哟，主席，你是不是把厨房里的醋不小心带回来了，怎么一股味呢？"

陈浔微挑着眉，表情照旧有些不悦。苏羡音扭过头对着窗户无声地笑了声，然后转了身子面朝陈浔，双手托着脸，直勾勾地看着他。

陈浔被看得挠了挠眉心，瞥她一眼，问："怎么了？"

"你的意思不是让我看你吗？毕竟你更好看。"

陈浔撑在车窗上的左手压了压眉毛，装模作样地轻咳了声，说："那你也得跟偶像保持点距离。"

他话是这样说，但苏羡音明显在他脸上看见了藏也藏不住的愉悦感。

沈子逸一进学校西门就下了车，说是要去院系楼一趟，陈浔将两个女生送到楼下。

苏羡音挥手跟他说再见的时候，他叫住了她。

"我先上去了啊。"蓝沁朝苏羡音眨眨眼，溜得很快。

陈浔解开安全带，从驾驶座下来。

苏羡音有些疑惑。

"我下周要去华城参加 ACM（国际大学生程序设计）区域赛。"

"哦。"苏羡音木木地点头，"然后呢？"

陈浔刚张口，手机就响了起来。他掏出手机的时候，苏羡音的眼神瞬间黯淡下去。

来电显示是"宋媛"，她多希望自己的视力不要那么好。

陈浔接起电话，却看了苏羡音一眼，然后很自然地慢慢转过身，侧对着她。

苏羡音很难控制自己不去多想。

她也不知道自己木着站了多久，陈浔低声讲着电话，她一句也听不清，发呆看得眼睛都酸了，忽然不想等了，就要抬腿。

陈浔手机还拿在耳边，他忽地喊她："苏羡音。"

"行了，你别跟我叽里咕噜说一大堆没有一句重点的话了，宋媛，你现在少给我打点电话，不合适。"

陈浔说完，挂断电话，宋媛那边吼出的那句"你重色轻友……"飘在风中，无人知晓。

苏羡音转过头平静地望向他。

陈浔居然有一点局促，他往前走两步，绕到苏羡音身后。

苏羡音刚想转头，脖颈间一阵轻痒，陈浔滚烫的指尖短暂地与她后颈最细腻的一层肌肤相贴，苏羡音起了一身鸡皮疙瘩。

陈浔笨拙地用手上的发圈将苏羡音的头发绑成了个松松的马尾辫。

"你跑什么？发圈不要了？"

"上午问我要，这会儿给你买了新的，就不要了？"

转眼进入十一月。

苏羡音和陈浔的忙碌来得都有些突然。

临近期中，陈浔的比赛多了起来，他整日泡在实验室，这周又因为 ACM 区域赛去了一趟华城，苏羡音也因为导师布置的任务以及院会的琐事一下子忙得找不着北。

两人在微信上聊天都是断断续续的，经常上句接不了下句。

苏羡音感觉这种生活才像是回到了正轨。

只是偶尔路过机院院系楼的时候，她会停下匆匆的脚步，不知道想到什么，温柔又无奈地笑了声。

忙碌的生活好歹充实，但令苏羡音头痛的是，一场雨后川北全面降温，秋意渐渐深了，甚至赶得上初冬的温度。

她感冒了，蓝沁也感冒了，甚至昨晚蓝沁发烧直逼38℃。

林苇茹被吓得团团转。寝室里没了段芙，鸡飞狗跳的争执算计全没了，林苇茹也不像一开始那般内敛，三人相处堪称融洽，很神奇。

苏羡音建议林苇茹尽量跟她们保持距离。

"这段时间流感频发，要是你也病倒了，我们想请个假都没人跑腿了。"

林苇茹却并不在意："我体质很好的，从小到大都没怎么生过小病，这点流感我是不怕的。"

"依我看哪，"林苇茹把从食堂打来的粥轻轻放在蓝沁桌上，"你们两个，一个是心病，一个是身子骨太弱了。"

蓝沁虚弱地咳了几声，如游魂一般，没有力气去辩解。

苏羡音的鼻音也很重，她弱弱地说："总之是秋天的错。"

降温怪它，多愁善感也怪它。

苏羡音这天在图书馆里忙到忘了时间，川北的图书馆一到期中期末就二十四小时开放，她凌晨一点多回到宿舍，居然能和桌前裹着毯子用纸巾将鼻子堵住的眼睛红红的蓝沁对视。

苏羡音轻声问："还不睡？"

蓝沁还没来得及回答，苏羡音脑袋上方居然探出一个头来。

敷着面膜的林苇茹幽幽地说："她哪睡得着啊？"

蓝沁居然嘿嘿笑了声，那笑容是发自内心的。

苏羡音挑挑眉："有情况？"

林苇茹干脆爬下了床，拉开凳子摆出一副要分起承转合说书的架势。

"我晚上给她从食堂打了一碗粥，拿了个煎饼，在宿舍楼下见着她那个冤家了。

"其实我是不想给他带话的，毕竟我并不是很喜欢这个男生，从各方面来说。

"但看在他还算真诚的分上，我就答应帮他问问。"

林苇茹停顿了一口气，看向蓝沁，语气打趣："这人前一秒躺在床上哼哼唧唧说头痛得要炸开了，后一秒我说有人找她她立刻就坐起来了。我真的佩服。"

苏羡音笑笑，仿佛都能想象出到那个画面。

苏羡音："然后呢？就和好了？"

林苇茹："你看她笑成这样，你说和没和好？"

林苇茹叹口长气，一副恨铁不成钢的模样，一边摇头一边说："我跟你们说啊，太心软只会伤害自己，都是一群小傻子。"

苏羡音："别把我也划进蓝沁之列。"

林苇茹冷笑，拍了拍她的头："你跟她不是半斤八两？"

苏羡音无力反驳。

其实也不是蓝沁想心软，只因为她的心是不受控制的。

她一颗心本来就因为八年的羁绊而摇摇欲坠了，风轻轻一吹，自然就偏了。

在此之前，两人连冷战都有默契。草坪音乐会过后，两人在微信上小吵了一架，然后就默契地不再联系对方，持续了半个月。

但蓝沁看着他关心她的病情的时候，别别扭扭地用手背量她的体温又可疑地清清嗓子说"你别烧糊涂了，本来就笨"的时候，离开前嘱咐她"别乱动吃完药就好好睡一觉"的时候……

她的身体机能本来就因为高温而紊乱，眼泪更是在他离开了宿舍楼后滚落。

她果然还是喜欢他。

更何况，姚达还词不达意地告诉她之前是自己犯浑，他跟其他女生之间什么都没有，现在连微信都拉黑了。

蓝沁听完只是别扭地说："我又不关心你的烂桃花。"

她的心却在放烟花。

苏羡音不发表意见，只是抱了抱蓝沁，闷声说："那你也该睡觉了，不是烧刚刚退吗？"

"还有你——"苏羡音指着林苇茹，"别以为明天是周末要约会就可以公然熬夜，黑眼圈用遮瑕是很难完全盖住的。"

林苇茹轻嗤了声："他也配让我化妆？配吗？"

苏羡音不得不承认，在感情上，林苇茹才是王者。

至少比她和蓝沁强多了。

苏羡音早上被孟凡璇的电话吵醒。

听见苏羡音的鼻音，孟凡璇连自己本来要说什么全忘了，只是一个劲地让苏羡音要照顾好自己，恨不得立刻坐飞机来川北。

苏羡音失笑："阿姨，我真没事，就是鼻子有点堵，既不头痛也不发烧，没有别的症状，不影响正常生活，不用担心。"

挂断电话，她松口气，刚想翻个身再补个觉，手机又响起来，居然是陈浔打来的电话。

她有气无力的，一门心思只想补觉，还没说两句，陈浔就问："你声音怎么这样？是没睡醒还是感冒了？"

她闭着眼睛撒谎："没睡醒，你周六一早上就扰人清梦，还让不让人活了？"

陈浔轻笑一声："糊弄谁呢？是发烧了吗？"

"你希望我发烧？好啊陈浔，这么恶毒？"

"别转移话题，问你发烧了没？吃药了没？"

苏羡音这下子是真的懒得把前五分钟说的话再复述一遍了，明目张胆地敷衍他："真快好了，你要再聊我的感冒我就挂了。"

"成，你现在越来越懒得应付我了。"

苏羡音因为这句话睡意消散了些，爬起来看了眼平板上的日历，问："昨天比赛结束了？"

"嗯。"

但她也没见他在微信上跟她说结果。

她小心翼翼地问："拿到气球了吗？"

那边的人笑得猖狂："那肯定，也不看看现在给你打电话的人是谁。"

苏羡音："……"

随便聊了几句，苏羡音声音越来越弱。

陈浔："苏羡音？又睡着了？"

"嗯……"

他无奈地扶了一下额头，也不知道她能不能听见，说："我后天跟教授一起坐早班机回来。"

对面的人无意识地应了声。

陈浔："晚安，苏羡音。"

苏羡音一觉睡到了中午11点，昨晚感觉还好，睡醒反而觉得头有千斤重。她用力地睁了睁眼，依旧有些头晕目眩。

她把这归结于睡太久以及没吃早饭，于是简单梳洗过后，拿着饭卡准备去二食堂打饭。

雨后川北恢复晴朗，她走下宿舍楼，太阳照到她眉梢的一瞬间，她风衣口袋的手机振动起来。

也是这一瞬间，穿着灰色毛衣、单肩背着黑色背包、左手扶着银色行李箱拉杆、右手握着手机贴在耳边的陈浔抬起眼皮来与她对视后，慢慢牵动了嘴角。

骨节分明的手垂下来，他顺手按下了挂断键。

苏羡音感觉这秋日的暖阳都没他炫目，微眯了眼，走向他的时候脚步都有些迟疑。

他们有多久没见了？其实也不是很久，也就一个多星期。

"你怎么回来了？"苏羡音一开口嗓子都是哑的。

"不是说后天跟教授一起回来吗？"

陈浔挑挑眉："你没睡着啊，装睡？"

他忽地弯下腰，手撑在膝盖上，手背青筋自然突起。

他右手自然地抬起，贴上苏羡音的额头，平视她的眼睛，语气却像哄小孩一般轻柔。

"谁让有人又病了？还能不能让人省点心？"

不能。

苏羡音盯着陈浔的白球鞋，眼睛忽地发酸，头晕目眩的感觉比之前更甚。

他不是她的良药，更像是有着致命吸引力的毒药。

"明天要是没好点的话我就带你去医院瞧瞧，要是好了的话——"

陈浔的这个停顿很可疑，他看似气定神闲，眼底却闪过一丝不自然的神色。

"明天我们去看电影？"

苏羡音侧了侧头，问："我们？"

"嗯，我跟你。"

两个人的电影。

苏羡音轻轻闭了闭眼，确信陈浔回来是让她发烧的。

"可你为什么看起来有点紧张？"她捱着唇笑了。

陈浔抬起食指戳了戳眉心，却很坦诚地嘀咕："能不能给我留点面子？"

他脸上飞起一点可疑的红霞。

他又低声说："我看你一直不说话，还以为你要拒绝我……"

苏羡音点点头表示理解，笑眯了眼说："你也有今天？但我确实去不了。"

她笑得无比灿烂："我明天有兼职。"

陈浔："……"

"美女，这束花多少钱？"

有客人进店问价，苏羡音这才将视线从手表上移开，应了一声。

下午四点三十七分。

她从下午一点到此刻，已经看了八次时间了，心情很是雀跃。

将包装好的花束交给客人，确认钱款到账，苏羡音又看了一眼时间，四点五十四。

坐在桌前画素描的谢颖然看不下去了，视线未离开纸面，却笑着说："好啦，别看了，早点走吧。"

苏羡音局促起来："我……"

她昨天跟陈浔表达自己要兼职后，看到他脸上瞬时遍布阴云。

他挑着眉，眼神忽地具有一丝压迫性："你不跟我去看电影的理由是……"

他松口气，咬了咬牙又自顾自笑起来，仿佛苏羡音讲了什么冷笑话。

"你要去兼职？"

苏羡音强忍住笑意，不去看他那张因为不满意她的回答而浮起不悦神色的脸。

"人要有契约精神。"

"兼职不能请假？"

"但是——"苏羡音侧头笑，一而再再而三地挑战陈浔的耐心，"我为什么要请假？"

她现在好像确实越来越猖狂了。

他气得磨牙，舔舔下唇后又点点头。

"我也不问你了。"他笑里带点痞气，"明天晚上见，我来宿舍楼下接你。"

苏羡音没想到他也会耍赖，明明说着霸道无理的话，居然又有几分孩子气的可爱。

她怪他："你讲不讲道理？"

陈浔挑着眉，又恢复成那个居高临下拿回主动权的姿态，悠悠道："我为什么要讲道理？"

苏羡音："……"

她早该想到他的学习能力一向很强。

于是她今天跟谢颖然打了招呼，要稍微早一点走，晚上的班就不上了，算时长扣工资。

她本来说好六点准时下班的，而现在不过才五点过五分。

谢颖然的画笔终于停下来，她这才缓缓看向苏羡音，打趣道："洗头要十分钟，挑衣服要十分钟，化妆怎么说也要二十分钟，最后再纠结十分钟，时间不多了……"

谢颖然朝她俏皮地眨眨眼："去吧。"

苏羡音难得在这种事情上流露出犹豫之色。

因为谢颖然完全说中了她的心声，她本来想的就是回去换一件衣服的事。

越临近约定的时间，她却越紧张，一会儿嫌自己素面朝天没气色，一会儿嫌自己的刘海打绺儿了，像个从未出过远门惴惴不安的小姑娘。

她也不跟谢颖然客气了，坦诚地面对自己对于即将赴约的羞涩与忐忑。

她指了指门，眨眨眼说："那我就先回去了，谢谢老板！"

谢颖然摆摆手，苏羡音走到她身边时，她才想起来问："是跟谁约会？就是之前你说的那个男孩子吗？"

苏羡音的目光忽然变得柔软又坚定："嗯，是他。"

晚上六点。

"欢迎光临……"女生抬头看到来人，顿了一下，陈浔朝她礼貌地笑了笑，女生立刻朝里间喊："老板，你儿子来咯。"

谢颖然是抱着花走出来的，穿着高跟鞋踩踩出了一米八的气场。

她把包好的花束毫不在意地往陈浔怀里一丢，语气也称不上友善："给女生送花的时候想起你妈了？国庆之后就没见你来过。"

陈浔："凭空捏造？十一月去比赛之前我不是还来过一次吗？"

"哼。"

陈浔打量着手里的花束，露出一点笑来，捏了捏碎冰蓝玫瑰的花瓣，说："是你亲手包的吗？这个花纸好像也没见过。"

"陈大少爷一声令下,我怎么敢不用心呢?万一我儿媳妇跑了怎么办?"

陈浔脸上浮起可疑的红晕,他像是被呛到,咳嗽了几声,声音放弱:"亲妈也不能这么造谣,现在还只是好朋友……"

他挠挠头。其实他也搞不清楚自己为什么会突然想到要买花。

遇见她以后,他越来越依靠直觉,因为理性无法指导他做出决定与取舍,只有一颗心摇摇晃晃地在名为"感觉"的独木桥上摸索前行。

谢颖然凑到他跟前,忽地嗅了一下,说:"哟,这不是去年给你买的那瓶黑雪松香水?你不是不喜欢吗?"

她翻了个大白眼:"香水都用上了,行行行,朋友朋友,你朋友多多啊,就是不知道这个好朋友到底会不会变成女朋友了。"

"那你试着期待一下?"

陈浔推开了花店的门,回过头来,朝谢颖然笑得帅气又欠揍。

谢颖然对着他的背影做出挥拳的动作,又喊:"你要的小卡片我也给你放花里了啊。"

"知道。"

苏羡音是踩着点下的楼,尽管她已经在蓝沁和林苇茹的检查下,再三确认了自己今天这身行头没有任何不妥,在电梯里还是做着深呼吸告诉自己要放轻松。但陈浔显然没有与她共情,也许是等了有一会儿了,苏羡音刚抬腿出宿舍楼,就见到陈浔手插着兜站在车旁边。他像是有点无聊,在踩落叶,发出声响,整个人漫不经心的,却因为精致系数直逼晚会主持人,频频引来注目礼。

苏羡音叹口气,脸上却渐渐浮起笑意,也走进承受注目礼的范围内,一步步走向他。

他看见她的时候停住了踩落叶的动作,挑挑眉算是打招呼,侧身将副驾驶座的车门拉开,像个极有风度的绅士。

苏羡音听着车门关上的声音,才渐渐神识归体。

这不是做梦。

车上,陈浔频频打量苏羡音。

苏羡音看着手机,但注意力完全在身侧,忽地说:"司机能不能专心点?"

修长的手指随意地搭在嘴边，陈浔轻笑一声，却没否认，只是说："很少见你这么穿，多看几眼不行？"

苏羡音微低着头，发丝垂下来挡住她的笑颜。

她今天穿了一件棕色呢子短外套，里面是格纹马甲背心，打底是打了领带的白衬衣，下身是配套的格子短裙，不过膝，脚上穿着一双及膝长靴，将她流畅纤细的腿部线条勾勒得恰到好处。

细软的棕色长发不作束缚，上头却戴了一顶贝雷帽，显得她俏皮又可爱，像个小画家。

她是有某些执念的。她曾经在高中有过类似的装扮，满心雀跃却被凉水兜头浇灭，现在闭上眼回想，她依旧会有心脏一下子被攥紧的感觉。

可今天的她，却得到了他真心实意的夸奖与注目。

其实她也是能走到他身边，能与他相衬的吧？

苏羡音抿着唇淡淡开口："其他时候你自便，但开车能不能稍微专心点？"

陈浔懒懒笑着："成，遵命。"

苏羡音对这次"约会"的进程一无所知，陈浔神秘兮兮地告诉她只需要跟着他走就行了，安心把时间都交给他，她笑笑没反对。

最后，车停在一家法餐厅门前，苏羡音下车的时候还有些迟疑，看看四周，离这家店面不远处还有一家四川火锅店。

她看到陈浔关好车门，小声问："是这家吗？"

"是的，我已经预约过了，放心吧。"

苏羡音突然感谢蓝沁为她挑选这套衣服。

川北的秋夜还是凉意沁人，苏羡音手插在呢子外套口袋里，跟在陈浔身后走进了法餐厅。

门口的服务员跟陈浔核对预约单号。

服务员在电脑上操作一阵后露出一点疑惑，问："手机号无误吗，陈先生？"

陈浔又报了一遍手机号。

服务员皱着眉："先生，查询不到您的预约号呢，请问是不是操作上出了什么问题呢？"

陈浔也蹙起眉，他掏出手机向服务员展示自己的预约信息，两颗脑袋凑在一起研究了一会儿，服务员又查询了一遍，还是没查到。

苏羡音踮起脚从陈浔宽阔的后背越过视线，看清手机屏幕后，不可置信地眨眨眼。

她的气息就拂在他耳后，轻飘飘的。

"你预约的……好像是明天。"

陈浔："……"

很难形容那个泰山崩于面前都面不改色的陈浔此刻露出了什么样的神情。

他挠挠头，像是被自己气笑了，顶了顶腮，最后认栽，低骂了句。

很快，他又对递来眼神的服务员说："没有说你，我就是……对自己很无语。"

苏羡音也挺无语的，但更多的是嘲笑他的窘迫，好像看他出错是一件赏心悦目的事。

最后，法餐厅表示预约时间不能修改，今晚他们没办法在餐厅用餐。

陈浔看起来有些泄气，懊悔地将额前的碎发拨乱。

苏羡音觉得好笑，心想也许真是命中注定。

"走吧。"她抬腿就走。

陈浔跟在她身后："去哪儿？"

"去吃饭呀，不是八点的电影吗？"

两人转了个弯，走进了热气腾腾香气飘飘的火锅店。

苏羡音的胃好像此刻归于原位，心也一下子踏实了，她反而比刚刚更自在。

她在他面前表现得再淡定，却清楚她并不是完全能做自己，要注意仪态要注意话不能说得太过随心，即便是两人已经成为朋友的此刻，她也依旧不能完全卸下那一份看不出来的局促。

那份局促在刚刚踏进法餐厅的门的时候又跳出来叫嚣，她不是没吃过法餐，也不是不会用刀叉，只是在那样的氛围下，她很担心自己会小心谨慎到呼吸都不敢乱频。火锅店却给了她莫名的安心，大抵是热气腾腾的食物、热闹的氛围更让她有安全感吧。从某种程度上来说，她也是个怪咖。

陈浔看着翻滚的辣油锅，迟疑地问："你感冒都还没好全，能吃这么辣的？"

苏羡音笑眯了眼："以毒攻毒。"她吃得很开心。

两人从火锅店出来，被迎面而来的秋风吹得闭上了眼，电影院就在对面商场四楼，两人慢悠悠步行过去。

电影选的是《加勒比海盗5》，苏羡音只在高中的时候看过第一部，对杰克船长只有粗粗的印象，谈不上多喜欢这个 IP，也谈不上反感。

灯刚关掉，银幕上就放起震耳欲聋的其他待上映电影的预告，苏羡音陷在柔软座椅里，却怎么也无法忽略。

两人身上有浓重的火锅味，苏羡音皱了皱眉，小声啧了一声。

预告片终于放完，银幕上开始出现 Disney（迪士尼）的标志。

陈浔拿起一颗爆米花，脊柱侧弯一般将上半身朝她那边挪了挪。

他问："怎么了？"

电影开场声音总是很大，各大公司的片头都颇具噱头。

苏羡音被这声音震得不得不提高音量，说："我俩身上全是火锅味。"

"是吗？"

陈浔笑了，在黑暗里笑得模糊，棱角分明的轮廓却更清晰。

"我闻闻。"

他微垂颈，苏羡音却因为背后像是有硌人的东西而调整着坐姿。

一股凉意忽地蹭过她的左颈窝。

陈浔大抵本意是想闻闻她身上的火锅味，却因为她突然坐起身子，鼻尖堪堪擦过她的颈窝，热意蹿升。陈浔的呼吸不自觉加重，她也因此瑟缩了一下身子。

陈浔慌乱地眨眨眼，喉结滚动，默默退开了一段距离。黑暗里看不清她脸上的神色，他却能听清自己震耳欲聋的心跳声。

就在此刻，冗长的片头终于放映完毕，整个银幕陷入一秒黑暗。

就在这一秒，陈浔的话清清楚楚落在苏羡音耳边，比刚刚那拂在她脖颈处的呼吸还令她发热，心跳、呼吸与脉搏，齐齐失控。

他嘴边漾着浅笑，目光沉沉。

"不是挺好闻的吗？茉莉花香。"

昏暗的视线、紧贴的座位、敏锐的视觉与听觉，影院是自带旖旎氛围的场所。

苏羡音回过神来的时候，电影已经放映了三分之一，她跟不上干脆就没用心往下看。

她左手时不时抚上左心口，感受心脏的跳动。

陈浔总是能让她好不容易维持的平静假象瞬间化为虚影。

拆掉她心里的壁垒的能力，他称得上数一数二。

她目光直视前方，余光里却都是他轮廓的剪影。

偶尔两人的手短暂地在爆米花桶里相触，陈浔会看她一眼，用气音笑一声。

再后来，他嫌两人撞手频率太高，干脆直接两指夹住爆米花递到苏羡音嘴边。

再犹豫他就有点丢失本心了。

苏羡音低头用嘴咬住，爆米花的清甜香味在舌尖绽开，她细细咀嚼，第一次觉得爆米花这么好吃。

一场电影看得苏羡音频频走神、心不在焉，偏偏身侧之人存在感极强，一会儿凑过来跟她聊剧情，一会儿笑得令人无法忽视他。

最令苏羡音愤愤不平的是，这个人看起来还是那么气定神闲，只留她一个人脸热脑热。

总是如此。

高中的时候，陈浔一到夏天，衣服主色调就成了白黑灰。

白衬衫、白 T 恤，反正再朴素的款式穿在他身上也是好看的。

但后来有一段时间，陈浔每天穿来学校的 T 恤颜色都不一样，有时是鲜艳的亮黄色，有时是暗绿色，有时又是浅紫色。

苏羡音偶然听到卓越班的男生是怎么调侃他的。

"哟，浔哥，今年夏天你是立志要穿出一个彩虹啊。"

陈浔抬起眼皮觑那人一眼，但笑不语。

有知情人士在旁边闹腾："你懂啥？浔哥妈妈是美术老师，看不惯自家儿子天天穿白的，特意买了各式各色的衣服，立誓要找出与浔哥最配的颜色，哈哈哈哈哈哈。"

"差不多得了，别总搁我眼前晃悠，我晕'猪'。"

陈浔冷淡地笑了笑，从抽屉里摸出一本练习册。

男生却不罢休："浔哥，选择衣服的权利都被剥夺了啊？怎不揭竿而起？"

闹了一阵后，话题又引向别处。

后来苏羡音听过很多个版本，但大同小异，总之是陈浔跟妈妈闹了点小矛盾，最终还是失掉了穿衣自主权，不得不接受那个"五彩缤纷"的夏天。

后来苏羡音也将衣柜里的白 T 恤通通叠放至一边，再悄悄将孟阿姨给自己买的各色上衣悄悄挪放在衣柜最外层。

每天早上猜测他会穿什么颜色的 T 恤成了她的醒神小游戏。

她偶尔也有猜对了的时候，路过卓越班时匆匆瞥到一眼他的衣角与她身上的衣服颜色相同，她就像中了彩票一样兴奋，再枯燥的早读都不至于让她昏昏欲睡了。

其实很多时候就是这样，她一个人默默观察、模仿，自娱自乐。

后来有一次，那是高二期末考试的表彰大会。

表彰大会开得很突然，也不正式，甚至为了让大家能尽快回到教室去学习，教导主任一直在推进度。

苏羡音清楚地记得那天她和陈浔都穿了件浅粉色的 T 恤。

荣誉颁奖、总分颁奖之后，是单科颁奖。

教导主任为了节约时间，安排九科获奖的人一起领奖。

于是陈浔手上的奖状一张张叠了起来，台上甚至站不满九个人。

苏羡音作为英语单科第一上了台。她就站在陈浔身侧，拿着奖状惶惶不安地看向镜头。

在摄影师按下快门的一瞬间，苏羡音听见第一排的女生小声说了句："哎，你看陈浔跟那个女生，穿得好搭。"

她发誓，那张照片是她所有大合照里笑得最灿烂的一张。

只有她知道缘由。

而站在她身侧的陈浔甚至没有看向镜头，不知道看向了哪里，眼神很空，看起来满是敷衍。

电影散场已经是十点，苏羡音紧绷的神经在影厅灯光亮起的那一瞬间反而放松下来，困意一阵阵来袭。

商场早已关门，两人搭乘影院专用电梯直接下了一楼。

夜风更萧瑟了，苏羡音走出门时打了个冷战。

陈浔扫了她一眼，刚做出一个脱外套的动作，苏羡音就连连摆手。

"别别别，我不冷，你要是冻感冒了，多少女生得找我算账？"

陈浔笑得很无奈。

两人步行过马路，苏羡音看见已经暗下去的一条街，见只有一家美宜佳还亮堂堂的，顿住了脚步。

陈浔循着她的目光看去，低声问："肚子饿了？"

"没有，就是有点馋。"

苏羡音站在冰柜前，朝着梦龙冰激凌伸出了手，却被陈浔打了一下手背。

她吃痛地收回手，不满地看向他。

陈浔噙着笑："感冒还没好，冬天吃冰激凌？真有你的，苏羡音。"

苏羡音撇撇嘴，一时又不想放弃，想吃冰激凌的念头过于强烈，她试探性地问："我就吃个小的行不行？"

"不行。"陈浔眼底浮起笑意，唇线却抿直了，做出一个冷酷的表情，"没别的商量。"

苏羡音正纠结着，老板看不下去了，笑着说："好了姑娘，听你男朋友的，女孩子冷天少吃冰的，不然够你受的。大晚上就吃点关东煮暖暖身子多好？"

苏羡音不得不承认店主很有推销天分。

陈浔挑挑眉，笑得一脸得意，低声说："听见没？得听你男朋友的。"

他又来了，又来蛊惑她。苏羡音负气一般走到关东煮面前，挑了好几串。

趁着店主舀汤汁的时候，她说："他可不是我男朋友，我只是觉得老板你说得对，少吃冰对身体好。"

老板还是笑，似乎以为苏羡音是因为生气而欲盖弥彰，老到地点点头。

陈浔抢在苏羡音之前接过纸杯："我来。"接着他亮出了付款码。

老板最后还朝陈浔眨眨眼，压低声音对陈浔说了句什么，两人点点头对视一笑。苏羡音一句也没听到，无语地走出了门。

陈浔跟在她身后，喊她名字，见她不答应，于是又去拉她。

"生气了？等你感冒好了，吃一箱我都不拦你。"

苏羡音倒也不至于真的为这点小事生气，她从陈浔手里接过关东煮，暖融融的纸杯温暖着掌心。

她问："那老板刚刚跟你说什么了？"

陈浔懒散地笑了声："你真要听？"

"怎么，是付费内容吗？"

走到车边，陈浔照旧先把副驾驶座的车门拉开，接着淡淡说："老板给我支着儿，说女朋友要靠哄，要对人温柔一点，不能强硬地对她下命令。"

苏羡音："……"

她果然就不该问。

陈浔俯下身，贴心地给苏羡音把安全带系上，眨眨眼："我觉得他说的可能有点道理。"

苏羡音推开他的脑袋："玩Cosplay（角色扮演）玩上瘾了是吧？"

陈浔把车停在女生宿舍楼下，苏羡音下车的时候他也绕到车后，打开后备箱，显然有些紧张。

苏羡音看到花束的一瞬间，刚刚那些低沉的小情绪忽然就烟消云散了。

原来她不是不喜欢花，也要看送花的对象是谁。

苏羡音笑着问："为什么要送我花？"

陈浔将碎冰蓝玫瑰递给她，又用食指戳了戳眉心，不自在地说："想给今天画上一个完美的句号。

"不是一般……都会送花吗？"

一般什么？一般男女生约会？

苏羡音轻扇着眼睫，移开了视线，却一眼就看到站在宿舍大门前的柏谷。

她愣住了。

她已经有一段时间没见到过柏谷了。此刻柏谷正低着脑袋，面前的女生好像很生气，戳着他的肩一句句说得掷地有声。

柏谷一言不发，在女生终于把话说完了以后，飞快地把女生抱了起来，低声说："我错了我错了，我真错了。"

女生惊叫了一声，又捶又骂，最后还是扬起了笑，两人在宿舍楼下道别。

苏羡音很难形容自己此刻是什么表情。

柏谷转过身，看到苏羡音的时候也是一愣，然后挠挠头，不好意思地笑了。

陈浔将这一切都看在眼里，默不作声地挑了挑眉，下压的嘴角显示出他有一丝不悦。

柏谷："好久不见。"

苏羡音："嗯。"

"能说句话吗？"

苏羡音指了指自己，柏谷点点头。

于是苏羡音把花塞回陈浔怀里，跟着柏谷往前走了两步。

柏谷越过苏羡音看了一眼站在车边正翻着白眼吹额前刘海的陈浔，笑了笑。

"其实就是有点事想要跟你说一声。当时我不是约你出去玩吗？其实在跟你说之前，我跟陈浔聊了聊，我问他能不能去赴你的约。

"虽然看起来你们现在好像挺好的了，但我还是想把这件事跟你说一声，也是我当时糊里糊涂，因为很羡慕他可以跟你有那么多的相处时间。"

苏羡音讶异地眨了眨眼，这确实是她不知道的事。尽管此刻不明白这件事对她和陈浔的关系究竟有没有影响，但她还是下意识地说："我知道了，谢谢你告诉我。不过你胆子也是够大，女朋友刚走，就敢对我说这些？"

柏谷愣了愣，有些无措："你怎么知道……"

他又立刻变得羞涩："你刚刚都看到了吗？"

"是的啊。"苏羡音俏皮地点点头。

挺好的，各有各的劫数。

柏谷笑得很腼腆，但依旧可以看出怎么都驱散不开的幸福感。

"你跟陈浔呢？在一起了吗？"

苏羡音耸耸肩。

柏谷："今天……是去约会了？"

"算是吧。"苏羡音漫不经心地用脚尖在砖块上画圆圈。

柏谷忽地笑了一声："好了，我不跟你多说了，感觉已经给你造成麻烦了。走了，拜拜。"

麻烦？苏羡音转过头，看着陈浔定定地看向她，剑眉紧紧皱在一起，如寒星一样璀璨的眼眸中此刻有着深沉的涌动的情绪，很有压迫感。

果然各人有各人的劫数，而她，就有一个幼稚鬼等着她去哄。

她踩着轻快的步子走回陈浔身边。

他居高临下地看着她，笑得很灿烂："聊什么聊得这么开心？花都不要了？那我带回去好了。"

苏羡音一把将花束夺回来，像哄小孩一样，摸了摸陈浔的脑袋。

"谁说我不要了？"

苏羡音看得很清楚，摸头不过是他经常对她做的表达亲昵的动作，此刻不过角色对调，他的耳尖却以肉眼可见的速度红了起来。

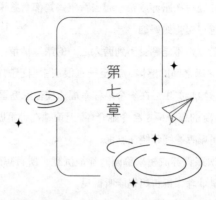

第七章

周末结束，苏羡音继续忙碌起来，陈浔也一头扎进了实验室。

苏羡音把碎冰蓝玫瑰养在洗干净的玻璃汽水瓶里，那张直到回了宿舍才看见的小卡片则被她放在书架最外层，反扣在花瓶前。

陈浔的字很飘逸，看得出有毛笔功底。

感觉有很多话想说，落笔却一直停顿，那就说声晚安吧，好梦。

——陈

卡片上不过是有一句普普通通没太多含义的话，苏羡音仍然当作珍宝一样将它收藏起来。

11 月 20 日，苏羡音请了两天假，回了趟南城。

每年临到这个时间点，她都有些提不起劲，也不是故意让自己情绪低落，就是像冬眠期一样，身体机能自动在这个时间点做出相应的反应。

11 月 22 日是妈妈的忌日。

往年苏成桥会带着苏羡音一起去墓地，可今年因为出差的安排，苏成桥提前一天去了墓地，所以苏羡音只能自己前往。

其实她反而觉得轻松不少。

心中的那根刺让她每次跟苏成桥一起去看望妈妈都有些说不清道不明的别扭。

其实她知道爸爸也是爱妈妈的。

在妈妈生病以前，她不是感受不到两人之间的浓厚情谊。

她从未怀疑过父母之间的感情，甚至一直很庆幸自己的爸爸妈妈很少吵得不可开交、互相伤害。她原本生活在一个堪称幸福的模范家庭里。

更因为如此，医院的那一幕才会令她介怀。无论她在心里做过多少次心理建设，那一幕给她带来的崩塌感始终萦绕在脑海。

所以苏羡音每次跟着苏成桥来墓园时都很沉默，所有想跟妈妈说的话都说不出口，她只能在心里默念，祈祷妈妈能听得见。

苏羡音这次起得很早——南城下了一夜的雨，夜里她窗户没关严实，清早吹进阵阵带着潮气的寒风，将她的睡意一点点驱散。

六点，她就彻底睡不着觉了。

在被窝里赖床赖到六点半，她起床给自己做了个早餐，坐在客厅剥着鸡蛋壳。

孟凡璇起来了，摸着她的头，小声问她："我等会儿送你去？"

苏羡音："没关系，我已经约好车了，吃完就走。"

孟凡璇没坚持，只是嘱咐她下雨天要小心。

刚出门的时候还是阴郁的小雨天气，苏羡音撑着一把黑伞，捧着花走进了墓园里。

墓碑很干净，被一夜的雨水冲刷过后更显得洁净。

昨天苏成桥留下的花束已经被雨水泡得有些发灰发白，苏羡音将花束收起来靠在一旁。

妈妈遗像上的笑容很和蔼，苏羡音一下子就酸了鼻子。

好像情绪一下子有了宣泄口，她抚着墓碑，低声絮絮，从高考讲到上次国庆回家。

再喘气的时候，她甚至感觉有些头晕目眩，泪水已经淌了满脸。

其实她现在已经不经常想起妈妈了，在隐藏情绪方面她已经做到熟能生巧。

算起来，她甚至都没有高中时候那么敏感了。

但想念是埋藏在地底下的美酒，时间越久，启封时就越是醇厚。

苏羡音被这铺天盖地的思念之情淹没，任由泪水淌遍她的脸颊，滚落至她的衣襟。

她真的还是很想念妈妈。

电话铃声响起的时候，苏羡音打了个冷战。

她哭得太专注，讲得太认真，抬头望天才发现天色越发阴沉，黑云像是要把整片天给压下来，风吹得她的黑色风衣簌簌作响，衣领被风刮起来盖在脸上，雨伞伞面也像是要被风掀翻，她要用很大的力气才能把伞柄握牢。

她按下接通键。

陈浔首先听见的是呼呼的风声，于是他问："你在外面？"

苏羡音："我有点事，请假回了南城。"

"你声音怎么了？又感冒了？"

"没。"苏羡音闷闷地道。

也许是觉察出不对劲，他追问："你到底在哪儿？"

风雨雷电的声音太嘈杂，陈浔的声音在听筒里显得并不清晰也并不真切，但苏羡音还是听到了他话语里的一点焦急。

她被这风吹得眼泪都干涸在脸上，连做表情都艰难，却因为这句话，又滚落下一滴热泪来。

两人就这样拿着手机，沉默了将近半分钟。

陈浔先打破了这场沉默。他轻叹了口气，语气有些无奈："苏羡音。"

他很温柔。

"为什么哭了？"

苏羡音的眼泪更加汹涌。

她握紧了雨伞，说："我在……墓园看我妈妈。"

陈浔那边有片刻的沉静。

"下雨了？雨很大？跟妈妈说完话了吗？雨大的话就先找个地方躲一躲。"

苏羡音的眼泪立刻噙满了眼眶，她小声地跟妈妈道别，然后戴上耳机离开。

大雨倾盆而下，砸在雨伞上的雨滴声一声比一声重。

陈浔小声叮嘱她："走慢一点，小心路滑，台阶要注意，伞打低一点，找一个最近的可以躲雨的地方。"

她一一照做。

明明冰凉的雨水已经将她的裤腿打湿，寒气一点点渗进去，她心口却是暖融融的。

她走到了墓园大门的屋檐下，时间还早，躲雨的人并不多。

她收起伞，雨水淅淅沥沥沿着伞面往下落，很快就在苏羡音脚前积成一摊。

"有人来接你吗？"

"我等雨小一点打个车吧。"

"我看了天气预报，看起来大雨还会持续一阵，你那个位置应该不好叫车吧？你可以在手机上叫叫看。"

苏羡音在手机上操作着，低声说："排队第六十三位，预计等候五十分钟。"

陈浔在那头叹口气："等着，我给你想办法。"

"你能想出什么办法？"苏羡音下意识地问。

陈浔却笑了："我刚刚还在真的有在看航班，可是就算我坐最近的航班回南城，赶到你那里也已经是中午了。"

他话里带点无奈与自嘲，认栽一般说："现在好点了吗？眼泪擦干了吗？"

迟来的羞耻感瞬间包裹住苏羡音，她舔舔下唇，却无论如何都发不出声音。

"我找人来接你了，很快。苏羡音。"他忽地轻轻喊她的名字。

她的鼻音依旧很重："嗯？"

"是……想妈妈了吗？"

过了许久，久到陈浔以为电话已经被挂断，他才听见那端的人发出很轻很轻的、带着颤音的一个单音字节："嗯。"

他的心忽地被揪住，五脏六腑紧跟着一颤。

他无法不心疼她。

后来，苏羡音在电话里听着陈浔轻柔的语调，听他有一句没一句地帮她转移注意力，一颗心终于回归原位。

她根本没意识到他们到底打了多久的电话。

甚至在陈浔"安排的人"找到苏羡音时，他都不允许她挂电话。

"安全到了家再挂。"

苏羡音没想到陈浔会找到邹启然。她和对方不熟，客客气气地上车，表达感谢。

邹启然却摆摆手："浔哥一句话的事，不必放在心上，我还欠浔哥好几个人情呢。而且我就住在附近，很方便。"

苏羡音礼貌地笑了笑。

后来苏羡音终于在自己房间坐下时，窗外淅淅沥沥的雨声终于小了点。

陈浔对她说："洗个热水澡好好休息一下，如果还是怕，或者晚上睡不着，可以随时联系我。"

苏羡音一颗心被他的温柔治愈得服服帖帖。

苏羡音周四回了川北。

她在高铁上，离川北还有半个小时车程的时候，就接到了陈浔的电话。

说话的人却不是陈浔，而是姚达。

"苏妹妹，快来临豪街的响美KTV，陈浔快被沈子逸灌倒了，快来帮帮他。"

苏羡音微皱着眉。

只听到那边乱哄哄一团，姚达简洁地说明了一下情况。

原来今天是沈子逸的生日。

据说是沈子逸组的酒局，非要一拼高下。姚达因为酒精过敏不参与乱斗，可陈浔就没那么幸运了，完全不是沈子逸的对手。

姚达道："沈子逸说了，可以让陈浔找个帮手，苏妹妹快来啊。"

苏羡音还在犹豫，就听见电话那头陈浔的声音，好像手机被他抢了回去。

他说话含糊不清，显然是已经有了醉意："苏羡音……来吗？"

来吗？她怎么能放心？

苏羡音下了高铁就打了车直奔KTV，却在KTV门口看见了沈子逸。

他站在树根底下抽烟，面前却站着一个苏羡音从未见过的女孩。

女孩脸庞稚嫩，穿着粗钩针套头毛衣，下身却是一条短裙和一双长靴，有着他们身上没有的无畏与朝气。

两人都没有说话，女生却仰着一张小脸，固执地看向沈子逸。

女孩似乎是不满意对方一声不吭的态度，忽地夺走沈子逸指间的烟，狠狠丢在地上，踩在脚底。

沈子逸这才看向女孩，目光是苏羡音从未见过的冷漠。

"虞芷静，你适可而止。"

苏羡音倒吸一口凉气。她被沈子逸的语气惊讶到，眨眨眼不舍得移动步伐。

女孩立刻红了眼眶，却依旧一脸倔强，咬着下唇就是不说话。

良久，女孩从包里拿出一个包装精美的礼盒，塞到沈子逸手里。

"懦夫！"她只吐出这两个字，转身离开的背影很决绝，却也脆弱。

苏羡音叹一口气，后背陡然传来重量，有人从她身后圈住了她的脖子。

热气就喷洒在她耳边，恐惧瞬间攀爬至她的后背。

"你来啦，嘿嘿。"

苏羡音躲避的动作僵在半空，她不可置信地回头。

果然，将大半重量都压到自己身上的、亲昵地圈住自己脖子傻笑的，正是醉鬼陈浔。

陈浔脸颊浮起酡红，眼神涣散，眼睛眨着眨着就要闭上。

这不是醉鬼又是什么？

苏羡音嫌弃地想要推开他，他圈住她脖颈的手却十分牢固不松。

她尝试几次无果后，只能认栽，只是他的头压住了她的发丝，害她动弹不得。

苏羡音忍住怒火，低声说："头发！压住头发了。"

陈浔慢半拍地"哦"了一声以后，松开她，将她的头发全部拨至另一侧，然后又继续圈住她。

苏羡音："……"

"你怎么才来啊？"他话说得含糊又慢，像个幼稚园刚识字的小朋友。

苏羡音："我还要怎么快？我又没有飞天扫帚。"

陈浔只顾傻乐。

就这样，站在原地显得背影有些落寞的沈子逸也终于注意到了这边的两人。

苏羡音向他求救："你能不能把这个醉鬼给我拉开？"

陈浔却忽然松开她，跌跌撞撞走到她的前方。

他把手撑在膝盖上，忽地弯下腰，将脸凑到她跟前。

酒气更浓了，即便对着这样英俊的一张脸，苏羡音也依旧下意识地往后退。

陈浔却慢慢地抬起右手，抚上苏羡音的脸颊，他右手拇指指腹轻轻在苏羡音的下眼睑处扫了扫。

苏羡音皱着眉："你又干吗？"

陈浔侧着脑袋，目光不复清明，话语却清晰流畅。

"苏羡音,我看看你哭了没。"

苏羡音的呼吸停了一拍,她仓皇无措地扇了扇眼睫。

"不哭了就好。"

陈浔笑得露出一口白牙,眼睛弯成了月牙:"那你笑一个?"

苏羡音真的笑了,眼睛亮亮的。

她看向已经醉得堪称不省人事的陈浔,慢慢牵动了嘴角。

傻子。

苏羡音万万没想到,这场酒局并没有就此结束。

陈浔已经被灌得走不了直线了,沈子逸却并不打算放过他,也不打算放过其他人。

在场一共六个男生,除了姚达对酒精过敏,不能沾酒精外,其他人各有各的醉态。

沈子逸却像个没事人一样。

他喝酒不上脸,眼睛也不红,除了反应似乎有些迟钝外,没人能看得出来他是在场喝得最多的人。

苏羡音有些茫然。

今天是沈子逸的生日宴,他也像平常那样浅笑着,苏羡音却感觉他并不开心。

他眼睛里像蒙起了浓雾,让人看不清楚底下暗涌的情绪。

"你又看他,他比我帅吗?"

苏羡音正发着呆,醉鬼陈浔却不知什么时候又坐到她身边,气鼓鼓的,不悦地皱着眉头。

酒精使人失智,让人行动缓慢目光涣散,却也能轻易将人的情绪放大,把顾虑和伪装通通驱散。

陈浔现在像个七岁小孩。

苏羡音把一脸酒气的陈浔推开,猜测他明天一定会断片,理所当然地敷衍他:"不不不,你最帅,你宇宙最帅。"

"那你为什么不看我?"

"我看你干吗?我对醉鬼过敏。"

陈浔又不动声色地挪过来,手臂就贴在她手边。

苏羡音叹口气，问："或许，你知道虞芷静是谁吗？"

陈七岁朝她眨了眨眼，别提有多无辜了。

苏羡音摆摆手："算了，我问你干吗。"

陈浔却忽然捏着她的下巴，把她脸颊上本就不多的肉挤压着，逼着她做出一个嘟嘴的动作，逼她看着他。

这是剑眉倒竖的一张赌气的脸。

他和沈子逸完全是两种类型，他属于喝酒完全上脸的那种，连眼眶都红了，莫名让人心生怜惜。

苏羡音："你…干吗？！"

"我知道虞芷静啊，沈子逸高中班主任的女儿，好像喜欢他。"

陈浔做出一脸"你给我好好听着"的表情，捏着苏羡音的脸不肯撒手。

苏羡音瞪他一眼，将他的手指一根根掰开："然后呢？"

"然后？你还想知道什么？你这么关心人家的私事干什么？"

"陈浔。"

或许是两人的互动实在是有些招摇了，沈子逸眯眼笑着又递了一杯酒过来。

"看来是还没喝够。"

刚刚还神气十足的陈浔，见到酒杯却"嗖"的一下躲到苏羡音身后，连连摆手。

"不行了，一滴都喝不了了。"

他手劲不小，此刻喝醉了酒控制不好力道，把苏羡音的小臂抓得生疼。

她龇牙咧嘴地对沈子逸说："你放过他吧。就当放过我。"

"那怎么能放呢？"姚达一脸坏笑。

苏羡音："你到底是哪边的？"

明明是他打电话让她来帮忙，这会儿又起哄。

最后陈浔还是又被灌了小半杯啤酒，苏羡音见他紧皱着眉头，仿佛下一秒就要吐出来的样子，从沈子逸手里夺走那剩下的半杯酒。

"差不多得了。"

沈子逸挑挑眉，他今天穿一身黑，眉宇之间总有点淡淡戾气，不像善类，更不像平日里那般温润有礼。

"他不喝可以，得找人替他。"

苏羡音："大寿星就不能大发慈悲吗？大家都少喝点不好吗？"

沈子逸直接回绝她:"不好。"

旁边有男生见势起哄,促狭地问陈浔:"浔哥,有没有帮手啊?没人就自己喝啊。"

酒局上最能彰显关系亲密程度的事无非就是挡酒,你推我喝的来回,喝彩声中当事人也跟着膨胀。

陈浔木木的,极其缓慢地傻笑了声,然后半哑着嗓子说:"苏羡音,帮帮我。"

苏羡音喝酒的架势也很干脆,她仰脖一口把酒倒进嘴里,耳边带着点打趣的欢呼声。最后,苏羡音也不知道自己喝了几杯。

中间有一段小插曲,一个女生帮着部长喝酒,部门里另一个男生却站出来阻拦。

苏羡音好像看懂了点什么。

"你怎么总是这么关心别人的感情故事?"

苏羡音一扭头,陈浔醉醺醺的一张脸果然就凑在她眼前。这属于阴魂不散了。

苏羡音对醉鬼没什么耐心,坐开一点,说:"我上辈子是月老,不行吗?"

陈浔笑得像个傻子。

但她没想到,陈浔已经将浑身大半的力量都倚靠在她身上,居然还会傻乐着说要送她回家。

她薅乱了他的头发,鄙夷地说:"你搞清楚谁送谁。

"老实点,不老实就把你丢在路边。"

陈浔小鸡啄米一般点头。

两人在学校西门下了车。

苏羡音还有一个小行李箱,被陈浔抓在手里,他一只手搂住苏羡音的肩,一只手抓着箱子跟跟跄跄往前走。

苏羡音很无奈:"箱子给我吧。"

他却把头摇得像拨浪鼓:"不行,我拿着。"

死要面子爱逞强。

苏羡音也没再坚持,只是几次被陈浔带歪,自己的步子都走得歪歪扭扭的。

她恨得磨牙,很想就把他丢在路边。

走到一半,走上镜桥了,夜风本该吹得人清醒,苏羡音却被吹得打了一个寒战后感觉有点晕晕乎乎的。

其实她也不清楚自己的酒量，不过她能清楚地感觉自己的意识还很清醒，步伐也还算稳健，只是刚刚出租车司机的极限超车以及带点漂移性质的一个个急转弯，确实让她的胃部有些翻涌的感觉。

她忽地顿住脚步，手扶在桥栏上，冰冰凉凉的石材贴着她的掌心。

陈浔侧着脑袋问她："怎么不走了？"

苏羡音感觉胃部好像有东西翻涌得厉害，右手下意识地捂住嘴。

她四处打量，看到不远处有一个黑色的垃圾桶。

陈浔看向她，苏羡音的长发被风拂乱，暖黄色的灯光将她的面部轮廓勾勒得模糊又温柔，她紧紧抿着淡粉色的唇，脸上有点点红晕。

陈浔的视线自带柔光效果，他的心软成一片，望着她时嘴角自动弯起，就这样眨着眼默默看着她。

冲动就只在一瞬间。

"苏羡音。"他忽地出声喊她。苏羡音扭过头，眼底像映着一弯月亮，很澄莹。

陈浔道："我有话跟你说。"

"你说。"

苏羡音古怪地看向他，似乎看到他脸上浮起一点带着兴奋的潮红。

"我觉得我好像……

"喜——哕……"

胃部忽然猛地痉挛，苏羡音伸长了手示意他别说了，小跑着到垃圾桶边，吐了出来。

这好像只是喝了酒后晕车的应激反应，苏羡音掏出纸将嘴擦干净。

她一边问一边回头："你刚刚要跟我说什么来着？"

她清晰地看见，刚刚两人站立的位置，陈浔坐在地上，手还扒拉着石墩子，眼睛紧紧闭上，走过去时她还能听见他匀净的呼吸声。

他，居然，睡着了。

苏羡音："……"

陈浔醒得很早，不到七点。宿醉带来的头痛很折磨人，他撑着脑袋坐起来，第一步就是回忆昨晚到底发生了什么，像画思维导图一样在脑海中抽丝剥茧将一幕幕还原。

他没有断片。

所以在他回想起自己喝醉后赖在苏羡音身边表现得像个十足的傻子时，觉得头更痛了。他到底在干什么？

陈浔起床，冲了个凉后从浴室走出来，正撞上睡眼蒙眬的姚达。

姚达："哟，起得挺早。"

陈浔"嗯"了声，将擦头发的毛巾随手挂在肩上，站在洗手池前洗漱。

姚达从卫生间走出来，拍拍他的肩。

"哥们可以啊，酒量比我想象中好多了。"

"你管这叫好？"陈浔斜睨他一眼。

自己都胡言乱语了。

"还有，把你的脏手拿开。"

姚达没皮没脸地挤在陈浔身边随便挥了一下手，又开始滔滔不绝："怎么样啊，苏妹妹最后是怎么把你送回来的？你记不记得啊？你对人可过分了。"

"我失忆了，行了吧。"陈浔懒懒地笑了声。

等整个寝室里安静下来了，陈浔才默然停下了敲击键盘的声音，目光顷刻变得邈远。

他确实没有断片——

记得自己迟钝又好笑地跟在苏羡音身边一次次惹恼她，记得自己非要拉着行李箱害得她路也走不稳。

也记得那个瞬间，风扬起她发丝的那个瞬间，他被冲动驱使着，脱口而出却被拦腰截断的那句话。

苏羡音，我觉得我好像……喜欢你。

陈浔不自觉地摸着自己的下颌，陷入了长久的沉思中。

陈浔上午给苏羡音发了微信消息，却迟迟没有收到回复。

川北又降温了，有入冬的趋势，中午他跟着姚达出宿舍楼去食堂的路上甚至看到有穿上棉袄的女孩子，脸都埋在围巾里。

陈浔穿着一件黑色冲锋衣，被风吹得簌簌作响，姚达正拉着他讨论上午做的一道算法题。

他耐心地讲解，姚达忽然兴奋地用手肘捅了捅他，指着前面，说："哎，你看。"

陈浔循着他手指的方向看过去。

苏羡音今天穿着一件米色的羊羔毛外套，整个人上半身都有些"膨胀"，她在推一辆电动车。

像是之前他遇见她送蓝沁去车站那一次骑的那一辆车。

她的长发用一个夹子夹在脑后，所以戴头盔的时候就被夹子卡住了。她微皱了皱眉，随后取下夹子，长发立刻飘扬在风中。

陈浔看得眯了眯眼，喃喃地道："头发长长了啊。"

姚达："啥？"

"没什么。"陈浔敛目，"等我一下。"

他在苏羡音戴好头盔准备发动车子的时候坐上了她的后座，吓得苏羡音短促地"啊"了一声。

回过头见到是他，苏羡音毫无顾忌地翻了个白眼。

陈浔笑了声："为什么不回我消息？"

苏羡音说："我说了我对醉鬼过敏，可能是过敏反应吧。"

她刚说完，陈浔隔着头盔作势弹了一下她的脑门。

"我已经清醒了好吗？"

苏羡音："需不需要我帮你回忆一下你的丑态？"

陈浔眉心跳了跳，笑得很勉强："我谢谢你。"

苏羡音目的达到，牵牵嘴角："不会喝酒就别逞强 OK？害人害己。"

陈浔拍了拍她的肩，像是安抚。

"成啊，都听你的。"他又小声嘀咕了一句，"不过我那是逞强吗？明明是沈子逸非要灌我。"

"行行行。"苏羡音像是根本不想听他废话，投过来凛凛的目光，问他，"所以你可以下车了吗？"

陈浔挑挑眉，抱着手臂像个老大爷似的，并没有下车的意思。

"你去哪儿？"他反问她。

"起晚了图书馆没座位了，我去书吧。"

陈浔起初面露一点困惑，随后不确定地问："复习？学霸不都是复习一两周就够了吗？"

怎么还有人提前一个月开始复习的？

苏羡音轻轻一哂："像你这样的真学霸呢，确实复习一两周就够了，甚至复习半周就行了，我不行，我菜。"

苏羡音的笑容灿烂到陈浔看着都有些心虚。

"我需要复习一个月，所以你可以下去了吗？耽误人拿奖学金，天诛地灭。"

陈浔眨了眨眼睛，像是后悔自己说错了话，又试探性地抬起眼皮看了苏羡音几眼，却还是不动。

就在苏羡音的耐心耗尽之时，陈浔突然站起了身，身子往前倾，滚烫的手贴上苏羡音的。

苏羡音的睫毛开始发颤。

陈浔："手冰凉的，还要骑车去书吧？走吧，带你去自习，保证清静。"

苏羡音浑浑噩噩地将林苇茹的车锁好，低着脑袋跟着陈浔走了。

陈浔带着苏羡音去了实验室，苏羡音没立刻跟上去，在门口踟蹰着，问："这是你们院的实验室，我能进去吗？"

"有什么不能的？"陈浔朝她轻弯了下嘴角，"这实验室平常就我、姚达和师姐三个人用，老师一般也都不会来，你就安心复习吧。"

苏羡音犹犹豫豫地迈开了步子。

陈浔说的这位师姐，是陈浔在跟课题的江老师的研究生，脸蛋圆圆的，五官没有攻击性，见到苏羡音的时候，先是促狭地朝陈浔抛了个意味深长的眼神，随后就朝她招手："小学妹真水灵，随便坐啊，放心。"

陈浔用的那张桌子上，大大小小放了三台显示屏，桌面上没有什么多余的东西，只有几张散乱的演算纸。

陈浔把这张桌子旁边的那张桌子上的废弃显示屏搬走，又拿抹布把整个台面擦拭了一遍，对苏羡音说："你就坐这儿吧，这点位置够用吗？"

苏羡音点点头。

师姐转过头来，拍拍陈浔的肩："可以啊小师弟，够体贴的。"

苏羡音忽然觉得实验室里的暖气开得有些足。

这是苏羡音第一次见到他在实验室的样子。

他工作起来眼神专注，就连她明目张胆地将目光落在他身上他也没发现。

她偷偷摸摸看了一会儿，慢慢适应了新环境，终于把注意力转移回自己的课本上。

暖气一点点充盈在整个实验室，苏羡音冰凉的手终于恢复了温暖。

苏羡音其实并不是真的打算提前一个月复习，她只是手头有一份很紧急的作业要交，需要查阅很多文献资料。

文字密密麻麻，暖气熏得她困意频发。她趴在桌面上，脸枕着手臂，失去意识前的最后一秒，依稀看见陈浔敲击键盘的手顿了顿，停在一个舒展又好看的角度，显得他手指匀净又修长。

苏羡音醒来的时候感觉肩上很沉，再眨眨眼，发现一张圆圆的脸蛋就凑在眼前，对方的睫毛似乎都扇到自己脸上。她吓得立刻坐直了身子。

学姐带点歉意地笑笑，又朝她招手。

"别怕、别怕，是我。小学妹，你皮肤好好啊。

"你是哪个院的？叫什么名字？跟陈浔同一届吗？"

苏羡音回答了学姐一个又一个问题，就差把银行卡密码也一并告诉她了。

学姐双手板正地交叠放在桌上，眨眨眼。

"我问题确实有点多，毕竟我太好奇了。认识陈浔这么久，来实验室找他的女生我是见了不少，倒是第一次见他把女生往实验室里带的。你不简单哟。"

苏羡音听出这话里有一点嘉奖的意味，但衡量标准居然是陈浔的"喜好"。

她笑着摇摇头。

师姐："你笑什么？"

"没什么。"

"陈浔呢？"

他外套披在苏羡音身上，人却不见了，三个屏幕还亮着。

师姐朝着窗户努努嘴："说给你打水去了。"

陈浔回来的时候就看到这一幕。

苏羡音身上还皮着他的外套，身子小小的，完全被笼进他的外套里，头发一半披散在外套之上，一半被压在底下，有些乱糟糟的。

她因为刚睡醒，双眸水盈盈的，面颊却红润。

陈浔回想起昨夜没有说出口的那句话。

如果说那时是酒精作用下的一时冲动。那此刻呢？

他是清醒的。

从前姚达教训他的时候，他凭借着一点本能，确实能得出他是想继续了解苏羡音、继续跟她做朋友的结论的，那现在呢？

他在男女之情上称得上迟钝，也许是因为家庭教育，也许是他自己都有一些自己无法察觉出的古板。

喜欢一个人，有什么标准，该如何断定，他一直认为是一件很慎重的事。

他没有资格谈爱，也不能轻易将喜欢说出口。

他的迟钝曾经一直不被宋媛理解。

是，他不得不承认，他是知道自己是容易被女孩子喜欢上的，可是那些说着喜欢他、想要做他女朋友的女孩，喜欢的真的是他吗？

他无法认同。

她们喜欢的是很会犹豫有些孩子气的他吗？还是那个传闻中什么都做得很好，闪烁着"完美"的光芒的那个幻影陈浔呢？

他透过她们期待雀跃的眼神，看到的不是自己。

大家都会开玩笑说，陈浔的眼光真高，能成为他的女朋友一定"很有本事"。

所以"被他喜欢上"就莫名其妙被设置成了一道困难关卡，以虚荣为奖章吸引了一批女孩踊跃报名。

所以陈浔一直不确定到底怎样能被称作喜欢。

但也正因如此，苏羡音才是特别的。

他们已经靠得足够近了，她几乎就要触到最真实的他了。

可她喜欢他吗？他居然没有把握。

他可以凭借之前的零星经验，武断地凭借一些蛛丝马迹、凭借她望向他的眼神，得出她喜欢他的结论。可他无法说服自己。

他总觉得，他并没有完全看懂她。

师姐不知道对苏羡音说了什么，苏羡音愣了一秒，慌乱地眨眨眼，表情自然流露出一点可爱。

师姐似乎也这样觉得，双手相握放在脸边，小幅度地动了动脑袋，一脸享受的表情。

然后，师姐伸出手来像是要捏苏羡音的脸，却被她轻巧地躲开。

师姐不气馁，继续"进攻"。

陈浔就看到这儿了，他握住门把手的一瞬间，静电噼啪流过他的指尖。

一切都是本能。

看到她生病会慌乱，看到她跟别的男生亲近会涌起酸涩，明明在别人面前不苟言笑却总喜欢逗她惹恼她。

这都是本能。

如果这些都不能说明他喜欢她的话，他又能喜欢谁呢？

陈浔的手挡住师姐的手，苏羡音都没想顺势就躲到他身后。

陈浔挑眉看向师姐，慢悠悠说："师姐，我带来的人，你少欺负她。"

师姐被雷得嘴角直抽搐："啊呸。还你带来的人，别以为我不知道你想说啥。"

陈浔无畏地耸耸肩。苏羡音仰头看向他，目光中有一点点疑惑。

陈浔把灌满热水的她的水杯塞回她手里："不冷吧？"

"不冷，地方不大，暖气很足。"

陈浔点点头。

师姐终于转过头去，长叹一口气，幽幽地说："姚达呢？姚达这小子怎么还不来？不能留我一个人受此极刑啊。"

陈浔："……"

晚饭顺势又成了四人餐。

姚达和蓝沁之间的氛围像是有些不对，他们没有打闹也没有嬉戏，只是在蓝沁频频看手机之际，姚达训斥道："能不能好好吃饭了？"

蓝沁嘴角的笑就僵在脸上，很快她收起笑意反击："你管我！你是我爹还是我爷爷啊？"

苏羡音一边小口吃着面条，一边摇头。

陈浔看向她的碗，犹豫着开口："喜欢吃面？"

"突然想吃了而已。"

"那面、粉、米饭，你更喜欢什么？"

苏羡音皱着眉抬头："你在做什么问卷调查吗？"

陈浔轻咳了一声，不知道在掩饰什么，云淡风轻地说："没什么，我就是问问。"

那些飘散在他心上的疑云散开以后，除了本能。

他想再多了解她一点，越多越好。

入冬以后，下午五点多天就黑了，四人从食堂里走出来时，面对的已然是茫茫夜色。

"你们去哪儿？"蓝沁问。

"我跟苏羡音回实验室吧，你呢？"

姚达："我也回……你去哪儿？"他看向蓝沁。

蓝沁白他一眼："我出去玩，怎么，还要跟你报备吗？真以为你是我爹？"

姚达："……"

他道："周四，你要去街舞社训练吧？我送你去。"

"你有病啊？街舞社从二食堂过去顶多走五分钟，哎哎哎，你别推我……"

苏羡音看着这一对欢喜冤家推推搡搡消失在夜色里，无奈地牵了牵嘴角。

陈浔看在眼里。

两人并肩往实验室走去。

鼻子冻得冰凉，苏羡音便把鼻子缩进自己的高领毛衣里。

陈浔低声问她："很冷？"

"还好。"苏羡音说完，像是想起什么似的，漆黑的双眸忽地看向他。

她说："你不用时时刻刻担心我会受凉感冒，我的身体倒也没这么弱，我只是换季容易感冒而已。"

"还不弱？"陈浔笑得挑衅，"我已经两年没生过病了。"

苏羡音做了个鬼脸："行行行，你身子骨倍儿棒，一看就能活到一百岁。"

陈浔没头没脑地来了一句："你也是。"

苏羡音："……"

"你也要活到百岁啊。"

陈浔短叹一口气，笑得眉眼弯弯，大手轻轻覆在苏羡音头上揉了揉。

苏羡音忽然就觉得这夜色浪漫了起来。

陈浔："上次没来得及问你，你上周请假回南城是因为你妈妈……吗？"

"嗯。"苏羡音没有想象中那么为难，而是很顺畅地回答，"我妈妈的忌日，我回去看看她。"

气氛有片刻的沉默。

苏羡音没有跟别人讲起自己的家庭的习惯，其实也并没有多特殊，天底下这样的家庭也不少。

宿舍夜话，蓝沁吐槽自己亲爹抠抠搜搜从小学起就因为担心她闯祸严格控制她的零花钱，林苇茹说自己爸爸是那种憋死自己都说不出来一句"女儿我爱你"的话的如山的父亲，苏羡音听了只是淡淡地笑着。

她不主动提起，她们也识趣地从不主动过问，甚至到如今，她都不确定蓝沁是否知道自己母亲已经病逝。但她居然对陈浔说得很自如，全部都可以讲给他听。

她不知道有没有雷雨清晨那通电话的原因。

"初三那年，我妈妈胃癌晚期，去世了。后来我跟着爸爸搬来南城。其实我小时候是在黎城长大的，我妈妈是黎城人。"

陈浔收起了玩世不恭的笑意，目光变得深沉而温柔。

"那你是高一就读了南城附高吗？"

"是的。"她点点头。

说起来，她能顺利入读南城最好的高中，这其中也有孟阿姨的功劳。

孟阿姨在后来的一次电话里告诉她，当初自己就是拜托了谢颖然，她的入学手续才办理得如此顺畅。

在她搬入新家的那天，在饭桌上撕破脸的那天，她曾经以为苏成桥迫不及待地带着她搬家来到南城就是为了孟凡璇。

但后来她才知道，苏成桥只是正常的工作调动，而苏成桥原本就是南城人，她此前对此一无所知，理所当然地认为爸爸和妈妈都是黎城人。

"那你一定很想她。"陈浔的话语轻柔，里头带一点说不清道不明的怅惘。

苏羡音没否认，只是轻易被调动了情绪，一时半会儿有些转不过弯来。她闷闷地"嗯"了一声。

陈浔挠挠头："我不是故意要挑起你的伤心事的。"

他立刻像个嘴笨而慌张的浑小子。他站在路灯下，忽地停住了脚步，手撑在膝盖上，弯下了腰。

苏羡音被他周身纷飞的细小微尘吸引了目光，略带疑惑地看向他。

他宽厚干燥的手掌轻轻覆在她脑后。

他的声音又低了一分："我……不太会安慰人。我妈妈人很好，我觉得她会很喜欢你的。"他笨拙地试图用自己的方式来安抚她。

苏羡音却微眯着眼，递给他一个"你有事吗"的表情。

"我确实失去了妈妈，但谁要跟你做兄妹了？"

还能共享母爱吗？

陈浔愣了一瞬，耳尖可疑地红了起来，然后他顺势一把把苏羡音的头按进怀里，堪称气急败坏："我又不是这个意思！"

苏羡音闻着他身上淡淡的一点香味，笑声就这样闷在他的胸前。

他也终于抖着肩慢慢笑了出来。

坦诚过后的相拥。

苏羡音终于慢腾腾地抬起手回环住他，不再惶惶不安像个小偷一样不相信这一切都属于自己。

她当然值得。

回程的路走得尤为慢。

陈浔不知道是吃错了什么药，从出食堂门开始就像个求知欲旺盛的小朋友，从小时候她在黎城是怎么过的，直到在附高实验班的时候她到底听说过他的什么传闻，他什么都想知道。

苏羡音回答得累了，一开始敷衍他，他就懒散地敲敲她的脑门，继续抛出一个又一个古怪的问题。

到最后，他真把她惹恼了，她像一只多毛的小狮子，张牙舞爪地往他身上扑。

"你有完没完？我听说你有少爷脾气不喜欢笨蛋没耐心还冬天不洗澡，可以了吗？"

他噙着笑一把抓住她挥舞过来的手，说："是谁没耐心？我不就问几个问题吗？"

苏羡音气得想把他那张堪称完美的脸抓花。

"你那是几个问题吗？你对'几'是不是有什么误解？"

两人一攻一防，但苏羡音显然处于劣势。

她都快像只树袋熊一样挂在陈浔脖子上了，他却依旧游刃有余，甚至一只手就能对付她两只手。

两人正专心 pk（对决）着，路过四食堂，苏羡音似乎不小心撞到了人。

还有水花扑打的声音。

大爷扯着嗓子大声喊着："同学小心。"

陈浔脸色顷刻变得严肃，他一把抓住她的手挂在自己后颈处，用沉稳的低音说着"抓紧"。苏羡音惊呼一声——她被陈浔一抬手抱了起来。

水哗啦啦地像小河一样沿着原来的轨道在水泥路上铺出了一条小河，正涓涓地往排水沟流。大爷回头望了两人一样，笑呵呵的："小心点哟。"

苏羡音惊魂未定，一颗心扑通扑通狂跳。

她现在真的成树袋熊了，挂在他身上的树袋熊。

"苏羡音。"陈浔懒懒地开口。

苏羡音吓得差点要从他怀里跳下来。她"嗯"一声，强压住慌乱心绪，看向他。

陈浔道："把你的头发理一下，刮得我脖子好痒。"

苏羡音木木地将因静电而飞向陈浔的发丝一根根拨回来。

"你可以放我下来了。"

水都已经泼出去了。

陈浔抱着她，步履平稳，走出几米远后，弯下腰来，将她轻轻放在地上。

脚落地了，心也跟着落了地，一抬头，她却发现陈浔正一脸打趣地看着她。

他说："这么心急？白裤子白鞋不怕脏了？"

苏羡音低头一看，陈浔的鞋和裤子上都沾上了点点污渍。

而她的，却依旧如新。

吸取教训过后，苏羡音不再和陈浔"动手"了，甚至陈浔好几次弯下腰想要确认她怎么忽然变得这么安静了。

他却丝毫未发现，她躲在高领毛衣里的半张脸红扑扑的。

走到实验室楼下，陈浔问："我去买咖啡，你要什么吗？"

苏羡音摇摇头。望着他的背影重新融入夜色里，转个弯消失在视线里，她才慢慢把脸探出来，长出了一口气。

如果此刻陈浔回过头来寻她，就会发现她像是在水里憋气太久而无法呼吸，现在终于回到岸上了。她所有的反常只会是因为他。

苏羡音没骨气地站在实验室外狠狠地揉了揉自己的脸，逼自己把那点旖旎画面从脑海里驱逐出去，一再做着深呼吸平复心情。

她好不容易感觉自己终于恢复正常了，身后突然响起师姐的声音，她又差点喊出声来。

"你搁这儿做微笑肌肉训练呢？"

师姐推开了门，暖气扑了苏羡音满脸，让她的尴尬立刻瓦解。感谢暖气。

师姐拎着一袋薯片，一走进实验室就搓搓手跺跺脚，然后注意到苏羡音停留在陈浔桌前，甚至看着屏幕，大有一副要把手放在鼠标上操作的趋势。

她连忙高喊一声："别动！"

"不是我啊。"师姐无辜地高举双手，"陈浔这人不喜欢别人动他电脑。"

苏羡音刚要收回手，一个温热的手掌覆在她手背上，按着她的手放在了鼠标上。

陈浔喝了一口咖啡，语气随意："她没事，随便动。"

陈浔不过出去接了个电话，师姐就立刻神神秘秘地在苏羡音跟前说着上次姚达动了他的电脑之后是怎么被他按在桌子上暴打的。

苏羡音始终浅笑着，没接话，心里却真切体会到，"被偏爱的都有恃无恐"不只是一句歌词。

之后的几天，陈浔或明示或暗示地邀请苏羡音到实验室来自习。

她作业已经赶得差不多了，经常要去找老师讨论，因此五次总有四次回绝他。

转眼步入十二月，川北又降了温，苏羡音每日出门都将自己裹得像一个粽子。

她从老师办公室出来，正好撞上有过几面之缘的一位研究生师兄。

师兄是另一个校区的，说自己来得太匆忙忘了带饭卡，问能不能借一借苏羡音的。

苏羡音自然点头说"好"。

很快就是下课高峰期，两人就近去了四食堂，赶在食堂人满为患之前打饭。

四食堂的菜偏北方口味，苏羡音砍了一圈也没找到什么特别想吃的，又担心等下就由不得她挑了，于是匆忙决定点一碗刀削面。

师兄也跟在她身后。

苏羡音有点不好意思："师兄，你可以选你想吃的。"

"没事，我就是想吃一碗热乎乎的面。"

两人排着队，苏羡音让师兄先拿，她自己跟在后头，正小心翼翼端着浅口大碗在加料区倒醋的时候，一道人影落在她身侧。

"你不是不吃醋吗？"

苏羡音倒醋的手一抖，倒多了。

她眉心跳了跳，将醋瓶放稳后，瞪向始作俑者。

陈浔抱着手臂靠在承重柱上，双腿交叉，一只脚点地，非常随意的站姿。

他耸耸肩："我说错了？你之前每次跟我一起吃饭都没加醋吧？"

苏羡音叹口气。她那是因为知道他不喜欢醋味，所以从来没加过。

她也懒得掩饰了，干脆破罐破摔，端起面从他身侧路过，说："我是喜欢吃醋啊，但我就是想在你面前保持淑女形象，不好意思吃气味重的东西，行了吧？"

"是吗？"

他在她身后紧追不舍，不知道为什么，反而像是有点高兴，挑着眉笑了。

苏羡音却嫌他碍眼："你别跟我跟得这么紧，等下泼了。"

他今天穿了一件米白色的羽绒马甲，弄脏了他的衣服她可不想洗。

陈浔退开一步，看见她朝着一个向她招手的男生走去时，眉头紧皱。

"我问你来不来实验室自习你说要忙。"

她就是忙着跟这个人吃饭？

苏羡音终于顺利地将碗平稳地放在桌上，放下后准备把滚烫的两根手指放到耳朵上冰一冰，却被身侧的人截了胡。

陈浔从容地握住她的双手，冰凉的指腹细细地搓拭她的手。

她一下就愣住了，余光看到师兄已经两眼发直，自己也窘迫了起来。

陈浔却毫不在意，笑着说："我说你跑那么快干吗，这么烫也不知道找东西垫一下？"

苏羡音猛地将手从他手里抽回来，不自然地清了清嗓子，嘴硬道："也不是很烫。"可他的手怎么那么冰？

苏羡音顺势打量了他一番，自以为得出了答案，冷笑道："这又是见谁去？都不要温度了。"

"见你啊。"陈浔毫不犹豫地答，顺势在苏羡音身侧坐下。

苏羡音："……"

他看着她无语的表情，乐了，抬起手戳了戳眉心，笑道："我现在眼前不是你？"

"喀喀……"一直被忽略，当作背景板的师兄忽然将手拢在嘴边极其做作地清了清嗓子，目光在两人之间逡巡，笑容意味深长。

苏羡音这才介绍两人认识。

"这是我导师的研究生师兄，今天正好碰上了。

"这是我朋友，机院'大神'，陈浔。"

两人礼貌地点点头，算是认识了。

苏羡音这才瞥一眼桌前空空的陈浔，说："你坐这么稳干吗？不去打饭？等下队伍可就排出去了。"

陈浔刚动嘴要解释。

"找你半天，你怎么跑这儿来坐着了？"姚达大喊一声，一副有些吃力的样子，随后将两个餐盘放在桌上。

姚达道："哟，这不是老熟人苏妹妹吗？难怪我说这小子绕地球一圈到这儿来坐着干吗。"

苏羡音看着陈浔好整以暇地将餐盘摆正，慢条斯理地拿起筷子。

姚达指控他："压榨室友。"

陈浔嘴角笑意有点挑衅："他愿赌服输。"

姚达坐下才发现还有个生人，根本不需要苏羡音的引荐就热情地跟师兄握了手打了招呼。

"再也不赌了，跟他赌啥都输。"

也许是几人之间的氛围实在是过于热络，师兄本不是个腼腆的人，此刻却匆匆将一碗面囫囵吃下，就跟苏羡音打招呼。

"我下午还有课，就先回去了，钱微信转给你，小师妹。"

"师兄拜拜。"

陈浔的筷子一顿，冬瓜又滑回餐盘里，他眯着眼复述："小师妹？"

他语气似有些不悦。

苏羡音感受到手机的振动，点开跟师兄的聊天框，点了收款。

也不知道这个人视力怎么这么好，幽幽地道："哟，还聊过天呢。"

苏羡音："……"

她收起手机，笑得很灿烂："学术讨论，不行吗？"

"行。"

陈浔拨动着餐盘里的排骨："但是他是真没带饭卡吗？"

苏羡音终于忍不住笑了："那不然是什么？故意说没带卡好跟我一起吃饭？你以前好像不会以恶意来揣度别人吧？"

她眨眨眼："是我喜欢吃醋还是你喜欢？"

她一语双关。毕竟这酸味都快溢出他胸膛了。

陈浔怔了怔，不自在地摸了摸耳朵，居然没有反驳，反而是笑了声。

"我感觉你现在好像有点不一样了。"

她在他面前时，比初遇时要鲜活多了。

苏羡音却无奈地扶了一下额，拨动碗里的面，轻声说："你一会儿觉得我吃醋很稀奇，一会儿觉得我这不一样那不一样……"

她平静地望向他："怎么？你是在做一档名为'苏羡音观察计划'的节目吗？"

陈浔别有深意地笑了笑："那你记得帮我检查一下我的观察报告有没有问题。"

苏羡音："……"

做数学题吗你还要订正答案？她在心里翻了个白眼，却慢慢牵动了嘴角。

姚达终于从餐盘上缓缓抬起头来。他含着满嘴的饭，含糊不清地说："你俩是真不见外啊，这儿还有一个大活人呢。"

回答他的，是陈浔的一记眼刀。

苏羡音终于安心地吃了一碗她喜欢的、加了很多醋的刀削面，胃里顿时暖融融的，心也沉甸甸的。

三人往外走的时候，苏羡音刚出食堂就将书包里的厚毛线手套拿出来戴在手上。

陈浔侧目看了她一眼，在她戴好手套准备把手放回口袋里的时候，又手疾眼快地握住她的手。

他指着手套外明显像是破了一个小洞的地方说："这又是在哪里弄坏的？"

"可能是今天早上骑车弄的吧，没事，就一个小口子。"

"不灌风吗？"陈浔问道。

"蓝沁！"姚达直直一嗓子，差点把苏羡音的魂都给吼出来。

她定睛去看，台阶下的小路，前往镜桥的方向，穿着奶蓝色羽绒服的蓝沁正跟一个男生并肩走着。

突然被吼了一嗓子，蓝沁的笑意瞬间就僵在脸上。

姚达三步并作两步下了楼梯，直直朝两人走去。

苏羡音忽然有些紧张，一把抓住陈浔的衣服："他不会要动手吧？"

陈浔的视线向下，就停留在苏羡音紧紧拉着他衣服的那两只被手套包裹得很圆乎的小手上。

他慢慢牵动了嘴角："不会。"

苏羡音自然没注意到这一茬儿，因为她的注意力完全集中在呈三足鼎立态势的三人身上。

姚达不知道说了什么，蓝沁忽地紧紧皱了皱眉。

苏羡音说："好想知道他说了什么。"

陈浔看她一副很专注的样子，整个人有些呆呆的，手却始终抓着他的手臂，他的笑意直抵眼底。但跟苏羡音不同，他根本不在乎那三个人之间发生了什么。

他优哉游哉地道："看姚达那个架势，无非就是要摊牌了。"

"什么摊牌？"苏羡音像只仓皇的小兔，猛地转过头来。

"你知道男生什么时候最能明白自己的心意吗？"陈浔像是考她，懒懒地问。

苏羡音侧着脑袋，一时之间脑海里还真的浮现不出答案来。

陈浔道："有危机感的时候，莫名胸腔冒火的时候。"看到她跟别的男生言笑晏晏的时候。

苏羡音的眼睛瞬间亮了起来，她朝陈浔伸出大拇指，丝毫未发觉他是意有所指。

姚达很快将蓝沁拉至一旁的树下。

苏羡音也立刻悄悄跟了过去，正准备再近一步，后衣领就被提溜住。

陈浔耷拉着眼皮，不咸不淡地说："这么冷的天，这墙角就非要听？"

苏羡音似乎不满他拦住她，明明鼻尖已经冻得通红，却还挥舞着包着毛线手套的两只手，说："我不是偷听啊，我就是想知道到底怎么回事。"

"不是。"

奈何苏羡音不仅仅是被陈浔阻止，姚达也很快发现了鬼鬼祟祟的两人，直接走过来："我能不能拥有点个人隐私？浔哥你就算了，怎么还带着苏妹妹偷听呢？成何体统！"

被当作罪魁祸首的陈浔挑了挑眉，不可置信地指了指自己，满脸写着"你说谁？"。

"给小弟留点面子吧，带苏妹妹到别处逛逛去。"

陈浔没跟他计较，懒懒应一声"成"，无视已经开始跺脚的苏羡音。

他强行揽住苏羡音的肩转过身，脚步却忽然一顿，头往后一转。

他冷冷看向姚达："不过你叫什么？谁是你妹妹？"

姚达一开始没反应过来陈浔是指责他喊"苏妹妹"，等反应过来以后没忍住爆了句粗口。他点头指着陈浔："德行！"

而苏羡音仰起一张小脸，向陈浔抗议，压低声音在他耳边说：“都怪你，害我‘瓜’都没得吃了，你赔我！”

陈浔又拥紧了她的肩，笑得随意，垂颈看向她。

“成啊，别说赔‘瓜’了，什么都赔给你。”

苏羡音没能听到墙角，但还是以另一种方式知晓了这件事情。

毕竟某人脸上根本藏不住情绪。

蓝沁从回到宿舍到现在将近晚上十一点，嘴里哼的小曲儿就没停过。

林苇茹忍不住了：“我申请切歌。”

苏羡音立刻抓住机会：“我附议。”

蓝沁脸上居然一点恼意都没有，只是朝着两人做了个鬼脸。

“好，我不唱了不行吗？”

林苇茹惊讶：“哟，今天这么听话。”

苏羡音摘下耳机，慢悠悠地道：“你今天说什么她都会听的，快叫她把银行卡密码告诉你。”

蓝沁：“好呀你，苏苏，什么意思？”

苏羡音耸耸肩：“我没什么意思，就是不知道某人今天这么高兴是不是被姚达表白了的意思。”

“啊啊啊啊啊——”

两声尖叫，一声是羞愤得扑过来要挠苏羡音的痒的蓝沁发出的，一声是惊讶地过来嚷嚷着要听细节的林苇茹发出的。

三人顿时扭成一团，苏羡音体力最差，笑岔了气，连连求饶。

“好了，姑奶奶们别闹了，说正事。”

蓝沁憋红了一张脸，松开苏羡音的时候还抃着腰喘气。

林苇茹：“真被表白了啊？守得云开见月明？”

蓝沁头摇得像拨浪鼓：“你别听苏苏瞎扯，才没有。”

林苇茹顿时觉得自己白激动了：“那你傻乐个什么劲啊？”

但也不怪蓝沁高兴，因为这已经远远超出她的预期了。

“就这？你就乐呵成这样？人家一没说喜欢你，二没说他是因为吃醋才阻止你跟别人见面的，搞不好人家就是觉得你蠢担心你被骗呢？”

蓝沁一字一顿地喊："林苇茹！"

林苇茹："然后呢？姚达一番'宣示主权'过后呢？你不会直接就心花怒放、交代心意了吧？"

"怎么可能！"蓝沁面露骄傲。

"他别别扭扭不肯说，我为什么要说？我非要等到他乖乖向我表白不可。"

苏羡音笑着笑着，忽然走了神。

平日里张扬肆意的女孩到了这时候却固执地想先听到对方的表白，好像只有先说出口的喜欢才具有承诺性质，才能瞬间驱散自己因为种种顾虑而深深埋下的自我怀疑，将安全感递回自己身边。

那她呢？

她踽踽独行这么多年，仰望着他的背影直到脖颈发酸。

而如今，因为一点点机缘巧合、一点点缘分天定，她一步步离他更近，偶尔也能感受到他对她的零星占有欲、一点点偏爱。

他好像是喜欢自己的。可这份喜欢有多少？他又是如何看待的呢？

她完全没有答案。

她会等到他的告白吗？还是说，她也应该勇敢一回，就告诉他她的心意？

"当然不行！"

谢颖然激动地拍着桌面，散落的花瓣都被她振得发颤。

苏羡音有点茫然。

谢颖然恨铁不成钢一般："忘了阿姨之前怎么教你的了？这个男生犹犹豫豫的，一点都不果断，万一你勇敢了他又往回退怎么办？你受得了吗？"

眼底的光瞬间暗了些，苏羡音颓丧地点头，认命一般承认："确实受不了了。"忽远忽近还不如从来就没有接近，反正作为仰望者，她一直很够格。

"那不就行了？

"趁着他现在表现还行，你就要沉住气，真正喜欢一个人当然会说出口啊，再艰难也要说出口，他只要是没说出口，那就不是真心的，不用理会他！"

苏羡音听完反而舒心了，松了一大口气。

毕竟如果真的让她去想该在什么时候对陈浔表白，又该如何对陈浔表白，她大概会愁得连掉半个月头发。

她是个胆小鬼，她承认。

好在她从没有要求过好结果，也从没有为此焦虑过，如果只是等待，她还算是有耐心。

谢颖然见她听进去了，稍稍放下心来，正好聊到这个话题，干脆问苏羡音："之前你们那次约会呢？怎么样？"

"挺好的。"

苏羡音回忆起那天，居然满脑子都是火锅味，以及陈浔的那句"不是挺好闻的吗？茉莉花香"，想着想着，没料想脸上浮起一点热意。

谢颖然看在眼里，啧啧道："了不得啦，脸红成这样？不会看电影的时候偷偷牵你手了吧？"

"没有没有。"

苏羡音急忙辩解，却好像越描越黑，谢颖然一脸"我懂我懂，你不用辩解"的神情。

苏羡音刚想再挽救一下，谢颖然的电话就响了起来。

谢颖然接了电话："哟，你还记得你还有个妈妈在川北哪，恋爱谈完了？"

陈浔在那头猛呛了一口风，半晌才说出一句完整的话来。

"您别咒您儿子就成。"

谢颖然："说吧，又有什么事要拜托你妈啊？是包花呢还是帮忙挑礼物？"

陈浔："您再损我，我就要考虑我到底还回不回去吃饭了。"

"哟，威胁你妈妈呢？"

苏羡音见谢颖然含着笑打着电话，默默拿着花束放到花架上，又退回了收银台，给谢颖然留下一点点私人空间。

花店里暖气开得很足，苏羡音渐渐有了点点困意。

她手撑着脑袋，正翻着课本，课本上的铅字都手拉手在她眼前转起了圈，她这才猛地抬头，企图醒神，却无意中瞥向窗外。

十二月中旬的今天，川北飘起了今年的第一场雪。

苏羡音登时就不困了，快步走出花店。

刚一出门，她就被寒气给扑了个满面，打了个寒噤，脸上灿烂的笑意却一点也没淡。

她抬起手掌，接到几片六角雪花，雪花却很快在她掌心里融化成一点沁人的冷意。

她不常见到雪。

南城的冬天也冷，却很少下雪，就算是下雪，也经常是雨夹雪或者是雪子，无法形成积雪。

很多个夜晚，苏羡音看着天气预报上的雪花图案，第二天摸黑上学的时候却失望地发现地上只有泥泞。

她喜欢下雪天。从这种意义上来说，她喜欢冬天常下雪的川北。

她没多想，掏出手机，给陈浔拍了一段视频发过去。

yin: 快看！下雪了！

陈浔回了她一条语音："看到了，你少在外面吹冷风，到时候又感冒了。"

她好像确实是有些过于激动了。

yin: 我等下下班就走回去，这雪真的很好看。

她手指停在发送键上，心脏因为惊喜而有力地跳动着。

猛地一闭眼，她按下了发送键。

yin: 要一起走走吗？

她屏息凝神等回复，雪花簌簌落在她柔软的发间。

陈浔还是发来一条语音："嗯，但我今天……"

他有片刻的停顿。

"好，你下了班把地址发给我，我来接你。"

他说要来接她。

和喜欢的人一起度过初雪天……

苏羡音将手机捧在胸前，没留意脸上笑开了一朵花。

可她再回花店的时候，却发现人类的悲喜果然并不相通。

谢颖然把手机重重地摔在桌面上，骂骂咧咧地道："这小兔崽子，以为家是宾馆呢，说回来就回来，说不回就不回了。"

苏羡音："怎么了？"

"别提了，我白养了一个儿子。"

苏羡音六点下班的时候，天已经完全黑了。

道路旁光秃秃的枝丫上已经有一层薄薄的积雪了，可是因为这一块儿人流量大，地上的白雪已经被踩得"面目全非"。

她往外走了一条街，终于在通往学校东门的方向，看见了一条还能见到积雪的小路。

两辆车宽的小路，只有正中间留着一长串歪歪扭扭的脚印，很是嚣张。苏羡音忍不住笑出了声，在这里等陈浔。

她等得无聊，见人行道旁停着一辆车，车上的积雪干干净净，白得耀眼，简直是勾引人"犯罪"。

她干脆收起伞，小步走过去，预备给车主一个惊喜，在车上堆一个小雪人。

陈浔来的时候，苏羡音的雪人已经有雏形了，她正弯着腰，在树下找小枝条做雪人的手。

一个不小心，脚底因为湿雪而打滑，她失声惊叫的同时，跌进一个带有黑雪松香气的怀抱里。陈浔将她抱得很牢，笑意一点点在眼角漫开。

雪花嵌在他的发间他毫不在意，却伸手拨开挂在苏羡音刘海上的雪子。

他将苏羡音扶稳站好后，顺势十分自然地捏了捏她的手，似乎毫不意外那是冰凉的，然后像变魔术一般从书包里拿出一双米白色的粗钩针毛线手套，细心地帮她戴上。

即使是这样冷的天，他垂颈的时候，苏羡音稍稍低头，还是能看见他羽绒服里只有一件白T恤。

他后颈处的棘突明显，风雪全往里灌，她木木地眨眼。

他终于笨拙地将手套在她手上穿戴好，看见她鼻尖红红的，人也愣愣的，没忍住笑着弹了弹她的额头，像试图唤醒冬眠的小动物。

"就这么喜欢雪？不怕冷了？"

阿嚏！

苏羡音打了个喷嚏之后，陈浔斜觑着她，一脸"你看吧，我说什么来着"的表情。

她不满地嘀咕："反正不会感冒。"

陈浔将伞又往她那边侧了点，说："你最好是。"

苏羡音将脸埋在围巾里，笑得像个傻子。

她不知道今天会下雪，脚上甚至没穿一双靴子，板鞋的底比较平，走在湿漉漉的雪地里总免不了要打滑。

陈浔一开始是在每次她将要滑倒的时候扶住她，后来干脆手一直架在她的胳臂上搀扶她，最后还是顿住了脚步。

他略一低头就看出苏羡音的鞋已经湿了半边，笑着说："这么想在雪天漫步，最后就穿板鞋？"

苏羡音有一点点不易察觉的窘迫："我又没看天气预报……"

陈浔将伞塞到她手里，往前迈一步，在她困惑的眼神下，慢慢屈膝。

"看了天气预报也没用，预报里没说会下雪。上来吧。"

他居然打算背她。

其实他们也不是没有过亲密接触，为躲避泼出去的水的那次公主抱，偶尔她不小心也会有撞进他怀里的时候，更不用提他最爱揉她的脑袋，可背她却是第一次。

她有点犹豫。

这个动作会让她脸红心跳，好像比公主抱还令她容易遐想万分。

陈浔迟迟没等到她上来，回头望了一眼，笑了声。

"与其跟跟跄跄还要担心没扶住你，两个人都摔一跤，不如我背你。

"不就是看雪吗，我背你就不能看了吗？"

此时再扭捏就显得可疑了，苏羡音双手从后搂住他的脖子。一开始手背还不小心擦到他的喉结，她吓得赶紧挪了位置，却猝不及防被陈浔很轻松地背了起来，她吓得心都快跳出来。

他却像个没事人一样，步履轻快，像是背上丝毫没有负担。

苏羡音对今年初雪的记忆，就是那柄永远歪着的黑伞、宽阔可靠的后背，和带着淡淡清香的他的后脑勺。

雪下了两天，川北校园里遍地开花，诞生了各种堪称行为艺术的"雪人"，上下课路上，不乏有打雪仗或者踩着雪"人力"滑雪的同学。

最后一堂课是专业课，外面的雪终于停了，还有放晴的趋势。

老师一遍一遍强调课本第十三章不是重点不会考，下面有男生嬉皮笑脸地问："老师你这不会是空城计吧？不会反向划重点吧？"

老师也没生气，很有气度地推了推眼镜，微笑着说："你要是非想背，那就as you wish（如你所愿）。"

整个教室里闹哄哄的。复习周就这样拉开了序幕。

但惯例是，复习周前的狂欢一定不能少。

苏羡音连着参加了两场聚会——班级组织的户外烧烤、院会的聚餐。

陈浔不见踪影。他这阵子又忙了起来，倒不是忙着复习，好像是比赛和课题组的安排又撞了，他把时间都掰成两份用。

有的时候他也会向苏羡音倒苦水，半夜里发一张实验室只剩下他一个人孤军奋战的照片，然后委婉曲折地暗示着问苏羡音明天要不要来实验室复习。

苏羡音的被子昨天刚拿去顶楼晒过，有太阳的香气，她窝在被窝里一边小声笑，一边回复他。

yin：看在你这么可怜的分上，明天就去探望探望你吧。

其实她倒也不是空口说说，孟凡璇给她寄了一些自制的地瓜条，她带了一大包给陈浔。

"喏，地瓜条，你喜欢吃红薯的话，这个应该也喜欢吧？"

陈浔毫不犹豫地收下，一边咬了一根说好甜，一边忽地顿住，转过头来问苏羡音："你怎么知道我喜欢吃红薯？"印象里他从来没在她面前吃过红薯。

苏羡音觉得自己在这方面的反应能力是越来越快了。

"传闻，我也是听说的，有人说你冬天每周至少要买三次烤红薯。"

陈浔居然信了，只是挑挑眉，像是有些无语，喃喃地道："这帮人怎么什么都传……"

苏羡音转过身，在他看不见的地方笑起来，庆祝自己险渡难关，自己的秘密暂时不会泄露。

但一关更比一关难。

苏羡音此刻最愁的事，是这周 12 月 24 日，是陈浔的生日。

而她，将整个橙色软件翻了个遍，也没想到到底送他什么合适——

太隆重了令人起疑，太敷衍了又表达不出心意。

苏羡音这几天一有空就在各大专组各类分享类 app 里搜索送给男生的礼物，祈求能给自己一点灵感。

但其实这不是苏羡音第一次送陈浔生日礼物了。高中三年间，她也送过一次。

那是高三的元旦晚会，本来高三这一届的元旦晚会是早就被教导主任宣布要取消的，但陈浔领着卓越班的几个男生去办公室闹了一场"起义"后，也不知道是谁的功劳，总之最后晚会照常举行。

陈浔又是公推的主持人。

苏羡音见过他彩排，黑色西服穿在他身上显得他很板正，白色衬衫的扣子却不好好系，他握着话筒解开一颗，笑着同旁人说礼堂的空调效果实在是太好了。

那一幕苏羡音牢牢记在了脑海里，是她青春影集里极鲜活的陈浔的影像之一。

她在晚会前偷偷给陈浔买了一个领带夹。

可能是他穿西服实在太好看，她在商场逛到一半就被各式各样的领带夹给吸引住了目光。

但苏羡音并没有把礼物亲自交给他，她的胆量只够支撑她起早贪黑从卓越班的窗户翻进去把礼物塞进他的抽屉里。

明明这样比亲手交给他更危险，她却在从无人的教室窗户跃下的时候，像是偷到了绝世珍宝一样，笑得开心而满足。

她是她暗恋独角戏中的唯一主角。

只要把礼物送出去，她就已经功德圆满。

所以当她在晚会上看见脱掉西装外套的陈浔领带上别着她送的那只领带夹的时候，高兴得像是中了彩票。

意外之喜，最能让人铭记。

她依稀记得，身边的女生还问她："哎，你看陈浔领带上那是个啥啊？还挺好看。"

他们坐在倒数几排，她却将那个领带夹的样子看得一清二楚。

她无比笃定。

苏羡音定定地看向他，在大家的注意力都在他身上的时候，她可以毫不畏惧地向他投去仰慕的目光，不用顾忌被看穿，悄悄淹没在人群中，喜欢也无人知晓。

"是领带夹。"她送给他的领带夹。

巧合多得令人起疑，在陈浔生日前三天，苏羡音得知了他被赶鸭子上架担任学生会元旦主题晚会主持人的事。

苏羡音："你这阵子不是很忙吗？"

"我也是这么回绝的，但是他们太能缠了，'夺命连环 call'。

"不过还好，就是几个院会联合办的主题化妆舞会，需要提流程的事不多，比较随意，我应付一下应该没事。"

苏羡音并不怀疑他"应付"的能力。

就当是苏羡音偷懒吧，她又给陈浔挑了一个领带夹，比几年前的那个更精致。

"想什么呢，笑这么甜蜜？"

听到身后响起谢颖然的声音，苏羡音匆忙将礼盒收起来，放回包里。

"哟？这是……礼物？送那个男生的？"

可能是因为最沮丧的时候有谢颖然支持自己，苏羡音现在已经能在她面前很坦然地讲起陈浔了。

于是她也没有扭捏，点点头说："他快过生日了。"

"送的什么东西啊？"

于是苏羡音又将礼盒从包里拿了出来，轻声说："没什么，就是一个领带夹。"

谢颖然看了后点点头："倒是挺别致的，但是这个年纪的男生会喜欢这个东西吗？"

"他会的吧。"否则当年元旦晚会上他怎么会立刻用上？

谢颖然笑笑，低头一看，才发现苏羡音刚刚拿东西的时候，有一张小卡片被带出来掉在了地上。

她弯下腰去捡，却在看清卡片的样子的时候顿住了。

这图案她太熟悉了。

她捡起那张卡片，在苏羡音接过去之前看清了上面零星的几个飘逸的大字。

更重要的是，她看清了那个落款：陈。

不可能再是巧合了。

苏羡音将卡片收起来，小心谨慎地放在包的最内层，和平安符紧密相贴。

谢颖然终于找回自己的魂了，调整了自己的表情后，试探性地开口："挺好看的字，是那个男生送你的吗？"

苏羡音："嗯。"

还真是。谢颖然笑了，又很快抿直了嘴角，从前苏羡音对她提起的关于那个男生的点点滴滴都在她脑海里一一浮现。

居然真是那臭小子？

谢颖然不死心，又问："音音啊，阿姨问问啊，你说你高中时候就喜欢那个男生了，那你们是高中同学？"

苏羡音根本没意识到谢颖然的表情变化得有些快，轻笑了声，摇摇头："是同校但不同班，他是卓越班的，我是实验班的。"

"你是不是跟我说过他成绩很好，经常考第一？"

"是的。"

苏羡音看着陷入复杂情绪中的谢颖然，呆呆地反问："怎么了？"

谢颖然立马堆出一个笑容，摸摸苏羡音的头。

"没事没事，我就是看看我有没有记错。"

苏羡音走后，谢颖然抱着手臂在花店里来回踱步。

爽约的是他，道歉的是他，犹犹豫豫的也是他。

她就教出了这么个出尔反尔、优柔寡断的儿子？

谢颖然越想气越不顺，立刻拿起手机拨了一个电话。

陈浔昨天晚上在实验室熬夜到凌晨三点，上午照常七点多起床一直忙，到刚刚才有时间小憩一会儿，却被谢颖然接连打来的好几个电话给吵醒。

他捏着眉心，痛苦地接通了电话。

谢颖然："臭小子！你都干了什么好事？！"

这通电话实在是莫名其妙。

谢颖然听起来很生气，可陈浔完全醒过神来以后细声问她到底怎么了她又一言不发。

"你自己做了什么事自己清楚！果断点啊，儿子，真搞不懂你在想什么。"

陈浔听得一头问号。

谢颖然后来重重地叹口气，问他："你之前送花的那个女孩子怎么样了？表白了没有啊？"

陈浔这次难得没反驳，反而愣住了，半晌才咬着下唇说："还没有。"

谢颖然火气又上来了："磨磨唧唧的，跟你爸一个德行。表白还需要准备吗？'我喜欢你'四个字烫嘴啊？"

陈浔被骂得气笑了："妈，你今天是怎么了？谁惹你了？"

"还能有谁？我绝世无双的宝贝儿子。"

陈浔："你怎么平白无故污蔑人？"

"行了，我不跟你废话了，你总说忙忙忙，但好不容易遇见一个喜欢的女孩子，抓紧点好吗？你不着急，人家说不定就被人抢走了。"

"好好好，我心里有数。"

谢颖然对着已经挂断的电话低声骂了句"你心里有个鬼数"。

苏羡音没到了姚达和沈子逸的联合委托。

姚达负责说明来意，沈子逸负责补充。

"总是就是平安夜那天，苏妹妹你把陈浔约出去，不要让他回实验室。"

沈子逸说："大概是从下午一点到六点这段时间。"

"你们打算在实验室布置生日现场？"

姚达眨眨眼，笑得十分得意："实验室只是意思一下，嘿嘿，最后的战场当然是别的地方，让寿星请我们吃大餐！"

苏羡音点点头："那为什么是我约他？我觉得我比较适合布置现场。"

"苏妹妹你有所不知啊，这小子最近魔怔了，数据做出来了老师让他准备准备写篇论文发刊，他就没日没夜地泡在实验室，我哪喊得动他？

"我要是叫他打球，他能把我当篮球给丢了。"

苏羡音没忍住笑了声。

莫名地，她居然有些骄傲，于是拍拍胸膛保证："行吧，那这个艰巨的任务就交给我吧。"

但她还是很好奇他们打算布置什么样的现场。

这次生日惊喜活动，主负责人是姚达和沈子逸，参与者是陈浔寝室的其他两个人、苏羡音寝室的三个人，以及两个院里跟陈浔比较熟的三两个学弟学妹。

算起来也有十余个人了。

生日装饰材料包是姚达托蓝沁买的，苏羡音看过效果图，十分担忧他们能不能完成这样的现场布置。

蓝沁摆摆手："姚达会给每个人分配任务，只要合作得好，是可以完成的。"

林苇茹直摇头："姚达到底有哪里好？"

旁人总是看不清，不相配或者明明不可能生出一点点旖旎氛围的两个人，究竟是怎么看对眼的。问其中一方"他到底有什么好？就这么喜欢？"，谁也答不上来，只能模棱两可地用一句"你不懂"来搪塞问问题的人，顺便再坚定一下自己的选择。

如果真要问苏羡音她喜欢陈浔哪里，她也答不上来。

曾经她暗恋他三年，永远只是做个远远遥望的旁观者，从大家的只言片语里收集拼凑出他的形象，以此来了解他，多是猜测，很少证实。

后来这小半年的相处过程中，她见过很多面的他，知道他并不是看上去那样完美无缺无可挑剔，他身上也有很多这个年纪的男生身上常见的小缺点。

他也是肉体凡胎，不能因为阳光太过眷顾他，就生生为他造出神格。

后来近距离接触他、了解他，明明知道他跟自己想象中的那个陈浔总有这样那样的不同，她却好像越来越喜欢他。

她越来越坚定，除了他，再难有一个人入她的眼，占据她的心房。

也不知道称不称得上幸运，陈浔是值得她喜欢的。

她在了解他之前喜欢上他，却在了解他之后发现她确实喜欢这样的他。

她当然是幸运的。

生日蛋糕是苏羡音亲自挑选的，甚至在生日前一天，她亲自去了蛋糕烘焙店，学会了用奶油拉花，亲自为他的蛋糕做拉花装饰。

陈浔收到苏羡音的邀请的时候并不觉得意外。

他挑挑眉，在电话里回答她："其实也不是非要庆祝，我今天要开始写论文了，会有点忙。"

苏羡音装傻："庆祝？庆祝什么？预祝你论文发刊顺利？"

陈浔愣了愣，一时辨别不出她的话到底有几分真几分假。

"那就不是庆祝吧。"

"本来就不是庆祝啊，你搞清楚，我是请你帮忙，你要是没空我只能找别人了。"

"你还能找谁？"陈浔皱了皱眉。

苏羡音在电话那端笑得很开心："反正我还有备选人选。"

陈浔的手终于从键盘上拿开，他捏了捏眉心，认命一般闭了闭眼，说："等着，我马上来。"

苏羡音挂断电话，长出了一口气。

她一向认为自己除了在掩饰感情上有特殊的天赋外，其余时刻的演技差得令人发指，所以谎骗陈浔出门对她而言其实并不如她想象中轻松。

她当然也可以不把这件事当作任务，就当作是她本来就要约他。

可要她放着几门要背的专业课不背，选择约他出门，那才真是脑子坏了。

为了让自己表现得自然，她甚至还请了一个小帮手，这也就是刚刚她对陈浔说过的需要他"帮忙"的"缘由"。

林苇茹的弟弟林之阳，今年七岁，年纪小小却是个小机灵鬼，和林苇茹慢热的性格完全不同。

苏羡音蹲下身，拉着阳阳的手，小声嘱咐："等下姐姐一声令下，你就开始哭，哭不出来没有关系，你就抱住我的腿，把脸捂住，发出哭的声音就可以了。"

阳阳点点头，拍了拍胸脯做保证："没问题。"

但苏羡音没想到陈浔来得这么快。

她一眼就认出他的车，于是拍拍阳阳的肩示意他可以开始表演了。

陈浔走下车的时候，一眼就注意到一脸无措的苏羡音，她腿前扒着一个小小的男孩。

"所以是怎么了，哭得这么厉害？"

三人站在游乐园门口，今天是工作日，但偏偏是平安夜，路过的人有许多是跟苏羡音、陈浔年龄相仿的大学生，他们频频侧目。苏羡音决定言简意赅、速战速决"他想坐过山车，我不敢，他一个人肯定不行。"

陈浔轻轻弯了弯嘴角，十分自然地摸了一把阳阳的脑袋。

"这有什么难的？

"走吧，哥哥带你去玩。"

虽然说阳阳非要玩过山车这事是编的，但苏羡音是真的没胆量坐过山车。

陈浔却非要拉着她上座位。

而阳阳更是冲在两人前头，已经自顾自系好了安全带。

工作人员提醒道："抓紧时间上车哟。"

看到还在纠缠的两人，工作人员又过来说："两位准备好了没？看看孩子都在等你们呢？"

苏羡音："我们不是……"

"走吧，小孩子都不怕，有我在呢，怕什么？"陈浔不给她辩驳的机会，连拖带拽地将她拉上了车。

他一边为她系安全带，一边慢悠悠地道："小孩子都能坐的过山车，高度也不高，坡度也还好，有什么可怕的？实在是怕你就抓住我，咬我都成。"

苏羡音愤愤地看了他一眼，认栽地闭紧双眼，做出一副"狂风暴雨你来吧"的英勇无畏神情。

陈浔被她逗乐。

在出发的前一刻，他往她身侧坐了点，肩膀紧靠着她的，企图给她一点力量。

但苏羡音连眼睛都不敢睁开，风呼啸着从她脸上刮过。

阳阳兴奋地大喊，陈浔甚至有心思掏出手机来拍照。

轻松自如的两个家伙衬托着灰头土脸脸色惨白的苏羡音，显得她像个傻子。

陈浔拍完照还不满意，把头凑到苏羡音跟前，非要逗她："真的不睁开眼看看？风景可好了。"

苏羡音直接用手把耳朵捂住，以行动回绝他。

他却更乐了，张开双臂，扶住苏羡音的脑袋，用手指轻轻拨开苏羡音的眼睛。

"彩虹都不看看？"

苏羡音对过山车最后的记忆就是，少年指腹的温度，永不停歇的呼啸声以及灿烂炫目的彩虹。

苏羡音原本并不喜欢游乐场，今天却也玩得很开心，他们两人带着阳阳几乎将游乐场的热门设施都玩了个遍。

苏羡音甚至最后差点忘了本来的目的，直到收到了姚达的消息。

宇宙达：大功告成，可以把浔哥领回来了。

yin：OK。

苏羡音收起手机，陈浔正端起木枪瞄准着气球墙。

他目光专注，闭上左眼，明明只是玩具枪，但他整个人的架势摆得过于好看，侧颜过于优越，路人走过也纷纷慢下脚步。

苏羡音没忍住，站远了一步，拿出手机拍照。

无论怎么取景，他都是让人无法忽视的、最亮眼的存在。

砰——砰——砰砰。

苏羡音放下手机，不过须臾，陈浔已经将一排气球打得差不多了。

他放下枪，气定神闲地笑了声，又看向苏羡音，顶着后槽牙挑了下眉，像个显摆的二世祖。

他从老板手里接过兔子玩偶，还挺谦虚地道了谢。

阳阳兴奋地一把抓住兔子玩偶的尾巴，蹦跶着喊："谢谢哥哥！"

陈浔却将兔子拿高一点，用身高压制阳阳，左手轻按在他头顶慢悠悠地说："小屁孩，谁说是给你的？"

他抬起眼皮看向站在一旁一脸看戏浅笑着的苏羡音，说："这是给姐姐的。"

阳阳气得恨不得咬陈浔一口。

也不知道是从哪儿学来的词，阳阳指着陈浔喊："哥哥你重色轻友！"

"小屁孩。"陈浔失笑，揉了一把他的脑袋，"懂的还挺多。"

他却始终将兔子玩偶高高举着，让阳阳够不到。

苏羡音站出来打圆场："他要是喜欢就给他吧。"

陈浔直接捏了一把她的脸："我刚送给你你就想转赠给别人？"

看着苏羡音瞬间睁大的双眼，陈浔垂下眼睫移开目光，像是有稍纵即逝的局促感。

他低声说："再给他拿一个不就是了？"

陈浔将玩偶丢进苏羡音怀里，弯下腰去挠阳阳的痒，问他想要哪个奖品，却又跟他讲条件："老板也不容易，不能再拿最大的那个玩偶了，换一个，你看那个铠甲勇士怎么样？"

玩偶软乎乎的毛刚蹭着苏羡音颈窝细腻的肌肤，她看着相处融洽的一大一小两个家伙，慢慢牵动了嘴角。

她是真没想过，陈浔居然连带小孩也能做到游刃有余。

回程的路上，阳阳靠在苏羡音肩上睡着了。即便睡着了，他也要摸着兔子玩偶。

苏羡音见了，跟陈浔商量："要不就给他吧，他好像很喜欢这个。"

陈浔透过车内后视镜看了她一眼，淡淡地说："他喜欢你就给他？你不是也喜欢吗？一进摊位就盯着这只兔子。"

原来他知道，他都注意到了。

苏羡音把头埋在玩偶毛茸茸的脑袋上，扬起了一张笑脸。

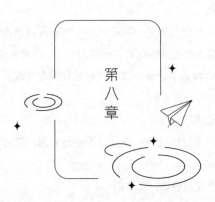

第八章

　　陈浔把车停在苏羡音宿舍楼下，苏羡音这才想起自己的任务，扒拉着前排的座椅，探出一个脑袋来问他："你等会儿回实验室吗？"

　　陈浔思忖了一会儿，说："回吧，怎么了？"

　　"等我一下，我跟你一起去。"

　　"好。"

　　苏羡音带着林之阳回了宿舍，林苇茹早等着两人了。

　　见到两人手上的"战利品"以及同样弧度的笑容，她啧啧道："战果丰硕啊。"

　　她又道："开心不？"

　　两人再次露出同款笑容，响亮地回复："开心。"

　　林苇茹："啧啧啧。"

　　苏羡音爬上楼梯将玩偶放在了床铺上，越看越满意。

　　林苇茹说："那我就先把我弟弟送回去，然后去找你们，保持联系？"

　　"好。"

　　天气预报说晚上可能会下雪，于是苏羡音将呢子大衣换下来，穿上一件更暖和的羽绒服。

　　她戴好围巾，把头发藏在围巾里，再戴上陈浔送给她的毛线手套。

带着一点点欢欣喜悦，她踏着雀跃的小步子走出宿舍楼，却一个急刹车在大厅停下了，一步都无法再往前。

她像是被施了咒。

即便两年未见，苏羡音还是一眼就认出，站在陈浔面前的，穿着和他同色调的棕色呢子大衣，戴着黑色贝雷帽笑容灿烂的女生，就是宋媛。

宋媛朝着他的肩膀来了一拳，说："你室友说你在这儿我还不信，好家伙，还真在。"

陈浔噙着笑看向她。

那明明是再正常不过的笑容，她见过千千万万遍的笑容，她看了却觉得心口一阵闷痛。

有些心魔就是能立刻将她打回原形。

她紧咬着下唇，脑海里全是这两人站在一起有多般配的奇怪想法。

她慢慢往后退了两步，像是缩回了自己的安全区。

转身的同时，苏羡音听见陈浔在身后喊她。

"苏羡音？"他的声音由远及近，"你怎么了？忘拿东西了？"

苏羡音僵硬地转过身来，盯着自己脚上的长靴，有些出神。

"嗯，我上去拿个东西。"

陈浔笑话她："冒失鬼。"

明明他对她还是那么亲近那么自然，她却莫名涌起一阵悲哀。

"快去吧，我在这儿等你。对了，忘了跟你介绍，这是我发小，也是附高的，跟我一个班的，宋媛。"

他又向宋媛介绍："这是附高实验班的，苏羡音，是我在川北认识的新朋友。"

宋媛一双扑闪扑闪的大眼睛，正红色的口红很衬她的气色，她有着能让人很快亲近起来的大方开朗的笑容以及得体舒适的社交气场。

她上前一步捏了捏苏羡音的毛绒手套，说："这么可爱的女孩子，你也不早点介绍给我？"

陈浔耸耸肩："你又没来。"

其实苏羡音如果能抬头稍微看一眼，就会发现陈浔站得离她更近，在陈浔提起苏羡音是他的"新朋友"的字眼时，宋媛脸上有一闪而过的促狭笑意。

可她弄丢了自己的细心与敏感，在看见宋媛出现在他身边时，她就像个被封印了五感的笨拙小丑。

高三时候见到的那一幕幕对她而言太过深刻，在宋媛出现在她眼前的这一刻，在宋媛站在陈浔身侧的这一刻，那些画面又在她脑海里循环播放。

陈浔察觉出一点点不对劲，俯下身去看苏羡音的脸色，声音柔和了些："你怎么了？在游乐园玩累了？"

"没有。"苏羡音在眼泪涌出来之前努力挤出了一个她自认为还算"得体"的笑容，朝两人挥挥手，转身跑开了，"我马上回来。"

苏羡音像一只仓皇的小兔子。

人走了，宋媛将手搭在陈浔肩上，开始调侃起"正主"："就是这个女孩？"

陈浔肩往外侧，失去了支撑的宋媛差点站不稳。

"嗯，是她。"

宋媛骂骂咧咧想要教训他，陈浔却说："都不是小孩子了，能不能注意点你的言行？跟我保持一点安全距离 OK？是不是要我去陆迟那里告状？"

一提到陆迟，宋媛立刻像蔫了的小白菜，吸吸鼻子，闷声说："你敢。"

陈浔一眼就看明白是怎么回事，抱着手臂幽幽地道："还说是来给我过生日的，真以为我看不懂？打扮得这么精致，又是平安夜，怎么，陆迟爽约了你就跑这儿来？蹭一个生日 party（排队）好发朋友圈说自己很快乐？"

宋媛整张脸都以很微小的幅度颤动着，强忍住怒意听陈浔讲完一切后，她终于没忍住大吼了一声："陈浔！你不讲话没人把你当哑巴！"

陈浔笑得很缺心眼。

苏羡音根本没有忘带东西，她魂不守舍地坐在桌前，指甲狠狠嵌进掌心里。

宋媛是来给他过生日的吗？

他还喜欢她吗？或者说她还喜欢他吗？

是不是她回心转意舍不得分手了所以才来找他？

苏羡音脑子里有很多问题，却一个答案也没有，也向他问不出口。

问题一遍遍在她脑海里盘旋，折磨的是她自己。

陈浔给她打来一个电话。

"还没找到吗？不重要的话就回来再找吧。"

苏羡音木木地回："我突然有点累，要不算了，我就不去实验室了……"

"不行！"陈浔语气里有点孩子气的执拗，"一言既出驷马难追，下来吧，我在门口等你。"

苏羡音路都走得轻飘飘的。

两人在车里坐着等她，宋媛却坐在陈浔身后的后排位置。

苏羡音犹豫了一秒，也打开了后座的车门。

陈浔握着方向盘回头望："你怎么不坐前面？"

宋媛熟络地挽住苏羡音的手臂，朝他得意地笑："美女当然要跟美女玩了，司机就专心开车 OK？"

陈浔白了她一眼。

苏羡音再一次意识到，在活泼大方的宋媛面前，文静的她显得有些木讷。

宋媛永远能让场子不冷下来，能从容不迫地挑起话题关照苏羡音的同时又不显得过于客套，她的好亲近感像是天生的。

抛开所有的一切，苏羡音也喜欢这样的女孩。

车内开了空调，也许是因为心神不宁，苏羡音很快热出一层薄汗，于是把手套脱了放回包里，礼盒却不小心掉了出来。

宋媛捡起那个礼盒递给她，却忽地惊呼一声："啊！这不会是你给陈浔准备的礼物吧？"

陈浔立刻转过头来看向苏羡音，笑意渐渐漫过眼角。

"不是说今天不是庆祝吗？"

她明明就记得他的生日。

苏羡音忽然有种破罐破摔的心情，于是将礼盒放在扶手箱上，淡淡地说："姚达早就提前通知了，我想装不知道也不行。"

车正好稳稳停在实验楼前。

陈浔安全带都没松开，拿过礼盒，眼睛直直看向苏羡音，轻声问她："我能打开看看吗？"

"当然，本来就是送你的。"

她尽量让自己的笑容显得真诚，无论如何，她希望他快乐，不只是今天。

"陈浔，"她笑起来，亮晶晶的双眸里像是有眼泪蓄在其中，"生日快乐。"

陈浔打开礼盒，像是有些惊喜地挑挑眉："领带夹吗？"

他道："很好看，过几天可以派上用场了。"

宋媛道："啊，这个款式还挺特别，有眼光。"

陈浔听到宋媛的声音，像是想起了什么，忽然眨眨眼说："你记不记得高三那年你也送过我一个领带夹？"

宋媛像是被雷劈了："我什么时候送过你……我没送过啊！你患老年痴呆症了吗？"

陈浔自顾自地回忆："可是我同桌不是说早上只有你来过我的座位，抽屉里那个领带夹不是你送的？我在元旦晚会上还用了呢。"

"得了吧，我想不开吗，要送你礼物还偷偷送？我肯定会塞到你手上并大声告诉你记得要还给我一个更贵更好的礼物。

"坏事了吧？肯定是哪个喜欢你的女孩送的。"

苏羡音再也没忍住，推开了车门，下了车。

眼泪就这样悄无声息地从她的面颊滚落。

原来他会戴上那个领带夹是因为他以为是宋媛送的。

原来她以为的"前后呼应"不过是一场笑话。

她从来不像宋媛那样，与他不过是咫尺之距。

苏羡音在两人下车前擦干了眼泪，她要用很大的力气才能将自己汹涌的情绪往回收，于是对着两人说了一句"我先上去了"，就小跑着走开了。

陈浔本来想追上去，却被宋媛拦下了。

"哎，你等会儿。"

陈浔虽然有些摸不着头脑，但焦急的神色掩藏不住："怎么？"

宋媛其实是看到了苏羡音的红眼眶的，她不确定苏羡音是不是需要一点点时间缓冲。

她没话找话："你是不是说错什么话了？"

陈浔皱着眉："我倒是想知道。"

宋媛摊开手："你不会是想问我吧？拜托，你们两个人的事只有你们两个知道好不好。"

陈浔："……"

他道："那你别挡着我。"

陈浔扒拉宋媛那一下，差点没把她拍飞到车上。

她确信他是真着急了，也是真没把她当人看："见色忘义！"

陈浔几乎是跳跃着上了楼梯。实验室就在三楼，他看见实验室一片漆黑的同时，敏锐地捕捉到身侧电梯发出"叮"一声响。

苏羡音居然才从电梯里下来。

陈浔走向她，她却越走越快，一直走到实验室门口。

他轻轻拉住她的手腕："苏羡音，你……"

砰——砰——

"Surprise（惊喜）！"

实验室的灯被一下点亮，门口围站着一圈人，各个脸上洋溢着笑容。

实验室的黑板上有像是出自好几人之手的彩报，最中间一块儿画着一个卡通生日蛋糕，用蓝色粉笔写着"陈浔生日快乐"。

陈浔喃喃地道："搞什么？"

他将布置得"花里胡哨"的实验室看了个遍，最后才注意到姚达怀里居然还捧着一个爱心气球。

姚达露出一个羞涩的神情，上前走了两步，刚拉住陈浔的衣袖，陈浔的表情就开始失控。

"你闭嘴吧。"

"不行。"姚达深情款款，声情并茂，"即便你嫌弃我，我也要代表617的几个汉子说，617'室草'，生日快乐！"

"顺便。"

姚达龇牙咧嘴笑得有够夸张："什么时候能把你嫁出去哥几个就心满意足了，再也不用受到各个院各个年级的女生的骚扰了，哈哈哈哈哈哈哈。"

最后，姚达理所当然地被陈浔收拾得很惨。

姚达憋红了一张脸，被陈浔按在手臂下，还不忘顾全大局："来人，来人啊，上蛋糕。"

沈子逸端着蛋糕出场的时候，不少人因为姚达这一出憋着笑，但此刻好像是沈子逸端出蛋糕这件事本身就足够好笑了。

沈子逸也察觉出这种诡异气氛，看着紧张兮兮把目光都投在他身上的众人，勉强地笑了声："你们正常点好吗？"

众人闹哄哄地笑成一团。

苏羡音躲在人群之后，仿佛这样的距离看着陈浔闭上眼睛许愿、在大家的祝贺歌中吹灭蜡烛，是回到了她的舒适区。

很久没有在这样的距离下看过他，她居然有一些怀念。

在这样的距离下，她不用患得患失，也不用因为一点点情绪将自己的心揉搓变形就变得羞愧难安。

陈浔在一片闹哄声中从容地切着蛋糕，边切边立规矩："先说好，实验室里本来是规定不能吃东西的，所以，禁止'蛋糕仗'，明白？"

"行——"众人拖着长长的尾调应着。

陈浔："姚达，说你呢，听见没？"

姚达："你……"

陈浔切下最中间的一块有草莓的蛋糕，把它稳稳当当放进餐盘里，姚达的手悬在空中半天了，陈浔却伸长了脖子找人。

"苏羡音？吃蛋糕了。"

摩西分海一般，苏羡音就这样被众人送到了他面前。她微低着头走向他，在众人的注目礼中接受了那块堪称重分量的第一块蛋糕。

窃窃私语她不是听不到，可是以往能让她羞赧能让她笑起来的这些交头接耳，如今都像是嘲笑。

宋媛就落落大方地站在陈浔侧后方，而她却只敢躲在角落里。

苏羡音接过蛋糕的时候，眼睫轻轻颤了颤。

陈浔的第四块蛋糕就递给了一直在默默给陈浔录视频的宋媛。

"你也差不多得了，手机收收，不是中午没吃饭跑过来的吗？"

苏羡音又退回到后排。他跟宋媛之间自然流露的那种亲昵是多年相知的沉淀，她确信不是自己多想了。

最后陈浔还是破了规矩，他趁着姚达张开大嘴想将最后一块蛋糕塞进嘴里时，抹了一把奶油到姚达脸上。

姚达差点没被这一口蛋糕噎死，一边捶胸一边追着陈浔跑，一直追到了实验室外。

陈浔笑得很开心："寿星当然有特权，你的反击就留到你生日那天吧。"

说着陈浔又趁姚达不注意，在他另一边脸上也抹上了奶油。

实验室的笑声响遍整个楼层。

最后，陈浔领着十来人打算去一栋别墅玩。

他解释道："是我爸爸朋友的新项目，打算做成轰趴馆，试营业期间，本来就想让我带朋友去玩玩然后提点建议的，随便玩，费用算我的，不用担心。"

学弟学妹们"哇"声此起彼伏，苏羡音藏在最后排，有些看不清陈浔意气飞扬的面容。

最后，她被陈浔生拉上了他的车，他甚至让她坐到了副驾驶座上。

"路我不太熟，你帮我看着点导航。"

苏羡音反应平静，却也不想扫兴，只有一点浅浅的笑意："行，只要你不怕路越走越远就行。"

后排坐着蓝沁、宋媛和林苇茹。

宋媛的社交能力立刻在苏羡音眼前再次得到印证，就连慢热的林苇茹都能很快跟宋媛聊起自己养的小狗越吃越胖。

宋媛和蓝沁更是一见如故，两个开朗的女孩，一个得体一个爽快，话题根本没有停下来过。

不再是和宋媛两两相对了，苏羡音的话理所当然变得很少，只有在问到她或者非要她表态的时候，她才会噙着笑回一句。

宋媛就是这样，即便已经和新认识的两个女生聊得火热了，却还是能顾及到苏羡音的感受，自然地将话题带向她，像是怕她觉得被冷落。

陈浔将一切都看在眼里。

下车的时候，他叫住苏羡音。

后排座位上的三个女生非常有眼见地先下了车。

车门关上，立刻隔绝了外面嘈杂的声音，显得寂静，连两人的呼吸声都清晰可闻。

陈浔："你今天怎么了？好像不开心？"

"没有。"苏羡音的笑容里有一点点疲惫，"今天你才是主角，我希望你开心。"

她说完这句话就推开了车门，朝着三个女生追去。

陈浔有一点苦恼。

十来分钟后，人渐渐到齐了。

这栋别墅离川北大并不算远，位置也算不上偏僻。

冬夜漫漫，所有人都聚在后院的烧烤摊旁，边上还生起了篝火。

苏羡音坐在布艺小椅子上，小口地喝着热水，眼神邈远而空洞。

在大家嚷嚷着要一起玩游戏的时候，她还是提不起兴致。

陈浔始终被簇拥在人群最中心，应接不暇。

此刻他注意到苏羡音对旁人说自己太困了就不玩游戏了，于是转身去帐篷里拿了一条毛毯。走过去，坐在她身侧的小椅子上，将毛毯盖在她身上。

"是外面太冷了吗？"

苏羡音礼貌地道谢："还好，在篝火旁不冷。"

她句句客气，却也句句疏离，陈浔不自觉蹙紧了眉心。

他往她那侧又靠了靠，声音更轻，声线低沉："你要实在不想玩，要不去帐篷里歇会儿？"

旁边人迟迟等不到寿星归位，以宋媛为核心的那一块儿已经先行玩起了划拳。

宋媛的亲和力确实很强，即便在场的人她只认识陈浔，她也能迅速以自己的方式和大家打成一片，一点也不怯场，开得起玩笑又足够有趣。

刚刚苏羡音全程走神，却也不可能注意不到。

大家都不自觉往宋媛身边凑，焦点就不只是陈浔，而是陈浔和宋媛两个人。

在苏羡音关于陈浔的大篇幅回忆里，这两人就是以这样的吸引力永远站在正中心，接受众人不由自主的亲近，像是王和他的王后。

苏羡音眼角发酸，正想说点什么来回绝陈浔。

宋媛注意到这边一直交头接耳的两人，举起酒杯喊着："你们俩聊什么呢？大家都等着呢。"

"就是啊，悄悄话晚点再讲不行吗？哈哈哈。"

宋媛看向陈浔，起了一点坏心思，忽地又拿起一个酒杯，双手递过去，促狭地笑："这不罚一杯酒说不过去吧？"

"她就别喝了，我喝吧。"

陈浔意图接过宋媛手里的杯子，她却不给。

"那怎么能行呢？直接喝交杯酒得了，喝一口就行。"

宋媛话说完，周围的人立刻懂了其中含义，纷纷跟着起哄。

"交杯酒！交杯酒！"

陈浔笑了，他咬着下唇望向苏羡音，像是在征求她的意见。

但她迟迟没有应下。

宋嫒看热闹不嫌事大，说："陈浔你快点啊，少磨磨叽叽的，这有什么可扭捏的？又不是没喝过。"

心口忽地一紧，苏羡音猛地拿起桌上的一杯酒，仰脖一饮而下。

她笑得很仓皇："我有点不舒服先去休息了，你们好好玩。"

是啊，又不是没喝过。

宋嫒和陈浔被众人起哄着喝交杯酒的时候，宋嫒是不是比她要从容得多？

她走得很快，明明知道自己把一切都搞砸了，却忽然有一丝如万物燃尽后的死灰般的平静。

她今天果然不该来。

陈浔在一楼楼梯间拉住她。他有些无措，细声说："宋嫒就是那种性格，要是冒犯了你，我代她道歉。"

你当然能代她道歉。她心道。

苏羡音忽然转过头来直直看着他，她的双眼很红，但目光里有一些陈浔无法读懂的破碎与骄傲。

他的手慢慢下移，攥紧了她的手掌。

"你是因为……"到底是因为什么而难过生气呢？

他此刻才恨自己在感情上的天赋不够，笨拙地在脑袋里回闪今天发生的一幕又一幕。他试探性地开口："宋嫒说我又不是没喝过，是说之前高中的时候，我玩游戏输过一回，跟一个男主喝过交杯酒……"

他似乎觉得这件事丢脸，脸上浮起点不自在的神色，接着清了清嗓子说："那时候年纪小，他们非要闹我就喝了。"

他真的只跟男生喝过吗？

苏羡音的眼神又变得凄婉，明明该为此感到庆幸，她却又可悲地在想自己为什么总要自欺欺人。

他们关系匪浅，明眼人都能看明白。

可她该问什么说什么呢？问他"那你跟宋嫒现在到底是什么关系"，还是问他"你还喜欢她吗？今天她为什么会来给你过生日"？她该以什么身份问呢？

她不想让自己的立场再次变得难堪，于是只是轻轻将手从他的掌心抽离。

"知道了。"她说。

她沉默地转身上楼。

二楼客厅外有一个小阳台，她推开窗，能感觉到他跟着自己上了楼，就静静站在她身后。她不敢让眼泪落下来，只是手撑着栏杆，做着无意义的眺望。

陈浔此刻多希望有人能站出来点醒他。

他看着苏羡音瘦小的背影融入夜色里，棕亮的发丝随着夜风微微浮动，他稍微靠近一点就能闻见她身上的淡淡清香。

一股烦躁一点点涌上他心尖。

他好像抓不住她，徒劳无功。

"苏羡音。"

但他总得抓住点什么。

"你有没有……"

苏羡音望着他的眼神很陌生，他发誓他从来没有这么没底气的时候，此刻显然并不是一个表白的好时机。

"有那么一点点喜欢我？"

苏羡音的眼神中蓦然涌出悲哀，本该心跳漏拍的一瞬间，悲伤却像是从水球四面八方被扎破的小孔中顷刻间溢出来。

他只是想知道她是不是他的簇拥者之一。

她没有回答，一言不发，疲惫一瞬间压垮了她。

陈浔握住栏杆的手紧了紧，青筋渐现，眼里有一闪而过的慌乱，他像说吃语一般又问："你，不喜欢……我吗？"

苏羡音对他笑了笑，那笑意里有一点神秘，他已经全然看不懂了。

没有牵紧的气球反而被风扬起，离他越来越远。

他在她转身的时候，凭借本能抓住她的手腕。

"我……我好像说错话了，我的意思是，我喜……"

苏羡音打断他："陈浔。"她的手轻轻捂住他的嘴，掌心是冰凉的。

她望向夜空，忽然笑得像天真无邪的孩童："下雪了。"

下雪了，陈浔。

"祝你生日快乐，其他的下次再说吧，我累了，去睡觉了。"

她居然朝他俏皮地眨眨眼："晚安。"

晚安，我的月亮，我的心上人。

陈浔看着她瘦小的背影消失在转角，一点点退出他的可见范围。

他指尖渐渐抚上自己的脸颊，仿佛那冰凉的触感还有留存。

她却已经遥不可及。

他好像什么也没抓住。

他望向茫茫夜色里纷飞的晶莹的雪花，笑容苦涩。

陈浔起得很早，他一夜都睡不踏实，脑子里总是反复播放昨夜苏羡音的神态。

他想要问清楚，也想要表达清楚。

想到这一点，他就一把掀开了被子，赤着脚走到苏羡音昨晚睡下的那个房间的门口。

房间里只有她一个人，他昨晚特意吩咐过他们不要去打扰她。

他忐忑地敲了敲门，没有回应。

在门口站了一会儿，他越想越烦躁，将脑后的头发拨乱，皱起眉头。

侧边一间房的房门打开了，蓝沁探出一个脑袋来，不顾形象地打着呵欠："你找苏苏？她回学校了。"

"她回去了？"陈浔的眉头皱得更紧了。

"是啊，我早上看到她六点多给我发的微信消息，说是学校有点事就先走了，她没跟你说吗？"

陈浔忽然有些走神，那种无法抓住任何事物的无力感深深缚住了他。他点点头，然后缓缓按下门把手，推开了房门。

床上的被子叠得整整齐齐，整个房间干净整洁得像是没有人来过。

陈浔环视一圈，留意到书桌上的花瓶下压着一张字条。

我有点事先走了，谢谢款待。

——苏

蓝沁迷迷糊糊地跟过来："你是不是又惹苏苏不高兴了？闹别扭了？"

"我也不知道。"

他如果知道问题出在哪里，就能像做题一样条理清晰地将满分答案写下来。

陈浔手一松，字条轻飘飘地往下落，被风卷进桌底。

这天下午，陈浔送宿醉的宋媛去机场。

她坐在后座频频叹气，一会儿揉太阳穴，一会儿痛苦地皱眉。

陈浔有点心不在焉的，半晌都没反应过来。

还是宋媛扒住了他的座位，身子往前倾，指责他："怎么说我也是陪你过生日了，送我去个机场这么不乐意啊？"

陈浔回过神来，淡淡地说："我乐意死了，赶紧送走你这尊大佛。"

宋媛朝天上翻了个白眼。

陈浔道："你也差不多行了，昨天晚上喝那么多头不痛才怪，朋友圈发了也就算了，真要喝醉啊？"

宋媛像是想起什么，笑容里有点甜蜜，眨眨眼说："你不懂，你这种情根受损的人怎么会明白？"

陈浔轻轻一哂："稀罕。"

到机场门口了，宋媛哼着小曲儿准备下车，想起什么，问："你那个呢？昨天晚上哄好没？"

她正好说中陈浔的心事，他将手搭在方向盘上无意识地握了握，有些苦恼："没。"

关键是他甚至不知道从何哄起。

宋媛说："不知道哪儿不对你认错就行了，女孩子都心软，态度端正点，都不是什么事。"

陈浔看出她满心满意扑在见陆迟这件事上，压根就没有真的为他分忧的意思，苦笑了声："行了，你就别在这儿装大师了，赶紧走吧。"

宋媛关上车门前，还是说了句："这次确实时间有点赶，下次，下次肯定帮你好好分析一下挽救一下，有事给我打电话啊，嘿嘿。"

她手比出一个"六"贴在耳边，倒退着走路，最后转个身拎着包几乎是小跑进了机场，别提有多高兴了。

果然，即使是十年的发小，悲喜还是不能相通。

陈浔试图联系过苏羡音，她微信隔很久才回，电话几乎不接，只说自己在忙着考试前几天的最后冲刺，什么活动都不要喊她。

这话看似有理有据，令人无法反驳。

他后来发了一张在游乐场过山车上拍的合照到朋友圈，配文是：生日很开心。

下面评论区里有人阴阳怪气地说话。

宇宙达：哟，浔哥改行带孩子了？照片左上角这半张脸是谁的啊？孩子他妈的？有点眼熟啊。

元庚：合着我们给你布置的生日惊喜你不感动，就过山车戳中你的心了是吧？

另一个人回复：楼上"真相"了，哈哈哈哈。

陈浔那张照片确实拍的是他跟阳阳的合照。

可按下快门的那一瞬间，苏羡音因为恐惧将脸埋在两只手里的滑稽动作惹得他灿烂一笑，他没忍住，镜头偏了半分，将她受到惊吓的可爱模样也拍下了半边。

他是真的开心，在最高点俯身向下冲的时候，看向身侧的她，心跳声加重。

这条朋友圈他是故意发的，他本没有在生日发朋友圈的习惯。只是评论和他所想的如出一辙，女主角却不见踪影。

他将照片私发给苏羡音。

yin：哈哈哈，你俩真的很开心。

陈：所以你不开心吗？

她没有回复。

陈浔却也没有再邀请她来实验室。

倒不是他不想。实验室里多了一位不太"讨人喜欢"的研究生师兄，水准一般，可是不知道为什么，像是看陈浔不顺眼。他是和江教授派来和陈浔参与同一课题、指导陈浔的，却凭借一己之力让陈浔也不再喜欢实验室。

师兄说话总夹枪带棒，话里话外似乎在讽刺陈浔因为得天独厚的条件、老师的偏爱而抢夺了一些本该属于研究生的资源一样。

不过各凭本事，什么叫抢？

如果他真的这么有能力，为什么陈浔这个学期结束就可以发 SCI 的论文，而他却整整三年还拿不出像样的学术成果来？

陈浔也懒得跟这样的人计较。

他最后也不去实验室了，而是去苏羡音常去的图书馆楼层找她，可将整个大平层逛了个遍也没找到人。

他在微信上问她在哪里复习，过了几个小时才收到回复。

yin：这几天太冷了，懒得出门了，就在宿舍复习。

陈浔看了屏幕半晌，默然地撤灭了手机。距离感凭空而生。

他才发现她的聪明伶俐从来都不只是体现在一个方面。

她躲他也躲得天衣无缝、巧不可阶。

陈浔的课业并不轻松。他上课的原则就两个字——随缘。

平时要打比赛、参加课题组，还有学生组织活动，他的课堂参与度并不高。

尽管他对自己的能力有自信，也不可能真的一点都不复习就指望老师凭借印象分给他打上九十分，所以最后这几天他也在冲刺复习。

也许是糟心事一件件接踵而至，又也许是老天就是不想让他今年继续保持绩点第一，他生了一场大病。

扁桃体发炎引起发烧，他病恹恹地在宿舍躺了足足两天，稍微能说出一点话来的时候，已经是第一堂专业课考试前二十四小时。

他爬起来在桌前一边咳嗽一边坐下翻书的时候，姚达夸张地大喊："得了得了，绩点第一不是我浔哥是谁啊？带病坚持复习，挑灯夜战……"

话没说完他就被陈浔丢了个抱枕砸中了鼻子。

姚达的脏话脱口而出。

陈浔讲话声音哑到不行："我没力气讲话，你安分点。"

他的病直到周三那趟考试考完都没好全。

交卷子的时候他被教授喊住，教授问他有没有兴趣进新的课题组，他开口都不成句，声音嘶哑得叫人听不清楚。

教授关切地拍拍他的肩，说："好好休息啊，身体是本钱，行，下次再找你谈。"

他从教室走出来，一眼就瞧见了穿着奶白色羽绒服的苏羡音。她抱着两本书，跟一个女生一起从教室里走出来，笑意浅浅。

她看起来和从前无异，却又让他觉得有些陌生。

他跟上去，用嘶哑的声音喊她："苏羡音。"

也不知道是不是确实没听见，她没有停下脚步，甚至走得更快了。

他跟着她，但路过另一间教室时，乌泱泱的一群同学涌出，瞬间将一前一后的两人冲散。

陈浔再睁眼，已经瞧不见她的身影了，好像是他的幻觉。

谢颖然知道他病了，说给他做了冰糖炖雪梨，要他考完试去拿。

花店花香馥郁，陈浔一进门还有些不适应，用手摸了摸鼻子。

谢颖然从收银台后抬起头来，朝他招手："怎么样了？好点没？"

陈浔道："不发烧了，炎症还没完全消，喉咙还是痛。"

"行了，你少说点话，我去给你倒点热水。"

谢颖然转身进了里间，陈浔手撑在桌面上，随意地打量。

收银台上是谢颖然做到一半的编织手工，陈浔望了一眼，移开视线。

他却很快又意识到什么，皱着眉低头去看。

手工编织物下，居然是一本《传播学概论》。他下意识摩挲着封面，也不知道为何，心中生出一点希冀。

尽管他觉得自己这种希冀的概率小得令人发笑。

但他翻开封面，扉页上是用钢笔写的娟秀的名字：苏羡音。

陈浔的笑容里有一点点苦涩。

谢颖然端着水杯从里间走出来，看到这一幕时，笑了，又很快调整表情将水递过去。

陈浔："妈，这本书哪儿来的？"

谢颖然："就是在我店里兼职的那个小姑娘昨天落下的啊，怎么了？"

"哪个小姑娘？就是你说的那个孟阿姨的女儿，在川北大读书的那个？"

谢颖然心里冷笑一声，面上却很和善："是啊，到底怎么了？"

陈浔沉默了一会儿。

谢颖然看出来他脸上懊悔、惊讶、开心等种种情绪叠加在一起，侧过脸偷偷笑了声。

"我认识她，她就是那天……"他将所有的情绪一一消化，最后平静地望向谢颖然的时候，眼里居然有种"千帆过尽"的悲凉，"我送花的那个女生。"

谢颖然并不知道自己的表情做作得有些夸张："啊？你喜欢音音啊？"

陈浔敛目低眉，轻轻"嗯"了一声，眼底有一层化不开的迷雾。

"但我好像搞砸了。"她像一艘扬帆远行的小船，离开他的彼岸，不知归期。

"什么意思？"谢颖然皱起眉。

她不是看不出来昨天苏羡音整个人都有些消沉。

苏羡音很多时候是安静乖巧的，身上的气质很沉，但并不是那种"死气沉沉"的沉，而是"静水流深"的沉。

可昨天一整天，她眼神空洞，依旧还是笑着，认真工作着，可怎么看怎么像是在强颜欢笑。

谢颖然不可能猜不到跟陈浔有关，可是询问无果。

小姑娘好像真有点心凉，不再带着一点点期望向她诉说，而是把什么都埋在心里。

谢颖然又不好一直追问。

她对孩子感情的事向来是不插手不干涉不阻止的态度，更何况她已经因为一些机缘巧合知道了苏羡音的少女心事，她不想让苏羡音难堪，也更不能点破，所以只能做个旁观者。

"是不是生日那天闹别扭了？发生了什么？"

但不能问苏羡音的，问陈浔当然没问题了。

陈浔是没有跟妈妈讲感情方面的事的习惯的，可此刻他完全算是病急乱投医了，只能硬着头皮从开头讲起，期盼谢颖然能给他指点一二。

陈浔讲到一半，连别墅里的事情都还没开始讲，就被谢颖然打断。

"停停停！媛媛来找你了？"

"嗯。"

谢颖然陷入了沉思，她表情有些严肃，陈浔有些茫然。

她已经明白问题症结所在，却不能直白地点醒陈浔，告诉他音音喜欢了他很多年，所以媛媛的出现才是小姑娘最大的心结。她有义务保护小姑娘的秘密。

陈浔："怎么了？"

"没事，你继续说，媛媛怎么突然来了，就为了给你过生日？"

"当然不是，我就是她的工具人。"

陈浔说明缘由，谢颖然问："那这些——媛媛来的目的，音音知道吗？"

"不知道吧？"陈浔一头雾水，"她们俩第一次见面，也不熟。"

谢颖然一手扶额，气得恨不得拧陈浔的耳朵，理智却绷紧了最后一根弦，好歹"不知者无罪"。

"好，你继续说。"谢颖然揉着太阳穴。

陈浔像是被夺了舌，表达能力在此刻变得极差，他几次三番被谢颖然嫌弃地打断，最后算是断断续续把来龙去脉都讲了一遍。

谢颖然看起来很生气，可是火气又像是没处发，几次三番握紧了拳头，最后还是挥舞在空中作罢。

谢颖然尝试以一种崭新的"教学方式"点醒陈浔。

"你有没有想过，为什么在游乐园里还好好的，生日 party 上她就不怎么开心了呢？控制变量法你总会吧？"

陈浔还是一脸茫然："因为……游乐园是两个人，派对是一群人……"

眼睛倏忽亮了起来，他恍然大悟一般："她想单独给我过生日？"

谢颖然："……"

指望自己的儿子在感情上开窍，她也纯属是异想天开了。

"好，就当是开拓思维吧，我不否认你这个想法的正确性。

"那你再想想，还有什么不一样的、特殊的？"

陈浔看出来谢颖然对他刚刚的回答并不满意，此刻咬着下唇，整个人有点苦恼。

半晌，他才呆呆地、试探性地开口："因为……宋媛？"

谢颖然朝他投来了赞许的眼光。

"你的意思是，她吃醋了？"

可她的眼神为什么那么悲伤？不像是气恼也不像是醋意横生，而是一种很深很广的悲凉。

谢颖然只能点拨到这里了，做总结一般拍了拍陈浔的肩。

"你的表白没有说出口，她也不想听，所以她肯定不是吃醋这么简单，但总归大差不差，根源是找对了。对了，"谢颖然看向陈浔的眼神居然有点同情与怜惜，"别说妈妈不帮你啊。"

"你有没有想过，音音跟你高中是同校。

"你怎么也算是附高的风云人物吧，具体什么样呢你自己心里清楚，你跟媛媛关系好大家也都知道，那你有没有想过，在音音眼里，你跟媛媛的关系……"

陈浔猛地抬起眼皮，像被雷击中了一般，是醍醐灌顶的清醒。

他居然忘了这茬儿。

高中的时候，陈浔跟宋媛是青梅竹马的事在附高是尽人皆知的。

一开始就有人传两人关系不一般，陈浔不在意，一方面他那个时候还没开窍，另一方面澄清了也总有人不信。误会的话至少还能让宋媛帮他挡掉一些不必要的麻烦，比如一些固执的崇拜者。

他没有想过要正儿八经义正词严地公告天下，因为他跟宋媛根本就是铁哥们。

更何况，后来高二的时候，宋媛还以这件事拜托过他。

宋媛对一个男生很有好感，是隔壁职校的，叫陆迟。陈浔见过那个男生两面，也劝过宋媛不要不听劝要迷途知返。

但也许是宋媛这十几岁的人生里一直顺风顺水，那个男生却对她的示好不理不睬，她的战斗欲就在那时候被点燃了。

一开始宋媛跟陈浔说自己只是要证明一下自己的魅力，要让那个狗眼看人低的臭小子折服。后来却是将自己搭进去了。

那个时候的宋媛毕竟年龄小，总有些跳脱不出年龄的幼稚。

宋媛开始故意用陈浔"气"陆迟，和陈浔亲密地上下学，从不阻止流言，还以见陈浔的名义对父母说去见那个男生。

陈浔彻彻底底成了她的工具人，成了她的烟幕弹。

甚至在高考查分返校的那一天，她还有组织有计划地策划了一场起哄。

而她却因为临时起意甚至没来得及通知男主角本人。

在大家震耳欲聋的"在一起！在一起！"的起哄声中，陈浔笑得很勉强，一直没说话，抿紧了唇压低声音含糊不清却咬牙切齿地问宋媛："你又在搞什么？"

宋媛笑得太"官方"了，一把搀住陈浔的胳臂，朝大家大方一笑，调侃道："好了好了，散了吧，他也是有不好意思的时候的。"

这一句话差点没把陈浔雷得原地升天。

于是"陈浔和宋媛在一起"的谣言就这么传了下去。

后来陈浔在当晚班级的聚餐上，出去透气的时候，见到洗手池前的宋媛被一个高高瘦瘦穿一身黑的男生拽着手腕一把带走的时候才知道，宋媛这丫头玩得还挺野。

所以，苏羡音一直误以为他和宋媛是男女朋友关系？

他火急火燎，直接给宋媛打去一个电话。

"你，明天，坐飞机来川北，机票报销。对了，最好把你家那位也带上。"

宋愣了几秒，才低声说："陈浔你脑袋烧坏了吧？"

"我没跟你开玩笑。"

她以前拿他当工具人，此刻让她做一回爱情保安为保卫爱情而站岗，也不过分吧？

谢颖然听着陈浔坚定而果敢的发言，终于露出了一点点欣慰的笑容。

陈浔从谢颖然那里回来后，试图给苏羡音打电话，但她一概不接，微信回话照样延迟，总之只回复一句话。

回话已经是礼貌，见面没门，她总有这样那样合理的理由。

陈浔转而给蓝沁拨去了一个电话。

他开口的声音像嗓子里含了一把沙，把蓝沁吓得够呛。

"你咋回事啊？"

陈浔不在意，淡淡解释："扁桃体发炎，我说话费劲，长话短说。"

他要蓝沁不管以什么方式，确保苏羡音明天能来参加跨年舞会。

蓝沁："可是苏苏本来说明天打算闭关背书的啊。"

陈浔："我没有在跟你商量……"

蓝沁一时无言。

"你这句真像恶魔低语。行吧，但是你总要告诉我，你要干什么吧？"

不然她怎么放心把苏苏带过去？

陈浔叹口气："我只是想解释清楚。"好歹给他一个机会，无期改有期也好。

蓝沁看在陈浔嗓子都说得冒烟儿了的分上，还是迷迷糊糊地答应了。

但她还真是把苏羡音连哄带骗，骗去现场的。

她对着苏羡音撒了五分钟的娇，说什么姚达说今晚有话要跟她说，她十分紧张，一定要苏羡音陪着她。

苏羡音向来吃软不吃硬，最后还是点头答应了。

这场晚会是主题舞会，也不知道是哪个小天才想到在冬天搞什么吸血鬼主题的舞会，苏羡音被蓝沁描红色眼线的时候还在想：自己果然是答应得有点草率了。

舞会在学生活动中心三楼举行，场地足够大，进场之前，还有人在门口分发塑料编花手环，在参与者手背上盖上设计的舞会红章。

盖戳进场，仪式感也是挺足的。

大家都是进场前穿得像个粽子，进场后立刻脱下了笨重的羽绒外套。

还真有人把 cos（网络用语，cosplay 的简称）吸血鬼 cos 得像模像样，女孩子的暗黑风小裙子也别有特色。

相较之下，苏羡音穿得就有点泯然众人了。她穿着一件缎面的纯黑连衣裙，头发松散地披在肩上，妆容是蓝沁一手设计，除了红色眼线外并无特别之处。

这场活动是几个院的学生会联合举办的，与其说是跨年舞会，不如说是披着"舞会"外衣的联谊会。

她们明明站在最外圈，却依然受到不少人的注目。

脸上画着红色"血痕"的黑西装男孩，像是真的血族一样进了猎场。他目光逡巡，伺机而动，寻找着最适合自己的甜美猎物。

蓝沁还是好好打扮了一番的，没过多久，就被邀请到了舞池中央。

她被一个颇帅气的男生牵走前试探性地看向苏羡音，苏羡音举着高脚杯，朝她点点头，笑着用口型说："Enjoy yourself（玩得开心）。"

而苏羡音则隐没至舞池的角落，细细打量起黑色长桌上的各种暗黑食物。

好好的食物卖相却有点一言难尽，看着令人难以下咽——做成袋装血浆模样的番茄酱、似撕开了血淋淋伤口的蛋糕。苏羡音逛了一圈，确认自己的饥饿感消失得无影无踪，只拿起一杯有些浓稠的深红色饮料走回原处。

她们来得挺早，舞池中央人不多，音乐还很轻缓，感觉不过是热身。

当主持人站在台上，音乐随之戛然而止的时候，苏羡音喝着那杯浓稠的不明液体，差点把自己噎死。

陈浔穿着黑色西装，披着一件黑色披风，脸颊左侧像是用口红画了一道"伤痕"，头发几乎全梳上去，凸显出一点贵气，五官的优越性在这样的装扮下凸显，令人无法忽视。

但他一开口，声音却低哑到苏羡音以为他是故意拿腔拿调。

他的黑色西装没有扣上扣子，露出里面的衬衣，也露出苏羡音送的那个领带夹，夹子在舞台灯光的照耀下反射出令她眯眼的光芒。

她莫名往后退了一步，却险些撞到人。

沈子逸扶了她一下，说："你躲在这儿干吗？"

苏羡音面无表情："寻找猎物。"

沈子逸居然抬起手叩了叩她的脑袋："有病。"

苏羡音捂着头轻轻笑了。

台上的人将这一幕全部看在眼里，握着话筒的手紧了紧。

直到旁人小声提醒，他才将目光收回来，照着台本继续走流程。

开场不过几句话，音乐声终于渐渐放大，人群又渐渐回拢到舞池中央，陈浔也终于得以提前结束工作。

他灵活穿梭于人群中，目光直直地看向一个方向，看到沈子逸从她身侧离开，却又有一个不认识的毛头小子凑到她跟前说话。

"这饮料好喝吗？会不会有怪味？"男生鼓起勇气上前搭讪。

苏羡音朝他浅笑一声，摇摇杯子："嗯……还好，主要是番茄味，但确实算不上好喝。"

男生："你是哪个院的……"

"苏羡音。"陈浔终于抵达她身侧，背后甚至冒出一层薄汗。

苏羡音冷冷扫他一眼，点点头算是打招呼，继而又转过头去问男生："你刚刚说什么？"

"哦，我是想问你是哪个院的，我猜猜，化学吗？"

苏羡音摇头。

陈浔默然地看着这个不知道从哪儿冒出来的男同学跟苏羡音"友好亲切"地一问一答。

她笑得放松而亲切，令他移不开视线。

两人的话题已经从复习周图书馆的座位真的很难占转到能不能加微信了。

男生拿出手机，笑容有一点腼腆："加个微信吗？"

陈浔："……"

他的忍耐力也就到这儿了。

苏羡音没能成功扫到二维码，因为有人直接拦住了她拿手机的动作。

他的呼吸就在她脑袋上方轻轻吹拂，话语从容却又有一丝霸道。

"你不是说里面闷吗？想出去走走吗？"

苏羡音平静地仰脖看向他，给了他一个"你想怎么样"的表情。

男生却不像外表看起来那样怯懦，反而有些执着："那个……微信……"

"哦，好。"苏羡音用右手肘重重地杵了一下陈浔，站得离他远了些。

陈浔舌尖轻抵后槽牙，微俯下身，有些咬牙切齿地在苏羡音耳边低语："挺受欢迎？"

"嘿，同学，可以邀请你跳支舞吗？"

一个穿着精致小黑裙化着暗黑夸张风妆容的女孩在陈浔面前站定，大方地邀请他。

苏羡音轻轻一哂，递给陈浔一个"彼此彼此，你的魅力不减"的眼神。

手机已经解锁了，她打开微信就要点开"扫一扫"的时候——

"啊。"

苏羡音惊呼一声，身子忽地一轻，整个人被陈浔扛在了肩上。

是的，不是拽、不是抱，而是扛在了肩上。

他趁着她没完全反应过来，对女生说："不好意思，我不喜欢跟陌生人跳舞。"

他又挑着眉，有些挑衅地看向男生，说："也对不起你，我先插个队。"

他一脸不驯，丝毫看不出有对不起的意思。

他大步往前迈，快走出场外了，居然还能在厅门口放满了各色衣服的黑色长桌上，准确地找到苏羡音的奶黄色羽绒服，一把捞进臂弯里。

外面冷风呼啸，陈浔不过走出大厅几步远，就将胡乱扑腾的苏羡音轻轻放下，又在她抬手要挥他一掌的时候用一只手控制住她，帮她把羽绒服穿上。

头发全乱了，她怒目圆睁，唇线抿得笔直，脸上一点笑意都没有。

陈浔却忽地笑了，哪怕这样也好，她好像还在他身边，而不是用那种苍凉的眼神看向他，似乎距他万重山水。

他一点点将她的发丝捋顺，一张口，白气一团团呼在空中。

"给我点时间，你要再生气都可以。"

苏羡音冷笑："反正我也没有说不的权利。"

一向有谦逊之名的陈浔也会有这样的强盗行径。

陈浔却仿佛觉得这是夸奖，顶了顶腮，笑意里掺杂着一点不易察觉的痞气。

他一只手抓住苏羡音的两只手，另一只手掏出手机拨打电话。

"人呢？"

声音是从听筒里和室外同时传来的。

苏羡音回头，看见宋嫒带着一个高瘦的男生，朝他们走来。

"你不做人了？陈浔，冻死我算了，磨磨叽叽的。"

苏羡音眼里闪过一丝诧异，在看清宋嫒身边男生长相的同时，被惊得讲不出话来。

宋嫒却直接免去了打招呼，牵着身侧男生，言简意赅："这家伙非要我再来一次川北，就是想跟你说，这是我男朋友……"

"陆……陆迟？"

"苏羡音？"

四人陷入了气氛古怪的沉默之中。

片刻过后，宋媛的声音陡然提高了八度："你俩认识啊？！"

苏羡音立刻觉得，比在冬天举办吸血鬼主题的舞会更诡异的，是今晚发生的所有事。

每一件。

苏羡音尽量平复着自己的呼吸，却还是被惊到舌头打结，一点声音都发不出来。

宋媛："这不就好说了嘛。我跟你说，陆迟是我男朋友，我们很久以前就在一起了。准确来说，是他高考后锲而不舍地追求我，然后我就心软答应了。"

相较于陈浔的俊逸，陆迟的轮廓线条更显硬气，整个人也更显锋利些。

此刻听到宋媛的阐述，陆迟冷笑了声，居高临下地用一种"你编你继续编"的表情看着宋媛，低声说："你有反悔的机会。"

宋媛却完全不怵，一把抱住陆迟的手臂，把脸贴上去，笑得灿烂："我不反悔，我干吗要反悔？"

尽管不是没有见过这样的场面，但陈浔还是露出一副被腻到了的模样，皱了皱眉。

苏羡音慌乱地眨着眼睛，一时间大脑"短路"了。

宋媛说什么？宋媛高考后就跟陆迟在一起了？什么意思？

陈浔一直紧张地注意她的表情，此刻朝宋媛抬抬下巴，有些不满地说："你好好解释。"

于是宋媛将来龙去脉，包括自己是怎么喜欢上陆迟、担心家里人发现之后棒打鸳鸯所以一直拿陈浔当挡箭牌等事交代得一清二楚，比树叶上的叶脉还清晰。

苏羡音是彻底傻了。不知道为何，她耳朵先烧起来，低着脑袋，眼神慌乱，眼睫以不正常的频率扇动着。

宋媛还总结了陈词："所以就是说，我跟陈浔一点点、一点点男女私情都没有，更不用说我从来就不觉得这小子有什么好的，也更没把他当男人看过。"

陈浔一个眼刀飞过来。

宋媛悻悻地说："当然，陈浔也从来没把我当过女孩子，更准确来说，他把我当人看都少……"

苏羡音的脑袋像快炸了的高压锅，已经进入了警报阶段。

宋媛见她迟迟不表态，知道她也许需要时间消化，于是忽地岔开话题问："所以你怎么会认识陆迟啊？"

"隔壁的。"

"邻居。"

两人同时答道。

何止如此？苏羡音当初被传谣言，起因就是陆迟穿了件附高的校服混进学校来，找苏羡音借钱。

原来确实是学霸女和痞帅"校霸"，只是，不是她这个学霸女。

说到这儿，苏羡音没忍住开口问："所以你那次来找我借钱，其实只是找借口来见宋媛？"

陆迟："……"

他的表情有点精彩。

而宋媛却兴奋得不行。她毫无顾忌地捏着冷着一张脸的陆迟的耳朵，追问："是不是、是不是？我就说，你那个时候就……"

陆迟直接从她身后将她圈进怀里，顺便捂住了她的嘴："见笑了。"

他脸上笑容极浅："你们慢慢聊，我们先撤了。"

陆迟几乎是连拖带拽将宋媛带走的，走远了，还能听见终于能说出话来的宋媛在嚷嚷："你不承认也没用，我就是知道！"

苏羡音被一种迟到的复杂情绪缚住了全身，她居然不敢抬头去看眼前人，只盯着他的鞋子出神，脚尖点在地上无意识地画圈。

见她不肯开口，陈浔叹了一口长气，俯身下去，侧着脑袋去找她的眼睛。

他语气轻柔："还需要我再详细地解释一遍吗？"顿了顿，他又说，"多少遍都可以，而且我绝对没有骗你。"

"我知道。"苏羡音嗫嚅出声。

一种难以言明的情绪交杂过后，喜悦慢慢攀爬上了她的小心脏，迟来的甜蜜一点点沁进她心房，她没忍住抿了抿嘴唇。

陈浔自然捕捉到她的笑了，心中的大石头也终于落了地。

他站起身来，扶着苏羡音的肩，捏着她的下颌逼她抬起头来看向他。

两人沉默地对视，又很有默契地弯起了嘴角。

苏羡音的眼睛在灯光下，像夜里最亮的两颗星星。

陈浔："高兴了？"

苏羡音眯了眯眼："我高兴什么？"

她决定装傻。

陈浔轻轻一笑，松开她手感极好的下颌，却慢悠悠地说："刚刚那个女生我不认识，也不打算认识。"

他连这都要向她解释。

苏羡音却递给他一个茫然的眼神："你跟我说这个干什么？"

"你不知道？"陈浔恼得挑了挑眉。

"不知道呀。"苏羡音轻声应道。

"成。"陈浔咬了咬下唇，像是气笑了，频频点头，"那你就别知道了！"

恼羞成怒过后，他的语气未免过于气急败坏。

苏羡音终于没心没肺地笑起来。

陈浔扒拉自己额前的碎发丝："我真不知道我在这儿费这么大劲跟你说这些干什么，冻得我……"

苏羡音脸上的笑容顷刻凝固住。

她这才后知后觉陈浔的嗓音确实沙哑得有点不像话。他让她将羽绒服好好穿上，自己却穿着单薄的西服吹了这么久的冷风。

她还是会心疼的。

她动了动唇："那我们回……"

"嘘。"

苏羡音眼前忽地一黑，冰凉的手掌覆上她的双眼，陈浔呼出的热气却喷洒在她耳侧。

苏羡音："你手好冰，我们回去吧。"

陈浔没有回答她，却倏地将手拿开，她的世界恢复清明。

鹅毛般的大雪从深不见底的夜幕中簌簌倾洒下来。

陈浔的气息就拂在她颈侧。

"看，你不是喜欢雪吗？"

下雪了。

苏羡音跟陈浔一起回到大厅，刚进门，陈浔就打了个喷嚏。

苏羡音斜觑着他，有点幸灾乐祸。

"让你耍酷。"

这下病情不加重才怪。

陈浔刚被冻得发硬的躯体在暖气的作用下逐渐舒缓，他揉了揉苏羡音的脑袋，语气有点不满。

"我那是耍酷吗？你的良心呢？"他明明是着急。

苏羡音无视他的指控，却在他注意不到的时候，轻轻弯了弯嘴角。

刚刚看不顺眼的暗黑风现场此刻在苏羡音眼里几乎是另一片天地，像是冒着粉红泡泡的天堂。

她轻易便坠进了甜蜜里。

比得知陈浔从来没有跟宋媛在一起过这件事更值得她高兴的，是他紧张兮兮地望着她期盼她了解真相后能"消气"的示好态度。

他真的很在意她，在意她怎样看待他，在意她是否误解他。

他明明生着病，在冰天雪地里站了半晌却也不喊冷，确定她表情缓和了以后还要喊她看雪。

她好像本该对他的这份在意更有自信一点才对。

但仰望多年，她毫无安全感，只有患得患失的痛苦纠结。尤其在心魔未解的时刻，宋媛出现，即便什么也不做，她也会溃不成军。

她像只乌龟，慢吞吞地缩回了自己的壳子里，进入了冬眠状态。

但至少他是坚定的，在她摇摇欲坠的时候，紧紧地抓住了她。

苏羡音回过神来的时候，陈浔的脸就凑在她跟前。她吓一跳，下意识推开他的脸，却不小心蹭到他脸上的"伤痕"。

好像真的是口红质地，苏羡音手指细细摩挲自己手掌外侧蹭到的红色事物，抬眼看向他。

他今天将头发梳上去还喷了发胶，只鬓角留有一点碎发，发型干净利落，人也精致显贵气。还因为化了妆，脸颊上的"伤痕"莫名为他增添了一点蛊惑性，放眼看去，他确实像全场最适合当接班人的那只血族。

陈浔被她看得心慌，渐渐品出另一种意味，挠了挠后脑勺，说："这不是口红，是可食用的颜料，妆也是我们院的一个男生化的。"

言外之意是他没有跟任何女生有过"肌肤接触"。

苏羡音没忍住笑了出来。她倒也不至于抠细节到这种程度。

但不得不承认，听见他解释，她还是很开心的。

她把手掌凑到鼻尖处，被陈浔拦下。

"你傻啊，说是可食用，也没说就可以尝尝了。"

苏羡音："……"

她平静地朝他翻白眼，无情地嘲笑他："是你傻还是我傻？我只是想闻闻什么气味。"

居然是玫瑰味。

苏羡音听见他别扭地应了声："嗯。"

没忍住，她又弯了弯嘴角。

原来传说中 IQ（智商）150 的天才，在她面前偶尔也会蠢得可爱。

陈浔总觉得她笑里带一点嘲讽，却也只是不悦地皱皱眉，转移话题道："你最后一门考试是什么时候？一起回南城吗？"

"嘘！"苏羡音忽然示意他安静。

音乐声不停，舞池里人影憧憧，苏羡音还是精准捕捉到了几米开外，蓝沁被姚达给拦住了。

果然有大事要发生。

苏羡音猫着腰往前走了几步，陈浔跟在她身后，看清她到底因为什么而脸上露出一点期待的表情后，蹙了蹙眉，说："你就这么关心别人的事？"

"你不要讲话。"苏羡音甚至没给他一个眼神。

陈浔："……"

他吃瘪地摸了摸下巴，倒是真的没有再开口。

"你是嫌他们发现不了你吗？"

陈浔微微侧身伸出手，摆出了要和她共舞一曲的架势。

苏羡音说："我不会跳舞。"

"跟着我就行了。"

苏羡音木木地点头，却后知后觉发现他精致的一张脸离她未免太近了些，心不由自主地跳得快了些。

两人紧密相贴，正好切换到一首抒情的爵士乐，苏羡音跟着陈浔，像一艘小船一样，在波浪间浮浮沉沉，飘飘摇摇。

她终于能听清姚达在说什么了。

姚达："我有话要跟你说。"

蓝沁："那你就在这儿说啊，你拽我干吗？"

"你确定要我在这儿说？"

"不说拉倒。"

"蓝沁，我喜欢你。

"我知道我以前挺混的，我也不想破坏我跟你之间的友情，但是我忍不了了。不管你怎么想，反正我喜欢你，我想明白了，哪怕要跟别人竞争也好，你至少要给我一个机会。"

苏羡音的嘴张成了一个"O"型，陈浔垂眸看她，微微弯了弯嘴角。

姚达是憋足了一口气一次性说完的，说完却久久没收到回应。

蓝沁低下了头，表情在昏暗的灯光下看不明晰。

苏羡音去看蓝沁的反应，但几乎也没什么可担心的了，大概就是互诉衷肠确定关系然后继续彼此嫌弃吧。总归是幸福的底色。

她正想着，下颌被人攥住，陈浔将她的头转回来。

他不笑、微微挑眉的时候其实是有压迫感的，就比如此刻。

"我说你戏也看完了，"陈浔忽地俯下身来，唇堪堪擦过苏羡音头顶，他的手稍稍用力，将她更紧密地带向他，"是不是该真跳舞了？My lady（我的女士）。"

苏羡音连着考了一个星期的试，整个人很是疲惫，而这份疲惫甚至不只是出于备考的压力。

蓝沁这段时间兴奋得像是天天都被注射了肾上腺素。

陷入热恋中的女孩大差不差，苏羡音自然也替她开心，只是偶尔听她在阳台捏着嗓子给姚达打电话的时候，还是会使坏一般地拆台。

"沁沁，要是嗓子不好就喝点糖浆，好吗？"

换来的是涨红了一张脸的蓝沁像蜜袋鼯一样朝着她扑过来。

陈浔这几天也一点没消停，不知道是不是苏羡音在舞会上的态度还是有些不明，他好像不太确定她是不是已经不"生气"了。

他联系苏羡音的频率越来越高，微信、电话轮番"轰炸"，不是邀请苏羡音跟他一起复习，就是说什么四食堂出了新菜品要请她吃，她多半是回绝。

249

到后来，甚至还有人拍来一张明显就是刻意摆拍的散落了各种药物的桌面。

陈：这药真苦。

苏羡音捂着肚子笑。

陈浔的病确实在舞会后加重了，他又发了一天的烧，却难为他嗓子都哑成那样了还试图给她打电话，所以她一通都没接。

她的安全感来得有些迟，却又很满，就像那天在雪地里，陈浔含着笑低头看她喊她看的雪时候话语里的宠溺感一样，满满当当。

她不是觉察不到，而她早该相信这一切。

只是想明白这一切后，就像最后和陈浔跳的那支舞，感受着他的手掌从她腰侧传递来的灼热力量，她也像是生了病，脸皮更薄了，居然有些不知道该如何面对他。

她被这些甜蜜击得有些手足无措，也许也是有些有恃无恐了吧。

毕竟没能跟她一起回南城并且在考完试才知道她已经坐上回南城的高铁后，陈浔打电话来质问她时，她还能慢悠悠地说："我为什么要通知你？"

"成。"陈浔在电话那头气得顶了顶腮，半晌却只蹦出几个字来，"真有你的，苏羡音。"

最后，他还是要别别扭扭地说："我明天考最后一门，搭最早的飞机回南城，来接我。"

在她不回应的时候，他像是给自己信心一般，又补充道："我这是命令你，不是跟你商量。"

苏羡音乐不可支。

也许她的气量也没那么大，心甘情愿仰望他多年，可是看着他吃瘪的时候，她居然会有些快意。

她是不是真的有点没良心？

但她并没有真的去接陈浔的机，这次确实不是故意的。

陈浔在机场嘈杂的背景音中，要将手机贴紧耳朵才能听见苏羡音清越的声音。

"我要跟着我爸爸回乡下奶奶家去住了，没办法来接你了。"

陈浔挑着眉，缓慢地挤出一个难看的笑来，点头道："行，你继续编。"

苏羡音笑了，却不自觉加大音量，像是带点娇嗔意味地说："我没跟你开玩笑！我真的要去乡下了，准确来说，我已经出发了。"

陈浔的声线就变得很冷。

"行吧，那祝你假期愉快，我要出机场了，挂了。"

苏羡音觉得自己真是进步神速，即便是在这样的情况下，也依旧不慌不忙，只是透过车窗拍了一张因为车速而显得模糊的绿化带发给陈浔，却一点也没有想要示弱，抑或哄哄他。

陈浔自然不会察觉不到这一点，于是更烦躁了。

他气得在微信里回她。

陈：行，乡下空气好，你回吧。

yin：嗯。

陈浔："……"

他的手不自觉抚上额头。他怎么就这么头痛呢？

陈浔回家也没歇着。

一来他作为片区的"明星"，街坊邻居听到他回来了，家里顿时成了景点，总有这个阿姨那个叔叔领着自家的小孩来串门。

有时候是陈浔刚起床还在洗手池前睡眼蒙眬地刷牙的时候，有时候是他正在沙发一角打 PS4（家用游戏机）的时候——见到生人，总要立刻坐直，脸上瞬间挂起职业的微笑。

他还要听那些叔叔阿姨一遍遍说："看见没？这就是市状元陈浔哥哥，你要多向哥哥学习，从小就成绩好长大才能有出息……"

而谢颖然向来好客，对这些远亲近邻的拜访，一向都是持欢迎态度。

他跟苏羡音吐槽的时候，她给他出主意。

yin：给你支一个着儿吧，救你脱离苦海。

陈：什么？

yin：做一个人形立牌在门口放着。

陈：……

yin：真的啊，反正他们也是因为你的学霸光环慕名而来，立个牌子给他们拜拜就行了。

陈：……

他回家已经一周了，除了被几个哥们喊出去打球、聚餐，就是宅在家里打打游戏，偶尔听谢颖然和陈亭拌嘴，玩累了就学习，可依旧被谢颖然嫌弃了。

谢颖然："你这假期就这么放飞自我啊？怎么也没见你出个门？"

陈浔盯着电视，手里操控着游戏手柄的动作别提有多熟练。他淡淡地回应："妈，你这还没到中年就痴呆了啊？我昨天不是刚出过门吗？"

谢颖然薅了一把他的头发，给他一个白眼："天天跟那群男娃一起鬼混，臭味相投？怎么没见你找音音？她没回来吗？"

说到这儿，陈浔才松了手柄，屏幕上的赛车立刻因为油门松开而直直地撞向护栏，火花四溅。

"她回乡下奶奶家了。"

"哦——"谢颖然听出他声音里一点掩盖不住的失落，抿了抿嘴调侃道，"难怪你天天颓里颓气的。"

她意有所指，拍拍陈浔的肩走开了。

陈浔难得没接话，也彻底失去了打游戏的兴趣，于是将手柄搁置在桌上，转过头去唤可乐："可乐，过来。"

可乐踏着轻盈的小碎步跑过来，一下跃进陈浔怀里。他摸着可乐后颈柔软的毛发，脸上终于有了一点笑意。

"还不回来，还不回来。"

陈浔撸猫撸得惬意，却像个小孩，嘀嘀咕咕的，颇有怨念。

而可乐自然听不懂他的话，因为他下手重了点，忽地"喵"了一声，瞅他一眼，甩甩脑袋跑开了。

陈浔的手还悬在空中。

他笑着摇摇头，从衣架上拿走羽绒外套，又薅了一顶棒球帽，对着正在厨房里煲汤的谢颖然说："我出去透透气。"

谢颖然追来："正好正好，麻烦陈大少爷把这个瓦罐送到奶奶家去。"

陈浔："哦，好。"

他愣了一瞬，接过瓦罐。

谢颖然："怎么了？"

"没事。"

其实也没什么，他只是突然想到"陈大少爷"这个称呼，从前苏羡音也喊过。

那是跟苏羡音他们几个一起去吃夜宵的时候，蓝沁跟苏羡音凑在一起研究美团里哪个套餐更划算，他却直接用原价单点了菜品。

后来苏羡音叹口气，说："陈大少爷果然名不虚传。"

以前也有人这样戏称他。他还算得上是品貌都出色，但生来对所有事都有点漫不经心的，像是来体验人生的，对钱财也没有什么大的概念。

他从前不介意兄弟几个这样开玩笑，却被苏羡音那一句话给说得怔了怔，还真摸了摸鼻子反思自己平日里是不是真有点太大手大脚了。

谢颖然用手在他眼前挥了挥："要去就快去，早点回来吃饭。"

陈浔回了神，却又想到什么，问谢颖然："她……有没有在你面前提起过我？"

她是怎么描述他的？

谢颖然眨眨眼，故意逗他："谁啊？"

陈浔："……"

当他没问。

他推开门，被呼啸的风刮得闭了闭眼。

谢颖然笑眯了眼："没有。"

她还继续"补刀"："从来没提过，要不然我不就早知道你俩认识了？"

陈浔忽然觉得这风更刺骨了些。

他人已经走到车库，却突然改了主意，将瓦罐装在袋子里，徒步走出了门。

搭乘 11 路公交车，坐十站下车，步行五分钟，他不由自主地走到了苏羡音家门口。

她倒是没有骗她，天已经黑了，可她家那一层一点光亮也没有。他恍惚地苦笑了一声，也不知道自己到底是出来透气的还是给自己找气受的，看了一会儿就走开了。

比约定的时间晚了许多，奶奶就在门口张望着，见到陈浔后直招手："怎么这么晚？"

陈浔："迷路了。"

"迷路？这一片你还会迷路？"

本来是不会的。他心道。

陈浔扶着奶奶进了屋，极浅地笑了声。

苏羡音在乡下住得也并不是很愉快。

她小时候跟着爸爸妈妈在黎城长大，甚至直到几年前回到南城了才知道苏成桥本是南城人。

她印象里的奶奶，住在老家，几年时间他们才能匆匆见一面，大多数时候她是在和苏成桥的视频通话里见到对方。

奶奶有些古怪的精明，是她形容不出来的感觉。

她和奶奶并不熟，更不用说亲近了，而她本就不是个不善于表达的人。

相较于她，奶奶对孟凡璇的热情好像要更足一些。

老太太自己圈养鸡鸭，每次饭桌上一锅刚出炉的鸡汤，两只鸡腿只会落进苏羡音的小叔叔苏成河和孟凡璇的碗里。

虽然最后这两只鸡腿还是全进了苏羡音的碗里，但奶奶总是会将眼皮往上一抬，皮笑肉不笑地说："她哪吃得了这么多？"

每当这时候，她本来想夹一只鸡腿还给苏成河的手会忽地一顿，然后再把两只鸡腿咬得别提有多香，奶奶脸色并不好看。

对，她就是有迟来的叛逆。

这阵子住在奶奶家的还有小叔叔苏成河。

苏成河跟苏成桥年龄相差比较大，只比苏羡音大十岁，平时也是弥勒佛的性子，见谁都笑嘻嘻的。

她跟小叔叔关系还算不错，以前在黎城的时候也老见面。

苏成河见她躺在院门口摸着肚子晒太阳，走过来揉她的脑袋，笑话她："女孩子没个坐相。"

苏羡音不怕他，反而将两条腿打得更开了些，完全就是村口的老大爷坐姿。

苏成河笑得给了她一记"板栗"："吃撑了？鸡腿香吗？"

苏羡音快速地左右望望，确认没人了，才凑在苏成河耳边小声地说："不好吃，又咸又硬，还塞牙。"

苏成河笑着拿手指点她："你呀。"

他又忽地正色道："你也别跟你奶奶计较，老人家嘛，文化水平不高，思想总有点狭隘。"

苏羡音耸耸肩："无所谓。"

反正她总能应对自如。

有点神奇，她从前不觉得感情有多伟大，对书影音作品里的"爱"的力量的刻画也不能完全理解。虚无缥缈朝令夕改的东西，到底能有多大的力量？

这时候她却深切体会到，原来不无道理。

她有恃无恐的时候，心里是有底气的，哪怕被人使小绊子、被不公平对待，背后总有一股坚实的力量推着她立定站好，不至于让她一击即溃。

她并不知道这股力量的来源到底是不是那个总在微信"聒噪"个不停的某人。

想到这儿，她没忍住，弯了弯嘴角。

苏成河也算是了解她，摸出一支烟来敲了敲递到嘴边，带点戏谑意味含糊不清地问："你这是谈恋爱了？"

"还没。"

"还没？"苏成河吸了一口烟，眼睛眯成一条缝，话里也带点宠溺，"小丫头，还真是长大了。"

苏羡音朝他吐吐舌头："是呀，我长大了，叔叔还是留着心思好好管管小苏吧，初中诱惑多，小心他学坏。"

陈浔家里也来了"不速之客"，小姨带着表姐以及表姐的女儿要来陈浔家住几天。

其他人都好说，就是这个小外甥女是个混世魔王，被养得娇气得不得了，有一点不顺心就哭闹。

陈浔跟小姨一家人打完招呼以后就撤了。

谢颖然在厨房喊："栗栗刚来你就走！你是不是不想带外甥女？"

陈浔朝谢颖然敬了个礼，嘴角微弯："辛苦您了。"

谢颖然："臭小子！你去哪儿啊你？也不说一声。"

陈浔穿好鞋，回头说："去找苏羡音。"

谢颖然这下没话说了，立刻把陈浔往外推："去吧去吧！丹溪可有点远啊，赶不回来就住一宿。"

陈浔："……"

苏羡音早上睡了一会儿懒觉，听见奶奶在门外嘀嘀咕咕说了一车轱辘话，明明没有一句话提到她，但像是句句都在说她。

她揉了揉眉心，起床洗漱。

奶奶嘀嘀咕咕的声音还没停，苏成河忽地凑到苏羡音跟前，低声说："我带你出去逛逛？上午顺便要接你堂弟。"

"好。"

苏成河讨好地冲老太太笑笑，说要带苏羡音出去买年货，老太太脸色才稍微缓和点，只是叮嘱两人不要乱花钱。

苏羡音坐在车上走神。从奶奶家到集市还是有一段路程的，苏成河怕她因为早上老太太那些话而生闷气，一个劲地想笑话逗她笑，尽管一个比一个不好笑。

到集市已经将近十点半了，苏羡音一下车，就看见几米开外的路边有一个做糖人的小车摊。苏成河还跟在她身后讲那个根本不好笑的笑话。

苏羡音忍无可忍，猛地一转身，指着苏成河说："你，去给我买糖人。一路上吵死我了。"

苏成河一愣，似乎是气笑了，一手捏着未燃尽的半支烟，一手摸着苏羡音的头，笑笑说："小丫头，不识好歹？"

陈浔看到的就是这一幕。

他把方向盘的手握住又松开，松开又握住，手撑着下颌，摸了摸自己的嘴角，气得眯起了眼，舌尖轻抵后槽牙。

他滑开手机，确信苏羡音一没有回他的消息，二没有回拨他没有接通的电话。

可以，很可以。

一个多星期没见，回消息断断续续，这会儿她还跟个大叔站在一起笑眯眯的。

难道她的眼光已经差到这种程度了？

陈浔走下车，眼神冰冷冷似寒剑，似要将糖人车前的两人望穿。

他看着苏羡音拿到了两个糖人，仰着一张小脸朝那个男人笑出了月牙眼。

他胸腔则像是冒出了一团火，一步走得比一步有压迫感。

他冷笑一声。

可以，拿两个糖人就高兴成这样？肤浅。

"苏羡音。"

苏羡音听到声音的时候，整个人都怔了怔。她迟迟不敢回头，等真的回过头来看清来人时，却又抑制不住地弯起嘴角。

她没来得及张口。

表情有些不悦，陈浔皱着眉问她："你为什么不接电话？"

苏羡音像一只受惊的小兔子，将两支糖人匆匆塞到苏成河手上，从羽绒服口袋里掏出手机来看，软声说着："哎呀，手机没开提醒，我没注意到。"

殊不知，这个塞糖人的小动作更让眼前人不满。

陈浔的气压几乎是低到了极点，他又顶顶腮，唇线抿得笔直。

苏羡音朝他粲然一笑，心里浪花一层一层扑在心岸上："你怎么会来这儿？"

陈浔环抱双臂，一副高高在上的模样，轻轻一哂："你又不回去，我不就只能来找你了？"

苏羡音脑子里那根理智的弦已经崩断了，双眸亮亮的，里头像是有小溪在流动。

苏成河看着她的神情，渐渐生出一点身为家长的警惕性，清了清嗓子，说："音音啊，这是你同学？"

"我才是想问——"

陈浔有些不耐地将眉头紧锁，望向苏成河的表情有些挑衅："这位是谁？"

苏羡音被惊喜冲昏了的头脑，此刻才渐渐清醒过来。

她望望苏成河又望望陈浔，才发现陈浔的表情好像确实有那么一点不对劲。

这氛围怎么有点剑拔弩张呢？

她咽了咽口水，指着苏成河，小声说："这是我小叔叔。"

陈浔："……"

两边打完招呼后，苏羡音肉眼可见陈浔的耳根红得像是能滴出血来，表情实在是够精彩的。

气氛立刻大变样。

苏成河有意捉弄，环抱着双臂细细打量陈浔，是挺帅气端正的一个小伙子。

但他偏偏压低声线，拖长了尾音道："哦，我们音音的同学啊——"

"嗯……"陈浔礼貌的笑容里裂开一条缝，塞满了窘迫以及惶恐。

她什么时候见过他这个样子？

她绷不住了，又不想太猖狂，于是转过身去，躲在苏成河身后捂住嘴偷笑。

陈浔则像个被罚站的乖宝宝，明明知道苏羡音在笑话他，却还是站得挺拔，朝苏成河持续输出礼貌的微笑。

毕竟是过来人，苏成河一眼就看出来是个什么情况。

他倒不是个不开明的家长，也没打算一直让陈浔怵着。

末了，他还是收起审慎严肃的一张脸，笑了出来，拍拍陈浔的肩，颇有鼓励意味地说："陈浔是吧？蛮好，欢迎你来丹溪。"

说完，苏成河就拉着苏羡音走开了几步，挑着眉开始审自己的小侄女："这就是你那个'还没'？"

苏羡音余光看着陈浔懊恼地摸了摸后脑勺，越发觉得他可爱得犯规，说："嗯，他叫陈浔，高中跟我同校，大学也是同校，是我们那一届高考的市状元……"

她如数家珍一般，几乎能将陈浔的辉煌简历一字不差地背下来。

苏成河摆摆手："得得得，这一车轱辘话你留着跟你爹去说吧，你叔叔我不关心这个。我就问你，今天我能不能放心让你们两个单独逛去？"

苏羡音俏皮地眨眨眼："当然能。"

"成。"苏成河把两个糖人又塞回了苏羡音手里。

"那你俩逛，我把要买的东西在微信上发给你，去接小苏了。晚点你看是让他送你回去还是我把你带回去，微信联系。"

"好。"

苏羡音拿着两个糖人又走回陈浔身侧，她眼角眉梢都是笑意，温柔得不像话。

陈浔摸了摸鼻子，似乎刚刚的窘迫还没放过他，他不自在地问："你叔叔……"

"他去接我小堂弟了。我叔叔是不是很年轻？"居然能让他误会成那样。

喉结滚了滚，陈浔就是不回答，还岔开话题，指着苏羡音手里的两个糖人，说："你不是不爱吃甜的吗？一下吃两个？"

"你懂什么？我又不是吃糖，我吃的是童年回忆。"

他轻轻一笑，不置可否，只是和她走在一起的时候，下意识地与她比肩，两人的衣服不断摩擦发出声音。

苏羡音将手里那个没尝过的蝴蝶形状的糖人递给陈浔："喏，想了想，我好像还真吃不下两个，给你一个。"

陈浔尝了一口，甜得眯了眯眼，又看着苏羡音手里那只小狗形状的，问："你那个味道怎样？"

苏羡音晃了晃竹签，觉得他简直是白痴。

她白他一眼："你是不是傻？味道当然都一样啊。"

"给我尝尝。"陈浔忽地凑过来，一口咬在苏羡音之前含过的那个位置。

苏羡音惊呼："我这个吃……"吃过的。

他已经咬下去了，苏羡音整张脸像泡在沸水里，以肉眼可见的速度涨红起来，话也梗住了。他疯了。

陈浔一边嚼一边点头，说话头头是道："好像你这个比较甜。"

缺心眼。

苏羡音把手里那个也塞进他手里，含糊不清地说："这么甜，都给你吃，都给你。"

她走得飞快，企图不让他发现自己脖子根已经红到了。

一个已经疯了的陈浔试图把她也变成疯子。

很好，他做到了。

陈浔在她身后笑得挺欢，一边迈开长腿，一边扒拉苏羡音的手臂。

"你走慢点。"

苏羡音中午是跟陈浔在外面一个苍蝇馆子里吃的饭。

苏成河忽然打电话问她同学走没走。

她明明满心欢喜，可看见陈浔气定神闲地逗她，她就恨得牙痒痒，恨不得这个讨厌鬼赶紧从她眼前消失。

她说还没有，苏成河却说让她干脆跟同学在外面吃了饭下午逛逛再回来。

苏羡音一脸问号。

陈浔的魅力已经大到连初次见面还被误会的小叔叔都站在他这边了吗？

苏成河却解释道："家里出了点事，你奶奶正发脾气。算了，你别回来了，在外面玩吧，有事有叔叔替你顶着。"

苏羡音其实很感动。

苏成河一直都很护着她，她也一直都感觉得到。

她"嗯"了一声，在电话挂断之前小声说："谢谢叔叔。"

陈浔听完她的安排，挑挑眉："等会儿。"他抓重点的能力倒是一直一流，"你原本打算中午跟着你小叔叔回家，我哪儿来的就回哪儿去？"

苏羡音无辜地眨眨眼："嗯？"

陈浔的脸立刻黑下来，他轻轻一哂，用手敲敲她的额头。

"苏羡音，从南城开车到你们丹溪，要将近三个小时。你可真没良心。"

苏羡音笑得眉眼弯弯："这不是打算带你逛一逛吗？"

但其实丹溪也没什么好玩的，最热闹的城镇中心，也就一个开了有些年头的百货商场。

苏羡音想不出来该带陈浔去哪儿，陈浔也优哉游哉一副少爷模样，挑挑眉说："都行。"

苏羡音只好带他去看电影。

春节前夕，上映的电影并不多，苏羡音随便挑了一部格斗片。电影不怎么好看，老套的情节，强行升华的主题，苏羡音看得频频走神。可是只要闻到他身上的淡淡清香，感受着独属于他的气息萦绕在她身侧，她就忍不住开心。

她还是乐在其中的。

陈浔今天应该起得很早，看到一半就睡了过去。他头就枕在苏羡音肩上，中间几次像爆炸一般失控的音响声突然响起将他吵醒，他也只是动了动，调整着坐姿，头无意识地蹭着苏羡音的颈窝。她快痒死了。

她今天没有围围巾，颈窝细腻的肌肤就裸露在外，陈浔的头发不算很硬，但因为很短，他随意地动动，他的头发就能将她挠得抓肝挠肺，她真的很想摇醒他。

可他睡得太香了，整个人舒展着。

一想到他疲惫的原因是他一大早开将近三个小时的车来找她，她就幸福得冒泡泡，肩膀被他枕得发酸也甘之如饴。

爱果然有魔力。

最后大灯亮起的时候，还是苏羡音推了推他的脑袋轻声喊了他几声，他才揉揉眼睛，哑着嗓子问她："打完了？"

苏羡音笑话他："早打完了，走吧。"

陈浔刚睡醒，腿有些没力，差点摔倒，还是苏羡音扶了他一把。

两人顺着台阶往下走，忽然，躁动的人群中发出一声惊呼。

咚的一声响，立刻有女生大喊："爸！爸你怎么了？！"

好像有人昏厥了，没散完的人群立刻自发围成了一个小圈，苏羡音也踮起脚往前望。

她反应过来的时候，陈浔已经快步走进了包围圈。

他个子高，又站高了一级台阶，与刚刚睡眼惺忪的状态完全不同，镇定而可信。他挥舞着手，喊："现场有没有医生？有没有？"

无人回应。

女生抱着倒地的大叔，已经哭了起来，使劲摇晃着。

陈浔没有收到回应，立刻蹲跪在女生身边，提醒她："你别晃他，我学过急救，相信我。"

女生已经完全乱了方寸，蒙蒙地点头，让开了一个位置。

"先生醒醒，醒醒。"

没有响应。

陈浔一边探听大叔的心跳、脉搏与呼吸，一边头也不抬地说："现场的人帮忙打一下急救电话，病人已经无呼吸脉搏，需要急救。"

苏羡音终于从重重人群中挤出来，举起正在拨通的电话，说："我已经在打电话了。"

陈浔听到声音后，才抬起头来瞥了她一眼，朝她笑了笑，像是安抚又像是嘉奖。两人不过一个眼神，就好像成了最坚毅最信任彼此的最佳战友。

陈浔："稍微散开一点，不要这么挤。"

女生像是终于回过神来，紧张地说："我爸爸有心脏病，有冠心病。"

苏羡音一边点头，一边复述给救护人员，冷静地汇报现场的情况，并准确地报出地理位置。

陈浔："你再让一下，我要给他做 CPR（心肺复苏）。"

"哦，好。"女生红着眼眶，仓皇地往旁边挪了挪。

"1、2、3、4……"

陈浔跪在地上，双手交叠在大叔的胸骨处，用力地做着心肺复苏。

两组心肺复苏做完，大叔扔没有反应。

第三组做完，他抬手抹了抹额间的汗，围观的人各个屏住呼吸看过去。

一秒、两秒、三秒。陈浔的手探在大叔颈动脉处——终于重新跳动起来。

他表情略有松动，弯下腰去听大叔的呼吸。

然后他笑了起来，朝着女生也朝着所有人说："病人已经恢复脉搏、心跳、呼吸，抢救有效。"

雷鸣般的掌声瞬间将陈浔包围，苏羡音眼角居然有泪，看向他的时候，他朝她安抚性地笑了笑，眉眼间却又压不住那一点意气。

她喜欢的少年，无论在何时何刻，都是发光体。

苏羡音陪着陈浔上了救护车。

女生一边抹着泪向陈浔道谢，一边朝医护人员夸张地复述刚刚在现场的抢救现场。

"大家都不停地喝彩，这位帅哥真的太厉害了。"

医护人员也朝陈浔投来赞许的目光："你的CPR做得很规范，是真的很不错。"

陈浔谦逊地笑了笑。

两人一直在医院等到大叔恢复意识、清醒了过来才离开。

具体的病症还要等检查结果出来，也许大叔今后面临的是更危险的手术或者更艰难的治疗过程。

但至少在这一刻，病人苏醒过来的此刻，陈浔和苏羡音的心里还是松了一大口气。作为陌生人，他们也只能帮到这里了。

女生将两人送到医院门口，还在不停地道谢。

陈浔半侧着身子，说："快回去吧，你爸爸还需要人陪护。"

两人走进茫茫夜色里，此时已经将近晚上七点半，苏羡音带着陈浔进了一家当地很有名的特色面馆。

两人吃着面，苏羡音紧张的情绪消散后，才想起来问："你为什么会CPR？"

"之前报了红十字会的急救班，我是志愿者来着，不过也只是初级救护员而已。

"没想到居然真的会派上用场。"

苏羡音点点头，崇敬的眼光却不再掩饰。他好像在任何时刻都值得人仰望。

这件事对两人的冲击都不小，走出面馆的时候，两人都有点怅然，生命悬于一线的瞬间，人们总是会重新考量起生死的意义，感慨万分。

气氛有些沉闷。

已经将近八点，陈浔坐回车里揉着眉心，苏羡音坐上副驾驶座，刚关上车门，就发现陈浔呆呆的，手握方向盘迟迟没发动车。

苏羡音问："怎么了？"

陈浔："我在想，现在已经八点了，我送你回家，然后我再回南城，不就十一二点了？"

苏羡音皱皱眉，确实有些不好意思："嗯……确实是有点晚了。本来我想的是，在镇上给你找个酒店住一晚上，就不知道你愿不愿意……"

陈浔侧着脑袋看她，灿如寒星的眸子里染上一点笑意。

"你们这个城镇的水平吧，也就这样……"他说话挺狂，偏偏说出来不惹人讨厌，"你觉得我能住得惯吗？"

苏羡音点点头："也是。"

城镇上只有小旅馆，水平确实也就那样。

"那你开车回家小心。"她诚恳地说。

他轻轻顶腮，用气音发出一声笑声。忽地，他俯身朝苏羡音倾去，手撑在她右耳旁的窗户上，脸就凑在她跟前，将她完全禁锢在座位上。

属于他的味道又立刻将她包裹住，她像被钉在座位上一动也不敢动。

嘴角带一点戏谑，他含笑打量她："你家应该有地方住吧？"

苏羡音警惕地说："我小堂弟回家了，没空床了。"

"这样啊——"他拖长了尾音，笑得颇具蛊惑性，"那我睡你的床不就行了？"

苏羡音一脸蒙，血液疯狂往头顶涌。她眨眨眼，不可置信地看向他。

陈浔却又凑近了几厘米，慢条斯理地捏住她右耳后的安全带，呼吸几乎就拂在苏羡音耳侧。

"怎么？"他笑意渐深，"不欢迎啊？"

陈浔看着苏羡音慌乱的神情、轻扇的眼睫，还有泛起红晕的一张小脸，终于满意地笑了笑，从她身侧拉过安全带帮她系好，退到了安全距离，发动了车子。

他当然没有真的留宿在苏羡音家的打算，有也不至于是现在，但临走时非要逗一逗她："怎么？"他尾音上扬，恣意的笑里藏着半点打趣之意，"这次不能留宿你家，失望了？没关系，以后还有机会。"

苏羡音真恼了，一张脸红扑扑的。她往他肩上抡了两拳后就急急忙忙下了车，语气也带点愠怒："我走了！"

陈浔抬起胳膊从车窗探出半个头去，喊她："苏羡音。"

她还是会顿住脚步。

陈浔："你到底什么时候回南城？"

她终于笑了，笑容像天上的那弯月一样皎洁。

"除夕会回去的！"

果然，他的必修课之一就是要有耐心。

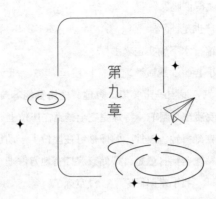

第九章

农历腊月廿八，在奶奶家吃完最后一顿整整齐齐的中饭，大伙儿各自收拾东西准备回家。

小叔叔和婶婶不是一个地方的人，两人从结婚第一年起就友好协商，轮流在各自的家乡过年。

今年轮到去婶婶家过年，因此奶奶就跟着苏成桥他们一起回南城过年。

临走时，婶婶给了苏羡音一个厚厚的红包，朝她眨眨眼："婶婶今年不跟你们一起过年了，音音拿着，提前祝你新春愉快哟。"

苏羡音爱屋及乌，一向很喜欢这位可爱的婶婶，于是笑得也很讨巧："谢谢婶婶。"

苏成河已经上了车，但他掐掉手上的烟，还是走下了车，指挥婶婶上车："我跟音音说几句。"

婶婶朝他做了个鬼脸。

苏羡音仿佛已经知道苏成河要说什么了，捂住耳朵，一脸无欲无求："你少念点经吧。"

苏成河笑了，拽下她的手。

"小丫头片子，我发现你在我跟前是越来越没大没小了。

"奶奶年纪大了，有时候说话是难听点，你别往心里去。有啥事跟你叔我说，保持联系。"

苏羡音已经做出要赶他走的动作了，应声道："知道了、知道了，你们快走吧，再不出发到家天都黑了。"

一家人将近下午四点才抵达南城，苏羡音也是忙得一点都没闲着，帮着孟凡璇打扫卫生，准备明天的菜品，置办一些过年需要的、家里短缺的东西。

苏羡音自认为已经算勤快了，几乎是有求必应，但奶奶还是嫌她事情做得不好——嫌她地扫不干净，嫌她买的东西太贵，嫌她不会做菜……

"我们村里隔壁那屋，汪家的女儿，还不是大学生，家里年夜饭都是她做的，没让她老子操一点心。"

孟凡璇应和着："这样啊，那是当家早。"

她又委婉地替苏羡音辩白几句："我们羡音上次放假回来做的那个烧鸡翅也可好吃了，她爸别提多喜欢了。我厨艺不行，也要多练才好。"

苏羡音沉默地走开了。

说不影响心情吧是假的，但是说很伤心，她倒也没有。

她跟奶奶之间的关系浅薄，几句刻薄的评价尚不足以让她怀疑自我、陷入低落的情绪，但总归心里不太舒服。

这种不太舒服一直延续到了第二天的除夕夜。

饭桌上，本该是其乐融融，话题明明是往着希望明年越来越好、全家人身体健康的走向上延展，但老太太也不知什么风，硬生生给截断了。

她瞪着两只干瘪凹陷下去的眼睛，问孟凡璇："结婚也好几年了，就一直不打算要孩子？"

苏羡音夹住基围虾的筷子一顿，虾又掉回了盘子里。

孟凡璇的笑容有一些尴尬，她不动声色地将那只虾又夹回苏羡音碗里，温声说："年龄大了，跟成桥商量过的，我们不打算再要孩子了。"

苏成桥也点点头："是。"

"大什么啊？"老太太放下筷子，"我村里那个老刘，她儿媳四十八了都又给她生了一个大胖孙子，啧，别提多有意思了……"

苏羡音慢条斯理地将那只虾剥开吃完。

"羡音，你把昨天买的那个饮料拿出来吧，不是新品吗？拿出来尝尝。"孟凡璇解围道。

"好。"苏羡音如释重负地又溜进了储物间。

春节联欢晚会还有十几分钟就开播了，苏羡音手机里的各种群已经开始发红包预热，消息一条滚过一条，看都看不过来。

她没有群发祝福消息的习惯，只是礼貌地回复一些看起来像是群发又不像是群发的祝福消息。

十分钟过后，她再次慢吞吞地出现在饭桌上的时候，话题终于翻篇了，只是老太太神色不太好，看见她，又要戗一句："拿个饮料磨磨叽叽的。"

苏羡音没吭声，心想：这是拜谁所赐呢？

她再次拿起碗筷，夹起基围虾送到嘴边才发现早就凉透了，忽地没了胃口。

一顿年夜饭吃得并不安生，但苏羡音没想到这不过是序曲。

饭桌上，苏成桥也许是为了缓和关系，又也许是为了转移话题，拿起苏羡音拿出来的一罐青提子味的饮料，非要给老太太尝尝。

"羡音知道妈你喜欢酸的，特意挑的，这是进口饮料，你也尝尝鲜。"

老太太推辞半天，最后也不知道是被进口饮料打动了，还是被青提子打动了，还是喝了小半罐，还说挺好喝。

结果春晚刚看个开头她就拉肚子了。

老太太第三次从卫生间出来的时候，捂着肚子步履蹒跚，看着正在吃薯片看春晚节目的苏羡音，忽地窝了火。

她指着苏羡音破口大骂："你这丫头是不是存心的？买的什么东西？十几二十块钱一罐还害人拉肚子。十几二十块钱买点什么不好？！"

苏羡音抿着唇，一言不发。

孟凡璇打圆场："妈，估计也不是饮料的问题，咱们不是都喝了？可能是吃什么东西吃串了吧，也怪我……"

"你少替这丫头说话！"老太太不吃这套，看苏羡音无动于衷也不认错的模样火气更盛，"我就知道她没安好心！跟她妈一样！都见不得我好！跟她妈一个模子刻出来的，中看不中用。就盼着我死呢，我死了就都好过了……"

老太太喋喋不休，话越说越过分。

苏羡音抬起头来，平静地望向她："奶奶，妈妈从来没说过您一句不好，您又有什么资格说她？"她话里没有情绪，可攥紧的双拳却暴露了她的心情。

目光是坚毅的，她不惧天地。

老太太被这两句话气得就要扑上来，被苏成桥拦住了，嘴里还是没停，什么难听往外蹦什么，骂汪琳又骂苏羡音，都不带重样的。

苏羡音感觉浑身又热又冷，身上是燥热的，心里却冰凉。

苏成桥拦得吃力，老太太不讲理，见儿子拦住自己，又掩面假哭起来，嚷嚷养儿子不中用，胳膊肘往外拐。

真是令人恶心的戏码。

苏羡音一刻也不想待了，她刚想迈步，只见苏成桥怒吼一声："够了！"

她向他投去凛然的目光，几乎已经做好了要被批评、要被要求给奶奶赔礼道歉的心理准备。

苏成桥却只是看向奶奶。

"妈，都说人心是偏的，你从来就没喜欢过汪琳，不管她怎么对你好，尊敬你、爱戴你，你从来都不肯正眼瞧她。是，你讨厌我跟着她去黎城，总说她拐跑了你的儿子。可是是我提出要去黎城发展的，这都是我的主意，你老针对她干什么？"

苏成桥眼里冒出一点泪花。

"她嫁给我十余年，把家里上下一切都打点得妥帖，羡音也健健康康长大了，从来都没让我操过心，本来终于可以过好日子了，她却生了病……

"她生病的时候你来看过她吗？她从前多喜欢穿漂亮的花裙子？化疗后期却瘦得皮包骨，病服松松垮垮套在身上……"

一行泪从苏成桥的脸上滚落。

"别的家里倘若儿媳妇生病了，婆婆不知道要熬多少鸡汤送多少饭菜来，你呢？你一次都没去过医院，可她从来没怨过你。

"汪琳从来没有对不起过你，羡音说得也没错，你没有资格提她不好。

"她生前的时候你不待见她就算了，人都走了几年了，你还要在孩子面前指摘她编派她，哪有这样的道理？孩子不心寒吗？我又听得下去吗？你究竟是来过年的，还是来拆散这个家的？"

老太太的音量又陡然提高了一个八度，她一边哭喊一边失控地打苏成桥，拳拳到肉，他一下也不躲，却转过头来看苏羡音，话语温柔。

"音音，你出去玩会儿，鞋柜上有烟花棒，去吧。"

她哑然，他第一次喊她"音音"，没想到居然是在这样的场景下。

她忽然有些怆然。

苏羡音木着脑袋点点头，如游魂一般走出了门。

他没想过苏成桥会硬气地替汪琳辩白，更没想过他也会有对抗奶奶的一天。

她走神了，半天才闻到大街小巷都弥漫着的爆竹硝烟味，到处都是红通通的，四周是喜庆的、欢乐的氛围，她的脚步却一步比一步沉。

新年真的会快乐吗？

陈浔不爱看春晚，懒懒地靠在沙发上玩手机。

谢颖然怎么看他怎么不顺眼，嫌弃地推推他："反正你也不看节目，带栗栗去放仙女棒吧。"

在茶几边乖乖拼积木的栗栗听见了，立刻坐直，屁股后头就像长出了一条尾巴在左右晃动着。

"小舅舅，带我去玩嘛——"

栗栗会一百八十招磨人手段，陈浔不是没领教过，于是很懂得审时度势，将手机揣回兜里，一把将栗栗捞起来，揉揉她软乎乎的小脸蛋。

"成，小舅舅带你玩去。"

但栗栗不明白，怎么放个烟花棒，小舅舅还要开车出门？

陈浔也不知道自己是怎么回事，车却已经稳稳地停在苏羡音家附近的公园旁。广场上已经聚集了不少人，一人划开一个区域燃放烟花棒。

陈浔张口就来，糊弄小孩一点也不含糊："喏，你看，大家都到这儿来玩，多热闹。"

不明真相的栗栗也不再疑惑舅舅为什么要开车了，兴奋地直拍手。

陈浔点燃一支仙女棒，递给栗栗，嘱咐道："只可以捏住下端，小心烫。"

奈何玩仙女棒的老手栗栗根本不屑这点叮嘱，很快就左右手各拿一支仙女棒，开心地转圈圈。

陈浔站起身来，粗粗环顾了一下四周，接着不确信地微微弯腰，眯着眼睛往前走了两步。

坐在长椅上的不是苏羡音又是谁？

他慢慢牵动嘴角，蹲下身跟栗栗打商量。

"我们换个地方玩好不好，栗栗？舅舅遇到了个熟人。"

栗栗眨巴眨巴眼睛："哪个呀？"

"喏，就那边那个穿蓝色衣服的漂亮姐姐。"

"她是谁啊？"

陈浔牵着栗栗的手，一步步走过去，起了点坏心思，慢悠悠地道："不好说，说不定是你小舅妈。"

"哦！"栗栗惊得立刻用小手盖在噘成一个"0"型的小嘴上，圆眼睛扑闪扑闪的。

他笑着摸了摸她脑袋，用食指轻抵唇，低声说："嘘，这是舅舅跟栗栗的秘密。"

栗栗立刻在嘴边做出一个"拉拉链"的动作，朝陈浔比画着"OK"。

苏羡音是认得这双鞋的，所以她抬起头来望向陈浔的眼里少了点惊讶，多了点莫名的苍凉。

陈浔是认得这个眼神的，他心下一凛，在她面前蹲下，先支开栗栗让她在他的视线范围内玩一会儿，然后才轻声问苏羡音："怎么了？"

苏羡音在奶奶对着她破口大骂的时候眼睛是干涸的，在从来都是顺从的苏成桥为妈妈辩白时她尚且有些迟钝，却在看见陈浔递来关切的眼神时，没忍住红了眼眶。

而陈浔，更是在看清她眼底的泪水时，就坐在她身侧，将她拥进了怀里。

"别哭，苏羡音。"他说。

她闻着他身上熟悉的清香，眼泪失控一般地无声地滚落。

她的最后一道防线，在他面前，不堪一击。

她伏在陈浔肩头小声呜咽，陈浔就将她抱得更紧了些，摸着她的后颈，像给可乐顺毛一样，一下又一下，声音低沉又温柔。

两人在热闹的夜里、冰冷的空气中相拥。

苏羡音哭了有一会儿了，陈浔道："好了，等会儿眼睛得肿了，哭一会儿就行了。别把鼻涕蹭我身上啊。"

苏羡音没忍住笑出来，手顺势抬起捶了一下他的背。

陈浔见状，紧皱的眉头才慢慢松开，也慢慢松开她，细细地用指腹揩去她脸上的泪水。

刚脱离温暖的怀抱，又立刻扑进了冷风的怀里，苏羡音被迟来的羞赧感给操控得抬不起头来，一时之间又是伤心又是苦涩却又有一丝甜蜜，痛苦在心间挣扎，渴望扩宽疆土。

陈浔："谁欺负你了？"

"没有。"她声音闷闷的。

她长出一口气，小声地吸吸鼻子，却一直不敢看陈浔的眼睛，只是看着他羽绒服上的拉链出神。

要讲出今天晚上的事是有些困难的，那些龃龉，她不习惯对任何人说。

哪怕是对他，她也要犹豫再三。

他却很执着，不催促她，但也不一笔带过，带点鼓励性地望向她。

苏羡音还是摘取重要片段胡乱地讲给他听，讲到最后她也不好意思起来，推三阻四地不肯讲了。

陈浔手肘撑在膝盖上，侧着脑袋去看她越来越低的脸，带点安抚性质地说："脸皮就这么薄啊？你又没做错，该不好意思的也不是你。谁家还没点破事？"

你家里就没有。苏羡音在心里道。

但苏羡音其实很受用。

"好吧。"她声音闷闷的。

她继续讲，讲老太太气死人的骂语，讲突然维护起妈妈的爸爸其实是让她另眼相看的，讲她不知道什么时候能回家，也不知道要在哪儿度过新年的第一天。

陈浔抱着手臂坐直了，又开始优哉游哉地逗她："这有什么难的？"

他挑挑眉，像是回应她之前说家里没空床的话，笑着说："我家里房间管够。"

苏羡音瞪他一眼，但不得不承认，有他在身边，她的情绪在不知不觉中渐渐好转了。

苏成河适时地打了电话过来。

陈浔在她身侧坐了一会儿，长手长脚怎么坐都不舒服，听了一会儿她讲电话，长臂一伸，搭在长椅背上，往前够够就能够到苏羡音的肩，他却玩起了她的头发。

苏羡音毫无知觉，但是他绕着绕着，一不小心扯痛了她。

她回过头去瞪他，他耸耸肩倒是没有一点抱歉的样子，懒懒地弯着嘴角，怎么看怎么惹人嫌——字面意义上。

陈浔也怕她真恼了，高举双手做出投降状，走开了。

栗栗手里的两支仙女棒早就燃尽了，此刻已经跟别的小孩打成一片，开始共享玩具了。

陈浔把她拉到一边，小声给她吩咐任务。

栗栗听得直点头，最后还拍拍胸脯，说："包在我身上啦。"

也亏栗栗社交能力一流，这么快就已经跟别的小孩以及家长混成一片了，这个任务对她来说轻而易举。

"看手势。"陈浔又嘱咐了一遍。

栗栗不耐烦了，噘起小嘴："知道啦！"

陈浔走回苏羡音身边的时候，她正好挂断电话。

她长叹一口气，表情看上去并不轻松。

果然如他所料，一个电话便将他半天的努力全白费，她又变成了蔫蔫的花骨朵。

他走过去，问："还好吗？"

她苦着一张脸，却扯出一个笑来，说："还行。"

陈浔摸摸她的脑袋，笑了："别勉强。"

周围响起或近或远的鞭炮声，烟火气过于浓厚，节日气氛也足够。

他也温柔而可靠得令她想依赖。

她忽然有些留恋这一刻，如果时针不继续往下走了也好。

差不多就是这个时候了——

陈浔和在远处待命的栗栗对上视线，轻轻弯起嘴角，右手抬起打了一个响亮的响指。

栗栗点头，立刻转过身去拉刚结交的朋友的爸爸的衣角，奶声奶气地说："可以点啦，叔叔。"

火信子刺刺地冒着火花。

嘭——嘭——

烟花毫无预兆地在夜空绽放出绚烂的图案。

陈浔扶着苏羡音的肩，轻声说："看。多笑一笑，苏羡音。"

他不想看见她流泪。

苏羡音被绚烂的烟花给晃了眼，眼眸中倒映着各种色彩，小脸在绚烂的光芒中也绽放出神采，她轻轻弯起嘴角，眼底却有泪花。

烟花持续了十分钟，苏羡音一颗心被熨烫得服服帖帖，烦恼与伤心事全短暂地忘了。

她下意识地攥紧陈浔的衣角，仰望着天空，将最后一抹光亮也收入眼底。

结束了，陈浔用温热的掌心将她的小手包裹住，捏了捏。

"开心一点没有？"

苏羡音点点头。

栗栗看完了烟花，将手掌拍得响亮，蹦着过来，奶声奶气地问陈浔："栗栗棒吗？"

"棒！"

栗栗一脸骄傲，像是嫌得到的夸奖还不够，十分不怕生地攥紧了苏羡音的另一只手。

她用大大的眼睛朝右看看，看见小舅舅的手紧紧攥住了这个姐姐的手。

像是得到了某种确认，栗栗仰起小脸，天真地问苏羡音："小舅妈，烟花好看吗？"

苏羡音："……"

小……小舅妈？

陈浔圆不过去，十分造作地清嗓子，目光四处乱瞥，另一只手腾出来戳了戳眉心，一句话也解释不出来。

苏羡音却懂了，将脸侧过去，嘴角肆意地弯起。

甜蜜层层叠叠从心海里扑上岸，轻易消除那一点悲伤与茫然。

她小声地回应栗栗："很好看，谢谢你。"

陈浔先将她送回家。

他再三确认："你可以吗？我在楼下等你一会儿，没事就给我打电话。"

苏羡音没有拒绝。

她转动钥匙的时候手还发抖，打开门以后却发现家里静悄悄的。

孟凡璇坐在客厅里，听到响动踏着小碎步走来，见到是她以后，明显松了一口气，走过来小声对她说："奶奶和你爸都睡下了，你也早点休息。肚子饿不饿？"

"不饿，没事。"安静反而好，她可以逃避一切。

苏羡音点点头，握了握孟凡璇的手，低声说："阿姨也早点休息，今天辛苦了。"

孟凡璇在她身后小声说："都辛苦、都辛苦。"

苏羡音回到房间后，重重地扑倒在床上。

她给陈浔拨了一个电话，让他早点回家。

"确定没事？你奶奶没为难你吧？"

苏羡音笑笑："没有，都睡下了。"

"好，那你也早点休息，别想那么多。"

"晚安，陈浔。"

他轻笑了声，却莫名令她安心。

"晚安，苏羡音。"

苏羡音在床上躺着放空思绪，没多久就听见敲门声。

孟凡璇给她拿了一杯温开水，又问她："给你热了几个菜，出来吃一点再睡？"

苏羡音迟疑了一下，还是点了点头。

孟凡璇把那道基围虾放在苏羡音正面前。

"后半程你都没怎么吃，饿了吧？"

苏羡音被这一晚上的波折折腾得尤为敏感，就这一道冒着热气的基围虾都令她有些恍惚。

其实孟凡璇真的待她很好。

以前也不是没担心过，在两人刚结婚那会儿，苏羡音也曾像千千万万个重组家庭的孩子那样，担心他们会孕育新生命，担心自己越来越游离于家庭之外。

但在她去川北上大学之前的暑假，一次晚饭后，两人忽然郑重其事地跟苏羡音表明，他们都没有要孩子的打算。

其实她是松了一口气的。

孟凡璇之前也是有一个女儿的，不过很不幸，她的女儿在九岁时就意外身亡了，而她也在女儿去世后的一年就离了婚。

在重新遇见苏成桥之前，她一直寡居。

是的，重新遇见。

苏羡音也是在苏成今晚那通电话里听到了关于这个故事的完整版本。

原来孟凡璇和苏成桥是旧相识。两人都是南城人，而且有过一段婚约。

孟凡璇是奶奶亲自相中的儿媳妇，那个年代，父母托媒人说亲，孩子们看对眼了就相处几个月，然后就定日子提亲，订婚，结婚。

苏成桥和孟凡璇是已经走完了提亲流程的。

但总有意外。所有人都没想到，苏成桥只是因为出差去了一趟黎城，回来后就坚决反对这门婚事，不仅表明心有所属，还决定要去黎城发展。

一切都太突然了，老太太气得差点没晕厥过去，但那会儿苏成桥还不是现在这种凡事忍一忍就算了的性子，在年轻气盛的时候反叛精神也是很足的。

他不顾老太太的反对，在一个凌晨拎着一个包就出了家门，一去黎城就是好几年。

是的，苏成桥在黎城遇见了苏羡音的妈妈，汪琳。

她能感觉到父母之间感情深厚，但怎么也没想到，居然是如此热烈自由而坚定的爱情。

但人总要为自己的行为买单，苏成桥简单粗暴的反抗方式使孟凡璇成了被人非议的"那个被退了婚的女娃"，也使老太太从很早就奠定了不喜欢汪琳的基调。

老太太不喜欢苏羡音的妈妈，甚至可以称得上恨。

苏成河："在那个年代，被退婚而且你爸还离家出走的这件事，对她的影响是很大的。本来就那么一块巴掌地，村里街坊就喜欢聊这种事，你孟阿姨的婚事也因此被耽误了很多年……"

孟凡璇出嫁也很仓促，因为那一点非议，她的父母对于把她嫁出去这件事就显得更执着与焦虑，孟凡璇是没有什么话语权的。

后来也许是她妥协了，又也许那个男人在与她见面相处中表现得还不错，她就嫁人了。可她嫁的这个男人，在婚后的表现与婚前几乎可以说是截然不同，婚后对她颐指气使，拿老婆当保姆，给她气受的事没少发生。

孟凡璇不过是从一个深坑跳入了另一个深坑，生活毫无起色。

但女儿的降临是她生活下去的唯一动力，也是她灰白世界的唯一色彩点缀。可一场意外发生，连最后一抹色彩也消失不见了。

苏成河："后来为了治你妈妈的病，你爸就带着你妈上了京西，后来就跟带着爸爸看病的孟凡璇遇上了。"

后来的事，苏羡音以为自己已经知道得七七八八了，又触及到她不愿意回想的往事，她几次试图转移话题躲过去，苏成河却很坚持。

"音音，我知道你可能并不想听，但有些事你还是可以了解一下。你有自己的判断，我不是试图说服你什么，你自己去感受就好了。"

苏羡音松了口。

孟凡璇确实是在医院和苏成桥重逢的，两人都很惊讶，也都有点窘迫。五味杂陈之后还要微笑着寒暄是成年人处事法则的一条。

苏成桥随口和孟凡璇聊了几句才知道，孟凡璇的爸爸也得了癌症。

也许是出于同为病人家属的悲怆，两人偶尔在接水、打饭、缴费的时候碰上了，也会停下脚步闲聊几句。

而苏羡音看见的那个拥抱……

"那天我也在，医生找到了你爸说你妈妈的治疗情况不乐观，而且病痛过于折磨人，希望你爸能做好心理准备，把遗憾的事了了多陪陪你妈妈。

"我是第一次见他哭得那么厉害，在天台上哭得泣不成声差点没晕厥过去，然后又擦干眼泪笑着去给你妈妈买吃的。"

后来就是苏羡音看到的那一幕了。

"你现在大概也知道了，老太太是很不喜欢你妈妈的。所以在你妈妈刚去世的时候，她就提出要给你爸介绍对象，人都物色了好几个，最终老太太自己选定了一个南城本地姑娘，三十来岁，之前离过婚，没有孩子。老太太的心思也挺明晰的，就是想让你爸赶紧结婚然后生二胎，给她生个大胖孙子。

"你爸和我一听这事就知道怎么回事啊，你爸就推托说什么时间不合适啊、自己没这个心思啊，你也知道，你奶奶很会一些威胁人的招式，早年你爸爸忤逆她的意思，如今你爷爷也走了，她更有文章可做，你爸爸稍微不顺她的意思她就要闹死闹活的，你爸那段时间憔悴了不知道多少。"

苏羡音也是有些印象的，那时候她以为爸爸沉浸在丧妻之痛中，自己也整日昏昏沉沉的，父女俩对坐着静默，谁也没想过要安慰谁一句，就静静地感受这种缓缓流动的痛苦。

后来，这主意还是苏成河出的——他偶然在街上遇见孟凡璇，几人一商量，打算先用孟凡璇来搪塞老太太，就说苏成桥和孟凡璇在接触，有搭伙过日子的打算。

孟凡璇是南城本地人，工作稳定，没有孩子，又是之前老太太相中的。虽说在老太太眼里比不上她挑中的那个三十出头的姑娘，但两兄弟在她面前合伙唱红黑脸，老太太还是松了口。

"一开始完全只是为了糊弄老太太，但老太太人精明古怪，你也知道，两人说着在交往在考虑结婚的事却一直拖着没进展，老太太中间催了不知道多少次。

"你大概也明白，老太太对你妈妈……是毫无感情的，甚至她催着你爸爸再婚，更是颇有种报复的意味，不管不顾的，像是为了报当年你爸离家出走自己决定婚事的仇。时间久了，无论我们怎么说，老太太还是起了疑心。大概在你搬来南城一年的时间吧，你孟阿姨找到我，她之前也寡居了好几年，后来动了真的想跟你爸组建家庭的心思，我其实也觉着两人搭伙过日子是合适的。

"老太太那边催得紧，慢慢你爸爸也觉得跟你孟阿姨结婚可行。"

但苏成桥和孟凡璇真正结婚却是在两年多以后，苏羡音快高中毕业的时候。

她想，她或许知道其中的理由。

其实她之前也称不上是怨苏成桥，毕竟父女之间再怎么生疏客气，苏羡音依旧很清楚她在苏成桥心中的分量。那点隔阂阻挡不了始终流动的滚烫血液，父母与儿女之间的羁绊也不是用简单的"爱恨"两字就能概括的。

她像是在替苏成桥赎罪，又像是在替他铭记，苦苦执着，在心底已经为苏成桥判了刑。

一盘基围虾被苏羡音吃得一干二净，她心满意足地喝下一口果汁，很自然地问："孟阿姨，你跟我爸真的不打算要孩子了吗？"

有些隔阂，注定要主动去慢慢消解。

孟凡璇吃惊的表情说明苏羡音的决定也许是对的，总要打破一些什么，才能重新建立起什么。

孟凡璇："是的，是真的不想要，我之前有过一个孩子，我想你应该知道……"

苏羡音安抚性地拍了拍孟凡璇的手："嗯。"

"虽然现在跟你们在一起生活我很满足也很快乐，但其实……"孟凡璇像是有一点不好意思，"我还是很想念她。我想如果再有一个孩子的话，那孩子在天上看着，还是会吃醋的吧？她从小到大就黏我，霸道得很，总爱耍小性子，一定要妈妈告诉她'妈妈最爱的永远都只有你一个'，我……"

她舍不得她的女儿，也没办法真的放下她的女儿去拥抱另一个新生命。

她做不到。

原来被困在过去的从来不止苏羡音一个。

孟凡璇眼角掉下一颗晶莹的泪，苏羡音下意识攥紧了她的手，抽出纸巾来替她揩拭。孟凡璇接过纸巾，腼腆地笑一笑。

"你爸也是一样，他并不想让你在这个时候多出一个弟弟或者妹妹。

"我们都是想好了才做出的决定，你千万不要担心，大人的事大人去解决，你奶奶那边你也不要有负担。"

苏羡音无法不动容。

她到此刻仍然认为在医院的那个拥抱是不合理的，也称不上是释怀，又或是和谁和解。

她没有原谅，也没资格没必要原谅。

她不再深究苏成桥和孟凡璇之间到底是相互依靠更多，还是相互欣赏更多。

苏羡音忽然觉得浑身都轻松了下来。

后来她问起孟凡璇的女儿，孟凡璇拿出相册来如数家珍，说了很多小姑娘小时候的趣事，两人有说笑有笑。

只是话题突然断掉的那个沉默的当口，悲伤就会从孟凡璇的眼里溢出来。

她轻轻拥住孟凡璇。孟凡璇带着哭腔，泪水就滴在苏羡音的蓝色羽绒服上。

苏羡音回房关门之前，孟凡璇迟疑地叫住了她。

也许今夜的氛围实在适合剖白，孟凡璇忽然说："其实当时是……是我跟你爸提起说，让他考虑一下跟我搭伙过日子……"

"我知道。"叔叔早就已经将来龙去脉都告诉过她了。

"那天在医院……"孟凡璇紧紧皱着眉。

"无论是因为什么，情绪失控都只是借口。

"我的做法确实欠妥，在无形中对你造成了很大的伤害，对不起。"

苏羡音笑着，安抚性地拍了拍孟凡璇的肩："阿姨，我都知道，我没办法说我现在不在意了，但是，总之都过去了。"

她握紧了孟凡璇的手："早点睡吧，晚安，阿姨。"

这种鼓励打动了孟凡璇，她的目光也变得更清澈坚定，随后她摸了摸苏羡音的脑袋说："好，早点休息，晚安。"

苏羡音洗完澡出来，就听见几道稀稀拉拉的爆竹声，一看手机，居然已经将近十二点。

新年就要到来了，因为发生了太多事，这一整夜像三天那么漫长，她一时对时间的流动产生了些许恍惚感。

手机在这个时候振动起来，吓得她差点将手机扔出去。

陈浔的声音带点倦意，懒懒的却很好听："你睡了吗？"

苏羡音笑道："我要是睡了，你觉得我会不会骂死你？"

"应该不会。"

"哼。"

陈浔说："也没什么，就是想问问你现在怎么样了。"

"挺好的。"她自然发出来的略上扬的尾音，陈浔听得很真切。

他的心也踏实了一些，随后他淡淡地说："成，反正你就放宽心，你一点错也没有，其余的事让大人们去处理，处理不好你再告诉我。"

苏羡音："处理不好你还能怎么样？"

"替你撑腰啊。"他毫不犹豫地说出口。

"谢谢你，陈浔。"

她很真诚地道谢，他也很真诚地应了声。

沉默来得毫无预兆，这几秒，陈浔脑海里不断闪回这小半年来的每一幕，很多幕里都有她，开心、酸楚、烦躁，情绪的制高点里，好像她永远是那个确定的因素。

其实他很明了。

在今晚苏羡音在他面前流泪的那一刻，心中的那种痛楚与怜惜感几乎将他淹没，他从来没体会过这样的感觉——

在楼下等她的那十几分钟，在她打来电话告诉他她很好之后还迟迟不肯离开的他，坐在车里迫切想要做点什么却又茫然的烦躁感。

她总是能轻易地牵动起他并不易起波澜的心绪。

那就该是那冥冥之中注定的那一个。

"苏羡音，"他轻唤她的名字，无比温柔，"我喜欢你。"

砰砰砰……

时针终于指向数字"12"，苏羡音楼下、陈浔那边的电话里传来震耳欲聋的鞭炮声，苏羡音根本没听清他刚刚那一句说了什么。

她跑到卫生间，锁上门，捂上耳朵等了足足五分钟，喊得嗓子都快冒烟了才让电话那端的陈浔听清她说的话。

"你刚刚说什么？我听不见！"

陈浔失笑。他好像总是失策。

算了，这话当然应该亲口对她讲才好。

他喜欢她，应该当着她的面，看着她的眼睛，直白而坦诚热烈地告诉她。

于是陈浔大声喊："我说，祝你新年快乐！"

苏羡音抱着手机笑得咧开了嘴角："你也是！新年快乐！"

但新年好像也不总是那么快乐。

大年初一，陈浔的父亲陈亭忽然在家中晕倒，送到医院去发现情况并不太乐观。

陈亭的心脏一直不太好，这几年又因为工作忙碌导致身体机能下降，这样那样的因素导致他这次的情况有些危险。

医生建议把病人送去京西检查，并且做心脏搭桥手术。

陈浔一家人毫不犹豫地选择送陈亭去京西。

陈浔自然要肩负起他身上的责任，他在微信上跟苏羡音简单说明了情况。

陈：可能会过一阵子再回来，到时候等我一起回学校。

yin：好，你多保重。

苏羡音体会过这种至亲有生命危险时候的心境，自然也很理解他此刻的心绪，只是一遍遍在心里祈祷一切平安。

老太太只住到初二，就一言不发地回了乡下，临走的时候苏成桥甚至都没有开车送她，不知道这是不是一种对峙。

最后居然还是苏羡音给奶奶叫了一辆车。

老太太临走的时候，苏羡音说："奶奶注意安全，什么时候想来南城玩了就打电话过来。"

顿了顿，她又说："但是，您没资格指责我妈妈，这一点我绝不动摇。"

老太太脸色登时就难看起来，却一句也没反驳，也不知道是不是爸爸、叔叔和孟阿姨的工作做得到位。

她气鼓鼓地将车门关上，说："走了。"

苏羡音的世界又恢复了宁静。

十五元宵节那晚的月亮很圆，南城已经有回春的迹象，陈浔却还是没有回来。

京西那边床位紧张，专家难约，手术更是要等排期，陈浔爸爸的状况好像也不算特别好，希望是有的，过程却又很坎坷，这种情况是很折磨人的。

苏羡音最后还是一个人回了川北。

陈浔甚至开学还请了小半个月的假，因为手术终于排上了日期，他需要全程陪护。

两人联系的时间并不多，但苏羡音没有哪一刻像现在这样，无比笃定两人是有默契、心意相通的。

这是一种带着期盼和安心的感觉。她在等他回来，也在等待一个好消息。

苏羡音在被新学期的专业课折磨得狂薅头发的一个晚上，终于接到了陈浔的报喜电话。他很激动，好像是想第一时间就跟她分享消息，颠三倒四地转述医生说的话，手术很成功，接下来就看术后恢复以及后续发展了。

苏羡音为他松了一口大气。

可当陈浔终于回到学校的时候，却因为之前请假小半个月而导致这样那样的事情堆积，没有第一时间和苏羡音见上面。他第一时间便赶去了实验室。

文章他其实已经准备得差不多了，预备过几天就发稿，之前线上跟老师交流的时候老师也过了他的初稿，只是江老师又突然火急火燎地联系他修改，他也是一头雾水。但他怎么也没想到，导师联系他，居然是为了让他把一作让出来。

"按道理，一作是写我的名字，但是你师兄不是快毕业了吗？他要一篇一区的稿才能毕业。他在读期间也算是勤勤恳恳，毕业这种大事，也不好耽误人的前程，我和他商量了一下，打算一作写他的名字，二作写你的，我的名字就不写上去了。你看怎么样，陈浔？"

陈浔从没想过会有这么离谱的事。

老师理所当然地认为学生的学术成果应该在一作一栏写上自己的名字，甚至还让他再把一作让给跟这个成果毫无关系的另一个人。

他从前在实验室里听到一些风言风语，说江老师手下的这个研究生师兄好像家庭背景不一般，江老师也是为了自己的晋升与前途着想，对这个研究生师兄非常包容。

"什么读研啊？就是来混日子的，全系肚子里最没墨水的就是他了。"

那时候，陈浔并没有参与这个话题。

尽管他也不喜欢这位师兄总是话里话外对他不友善地讥讽，但还是没有妄议其他不熟悉的人的习惯，可他没想过居然会有这一天。

陈浔的态度很坚决，也很言简意赅——就是不行。

这篇论文是他的心血，一作也必须是他。

江老师说到最后，语气也有点不耐烦。一通电话打过来，他点了支烟出去了。

师兄轻轻一哂："真以为自己有能耐呢。"

陈浔没搭理他，低着头看手机，想着跟苏羡音约一顿中饭。

"我跟你说话呢。

"这一作你不让也得让，天天占着实验室，你一本科的来什么实验室？"

陈浔不耐地皱起了眉，他的忍耐力也就到此为止了。这些天来疲惫不堪，他的好脾气也因为在医院各种磨转中体会到了人间百态后消磨掉了些许。

"师兄，你说这个课题是你的——"陈浔轻蔑地笑了笑，"那你做出来的东西呢？谁做出来的，谁写出来的论文，自然是谁的。"谁也抢不走。

师兄被这几句极度自信且轻视他的话激得一下红了脸，一把上前揪住陈浔的衣领，咬着牙骂道："你再说一遍！"

江老师适时地走进来，阻止了这场争端。

但陈浔该说的也说完了，他觉得没意思，也不乐意久留。

"老师，一作我是不会改的，如果你执意要求，为了你的前途以所谓的识时务的大道理来劝说我，或者以老师的威严来压我，我只能说——"他将手上刚打印出来的一份初稿撕得稀碎，眉宇之间全是张扬，"那我就不发了。"

江老师在他身后怒喊："你！陈浔，你给我回来！"

陈浔的脚步不带一丝犹豫。

苏羡音听到这件事的时候，一开始反应平平。她并不觉得陈浔坚持自己的成果有什么不对。

后来姚达却说——

"我看难说，那个江老师平日里看着和善，估计有点小肚鸡肠，浔哥拒绝就算了，还戳破他为了晋升没有原则的事，彻底惹恼了他，他现在是不会放过浔哥的。

"据说他已经去院长那儿添油加醋地告状了，还有那个研究生师兄也不是什么好东西，又有点手段和背景，啧，我都替浔哥捏一把汗……

"其实要我说，浔哥就虚与委蛇认个错呗，然后再让出一篇别的文章，敷衍了事不就行了？反正那江老师也只是想让那个师兄安全毕业，具体发表哪篇文章研究哪个课题又不是很重要。

"可是好家伙，浔哥撕破脸就算了，一点都不慌乱，照样该吃吃该喝喝，一接到老师电话就挂断。今天下午更离谱，直接收拾东西回家了，手机也关了机，现在院里其他老师都在联系我，让我想办法联系浔哥，我上哪儿想办法去？

"老师们其实无非也就是看个态度，也许浔哥认个错连文章都不用让出去了，偏偏浔哥这次这么刚，这撕破脸面可怎么收场啊……"

苏羡音这才意识到问题的严重性。

这件事处理不好，他的大好前途也许都会因此偏移原来的路线。

她不希望他委屈自己，也不想他因为小人行径而被构陷，但这并不代表她希望他以失联来表明自己的态度，拒绝一切沟通。

而他的手机也确实关了机，谁的电话都打不进去。

苏羡音坐在回南城的飞机上的时候还在想，她不知道陈浔家的地址，要怎么联系上他。她却丝毫没有犹豫，在短短的周末两天时间里飞回南城去找他。

她不知道自己能改变什么，可是一定要去到他身边。

她也没想到，自己居然有一天会联系周老师找到陈浔家的住址。

她心里着急，出门的时候牛奶也跟着扑过来，在她脚边转圈。

"牛奶？你也想出去吗？"

牛奶喵喵地叫，苏羡音干脆一把捞起它，装进门口的猫包里。

可真到了陈浔家门口，她还是有点忐忑。陈浔家是一栋带着院子的三层房，苏羡音按下门铃的时候，心里打了无数遍腹稿，在想怎么向陈浔的家人介绍自己说明来意，应答她的却是陈浔的声音。

他像是刚睡醒，声音有些嘶哑，带着浓浓倦意："谁？"

"我，苏羡音。"

门自动打开，苏羡音往院子里走两步，发现陈浔已经打开门出来迎接她。

室内应该开着暖气，他穿着一件毛衣，赤着脚踩在门前的瓷砖上，含着零星笑意看向她。

他好像瘦了些，有些憔悴，眉目间的倦态让苏羡音因为焦虑而生出的怒气消散了一些。

他朝她招招手，一边给她拿拖鞋，一边说："家里没别人，你随便逛。"

苏羡音将牛奶从猫包里放出来，可乐不知从哪个角落里蹿了出来，两只猫咪很快就打得火热起来。

苏羡音喝了半口果汁，润润嗓子后就开始了正题。

她一开始语气还很平常，先表明自己支持他坚持自己为一作的事，又带点试探性地问："那你现在有什么打算？"

但是陈浔一副吊儿郎当的样子，坐在沙发上，单手翻着手机，右手时不时抬起来戳戳眉心，整个人突出一个惬意。他优哉游哉地说："没什么打算啊，反正让我道歉不可能，其他的事我也不关心。"

苏羡音因为他这种事不关己的悠闲态度，渐渐起了恼意，再次强调事件的严重性，也温声劝他："那你要不要接电话听听？兴许教务处会调查清楚这件事，并不一定就会袒护老师。"

陈浔："不接。本来回家就是想清净两天，教务处的老师口才一个比一个好，这时候接电话，那我回来是闹着玩呢？"

"你爸妈知道这件事吗？"

陈浔起了身，信步走到两只猫咪面前蹲下，说："知道啊。"

"他们没有什么建议吗？你总不可能一直待在南城不回学校吧？手机一直关机吗？书也不念了？"

陈浔摸着两只猫咪的脑袋，像是觉得新鲜，一边摸着牛奶的后颈体验着跟可乐不同的触感，一边看两只猫咪边闹着玩边抢食："慢点，喝点水。"

他回头望了苏羡音一眼，笑着说："是啊，跟你一样，劝我赶紧回学校。可我妈还说过女孩天冷不要喝冰的，什么话都得听吗？"

苏羡音一愣，她刚刚确实因为衣服穿得有些厚，一路过来出了一层薄汗，所以从冰箱里拿了一瓶冰果汁。

陈浔回过头去继续撸猫，悠悠地说："我自己的事，我自己拿主意。"

苏羡音被陈浔说得一时有些心虚，将冰果汁悄悄往外推了推，拿起茶几上的玻璃杯倒热茶水。

她倒得专注，听见陈浔带点戏谑意味地说："哟，这么听话呀？这么想做我们家儿媳呀？"

苏羡音忽然一股怒火直冲天灵盖，她在这儿为他焦虑着急，他一句话没听进去就算了，还开她的玩笑。

"我看上你们家的钱了，看上你长得帅，看上你犟脾气不听劝还顶撞老师，把面子看得比前程还重……"她倔强地看向他，压住心中怒火，"你觉得可能吗？"

陈浔怔了怔，撸猫的动作一顿，有些蒙地转过头去，看见了苏羡音微微涨红的脸和略带愠怒的神情。

他眨眨眼反应过来，笑了，却又摸了摸鼻子，压低声音说："我觉得不太可能。"

苏羡音的视线终于停留在他身边的两只猫咪上，牛奶正在陈浔的指挥下乖乖地喝着水。他看清她已经醒悟过来，却还要无情"补刀"，眼神里带点无辜："不过我问的是牛奶。"

苏羡音："……"

这个地方她是一刻都不能待了。

她眉心抽了抽，痛苦地闭上双眼，转身就走，恨不得逃离地球。但她还没迈开一步，就被陈浔捉住手腕。

他轻笑一声："去哪儿呢？"

"找个花园把自己埋了。"

"那怎么行？"陈浔语气打趣，唇边笑意渐深，"儿媳没了，我妈该多着急？"

她一生行善积德，他不如杀了她，何必"鞭尸"？

"陈浔！"她羞红了一张脸，恼怒地喊他大名。

他却捉住她另一只手腕，将她两只手交叠在一处，握在手里。

他收起调笑的神情，目光变得柔和，眼神却变得坚毅。

苏羡音是有一种预感的，心跳忽然就乱了。

陈浔："虽然刚刚是对牛奶说的，但其实也没说错。"

苏羡音疑惑。

"但这次是我想说。"他肆意地牵动嘴角，扬起一个灿烂的笑容，"其实不止这一次了，过年的时候、我生日那天……"

他牵动了一些回忆，有些懊丧地揉了揉后脑勺："早就该说了。"

在他明确心意的时候，心里早就有了答案。

此刻依旧不是一个表白的好时机，可表白又哪里需要什么好时机？

陈浔望向她。

"苏羡音，我喜欢你，你能不能……"陈浔有些无奈地笑了，提气的动作体现出他有些紧张，"做我女朋友？"

苏羡音的心脏忽然就被攥紧了，被攥得生疼，她几乎就要飙出泪花。

原来真的会有这么一天，她的暗恋，也能得见天光。

她也能亲耳听见，她默默喜欢了很多年的男生，轻声说喜欢她。

"我……"苏羡音紧张到有些结巴，情绪失控的同时，语言系统也跟着紊乱。

不过是他的一句话。

陈浔久久没等到回复，却又从她的神情中将她的答案读了出来，那一点紧张局促也消失殆尽，眉眼放松下来，整个人又恢复了游刃有余的状态，很轻易又拿回了主导权。

他捏了捏她的手试图唤醒她，见她低着头，侧着脑袋俯身去找她的眼睛。

笑意一点点漫开在他眼角："不会说话了？"

苏羡音深吸了口气，还是没开口。

陈浔挑挑眉："陈老师教教你。h-ao——好。来，念一遍。"

苏羡音终于有反应了，猛地抬起头来瞪他，脑袋都差点撞到他下颌，他倒是躲得快。

他一边摸着下巴一边笑话她："我是让你做我女朋友，不乐意也没必要谋杀我吧？"

正话反话全让他说了，他总是这样气定神闲。

苏羡音抿着唇，明明前一刻还开心得恨不得跳起来，此刻却莫名有种委屈感袭遍全身。

太奇怪了。爱让人失控，也让人失常，她却还是很渴望。

陈浔："真不乐意啊？要不……再考虑考虑？"

他看清苏羡音脸上细微变化的表情，收起吊儿郎当的笑意，却毫不犹豫地将她揽进怀里，语气轻柔："怎么还委屈上了？"

苏羡音在闻到他肩头的清香时终于没忍住落了泪，她的脸蹭着他柔软的毛衣，声音闷闷的："好。"

她怎么可能说不好呢？

陈浔用气音笑了声，而后又长出一口气，声音低沉："这简直比拆炸弹还紧张。"

"你拆过？"

他肆意地笑起来，表情是大获全胜后的放松惬意。他狠狠地揉了揉她的脑袋："没有，但是我就不能感同身受？还有你——以后能不能少拆你男朋友的台？"

他讲到自己都笑起来，好像被自己的话给取悦到。

嗯。她男朋友，是她的男朋友。

苏羡音蹭着陈浔的毛衣的脸上起了阵阵热意，抱着他腰的手却又往里收了点。

室内真的很暖和，他的怀抱也是。

陈浔跟着苏羡音一起回了学校。

他在途中告诉她，其实他只是烦学院教务办的老师一直找他，并不是真的无所谓，也并不是打算就一直逃避下去。他还有别的想法。

江老师的学术实力其实还是有的，当初陈浔是对他手下的课题感兴趣所以主动加入，但陈浔远不止这一条路。

年前和苏羡音在影院用急救知识救人的事、年初陈亭的病，都给了陈浔一些新的思考。期末考试前有另外一位老师朝他抛来"橄榄枝"，问他对医学图像处理有没有兴趣，他那个时候回复说再考虑考虑。

苏羡音问："你想好了？"

"嗯。"陈浔捏了捏她的手。

其实无论是加入哪个课题组，苏羡音都相信他能做得很好。如今他想做更有意义的研究，她自然也很支持。

只是想起之前对他赌气说的话，她轻扇着眼睫，小声说："之前我说的都是气话……我不是真的觉得你……"

"哪句？"他挑挑眉，又起了逗她的心思。

他慢悠悠地道："不觉得我长得帅，还是不觉得我家有钱？"

苏羡音气得一把甩开他的手。

陈浔笑出声来，又追过去牵她，揉揉她的脑袋说："多大点事？你跟你男朋友还见什么外？想说什么说什么，想打想骂也——"

他眉眼弯弯："悉听尊便。"

苏羡音又被他几句话撩拨得想哭，他总有这样的本领，一句话就让她坠入天堂或地狱。

她小心翼翼活了二十年，不爱说话却善于观察，所以也总是将笑脸背后的深层含义看得一清二楚，然后下次就更谨慎，恶性循环。而如今这世上，让她在他们面前自由自在做自己、不要顾及其他的，除了妈妈跟小叔叔，又多了一个他。

苏羡音感觉心房像是被棉花糖顷刻间填满了。

陈浔的事在小半个月之后终于有了结果。

机院院长并不是一个只认地位是非不分的人，也不是空有职权却万事不管事事敷衍的花拳绣腿，他没有听信江老师的一面之词，反而是暗访调查了许多人，老师同学都有。陈浔最后也去院长办公室做了汇报。

江老师被院里警告处分，而那个师兄也并没有因为特殊的家庭背景就逃脱处罚。因为实际影响还未造成，陈浔的文章也还没有发稿，所以那位师兄被予以通报批评处分。更重要的是，院长更是借此发动了一场全院教师大会，严肃整顿风气，强调导师与学生之间的良性关系，更是要求学风端正，杜绝此类现象的发生。

陈浔后来告诉苏羡音，在院长办公室内，院长听完陈浔的陈述后，在他临走时还拍了拍他的肩，说："我知道你的能力，这件事调查过后，学院会给你一个交代，但是也希望你不要对学术灰心丧气。你是个很有天赋的孩子，要继续为这个领域发光发热才好。"院长是很惜才的，但也不忘提点他，"不过嘛，年轻人有点意气是正常的，不过要控制好力度，不要让你的傲气害了你。"

陈浔自然也会珍惜这份知遇之恩。

他进了新的课题组，要学习的东西多了起来，还要准备ACM决赛，一时间忙得找不着北。

相较之下，苏羡音的空闲时间就显得多了一点。

她也像陷入热恋的普通女孩，也会在空闲的时候想他到底在干什么，有没有想她。但她是问不出口的，她习惯了隐晦不需要回应的爱意，突然一下子将感情拿到明面上来在太阳下曝晒，她还是有一些不习惯。

晚上她在图书馆泡到十点，洗完澡后坐在桌前看书，听见蓝沁一边打游戏一边傻乐。

林苇茹忽地咚咚咚从床上下来，一把捏住蓝沁的肩，又抽走她的耳机，冲那头的人喊："你能不能有点新意？天天就带着她打游戏，她笑得跟个二百五似的，受罪的是我们！"

蓝沁哇哇大喊，连正在游戏中都不管了，作势就要掐林苇茹的脖子，两人扭打在一起。

蓝沁居然还意识到要维护形象，对着手机那头的人说："挂了，等会儿再说。"

林苇茹被掐得笑岔了气，看见苏羡音手搭在椅背上，像是看耍猴一样看得津津有味，非要拖苏羡音下水，对着蓝沁说："你看看人苏苏谈恋爱怎么没你那么大阵仗啊？天天'犯花痴'，都一个月了……"

蓝沁：“苏苏谈恋爱了？！”

苏羡音其实也很震惊，不自然地舔了舔下唇。

倒不是她有意隐瞒，也不是觉得这份感情拿不出手，只是确实来得太突然，连她自己都还在适应期，更没想好要怎么向别人诉说。

她也不知道林苇茹是怎么发现的。

只是这会儿她的沉默在无形中增加了林苇茹话的可信度。

蓝沁显然比刚刚还激动，就差把楼顶掀翻了。

苏羡音还是很好奇：“可是你怎么会知道？”

林苇茹笑得很老到，手比出一个“八”来放在下颌处，说：“你这几天动不动看着空气、杯子、水龙头，笑得一脸缱绻，不是恋爱了还能是什么？也就傻子看不出来。”

傻子蓝沁立刻又锁住林苇茹命运的喉咙。

蓝沁：“是我想的那个吗？”

苏羡音没回答，手机铃声响了起来，她几乎是下意识就接了起来。

林苇茹朝蓝沁使眼色：“看见没，这速度，也就热恋中的傻子才能有了。”

苏羡音刚被两人问得脸上发热，接起电话来还觉得手机烫耳朵。

陈浔说在楼下等她。

她挂断电话，抓起一件外套就往外跑：“我出去一下。”

一瞬间她就消失得无影无踪。

蓝沁在身后啧啧道：“跑这么快，爱情的力量真伟大啊。”

林苇茹笑得眯了眯眼：“你俩不过是半斤八两好吗？”

“大战”就此又拉开了序幕。

已经三月，川北已经是初春，不过春意料峭，早晚还是有些凉飕飕的。

陈浔看见苏羡音穿着拖鞋就跑了下来，不自觉皱了皱眉，将她的手握在掌心，说：“这么冷，也不穿袜子就跑下来。”

苏羡音仰起一张小脸，朝他笑了笑。

他哪受得了这样可爱的她？他一把就将她搂进怀里。

宿舍楼前人来人往，门口不乏紧紧相依的情侣们，苏羡音却还是不好意思地将脸往他胸膛埋。她问他：“你怎么来了？”

他看起来很疲倦，苏羡音知道他这阵子分身乏术，几乎整日都泡在实验室里。

陈浔略略松开她，捏着她的脸，略有些不满地说："我还能为什么？来看我没良心的小女朋友啊。"

苏羡音："我怎么没良心了？"

陈浔冷笑一声："从下午到现在，你一条消息都不给我发……"合着只有我想你是吧？"

他的爱意总是比她坦荡，特别是两人在一起之后。

苏羡音很轻易被这种直白的浪漫给击中，心软成一片。

她小声辩解："我不是怕你在忙……嗯……"

陈浔的目光在此刻忽然变得有些晦暗，他抱着她转了个圈，将她抵在无人可见的树后，毫无征兆地欺唇而上。这个吻一开始有些霸道，像是不满她的辩解，却在温热的唇瓣相贴时，又立刻温柔缠绵了起来。

气息是乱的，他轻柔而试探性地贴上她的唇，细细厮磨，而她也在心几乎要从胸口跳出的同时，笨拙地回应他。

一个温柔而笨拙的吻，却好像让他方寸大乱。

他松开她时，气息还不太稳，胸腔起伏着，望着她的双眸中有暗涌的情愫。苏羡音却不好意思地笑了起来，越是笨拙，才越是可爱。

陈浔又将她拥进怀里，轻柔地摸着她的头发，忽地叹了口气，弯着腰，将头搁在她的肩上。他的呼吸就拂在她颈间，刚刚还霸道地覆上她的唇，此刻却像个受了委屈的小孩，在她耳边轻声说他今天到底都做了些什么。

"累傻了，但是见不到你，总感觉心里不踏实。"

所以即便休息时间已经很宝贵了，他还是要来找她。

苏羡音的笑意在月光下显得很缱绻，她回拥着他，安抚性地拍着他的后背。

"再让我靠会儿，三分钟。"他声音低沉。他的发丝就蹭着苏羡音的颈窝，热气也全往一处跑，苏羡音被这阵阵痒意闹得腿都开始站不稳了。

陈浔却挪动着位置，忽地坏笑了声。然后，温热柔软的触感从苏羡音颈窝间传来，她浑身像被雷劈了一样，电流刺啦走过。

蜻蜓点水的一个吻落在她的颈窝。

陈浔懒懒道："苏羡音……刚洗完澡？"他用气音笑了声，"好香。"

苏羡音的脸顿时红成了一个被热水烫过的番茄。

陈浔全然不知苏羡音已经羞愤得就差把自己煮开了，还在她耳畔低声笑了笑："不过你也太放心你男朋友了吧？"

这次苏羡音只用一秒的时间反应过来，然后就立刻推开了他，红着脸喊："流氓。"

陈浔的笑意从眼底一点点漫出来。她太可爱了。

他将捂住自己嘴的手拿下来握在手心，摸摸她的脑袋："行了，上去吧，别冻着了。"

苏羡音今天下午去花店兼职，却意外地在花店里见到了谢颖然。

开学以来这段时间，一直是那个店员女孩在打点店里的上上下下。

谢颖然则告诉苏羡音，她因为亲人生病需要陪护暂时回不了川北。

所以苏羡音已经很久没见到她了。

谢颖然直接给她来了个大大的拥抱，手也肆无忌惮地揉着她的脸蛋。

她被谢颖然揉得讲话都含糊不清，却又平添几分可爱。

苏羡音："所以阿姨的亲人康复了对吧？"

"嗯，都慢慢好起来啦，在家里养着呢。话说——"谢颖然不舍地松开她，扶着她的肩退后几步仔细端详了起来，做出沉思的模样。

苏羡音被看得有些不好意思，迟疑地问："怎么了吗？"

"怎么总感觉音音你有点不一样了？"

是哪里不一样了呢？其实苏羡音心里已经有了答案。

爱意能滋养人，有些变化是在潜移默化中产生的。

苏羡音俏皮地眨眨眼，又耸肩摊手："我也不知道。"

谢颖然却眯着眼一把揽住她的肩，在她耳边轻声问："晚上约会啊？"

"嗯。"她回答得肯定，眼眸中也不经意流转出一些期待之意。

谢颖然却微微皱眉，谨慎地问："就之前那个男孩？"

"是的。"苏羡音嘴角的弧度已经透露了她的甜蜜心境。

谢颖然："你们……在一起了？"

"对。"

谢颖然："……"

便宜那臭小子了，藏得还挺深。谢颖然默默腹诽，但面上还是堆着笑。

"不会是他一表白，你就答应了吧？"

苏羡音有些蒙地点点头。

"你傻呀。"谢颖然恨铁不成钢一般叹口气，"怎么说也该晾他一阵子，让他也着急一下。"那个臭屁自恋鬼，就该有人来挫挫他的锐气才对。

苏羡音摸了摸鼻子，有些不好意思地笑了："其实我还真想过这样的，看他吃瘪我好像还挺快乐……"

她越说声音越小，双眸里像流动着一条涓涓小溪，流淌出一些温柔。

"其实明明是我自己要默默喜欢他的，他又没亏欠我什么，但是看到原来他也有懊恼也有不安的时候，这里——"她的手抚上心脏的位置。

"还是会有开心的感觉，像是有点小得意，又像是'你也有今天啊'的快意。

"可是等他真的向我表白的时候，等他认真地告诉他他很喜欢我的时候，我一望向他眼神坚定的双眼，就舍不得让他失望了。"

她也退缩过，是他后来一步步地追上来，从来没放弃过，她才鼓起勇气。

一颗真心足以用另一颗真心去回报。

苏羡音讲完才发现自己说了多么矫情的句子，一时间又红了耳根，眼睛四处乱瞟。她却被谢颖然忽地抱住了。

"多好的一个孩子啊，真是便宜那个家伙了。"

爱从来不该当成筹码拿来要挟，也不能当作物品非要在秤上称重，苏羡音的喜欢，从来都很真诚。

苏羡音被这莫名的夸奖闹得脸更红了，下意识小声替陈浔辩解："其实他没有阿姨想象中那么糟糕……"

"得了吧。"谢颖然白眼一翻。

她生的大少爷什么样，她还不清楚吗？跟苏羡音在一起就三个字：高攀了。

苏羡音正常是下午五点三十下班，她跟陈浔约好了六点十五在西门口见，可收拾东西准备离开的时候，却被谢颖然拦住。

谢颖然一会儿拉着她聊天，一会儿拉着她包花束，就是不放她走。

到最后，她不得不小声提出自己有事要先走。谢颖然道："我知道，去约会嘛。让他等会儿怎么了？他要是敢发脾气，你就给他一脚。"

苏羡音："……"

看来她之前真的在谢颖然面前把陈浔描绘得与他本人有那么一点偏差呢。

最后她六点四十多才气喘吁吁地抵达西门。她老远就看见陈浔顾长的身影，他穿着一件黑色呢子大衣，背影简直好看到犯规。

苏羡音从陈浔身后将他拥住，靠在他背上喘气。陈浔握住她略有些凉意的手，笑了声："你倒是慢点，这么着急干什么？我又不会跑。"

苏羡音断断续续地说："我……我怕你……怕你等太久。"

陈浔转过身来，一只手牵住她，另一只手抬起，用拇指指腹轻轻刮了刮她的脸颊。

他一开始并不在意在冷风中等待苏羡音这件事，电光石火间却像是忽然想起什么，问苏羡音："今天周三，你去兼职了？"

"对，有点事耽误了。"

陈浔："……"

他闭着眼睛也能想到这是谢颖然能做得出来的事。

陈浔气笑了，舌尖轻抵后槽牙。

苏羡音有些困惑地看向他，攥住他的衣服无意识地摇晃着，问："怎么了？"

其实他早就该坦白，让苏羡音知道她一直兼职的那家花店的老板就是他的妈妈。但他临时又起了点坏心思，想到什么，轻抿薄唇，轻描淡写地翻过这篇。

"没什么，走吧。"

苏羡音手冷，跟陈浔并排走着的时候，很自觉地将手塞进陈浔暖融融的口袋里。

她之前没有这样的习惯，连每次陈浔牵她的时候都能感觉到她总是先浑身僵硬一瞬然后再慢慢放松下来，现在却把手插进他口袋里的动作做得如此自然熟练。

陈浔很受用地弯了弯嘴角。

他的大手也伸进大衣口袋里，包裹住她的小手。

苏羡音不自觉地扬了扬嘴角。

两人吃完饭往回走，一边散步一边闲聊，却迎面撞上沈子逸和院会的其他几个人。陈浔正点着头跟几人打招呼，却忽然感觉到手掌里的那只小手像只鱼儿一样溜走了。

苏羡音见到熟人，下意识火速地抽回自己的手，又放进了自己的口袋里。

陈浔眯了眯眼。

沈子逸像是已经看到了这精彩一幕,不动声色地笑了声,走过陈浔身侧的时候,还意味深长地拍拍陈浔的肩,说:"兄弟加油。"

陈浔更不爽了。

待所有人都走了以后,陈浔挑着眉居高临下地看着苏羡音,她像只战战兢兢的小仓鼠,解释道:"我……我不是故意的,我就是下意识就……"

陈浔手插在裤子口袋里,半弯下腰与她平视,眼底浮起一点点不易察觉的戾气。

"嫌你男朋友见不得人?"

"不是不是,我就是……我不想又要解释半天……"

"苏羡音。"他冷笑了声,"都在一起小半个月了,还不打算公开?我要你做我的女朋友,不代表我想做你的秘密男友。"

苏羡音都快急哭了,可她真的无法解释自己脑子一抽的下意识行为,解释到最后都有些语无伦次,自己被自己逗笑了。

陈浔:"还笑这么开心?"他捏住苏羡音的脸。

苏羡音握住他的手,哭笑不得:"我真的错了,下次……下次肯定不会这样了。再给我一次机会,就一次嘛……"

陈浔不为所动,半晌才幽幽地道:"我理解你从来没谈过恋爱,女孩子脸皮薄,你说你不喜欢谈个恋爱弄得像新闻,我也从没说过什么,但是这不代表你可以……明目张胆地糊弄我。"

苏羡音小心翼翼地观察他的神情,其实即使是此刻,他的脸上也没有阴沉之色,措辞也都很平常,他好像还在尽量忍耐。

她拉着他的手晃了晃,讨巧地笑:"真生气啦?"

她并不想因为自己的举动而令他不高兴。

陈浔冷哼一声,没回答。

苏羡音又软声说了几句什么,陈浔都反应平平。

她在恋爱里是个笨拙的新手,又缺少参考,此刻着急了,能借鉴的方式方法就更少了。她病急乱投医一般突然拽住他,右手搭在他肩上,鼓起勇气扑上去,蜻蜓点水一般在他唇上落下轻轻一吻。

她头抵着他的额头,不敢看他的眼睛,只小声说:"我真的错了。"

陈浔眼中有风云变幻,苏羡音忽地腾空,被他一把抱起放在西园林旁高高的瓷台上。

他扶着她的后颈，深深吻了下去。

苏羡音被这种密密麻麻的缺氧感包裹着，几乎忘记呼吸，只知道气息交缠间，他远比之前要霸道得多，带着不容置疑，攻城略地一般侵袭她的唇齿。

她被亲得发晕，像一只溺水的猫，吃力地抓住他的衣摆，因为太笨拙甚至不小心咬到他，还笑出声来。

陈浔松开她，目光晦暗不明，眼睛却直勾勾地看着她。

他拇指轻触她的脸颊，哑着嗓子说："想哄我？多学着点。"

大抵是缺氧的后遗症，苏羡音脑袋发涨，却忽地圈住陈浔的脖颈，将他往前一带。她再次吻上他的唇的时候就要熟练得多了，闭着眼睛回想刚才的画面，轻轻吮咬他的下唇。

脸已经热得像从她的身体里剥离出去，她微喘着气松开他，目光却很倔强，像个得了满分要老师奖励小红花的小朋友。

她挑挑眉："不就是接吻吗……有什么难的？"

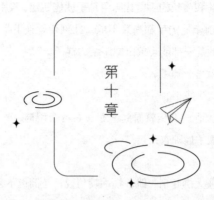

第十章

　　陈浔回到寝室洗完澡，毛巾搭在肩上，发丝还在往下淌水，他坐在桌前检查邮箱，却无端地走神了。

　　他想着想着，手轻轻触上嘴唇，眼神忽地变得缱绻起来。他轻轻弯了弯嘴角。

　　他的笨蛋小女朋友，原来学习能力还挺强。

　　姚达进门的时候就是看到这一幕。他嘴里本念念有词，但被陈浔这诡异的笑容给惊得立刻闭了嘴。

　　他走过去，手贴了贴陈浔的额头，说："浔哥，你没事吧？"

　　陈浔嫌弃地甩开他的手，反问他："你刚才神神道道什么呢？"

　　"别提了，女生的心思真难猜。

　　"蓝沁非要我跟她换情侣头像，这也没什么，答应她就是了，结果她非要找一对一个小女孩牵着一条狗的头像，她是小女孩，我是狗！这谁受得了啊？我说不换，她就说是我不想公开，肯定是留了退路，把我耳朵都磨出茧了……"

　　"情侣头像？"陈浔问。

　　"是啊，你看。"

　　姚达找出一组头像来，陈浔轻轻一笑，点点头说："这不挺合适你的？"

　　姚达笑骂了声。他骂骂咧咧地拿起衣服去浴室冲凉，陈浔却打开了手机。

苏羡音的头像一直是牛奶的照片，这张照片看上去有点糊，像是截取的，依稀能看见牛奶是被谁抱在了怀里。

而那清晰的锁骨和瘦长的手臂让陈浔几乎就能断定，照片里的人就是苏羡音。

她连在众人面前牵他的手都尚且不敢，此刻让她换下牛奶的头像，换上跟他配套的情侣头像，他几乎都能想象出她纠结的样子。

算了，慢一点就慢一点吧。

苏羡音回到寝室，一开门就看到一左一右两个门神，一个身上盖着蓝底白花毛毯，一个贴着面膜手握晾衣杆。

两人严阵以待。

苏羡音被这两座大佛吓了一跳，抽抽嘴角说：“倒也不必如此。”

蓝沁将撑衣杆在地上重重一戳，却因为贴着面膜，说话含糊不清，苏羡音一个字也没听明白。

“啊？”

林苇茹嫌弃地看了一眼蓝沁，将蓝沁掩在身后，自己上前一步，环抱着双臂说：“我们都知道了，现在你有权保持沉默，但建议你坦白从宽，速速招来！”

“什么东西啊？”苏羡音被这俩给闹得摸不着头脑。

林苇茹冷笑一声：“还打算瞒着我们呢？快说，什么时候跟陈浔在一起的？上次问你你也不说，现在全世界都知道了，此刻你没得狡辩了，还不速速招来！”

“就大概半个多月前吧……”

苏羡音一愣，反应过来，问：“什么叫全世界都知道了？”

“建议亲亲这边自己看看朋友圈呢。”

苏羡音吓得心脏突突地跳。

然后她发现，发朋友圈的并不是陈浔。最新的一条朋友圈，是邹启然发的。

邹启然：浔哥骚起来没我们什么事了，加了他微信以来就没见他改过名儿。

紧接着下一条，一样的配图，是姚达发的。

宇宙达：喜闻乐见，大快人心，普天同庆，奔走相告！617“室草”兼机院“院草”终于有主儿了，望各位姑娘不要太伤心，建议多看看617其他两位黄金单身汉。

评论区长得离谱，在一连串“祝贺”的表情包下，也有不少问号、叹号和“大哭”的表情包。

沈子逸：这小子真贼啊。

图片是陈浔的微信截图。模糊掉关键信息，头像还是她熟悉的那个头像，微信名却不知在什么时候换掉了万年不变的"陈"。

现在是——苏的陈。

因为陈浔这看似低调却又被迫高调的方式，身边几乎所有人都知道了两人在一起的事。他们俩谈这场恋爱本意不想张扬，却依旧承受了不少关注。苏羡音后来也渐渐习惯了。

五月假期连着周末，苏羡音跟着陈浔回了南城。

他把她送到楼下，却不开车门，优哉游哉地指着自己的脸颊，意有所指。

苏羡音现在已经很能习惯这样的他，在她面前有些蛮不讲理、幼稚可爱的他。

她飞速地亲了一下他的脸，一脸无奈："我爸和孟姨在等我开饭呢。"

但陈浔还是快速地钩住她的后颈，在她柔软的唇上回以一个不带欲念的纯洁的吻，才满意地开了车门。

苏羡音的身影没入楼梯的时候，陈浔才想起什么，说："晚上我要跟邹启然他们吃个饭。"

苏羡音从楼梯间探出一个脑袋来："知道啦。还记得什么吧？"

陈浔朝她敬了个礼，懒懒地笑笑："记得，少喝酒。"

但说实话，这一切也不在他的掌控范围内。

南城这群家伙，只有放假能聚，难得五一假期人来得特别齐。纯男生的聚会，不喝酒是不可能的。

陈浔还是谨记苏羡音的嘱咐，象征性地推拒了好几回，但他们几个怎么可能放过他？他最近恋爱的事还成了今晚最热议的话题。

邹启然先开头："开学的时候问我苏羡音的事我就觉得不对劲，合着那会儿就动心思了啊？"

陈浔白他一眼："倒也不至于。"他那时只是单纯觉得这个女孩有趣而已。

陈浔对男女之情迟钝的事，这几个哥们都知道。

他是有些自负的。一旦他觉察出女孩跟他说话时有不自然的神态、会不小心流露出钦慕的眼神，他就觉得无趣。

姚达曾经开他玩笑，说他是个实打实的"只喜欢不喜欢自己的人"的射手座，他那时嗤之以鼻。

其实也不是那么绝对。

苏羡音也不是一点破绽都没有，尽管他在后期的时候甚至会心生疑虑不敢确认她对自己的想法，但还是能感觉到一点的——一点好感，总是有的。

这一点点自信，他还是有的。

但苏羡音就是与别人不同，她戗人的时候、笑起来的时候的神采都让他觉得有趣，他是第一次有靠近一个女生的想法，而且是不由自主的。

邹启然："那国庆总归是了吧？又是看老师又是聚餐的，浔哥你挺会制造机会啊。"

陈浔无奈地耸了耸肩。他又有什么办法呢？那都是无奈之举，他自己做错了事总要自己想办法去弥补，好歹是补救回来了。

陈浔跟他们讲起这些话题都兴致缺缺，趁着几人开酒的间隙，拿出手机来给苏羡音发消息。

苏的陈：快晕了，来救我？

yin：自求多福，睡在大马路上记得找个东西盖盖。

陈浔被她逗笑，摸着眉心撤灭了手机。他女朋友还真挺狠心。

几人兜兜转转又说回陈浔身上，无非是感慨陈浔这种铁树也能开花，万年"直男"也能遇见爱情，又是喟叹又是羡慕的。

有人说："说起来，苏羡音也是附高的，那些高中暗恋陈浔的女生们知道了该多伤心啊？哈哈哈哈哈。"

陈浔没骨头似的靠在沙发上，抬抬手说："你们差不多得了，车轱辘话说来又说去，别说我了。"

偏有人天生反骨："哎，浔哥你别说，我前两天整理相册，还发现一张你跟苏羡音的合照呢。"

立马有人嚷嚷着要看看。

陈浔也坐直了身子，低声问："什么照片？"

在他的印象里，他真的不记得高中和苏羡音有过交集。

男生在相册里划拉着，找到了，把手机递给陈浔。

那个时候的手机像素都不太高，画面有些模糊，拍摄地点是下课的走廊，因为人很多很乱，左边一团右边一块的，根本看不出重点。

陈浔很费劲才从照片的左下角找到苏羡音。

她那时候有齐刘海，头发在脑后梳成一个规整的马尾辫，蓝白的校服穿得规规矩矩。她抱着一沓作业本匆匆路过，照片却捕捉到她的半张脸。

陈浔从前不知道高中的她是什么样的，也想象不出那个画面。

找到她了，他眼神柔和了下来，低声说让男生把照片发给他。

邹启然凑近来看，问："这是哪门子合照啊？这张照片上至少有十来个人。"

男生骂他眼瞎："嗻，浔哥不在这儿吗？"

陈浔顺着男生的手指去看，才发现自己果然在照片右上角，他渐渐回忆起那天的情形。

好像是高三一模过后，陈浔的物理拿了满分，答题卡被班上几个调皮的男孩拿出去传阅。他就站在人群正中心，抱着手臂懒散地笑着，眉宇间的意气却是连模糊的像素也掩盖不住的。

邹启然："这俩人隔着十万八千里、隔着个人海呢，这也叫合照？"

可看着看着他又觉得有些不对劲，忽然嚷嚷了一句："不对啊！你看，这苏羡音在看哪儿啊？"

陈浔也将视线移过去。

她瘦瘦小小一只，抱着作业在回形走廊的拐角处，本该直走进老师的办公室，却将头偏了半寸，视线望向某一处，嘴角轻轻弯起，有很隐秘的笑意。

陈浔的心跳漏了一拍。他顺着邹启然的手指指向，看向她视线的落脚点——是人群中恣意笑着的陈浔。

邹启然："哟，这么巧呢，不会……"

陈浔望向他，居然有几分紧张，也有几分无法言明的期待。

邹启然看向他："不会苏羡音高中的时候也喜欢你吧？"

陈浔的心脏像一块海绵，一瞬间吸满了水。

晚饭过后，苏羡音坐在床前翻出自己之前的日记本，没拿稳，一不小心掉出一封粉色信封装着的信笺。

她愣了愣，正摸着信封打算打开来看时，又立刻意识到这是什么，像嫌它烫手一般立刻把它扔进了抽屉里。

那是她高一刚开学给陈浔写的信，也是她第一次给陈浔写信。

他不记得他递给她的那一包卫生纸，也不记得她，她却在升旗台下仰望过无数遍他的俊逸身影，后来终于鼓起勇气写下一封信。

那只是一封表明身份的感谢信，当然，喜欢一个人的语气是藏不住的。她曾在大一回家的时候重读过一遍，头皮发麻到恨不得把它原地销毁，却又舍不得。

十七岁写给他的告白信她扔了，十五岁写给他的感谢信她总该留下来吧。

于是信笺就被她封存在了日记本里。

陈浔揣着心事回了家。他将那张照片反复地看，几乎能在脑海里描绘出高中时苏羡音的模样。

她高中的时候……

他想起之前她说的话。她对他的那些隐约的了解，她解释称之为"传闻中的他"，那会不会，那些传闻不是自动流传到她耳朵里的，而是她存心留意的呢？

他回到家，谢颖然正坐在桌前剥橘子，一边剥一边看手机，脸上笑盈盈的。

他想到什么，拉开椅子在谢颖然面前坐定。

谢颖然："你干吗？"

陈浔："妈，苏羡音跟你说过高中的事吗？"

谢颖然脑海中警铃大作，问："你问这个干吗？"

"你先回答我。"

"她跟你说什么了？"

"没有。"陈浔的语气渐渐有些急了。

谢颖然塞了一瓣橘子在自己嘴里，又塞了一瓣到陈浔嘴里。臭小子还想在她这里套话。她没有资格去讲音音的故事，除非音音本人说出来。

陈浔不满地皱皱眉。

谢颖然巧妙地岔开话题："你还想这想那呢，有没有一点危机感啊？"

"什么？"

"音音没跟家里人说你们在一起的事啊？"

陈浔一愣，本来倒是没太在意："嗯，她脸皮薄。"

——情有可原。也不知道他是在说服谢颖然还是说服自己。

谢颖然乐了，眨眨眼："我可听你孟阿姨说，音音他爸爸在找人给她介绍对象呢，你不知道？"

陈浔怔了怔，反应过来后不悦地皱着眉，舌尖顶了顶腮，一时间没有接话。

谢颖然添柴加火："不会是人家音音确实对你不满意吧？"

陈浔手上的青筋都渐渐凸起了："叔叔打算找谁给她介绍男生？"

"啊，说是他同事的儿子。"

陈浔眯了眯眼，忍着怒意笑得很"人畜无害"。

"你跟孟阿姨也是好朋友，你能不能也……推荐一下你儿子？"

谢颖然："……"

孟凡璇跟苏羡音说的时候，怕苏羡音对相亲反感，因此只说是谢阿姨带着儿子来家里串门。因此，苏羡音第二天甚至睡了一个懒觉，慢悠悠地刷牙的时候，孟凡璇走过来拍了拍她的肩。

"客人马上要到了。"

苏羡音含糊不清地说"好"，去开门的时候，甚至连身上的睡衣都没来得及换。

陈浔笑得一脸灿烂地出现在她家门口，她吓得一把捂住他的嘴，将他往外推了推，语气焦急："你怎么招呼都不打一个就来了？"

陈浔挑挑眉，慢条斯理地将她捂住自己嘴的手拿下来握在手里，才幽幽道："我打了招呼啊。"

苏羡音一脸疑惑。

墙后不知从哪里蹿出来一个人影，吓得苏羡音直往陈浔怀里躲。

谢颖然天真地晃了晃手："Surprise！"

苏羡音这才反应过来，像个弹簧一样从陈浔怀里挣脱开来，不自在地拨了拨发丝，像个做错事罚站的小孩："阿姨……"

陈浔却不顾她的眼神警告，将她的手牵得牢牢的，脸上一点惊慌无措都没有。他甚至将她往他身侧拉了拉。

陈浔低声说："躲哪儿去？"

接着他又抬抬下巴示意谢颖然："妈，您倒是介绍一下啊。"

妈……妈？！

苏羡音瞪大了双眼，木着脑袋听谢颖然说道："德行！"

"音音啊，之前阿姨没来得及告诉你，陈浔就是我儿子。"

苏羡音："……"

她的世界顿时响起滚滚天雷。

陈浔吊儿郎当的，被苏羡音一把按在座位上。

苏羡音现在学他也能学得八分像，环抱双臂居高临下地冷眼看着他。

十来分钟前，苏羡音像被雷劈了一样呆站在门口，消化着谢颖然的儿子就是陈浔这件事。

孟凡璇早就听到了敲门声，却迟迟没看见客人进来，于是拿着削皮削到一半的茄子走出门去，苏成桥也跟在身后，两人齐齐被门口这诡异的氛围给震慑住了。

更震撼他们的是，苏羡音的手被陈浔牢牢握在手里。

孟凡璇："这是……？"

怎么回事？

苏羡音回魂了，虽然很有将陈浔原地大卸八块的冲动，但还是拉着陈浔一板一眼地介绍道："孟姨、爸，这是我……我男朋友，陈浔。"

谢颖然俏皮地招招手："也是我儿子。"

孟凡璇："……"

苏成桥："……"

饭桌上，那只削皮削到一半的茄子还握在孟凡璇手里，她点点头："是这样啊。"

她笑了声，无法埋怨孩子们，只能怪自己的老友："你也是的，知道了怎么也不告诉我一声？害得我们还打算给音音介绍对象……"

两家大人一聊起来就没完，从为什么知情不报很快说到了遥远的往事。

苏羡音拉着陈浔小声地对几位家长说："我跟他去算一下账。"

谢颖然笑得灿烂："去吧去吧。"

于是苏羡音就带着陈浔进了自己房间。她推着他走过去，一把将他按在书桌前的椅子上，开始算账。

陈浔一点也不怵，反而觉得她此刻简直可爱得犯规，便抬起手来捏捏她的脸颊，一副"任凭处置"的懒散模样："你想怎么算？"

苏羡音还穿着睡衣睡裤，单手叉腰，说："你是不是之前就知道我在阿姨店里兼职了？"

陈浔懒懒举起双手，装出很无辜的样子，说："冤枉，我也是最近才知道的。"

"'最近'是什么时候？"

"就是我生日，你不理我的那几天。"他提起这茬儿来，语气居然还不自觉带着点委屈，苏羡音没忍住轻笑了声，又很快板着脸变严肃了。

"那你知道了为什么不告诉我？"

陈浔挑挑眉，顺从本心地将手落在她腰间掐了一把，她怕痒，下意识往他怀里侧身，他干脆搂住她，让她坐在自己腿上。

"我自己凭本事知道的，为什么要告诉你？"

她愤愤地戳了戳陈浔的头，照旧气鼓鼓的。

"你就是想看我出糗！你不知道昨天孟姨说又要给我介绍男生，我有多心惊胆战。拒绝又拒绝不了，我还想着上午溜出去呢。"

陈浔似乎对这句话很满意，直勾勾看着她，边听边点头："不错，进步挺大。"还知道避嫌了。

苏羡音白他一眼，一边不满地拨开他的手，一边说："痒！你别乱动。"

陈浔笑了，眼神又复清明，他放任她起身站在自己面前，开始胡搅蛮缠。

"这不是给你个惊喜吗？亲上加亲，多好的喜事。"

苏羡音简直不想跟他理论。她决定除了基本的礼貌以外，今天绝对不会再给他好脸色。

"反正都怪你。"

"怪我怪我。"陈浔应得太快，语气里藏不住一些宠溺。他看她讲半天还是一点气都没消，干脆站起身来，很快地亲了亲她的额头。

她更恼了："你……"

"音音，过来帮一下阿姨。"苏羡音正要数落他，孟凡璇的声音却遥遥从门外传来。苏羡音又将陈浔推回了椅子上，恶狠狠地说："你就在这儿好好反省。"

"成。"这又不是什么难事，陈浔弯弯嘴角。

在她的身影彻底在房间消失之前，陈浔问她："我能不能欣赏一下你的书桌？"

他还是第一次来她的房间，这里的每一件事物都与她有关，也都令他好奇。

苏羡音头也不回："行，弄乱了你就留下来复原。"

她的书桌很整洁，桌面上只有两个相框、一个笔筒、一个电脑架。

他四处打量了一下，很快发现靠墙的书柜里塞了满满当当的书，眼尖的他已经看见了一本《五年高考三年模拟》，他失笑。

想到曾经那么多个日子，小小个子的她就伏在这张桌前，奋笔书写着自己的未来，他就有种奇妙的感觉。

他走到书柜前转了转，没有打开，只是透过玻璃粗略地扫了几眼。

还真是整齐，是她的风格。

陈浔又坐回书桌前，随意地打开右边第一个抽屉，看见一个浅蓝色的胶皮本，看上去像是有些年头了，封面的胶皮都有些泛黄。

他粗粗翻开一页，却很快意识到这是苏羡音的日记，于是关上，老老实实将日记本放回原处，却在打开抽屉的时候一愣。

抽屉里静静躺着一个粉色的信封，和这个日记本一样，都像是高中时期的产物。

陈浔将信封捏在手里，确认信封的厚度代表里面是有信的。

这个信封很朴素，纯粉色，只在右下角有着一个不起眼的小爱心，指甲盖大小。

很难不让人觉得这是一封情书。

陈浔轻轻一哂，嘀咕道："不听我表白……高中还知道收人情书呢……"

他颇有怨念，内心一时起了念头，很想拆开这封信看一看，却又迟迟下不去手，毕竟没有经过她允许。最后是自己气到自己，他将信笺往桌上一丢，双手枕在脑后，吹了吹刘海。

苏羡音的窗户没有关牢，起了一阵风，呼啦啦吹开窗帘一角。

信封老旧，背面的双面胶早就失去了黏性，此刻因为这一阵风，信封封头被吹起一个弧度。陈浔本来烦躁地揉着眉心，匆匆一瞥，瞳孔忽地放大了。

封口被风吹开了，露出里面泛黄的信纸。

苏羡音的字迹比现在更青涩却更整齐，她在开头规规整整地写着：卓越班的陈浔，你好！

陈浔感觉自己的心一下子被攥紧了。

他一把抓起信封，将信封拽得有些变形，急忙拿出里面泛黄的信纸。

卓越班的陈浔：

你好！我是实验 1 班的苏羡音，收到这封信，你大概会觉得很惊讶以及莫名其妙吧。其实连我自己都很惊讶，我居然能鼓起勇气给你写这封信。但无论如何，写信总比路过打招呼要来得容易，大概我比较擅长自我安慰吧。

其实就是想说，很感谢你那天给我的面巾纸。我们开学时在红榜前也见过一面的，但是我知道你肯定不记得我啦，不过也正常，我当时在巷子里哭得像个傻子，都不敢正眼瞧你，你肯定对我没有印象。但我能在学校里见到你真的很开心，在听说你是卓越班的第一名之后，在升旗台听到你演讲、在合唱比赛上看见你站在你们班最中央的位置的时候，这种开心的感觉就更强烈了。也说不上是为什么，知道当时帮我的那个男生是个很优秀的人，我不仅高兴，还有一分骄傲呢，真是奇妙。

啊，不好意思，写着写着就跑题了，其实就是想告诉你，我是暑假8月9日在尾巷哭泣的那个女孩，你给了我一包面巾纸，将我从窘迫的境地中解救出来，真的很感谢！

说起来开学都已经小半个学期了，我感觉我还没摸到学习物理的门路，每次看到你在成绩榜第一名的位置闪闪发光，就很感慨，如果我也能成为你这样优秀的人该有多好。我会继续努力的，以你为榜样，在这三年的时间里好好学习。

抱歉我又自说自话了起来，天哪，我现在回看自己写的内容，感觉这封信应该不会送出去了，我到底在胡言乱语些什么？

这一行过后，有一行字被黑色水笔画掉，再往后，她的字就没有一开始板正了，渐渐飘逸了起来。

算了，反正也不会把这封信给你看啦，我就写给自己看吧。对的，我翻来覆去说那么多，其实还是想说……

我明明一点都不了解你，却感觉自己好像喜欢上了你。

我甚至不太明白喜欢的定义，却一点也不想收回这句话。我默默看向你的时候，总感觉如果有一个机会，我一定能成为你的朋友，即便从来没跟你说过话，却好像一开口就能跟你畅谈，但这些全都是我的想象。

很奇怪，这种喜欢居然会带给我快乐。

路过篮球场听见女孩喊着你的名字欢呼，我只是偷偷扫一眼，心跳就跟着球坠地的节奏一样，咚咚咚震得我心口发麻。即便只看到一抹你投篮的侧影，我却会为那个美好的画面感到幸福。

但更多时候，我真正能感受到的，是类似于成绩榜上我们之间无法跨越的鸿沟，所以比起接近你，我觉得我更应该好好学习。相信我，我一定会让我们之间更接近的，从任何意义上来说。

我总有种奇怪的感觉，别的女孩的喜欢是热烈轰动的，而我对你的喜欢更像是流动的小溪。

等哪一天我实现了我的目标，我就会顺流直下，沿着这条涓涓细流出现在你的面前，对吗？

实验 1 班苏羡音

2012 年 11 月 4 日

陈浔沉默地将这封信收回原处，将她的日记本小心翼翼地收起来。

他站起身来，抬眸的时候感觉双眼有些湿润。

原来，她口中的那些"传闻中的他"从来都不是传闻，而是她的每一眼拼凑勾勒出的他的轮廓。

他终于明白了，为什么她在误会他和宋媛时不是吃醋地闹脾气，而是用那种很悲伤很苍凉的眼神看向他。

原来，同学传来的那一张照片里，她望的就是他，她的爱意隐晦，却无意间被记录了下来。

原来，十五岁的苏羡音，已经很喜欢十五岁的陈浔。

陈浔踱步至书柜前，一种很深沉的遗憾感将他缠缚得透不过气来，他垂着头手握成拳捶了一下书柜。

咚一声响，陈浔抬起头来，发现书柜第三层隔板上有一个相框掉了下来。他打开书柜想把它摆回原位，却在看清照片的一瞬间，心脏瞬间被击中。

他皱着眉努力回想，才渐渐回想起高中时的那一则笑话。被男生们传阅着说配图是结婚照的那一则报道，被人小心翼翼地裁剪下来裱进了相框里。

"新娘子"原来是她。

陈浔的心被攥得很紧。他将相框放回去，却不小心带歪了相框下垫着的纸。

他将纸张摆回正位，却因为个头高一低头就看清。田字格里的字迹过于熟悉，上面正龙飞凤舞地写着少年的名字——陈浔。

陈浔颤抖着手将书柜门关上，像是再也承受不住那灰白岁月里的鲜活的喜欢，手撑在书柜把手上，平复着自己的呼吸。

"你反省得怎么样啦？"苏羡音探脑袋进来，看见陈浔站在书桌前垂颈低眸，像是不知道在想什么，周身的空气都沉了下来。

苏羡音走到他身侧，弯下腰想确认他的神情，还没看清就被他搂进了怀里。

他将她抱得很紧很紧，头埋在她颈窝，依恋地蹭了蹭。

她有些蒙，却记着自己还在生气，说："你别以为你这样我就不生气了啊……"

他打断她，轻声唤她，仿若她是一块易碎的五彩琉璃。

"音音。"

苏羡音心跳莫名地漏拍："嗯？"

陈浔声音低哑："我喜欢你。"

"你这个时候说这个干什么……都说了这不管用的……"

陈浔轻轻闭上眼，嗓音低沉，像在她耳边承诺。

"很喜欢你。"喜欢到，遗憾自己没有更早一点喜欢你。

"你怎么啦？"苏羡音渐渐察觉出一丝不对劲来，心突突地跳，很难不承认被这几句话撩拨得有些心神不宁。

陈浔很快将翻涌的情绪收起来，怕她觉察出异常，松开她捏了捏她的脸，脸上又浮起一点漫不经心的笑意。

"我表白啊，不喜欢听？"他又逗她玩。

于是苏羡音很快撇开那些异样的心绪，推开他，没好气地说："吃饭了！"

这顿饭吃得还算其乐融融。

饭后，谢颖然和孟凡璇打算去逛街，两个孩子摇头的频率都很一致，但陈浔也没有回自己家的意思。

苏成桥觉得一个人待着有点尴尬，但也不放心两个孩子单独在家，最后别别扭扭地说要回房间休息，于是陈浔教苏羡音玩游戏。

陈浔是记得她玩游戏时候的状态的，于是他今天格外放松，放水也放得越来越熟练，越来越不易让苏羡音察觉。

但也不知道她是吃太饱了还是怎么的，陈浔不过起身去了一趟卫生间，再回来时就看见她趴在茶几上睡着了。

毫不设防的睡姿，她就像个孩童贪恋着睡梦，自然流露出一点憨态。

陈浔默默注视了很久，然后想起那封信，想起书柜里少女的秘密，想起他高中时完全没有出现苏羡音的身影的回忆。

他叹口气，然后轻手轻脚走过去，将苏羡音打横抱起来，将她放回房间的床上。

她一回到熟悉的地盘就下意识地放松了，刚陷入被窝就抱着被子翻了个身。

陈浔只能看见她的后脑勺。

他驻足看了一会儿，然后轻手轻脚地离开，为她带上门。

陈浔回家的路上一直在想事情，终于在到家以后拨出了第一个电话。

邹启然虽然一头雾水，最后还是答应下来，在电话那头声音明快地道："组篮球赛还不容易，跟学弟打怎么样？"

"随便。"

"但穿校服是什么鬼啊？浔哥你确定？"

陈浔摸了摸鼻子，说："也不用这么整齐，两三个穿一下就行了。"

邹启然还是应下了。

陈浔最后才通知女主角。

苏羡音假期最大的安排就是休息，听到陈浔邀请她去看篮球赛，十分不解地说："我又看不懂，我去干吗？"

陈浔很有耐心："开场前热身的时候我会给你讲的，你那么聪明，一听就懂。"

苏羡音道："你不会是担心小学弟们自带啦啦队，没人给你加油你会很丢面子吧？"

陈浔失笑，但也顺着她的话说："那你到底来不来给我加油呢？"

"来，怎么能让我们12级的风云人物丢脸呢？"

苏羡音不得不承认，穿上校服的陈浔混迹在这群高二生中毫无违和感，他每次跃起，投篮，头发随风随着跳跃拂动的瞬间，少年朝气就会从画面里溢出来。

苏羡音看得眼眶发酸。

她以前从来不敢光明正大地看他打球，只见过一个又一个动作定格的瞬间，他的剪影。原来真正了解规则以后，目光紧紧追随着他在场上驰骋，心情真的会随着他的动作起伏。

投入三分球时热烈的欢呼声是背景，陈浔的胸膛还起伏着，目光穿过人群锁定在她脸上时，他发现她面庞上有着和他一样的骄傲的神情。

苏羡音不得不承认现场的篮球赛感染力真的很强。

中场休息的时候，陈浔径直走向她。

他是队里的主力，体力消耗太大，整个人像被水淋过一样。苏羡音递水给他，他胡乱地从她手里接过一条毛巾擦拭着汗水。

"帅吗？"他问她，一张口又是臭屁发言。

苏羡音觉得好笑，但也还挺捧场："你看看现在有多少学妹在偷偷看你，就知道帅不帅了。"

这个人，哪里还需要什么啦啦队？只要往球场上一站，别人的啦啦队就会立刻倒戈。

陈浔笑了声，捏捏她的脸颊："是打给你看的。"

苏羡音已经注意到旁边有学妹瞬间黯淡下去的"星星眼"，居然还能感同身受，拽下他的手，敷衍道："在看了、在看了。"

裁判吹哨，陈浔将水瓶捏得噼啪作响，塞到苏羡音手里的同时，忽地弯下腰，在她脸颊上飞快地啄了一口。

有男生怪叫一声，然后挤眉弄眼地笑。

苏羡音窘迫地瞪着跑向球场的他，却又奈何不了他。

他的背影与落日余晖相嵌的一瞬间，有些炫目，她像是一下子就回到了高中。

可高中的苏羡音不会坐在 VIP（贵宾）观赏位看陈浔打球，更不会因为足够有底气反而与仰望着陈浔的学妹们共情，甚至对于他宣示主权高调秀恩爱的行径持反对态度。

没有患得患失，也没有那些隐晦而复杂的小情绪。她真的与之前不同了。

陈浔这队在他的带领下理所当然地取得了胜利，他被球队队员和学弟们合起伙来抛向空中，苏羡音始终弯着嘴角。

按道理接下来的安排应该是庆功宴，但陈浔回绝了，一把揽住苏羡音的肩，说："我还有点事，你们去吧，下次我请客补上。"

几个男生嘘声一片，邹启然更是大喊："浔哥你谈起恋爱来真是，一点都不酷，丢人！"

陈浔飞起一脚踢在他屁股上。

苏羡音其实并不知道陈浔的安排，眨眨眼问："我们要去哪儿？"

陈浔推着她的肩，一边往前走，一边说："带你去个地方。"

她不可能认不出来这是往教学楼的方向，狐疑地问："五一都放假了吗？"

"这学期学校的那栋新教学楼投入使用了，我们高三用的那栋老教学楼现在已经暂时没有班级了。"

老教学楼空置好几个月了。

苏羡音狐疑地跟着他上了楼，熟悉的楼梯、走廊、扶手拐角，与他有关的回忆就簌簌地飞到她眼前。

她承认自己其实也是个唯结果论者，否则不会在感受到学妹对陈浔投去的炽热视线时，自己还优哉游哉。这是一种胜者的轻松姿态。

高中喜欢过陈浔的女生不会少，但只有她跟他走在了一起，这种感觉其实很奇妙。她承认自己有些不道德的窃喜感。

但酸涩的回忆并不是对她毫无攻击力，她跟着他走到了他们班级的楼层，左边尽头是实验1班，右边尽头是卓越班，她却再也迈不开步子。

苏羡音："不是说都没有班级了吗，空教室有什么好看的呀？我们走吧。"

陈浔却很执着，拉不动她最后就站在她背后，近乎把她搂在怀里，推着她走。

方向好像有点不对，他居然推着她来到了实验1班门口。

班级里的桌椅还在，整整齐齐但空空荡荡，曾经画满了函数图像和磁场线的黑板此刻被擦得一干二净。她有种物是人非的微妙感。

苏羡音以为故地重游就到这儿了，没想到陈浔推着她直接进了门。

她渐渐察觉出一点不对劲来，频频转过头看他："你不会有什么阴谋吧……"

"让我猜猜。"陈浔打断她，目光在座位之间逡巡着，一副若有所思的样子，"你之前是不是坐在这儿？"他指的是第二组三排靠过道的位子。

苏羡音的心跳从这一刻起就开始漏拍。

陈浔扶着她的肩让她坐下的时候，仿佛有电流顺着他的掌心直抵她的肩颈。

她闻到熟悉的木桌的味道，轻声问："你怎么知道我坐这儿？"

"我知道的可多了。"陈浔就站在她身侧，逆着光，穿着她记忆里的蓝白校服，眉眼还是那样的弧度，只是双眸里倒映的是她自己。

陈浔摸着她的脑袋："你摸摸抽屉里？"

苏羡音摸到一个信封，她的心怦怦地跳。明明这一切还是未知，她却已经提前透支心跳。她的笑容有些僵硬："这是什么啊？"

"看看不就知道了？"

陈浔挑着眉，大大方方坐在苏羡音前面的座位上，像高中调皮的大男孩，转过身来反坐在椅子上，双手交叠放在椅背上，头轻轻枕上去，侧着脑袋，专注地看向苏羡音。

苏羡音拆信封拆得都有些卡壳，手微微有些发抖。

陈浔憋着笑，按住她的手，低声说："别紧张。"

他又何尝不紧张？

纯蓝色的信封拆开，里面是熟悉的陈浔的飘逸的字。

实验 1 班的苏羡音：

你好！我是机院 1 班的陈浔，虽然我知道你已经认识我，但还是要好好跟你打一声招呼才对，这样才算完整。

你应该已经知道了，我没有记起你是巷子里的那个女孩，我当时根本没有留意你的脸，但我记得这件事，记得那个下午，万幸，那包纸对当时的你来说有用。

你应该同样也知道，我并不记得你，记得苏羡音是化学竞赛班收我字帖的那个文静的语文课代表，记得苏羡音是和我一起参加演讲比赛共同夺得冠军的那个女同学，记得苏羡音是在开学红榜前与我擦肩而过话就在嘴边却没有说出口的那个小傻瓜。

是的，你知道，高中的我就是块榆木，有着多姿多彩的生活，却少了你这抹彩虹。

但你应该不会知道，后来上大学的时候，你跟卓越班的陈浔在大学校园里重逢，他与你相见第一天就差点被你甩上的门砸到脸，但他后来也把你害得不轻然后顺利地加上了你的微信。

你不知道的是，文化节上他真的被穿着苗服的你惊艳到移不开视线，你拉黑他的时候是他最慌乱最后悔的一刻，他背着你在雪地里一步一步留下脚印的时候，是真的希望那条路没有尽头，可以一直走下去。

是的，我是来自未来的陈浔，我无意间看到一封来自过去的信，因此有了这封回信。

其实我最想说的是，你不知道的是——

你曾经为卓越班的陈浔喜悦、伤心、害羞过，他后来也因为你品尝到了人类最丰富多彩的情绪。

你曾经因为以为他心有所属而暗自神伤，他却自始至终眼里只有你一个人。

他无意间发现被尘封的少女心事，唯一的遗憾就是时间不能倒流，不能让他回到过去，好好认识那个女孩，好好抱一抱她。

是的，你需要知道的是，他不是个完美的人，但他会在几年之后，无可救药地喜欢上你，期望成为你的完美恋人。

这些都是实实在在会发生的事。

你走到了他面前，而他看见你就会抓住你。所以，失望和失落都只是一时的，你只需要做好你自己，然后静静地迎接未来就好了。

你听，未来它来了。

机院 1 班陈浔

2016 年 5 月 3 日

苏羡音的泪落在纸上，洇开了落款上的数字。

她几乎是站起身来，扑进了陈浔怀里。

陈浔挑挑眉，却慢悠悠举高双手，低声说："我先提醒你，我可刚打完球。"

眼泪滴在他的蓝色衣领上，苏羡音不吭声，只是用抱得更紧的动作回答他。

陈浔终于回抱住她。他声音轻柔，摸着她的后脑勺，说："以后，有机会的话，多跟我讲讲你高中的事情好吗？"

苏羡音闷闷地"嗯"了一声。

陈浔捏着她的后颈，用气音笑了声："给你写信可不是为了让你哭啊……好了好了，不哭了。"

苏羡音终于止住了哭声，红着眼眶抬眼去看他。他温柔地用指腹揩拭她的眼泪。

夕阳最后一抹余晖被完全吞没于地平线，苏羡音偏过头看见紫红色的晚霞，天空像极了十六岁时盛夏的第一节晚自习上她写完化学作业匆匆瞥过的光景。

她有时空穿越的错觉。

陈浔捏着她的手在手里把玩着。

"回家吗？"

"好。"

一起回家，走放学的那条路。

苏羡音从没想过：

十五岁未送出的信，二十一岁会收到回信。

（正文完）

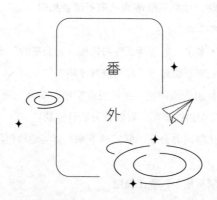

番外

苏羡音跟陈浔领证后的第一个晚上，做了一个很长很真实的梦。

与其说是梦境，更像是她通过什么途径进入了时光隧道，回到了过去的时光影集里。

她以为自己记得所有跟陈浔有关的画面，却因为这个梦境，才想起那个朦胧的冬夜。

那天是高一期末放假，苏羡音被老师叫去学校里帮忙统计分数，整理试卷。

每个班大概都去了几个同学，他们混在老师的大办公室里，熙熙攘攘、笑闹着分试卷，做统计。

那时候的附高还没有用机器读卡的习惯，答题卡都是老师手改，红色的钩和叉在雪白的答题卡上飞驰，苏羡音是做分数登记的那个人。

她坐在班主任的座位上，拿着每一个班级的登分表，听着同学念名字，然后在对应名字后面的方格里写上分数。

听到"陈浔"的时候，苏羡音手抖，垫在胳膊下的一沓登分表忽地失去压制，从高桌上掉落，像纸蝴蝶一样打着圈纷飞。

有几张还轻飘飘地砸了一下蹲在地上分试卷的男生的头。

那男生摸摸后脑勺，又看向苏羡音："你把老周桌上的书挪开呀，这样好写一点。"

苏羡音柔柔笑着，蹲下身去捡表格，依言把周老师的书桌简单地做了个清理。

但其实无人知晓，让纸张散落的从来不是杂乱的桌面、硌手的书写环境，而是那两个字，那个名字。

后来登记得差不多了，苏羡音正伸着懒腰，办公室的门被轻轻推开。

一道清润低沉的声音响起："你们登好了吗？"

苏羡音被呵欠催出一点眼泪，手还支在空中，却又立刻收回，心虚一般地飞快擦掉眼角的泪，又俯首在桌前，对着登分表补空缺。

陈浔的到来，让整间办公室瞬间安静下来，有与他相熟的男生问他："浔哥，你们就搞完了？"

原来他今天也来帮忙了，就在隔壁。

"差不多了，周老师有点事回家一趟，让我帮忙整理，来看看你们的进度。"

有人扬了扬手里的试卷，笑得灿烂："我们也快了。"

其实大家的工作都停了下来，苏羡音没有成绩可以登，却还是死死盯着那几张登分表，连抬头看他的勇气都没有。

很奇怪，在她默默喜欢他的时刻，好像就决定了她只能在台阶下仰望他，还只能看见一个模糊的轮廓。

她从来不觉得爱使人卑微，但不敢宣之于口的喜欢，大抵是有不自信的因素在作祟。

人不会无缘无故地有顾虑。

陈浔点点头，然后走进来跟一个男生闲聊了几句。

苏羡音的注意力却忽然不在他的声音上，她莫名其妙失了神，眼前的表格都失了焦。

所以陈浔站在她身侧出声的时候，就吓了她一大跳。

"我看一下……"他修长的手探过来，手还没碰到登分表，苏羡音压在表格上的手臂就迅速撤离。

反应过于激烈，她一时窘迫，红了半张脸。

陈浔顿了顿，然后笑了声，从桌上抽走卓越班的登分表，将那句话补充完整："我看一下我们班的表。"

"嗯……好。"

苏羡音趁着他注意力全在表格上的时候，终于敢在喘气的空隙里悄悄抬起眼去看他。

那是冬天，陈浔穿了件黑色短款羽绒服，羽绒服外层的面料挺括，也许是开了暖气的缘故，他将拉链拉开，露出里面一件单薄的圆领白 T 恤衫。

苏羡音一眼就注意到陈浔喉结旁边的那颗小痣，她真的觉得那颗痣很特别，便多看了几眼。

身旁有男生钩住陈浔的肩攀谈："牛啊，浔哥，这回又甩第二名好几十分啊。"

陈浔神色淡淡，语气也稀疏平常："运气好。"

而随着他的发声，他喉结轻轻滑动着，那颗痣就像长了翅膀，也轻轻浮动着。

苏羡音一颗心也在海里浸着，游动着。

"谢了，同学。"

陈浔把表递给她的一瞬间，她那颗心沉入海底，视线也迅速移开。她接过表，木木地回应："没事。"

最后将试卷整理好放在老师办公室，大家相伴着离开的时候，已经是将近下午六点。

冬日长夜漫漫，大家出了办公室才发现天已经完全黑了。

外面淅淅沥沥下起了雨，苏羡音开始庆幸自己有随身带伞的习惯。

她下着楼梯，走到半路接到外婆的电话。

她不愿意挂老人电话，也不想在冰冷的雨中一边走湿湿的路一边举着手机暴露在寒风中，却又知道这通电话大概要讲一段时间。

于是她跟几个女生作别，指着手机说自己要讲一会儿电话。

外婆有三个孩子，可只有一个女儿。

妈妈去世后，外婆会固定给苏羡音拨打电话，问她近况，然后慢慢说起自己。

苏羡音知道，如果说这世上最为母亲的死感到痛苦的人不是自己，也不是苏成桥，就只能是外婆了。

那是外婆最疼爱的小女儿，是她唯一的女儿，她却要眼睁睁看着女儿被病魔折磨得不成人样，然后再白发人送黑发人。

所以苏羡音对外婆总有很足的耐心。

她软着嗓子跟外婆讲起这段时间学校的趣事，又听着外婆说老家邻居叔叔在门前种了一棵橘子树。

"你妈妈她最喜欢吃橘子了，那还是孩子的时候，不加节制，以前家里门前两棵橘子树，养分不好，结出来的果子很酸，你妈妈却一点也不嫌弃，一天吃好几个，上火嘴巴里起泡了还要继续吃，一边疼得龇牙咧嘴，一边抱着我说'妈，橘子是最好吃的水果'……"

苏羡音眼眶慢慢湿了，一点点耐心听完，又抬手抹了抹眼睛，最后笑着跟外婆说："外婆，过几天我回去跟你住一阵子好不好呀？"

"好呀，外婆到时候给你做好吃的。"

后来她挂断电话的时候，已经不知过了多久。

苏羡音慢吞吞地下楼，却在教学楼一楼的台阶上，看见了屋檐下的陈浔。

他把羽绒服的拉链拉上了，一个人立在屋檐下。手机屏幕微弱的光照亮他的一侧脸颊，苏羡音没由来地心跳漏半拍。

他怎么还在这儿？为什么不回家？也许是留下来做最后的整理，刚刚下楼？

苏羡音踌躇着，不敢前进，也不敢后退，脚上的软靴在台阶上来回摩擦着。她一颗心跳得飞快，可就是做不了决定。

她正纠结着，陈浔忽地抬起了头。他看了眼外面黢黑的夜色，然后伸长手，接了接雨。

苏羡音这才发现，他浑身上下只捏着一部手机。

他没有带伞。

这是她绝佳的机会。

苏羡音为这个机会的来临感到惊喜、愉悦、激动，她已经构想好一切，撑着伞走过去，问："同学，要一起走吗？"

陈浔也许会拒绝，也许会说："也好，麻烦你带我去校门口的门卫室可以吗？"

从教学楼走到门口至少要走三分钟。

三分钟里，她可以跟他肩并肩，手肘摩擦手肘，闻着他身上好闻的气味，和他共撑一把伞，被伞隔绝开的雨幕下的一块狭小空间，是属于她和他的。

光是这样想着，苏羡音就已经开心得满面涨红。

她在心里为自己鼓劲，告诉自己不能害怕。陈浔性格好，就算拒绝她也不会将话说得很难听。

而她不过是顺便关心一下同学的普通女孩，没有什么可疑的。

他不会听见她震天响的心跳，在雨幕的背景音里他也无法捕捉到她异常的呼吸声。一切都很自然，只要她敢。

她终于做足了心理建设，也再次确认了周围一个人也没有。

她憋足一口气，拿着伞一步一步走向他。

就要走到他身后了，她忽地看见雨幕里走来一个人。

对方应该是陈浔的爸爸，举着一把黑伞，步伐迈得大而稳重。

陈浔也不再顾及雨滴，走出去迎接。

失望慢慢从她眼底溢出来，她很懊悔，懊悔自己的胆小犹豫让她又一次失去机会。

她就这样看着陈浔走向雨幕里的黑伞下，却没有料到，他忽然转了身。也许是巨大的情绪起伏让苏羡音怀疑自己的表情有些许失控，她在他转身的一瞬间，忽地也侧过身，将脸侧过去，隐在黑暗里。

陈浔问她："同学，是不是没带伞？要带你吗？"

她应该回答"谢谢"或者"好的"，可不知道是哪种情绪牵绊住了她，她摇摇头："没事，不用了谢谢。"

陈浔却没有立刻离开，而是弯下腰，从伞下探出半个头来，又确认了一遍："你是没带伞吧？确定不用带吗？"

"我有伞的，没事，谢谢你了。"

直到陈浔转过身消失在雨幕里，她才慢腾腾地将身子转过来，看着黑黢黢的天，叹了好长一口气。

她混沌的高中三年里，好像总有这样的时刻，游移着、踟蹰着，然后在黑暗里感受着炽热的心慢慢冷却下来，被一种惶惶的失落感包裹住。

苏羡音醒来的时候，陈浔已经醒了。他坐在床头看手机，苏羡音慢慢挪过去，抱住他温暖的身躯。

他把手机扔了，抬手拍着苏羡音单薄的后背，时不时将一捋她的长发，低声问她："做什么梦了？"

苏羡音有些惊讶："你怎么知道我做梦了？"

"你眉头一直皱着，怎么都捋不平。梦见什么了？"

"梦见你对我爱搭不理的。"

陈浔立刻笑出声来，拿起她的手往嘴边贴了贴："冤枉好人哪。"

他又道："到底梦见什么了？给我讲讲。"

苏羡音有意逗他，偏要说："梦见你喜欢上了别人，被我捉到，我泪流满面，你却用那种高傲又冰冷的眼神看向我，然后搂着别人的腰，头也不回地走了。"

陈浔的手顺势滑下去，掐了一把她腰间的软肉，害她笑着往他怀里钻，头发都乱了。

他低声说："再胡说八道，你就别说话了。"

"好了好了，别闹我了！"

苏羡音求饶，陈浔给她最后一次机会："好好说。"

苏羡音耸耸肩："好好说就好好说。"

她跟他描述起那个冬日，那个雨幕连天的黑夜，那张被他捏过的登分表，还说起那张表上"陈浔"的名字旁边，有她端端正正写下的分数"147"。

陈浔听完，轻轻在她额头落下一吻，说："怎么从前我问你，你没跟我说过这段？"

自从知道她从很早就开始喜欢他，他就很喜欢追着她问从前的事，气氛好的时候他也曾调侃苏羡音拿走他字帖的行为完全就是小偷行为。

苏羡音涨红了一张脸辩解："是从垃圾桶里捡起来的，才不是偷！"

陈浔轻轻刮她鼻梁，笑了声："捡垃圾就不是偷了？偷垃圾不算？"

然后苏羡音就会气急败坏地蹬腿踹他。

他提起以前是遗憾，遗憾自己开窍开得晚，遗憾自己没早些认识她，遗憾她高中时期没有等到他的回应。

不过苏羡音却坦然得多，好像不仅仅因为结局是好的，也因为他总是在细节上给予她最大的安全感。

她解释道："这件事太琐碎了，难道我要把我每次捕捉你的背影的画面都描述给你听吗？那你大概会觉得我心理变态吧。"

陈浔弯弯唇："不会，我不会觉得有负担，因为是你。但是说起来——"

他望向她："我居然对这个雨天有印象。"

"真的吗？"

"真的。你是不是穿着一件橙色的羽绒服？在黑暗中，你的衣服颜色很鲜艳，可是你侧过脸，我只看见了你的耳朵。那天坐在我爸车上，我居然想了一会儿那时候看到的那个画面，当时脑子里冒出一个念头——"

苏羡音打断他，像是有种恶趣味似的，做鬼脸打趣："你是不是觉得我像个女鬼？"

陈浔用手指推了一把她的额头，失笑地摇摇头。

"我当时在想，不知道你的脸转过来是什么样的？我有种感觉，你应该……嗯……"他像是在斟酌措辞，"很漂亮。"

"什么啊？"苏羡音笑着搂紧他的腰："这么肤浅？怀疑我是个大美女，为没有看见我的脸而感到遗憾？你也不过如此嘛，陈浔。"

陈浔有一丝不易察觉的窘迫，却还要撑场面："那时候的男生有几个不肤浅的？我虽然对男女之间的感情不感兴趣，但还是有审美的好吗？"

苏羡音哂笑一声："那你恐怕要失望了，如果我真的转过头来，你会失望的。"

陈浔摇摇头："怎么会？你很漂亮。"

"你都没留意过那个时候的我，黑眼圈，干瘦的脸，素面朝天的……"

陈浔低下头亲在她眼皮上："那又怎么样？我见过你的毕业照，就是很漂亮。至少能让我一眼就注意到。"

苏羡音拖了长长的尾音："真不知道该高兴还是——"

她知道他话里有几分真又有几分安慰，虽然他不需要对追随了他背影好几年的她负责，她也没有埋怨他的意思，但他总是会习惯性地为那个孤单的、被困在过去时光的苏羡音补上一点点亮色。

平时她都不想拆穿他，可今天，她像是非要较真："你真的记得那个雨天吗？可是为什么呢？你的脑袋从来不记一些无聊的事。"

跟陈浔相处越久，苏羡音就越发现，陈浔对高中的记忆真的很支离破碎。他把专注力都倾注在学业上，所以很少对一些无关的人事物倾注感情，也就很难留下印象。

陈浔看向她，无端笑了："或许，是命中注定呢？"

"好老套……"

"我说真的，我真的记得那天，要不然我怎么会记得那件橙色的羽绒服？"

"好吧好吧。"

苏羡音昨晚看文献到很晚，难得今天休息，讲了一段话，她困意又来袭，于是慢慢往下滑，钻进被窝里，一副又要睡去的模样。

陈浔也钻进了被窝，把她抱住，然后低头去亲吻她的唇，很轻柔的力度，却又很依恋。

苏羡音足尖发颤。

然后他松开她，又在她额上落下一吻，将她抱得更紧了些。

喉结就抵在她头顶，他低低发声："睡吧，这回好歹做个好梦，毕竟你现在可是陈太太了，别总诬赖我行吗？即使在梦里也不行。"

他有种孩子气的较真。

苏羡音低声笑着，在他胸前蹭了蹭，迷迷糊糊地问他："什么是好梦？你给我一个暗示，说不定我真的能梦到。"

陈浔却忽然严肃了起来，音调略微变了，不是平时慵懒的腔调。

他说："苏羡音，如果爱要用时间来衡量，那我的分量似乎确实抵不上你的。但你不能忘记，"他微微闭上眼，声音又变得轻柔，"我也很爱你。或许并不比你的程度轻。"

苏羡音迷迷糊糊"嗯"了声，很快就陷入了梦境里。

婚礼那天，苏羡音没想到自己的内心居然很平静。

那还是盛夏八月，她坐在化妆间里像个漂亮的陶瓷娃娃一般任人摆布，蓝沁倒是忙前忙后好像比她还紧张，一边在得空时递水给她喝，一边在旁边抱着演讲稿担忧："怎么办啊，我好怕我讲着讲着就卡壳了。"

"不要有这么大压力。"苏羡音安慰她。

蓝沁那时候气鼓鼓的，说："都怪姚达！说什么准备了千字感言，我怎么能被他比下去？我一定要讲到大家都感动落泪。"

她还真是请了一对活宝来当伴郎伴娘。

其实苏羡音对婚礼没什么期待，甚至在筹备婚礼初期，都没有表现出很热情。

这导致陈浔一度怀疑她不对劲，他还在她试婚纱时等着工作人员帮她系紧背后绑带的时候，溜进她的试衣间，从背后抱住她，将头枕在她肩上，半带威胁半是赌气地问她："苏羡音，你是不是后悔了？"

苏羡音脸红了起来，为他这样莽撞的行为以及引人遐想的动作而感到害羞，却还是反问他："我后悔什么？"

"难道说你已经厌倦我了，跟我在一起后发现我居然是个无趣的人，还不如你脑袋里的那个少年陈浔耀眼，所以现在后悔了？"

他也会有这样流露出孩子气一面的时候，苏羡音已经习以为常。

可听他的口气好像很认真，她却起了念头要逗他："是呀，我后悔了。"

陈浔的身子猛地一滞。

苏羡音抿着唇说："我后悔对自己太过自信——"

她苦着一张脸看向陈浔："早知道就减肥了，这裙子差点没勒死我。"

陈浔愣了一秒，然后将她环得更紧，轻轻抚过她脸颊，然后侧身去探她的唇。

她一时窘迫，又担心工作人员闯进来，没有让这个吻太过缠绵，而是着急地推开他。

后背系到一半的绑带也有一定的束缚效果，害她小口喘着气，她面色潮红地推陈浔出去，恼羞成怒地喊："你不许再进来了！"

他只是坏笑。

后来，苏羡音就偶尔分一点心到婚礼的筹备上来。

但其实整个过程苏羡音都没怎么操心，谢颖然乐于操办且她的审美苏羡音一直都很放心。

很多时候，都是谢颖然来问她意见，然后她很快就表示同意。

久而久之，同组的师姐看见了，还感叹："你哟，好福气，老公和婆家都不让你累着，不像我那个时候，结个婚差点没让我丧失生活的动力。"

苏羡音只是温柔地笑笑。

苏羡音跟着陈浔站在司仪面前念完誓言，交换对戒后，司仪带着起哄的音调说："现在新郎可以亲吻你的新娘啦。"

忽然起了一阵风，潮热的风吹起苏羡音头上的头纱，头纱扬起，挡住她的脸。

陈浔就站在阳光下，捏着她头纱的两个角将她的头纱掀起，固定在她脑后，手扶着她的后颈，在风中忽地俯下身，吻住她的唇。

她闭着眼感受他唇齿间的温度，却在微微睁开眼时，被他身后耀眼的阳光给照到。

风里有夏日专属的气味，在他们虔诚亲吻对方的这一刻，宾客按照计划，朝着舞台扔出了一架架纸飞机。

纸飞机里或许承载着他们错过的年少时光。

但又一年盛夏，她终于牵起年少时喜欢的少年的手，跟他一起走入神圣的婚姻殿堂。

陈浔以额抵额，离开她的唇畔后，带着颤音说："我爱你，音音。"

这是最简单最直接的告白，却也是对她年少时光最好的回应。

她的暗恋时光以婚礼终结，可"苏羡音喜欢陈浔"这个故事，才刚刚翻开新篇章。